中國學術思想 研究輯刊

七 編

林 慶 彰 主編

第 9 冊

陳壽祺父子三家詩遺說研究

江 乾 益 著

花木蘭文化出版社

國家圖書館出版品預行編目資料

陳壽祺父子三家詩遺説研究／江乾益 著 — 初版 — 台北縣永
和市：花木蘭文化出版社，2010〔民 99〕
序 2+ 目 2+262 面：19×26 公分
（中國學術思想研究輯刊 七編：第 9 冊）
ISBN：978-986-254-168-5（精裝）
1.（清）陳壽祺　2.（清）陳喬樅　3. 詩經　4. 學術思想
5. 研究考訂
831.18　　　　　　　　　　　　　　　　　99002256

ISBN - 978-986-254-168-5

9 789862 541685

中國學術思想研究輯刊

七 編 第 九 冊　　　　　　ISBN：978-986-254-168-5

陳壽祺父子三家詩遺說研究

作　　者　江乾益
主　　編　林慶彰
總 編 輯　杜潔祥
出　　版　花木蘭文化出版社
發 行 所　花木蘭文化出版社
發 行 人　高小娟
聯絡地址　台北縣永和市中正路五九五號七樓之三
　　　　　電話：02-2923-1455 ／傳真：02-2923-1452
網　　址　http://www.huamulan.tw 信箱 sut81518@ms59.hinet.net
印　　刷　普羅文化出版廣告事業
封面設計　劉開工作室
初　　版　2010 年 3 月
定　　價　七編 24 冊（精裝）新台幣 40,000 元

陳壽祺父子三家詩遺說研究

江乾益　著

作者簡介

江乾益，臺灣省臺中市人，一九五六年生。曾就學於臺中市南屯國小、崇倫國中、省立臺中一中、國立中興大學中國文學系、國立臺灣師範大學國文研究所碩士班、博士班，於一九九一年卒業。曾任教於臺南縣南榮工專，擔任專任講師一年，臺北市銘傳商專、銘傳管理學院專任講師五年。一九九一年自臺灣師範大學國文研究所博士班畢業後，任教於國立中興大學中國文學系，以迄於今。曾擔任該校通識教育中心主任，現任中國文學系教授兼系主任。

作者專長在中國學術史及經學之研究，著有碩士論文《陳壽祺父子三家詩遺說研究》、博士論文《前漢五經齊魯學之形成及其影響研究》、《詩經之經義與文學述論》等專著，及單篇論文〈漢代尚書洪範咎徵學述徵〉、〈后倉與兩漢之禮文化〉、〈禮向位之儀探論〉、〈漢書五行志中之災異說探論〉、〈中國歷代論語學之詮釋形態及其方法論〉、〈儒家倫理學說與臺灣現代化關係的探討〉等多種。

提　　要

茲篇論文之作，在藉清儒陳壽祺、喬樅父子蒐輯魯、齊、韓三家《詩》遺說之所得，探討兩漢《詩經》學之內涵，以歸論其經學之精神，與三家亡佚之緣由。本文計分十章：

首章述陳壽祺父子之生平，與其治學之旨趣及成就。

次章述陳壽祺之漢學理論與方法。蓋清學之成就所以邁越前人者，在以科學之精神與方法治學。陳壽祺《經郛義例》之方法，乃集清儒之大成，即今日持以治國學，亦尟有所失。道光、咸豐之間，漢學由許、鄭溯源上及西漢今文學，陳氏實管其樞轄之地位。

第三章辨明師法與家法之分別，以此探討三家《詩》之傳授歷程。分由史傳所載傳人，及兩漢百家著述兩端探究歸納其家法之數，以明後文徵引皆有所驗也。

第四章述《魯詩》成立之因緣，與《魯詩》篤守不失軌範之風，並為之解題，以證《漢書·藝文志》謂魯為最近之意。

第五章闡《齊詩》之學，本之於陰陽，合之以禮樂，而為之解題。蓋齊學以風氣之所處，純然與魯異也。

第六章言《齊詩》翼氏一支之說。齊學皆有非常異義之論 學者多不能曉。其源即出於陰陽，又與禮樂摻合，陰陽既失其數，禮樂亦失其統，翼氏之說純為齊學，獨傳其緒。故孔廣森謂始際之義出於歷律，當為篤論，其詳雖不能明，亦得彷彿焉。

第七章揭《韓詩》遺說，論定其價值。韓生皆推《詩》、《易》而為傳，《易》仿文王之演卦，《詩》效孟子之逆志，其為學駁雜，亦自成一家。

第八章比勘兩漢四家《詩》之異文。蓋字句為篇章之本，字倘能明，驪珠可得。《毛詩》多假借之文，三家多用本字，用三家之字，足輔成《毛詩》之意也。

第九章論鄭康成之《詩經》學。鄭氏《詩》學兼括四家，箋《詩》以毛為主，偏採經傳與三家《詩》之學以成一家之言。而其體系理論，多有間失，此章所論，在剔其出處，並為之評騭，以求其縝密不失。

第十章結論，述陳氏父子抉幽闡微之功績，並論三家寢微、《毛詩》獨傳之理。蓋學術乃優者受容，適者留存，非苟焉而已也。

目
次

自　序
第一章　陳壽祺父子傳略 ……………………………………… 1
　　第一節　陳壽祺之生平事蹟 ……………………………… 1
　　第二節　陳喬樅之傳略 …………………………………… 6
第二章　陳壽祺之漢學理論與方法 …………………………… 9
　　第一節　學宗許、鄭 ……………………………………… 9
　　第二節　經郛義例之方法 ………………………………… 11
　　第三節　上溯西漢今文學說 ……………………………… 17
　　第四節　通經致用 ………………………………………… 19
第三章　經學之師法與三家詩之傳述 ………………………… 23
　　第一節　師法與家法 ……………………………………… 23
　　第二節　由史傳考三家詩之傳承 ………………………… 30
　　第三節　漢百家著述與三家詩之傳述 …………………… 46
第四章　魯詩之成立特徵與其解題 …………………………… 53
　　第一節　魯詩之諷諫精神 ………………………………… 53
　　第二節　魯詩學者之風範 ………………………………… 56
　　第三節　魯詩遺說解題 …………………………………… 58
第五章　齊詩之特徵及其內容 ………………………………… 87
　　第一節　齊學之風氣 ……………………………………… 87
　　第二節　齊詩與禮樂之淵源 ……………………………… 91

第三節　齊詩與地理學之關聯 …………………………… 94
第四節　齊詩遺說解題 …………………………………… 95

第六章　齊詩翼氏說 ………………………………………… 127
第一節　翼奉之思想淵源 ………………………………… 128
第二節　齊詩之四始 ……………………………………… 132
第三節　齊詩之五際 ……………………………………… 136
第四節　齊詩之五性六情 ………………………………… 140
第五節　以翼氏說考齊詩之次第 ………………………… 143

第七章　韓詩遺說及其價值 ………………………………… 145
第一節　韓詩之推詩人之意 ……………………………… 145
第二節　韓詩之特色及其價值 …………………………… 147
第三節　韓詩遺說解題 …………………………………… 152

第八章　魯齊韓毛四家詩異文之探究 ……………………… 161

第九章　鄭康成之詩經學 …………………………………… 227
第一節　鄭氏箋詩兼用四家 ……………………………… 228
第二節　鄭氏箋詩之方法 ………………………………… 231
第三節　十月之交四篇屬厲王說 ………………………… 234
第四節　毛詩六笙詩得儀禮說 …………………………… 236
第五節　豳風七月用周禮說 ……………………………… 239
第六節　詩之世次與正變 ………………………………… 240
第七節　兩漢詩經學之集成 ……………………………… 243

第十章　結　論 ……………………………………………… 249

參考書目 …………………………………………………………… 253

自　序

　　蓋聞學必稽徵源流，而後能通古今之變；須究其得失，然後獲從入之塗。經學之傳，肇自孔門，賴廸哲正輔，後學洪襄，其間雖經戰國烽燹，嬴劉遞嬗，而秦政謬燔，爲暴力所不能沮；漢高溺冠，其後亦迷途而知寤。暨孝惠四年，詔開書禁，此後師儒講誦，弦歌之聲盈耳。漢武之從董仲舒議也，罷黜百家，獨尊儒術，表章六經之學，親臨議禮制度；宣帝則效武帝故事，博徵群儒於石渠閣論訂經義；後漢章帝亦大會諸儒白虎觀，考祥同異。漪歟盛哉！經學之昌明於兩漢之世，由其上能尊崇儒術，稽古右文也。

　　賡先秦之緒業，漢學爲近古；故凡治經者，必宗漢學。顧漢學有今古之別：前漢今文學專明微言大義，通一經足以致用；後漢古文家多詳章句訓詁，說釋經言醇粹而不雜。論者謂前漢之學實兼義理訓詁之長，而浩歎其煩言碎辭之末弊；古文家說經能守古之眞，而難盡屢學者求獲濟世之苦心。是故論漢學，必今古相侔以輔濟，而後爲有用，學者苟能免今古門戶之囿見，斯知經學堂廡之廣大，宗廟之美，百官之富，盡在其中矣。

　　兩漢《詩經》之分有四家，魯、齊、韓三家略據前漢之坫壇，訓詁經師講其大義於庠序之上，朝臣奏議復陳在朝廷之間，影響之所至，徧及政治教化，風俗人倫之正；故論兩漢通經致用之《詩》學，三家實獨擅其勝場，《毛詩》非能與在其列也。惜乎後學曲拘，不肯少變，恢詭之論，悖離大義，三家之學終爲通儒碩學之所擯棄。《毛詩》之學晚出，擷三家訓詁之長爲之傳，有心之士揄揚而作之序，其義訓篤實，深獲好學沈思之士所喜，後漢通顯大儒，若賈逵、鄭眾、馬融、鄭玄諸人皆爲闡揚，故自《毛傳》、《鄭箋》行於世，而三家之學終廢於無形矣。

　　予之初躋上庠之堂也，從黃師永武治《詩經》之學。師語生徒，凡學須有所入，但擇一家，精勘細擇，至有得於心，始旁稽他家，搴擇雅善，蓋學數有本，斯乃不至浮濫，語言無驗也；故授之以陳碩甫《詩毛氏傳疏》一書，專從《毛傳》下手。比入國文研究所，雅愛《鄭箋》，誠以鄭氏博通古今之學，其治《詩》多擇三家之長以輔毛，顯其隱略，義乃通豁。於是從汪師雨盦學，師治經之間，不尚守門戶之見，但求微言之精當而已。指示疑惑，謂清儒治漢學往往有成，門徑既闢，尚須問道，予遵從師訓，故擇陳壽祺父子之輯佚所得，以探三家。自隨汪師治學，師待之以溫藹，沐之以春霖，指點形容，無有倦容，撰寫論文其間，時復爲修飾字句，點綴章節，教思無限，感銘在衷，不敢或忘。予以朴質之材，屢蒙裁成，因不自揣謭陋，率爾操觚，疏漏之處實多，幸博雅君子，不吝教之。

　　中華民國七十四年四月江乾益謹識於師大國文研究所

第一章　陳壽祺父子傳略

第一節　陳壽祺之生平事蹟

先生諱壽祺，字恭甫，又字葦仁，號左海，晚號隱屏，福建侯官人。其先由泉州府惠安遷福州，遂籍焉。曾祖處士瑞應。祖起龍，為縣學生，始去農為儒傳。父鶴書，為歲貢生，有質行，以經法教授弟子，歷主講仙遊、龍巖、邵武、泉州、漳平、上杭等六書院，弟子皆能名其學，陳氏由是以儒業興。〔註1〕

先生生於清高宗乾隆三十六年（西元 1771 年）。生而有異質，既受學能文，過目輒誦。五歲讀書，九歲淹貫群籍，性靜且敏，有儒者根器；文藻博麗，類六朝三唐風格。〔註2〕其初師周君立巖，梅社七子之一也。周君所遊多名流，客至，輒舉架上書屬客摘試先生，皆應無訛，用以自豪，里人咸目先生為異童，羨立巖之得弟子也。

年十二，為文奧博，風采穎發。時福州名宿陳秋坪、黃賓林、許子錦三人皆忘年相友；陳秋坪許之，曰：「當以千秋自命，勿爭名一時。」先生終生篤志不忘。

年十八，值臺灣林爽文之亂，〔註3〕有〈海外紀事詩〉，見之者歎曰：「此諸將嗣音也。」洎福康安平臺凱旋，其參事郭君，先生母之族叔也，屬代撰

〔註1〕見高澍然〈陳壽祺先生行狀〉，阮元〈隱屏山人陳編修傳〉。
〔註2〕同前。
〔註3〕清高宗乾隆五十一年冬十月，臺灣彰化民林爽文起兵倡亂，至乾隆五十三年始平。見《清史稿》。

〈上福康安百韻詩并序〉，〔註4〕沈博絕麗，傳誦一時，稱爲才子；武進張皋文讀之，曰：「擬之燕、許，何多讓焉？」〔註5〕

居常自咎，未能高行邃學，徒張文名，無以告人。乃修贄鄉賢孟考功瓶庵，〔註6〕講宋儒心學義蘊，懍然以古君子自期。考功待之以國士，語人曰：「十年後，福州有通儒起，陳生是也。」

年十九，科舉於鄉。年廿九，嘉慶四年會試中式，賜進士出身。值試闈中，其卷爲人所過。阮元素聞先生文名，言於主試朱珪曰：「師欲得如博學鴻詞科之名士乎？閩某卷經策是也。」過者猶摘其《四書》文中語以難，阮元爲辨詰其出自《白虎通》，朱珪由是由後場力拔出之。

既成進士，選翰林院庶吉士，與朱珪門下張惠言、王引之、鮑桂星等齊名。朱珪愛其才，尤重視之。

嘉慶六年，散館，授編修，是始受職。旋請歸省親，會阮元巡撫浙江，先生進謁。阮元愕然，云：「大考期邇，何以歸爲？」先生告以閩中患饑，恐親老無以爲食。阮元爲之憮然。遂延之主講杭州敷文書院，兼課詁經精舍生徒，時趙坦、徐養原、嚴杰、洪頤煊等、皆從問業。

阮元特以先生在浙，開局聘名士纂群經古義爲《經郛》，並修《海塘志》，命先生主其事。先生因此上〈經郛義例十條〉，明原本訓辭，會通典禮，存家法而析異同之意。惜書未就而罷。先生亦於此時自著《五經異義疏證》，海內治許、鄭之學者咸取正焉。以阮元文壇座主故，時嘉定錢大昕、高郵王念孫、金壇段玉裁、歙縣程瑤田諸儒，先生以後進與渠等交遊，漢學更進。

嘉慶八年，家貧乏食，父再命之入都求仕；冬，還朝。九年，充廣東鄉試副考官。十二年，任河南鄉試副考官。十四年，充會試同考官，京察一等記名御史。

先生居常以不得迎養二親，愀然不樂，將告歸矣。嘉慶十五年秋，俄聞父憂，慟幾絕，奔歸。服除，即陳情乞養老母，不復出仕。宣宗道光元年，母歿，終喪，公卿間有密疏薦於朝，宣宗溫諭何時還朝，將擢大用。所知以告，先生感激慨然以辭，卒不復出。論者謂孟考功歸養，年四十不更仕，先生勇退亦如之。

〔註4〕序在《左海駢體文》，詩在《絳跗堂詩集》中。
〔註5〕見《清史稿‧儒林傳‧本傳》。
〔註6〕《清學案小識》，〈守道學案〉有傳。

自先生歸養不仕，資教授以自給，曰：「我先人懷素業，委祉後人者在此。」其素懷淡泊，相知愛之，待之若昆弟。先後凡掌教泉州清源書院十年、鼇峰書院十一年。

先生主泉州書院時，以泉州爲其故里，與諸生款洽若家人父子。先是，清源書院寓往來仕宦，如傳舍。先生致書督撫，示禁；並請下各郡縣諭，不得夷書院爲路室候館，從之。各郡縣書院不爲路室候館，由先生請也。

與諸生言修身勵學，教以經術，多士奮興，一洗空疏之習。平常課士，不以一格，就其資材裁成，遊其門者，若仙遊王捷南之《詩》、《禮》、《春秋》、諸史，晉江杜彥士之小學，惠安陳金城之漢《易》，將樂梁文之性理，建安丁汝恭、德化賴其煐、建陽張際亮之詩、古文辭，皆足名家。而膠州柯蘅，從壽祺受許、鄭之學，卓然自立。〔註7〕至同里之治古學者，有謝震、何治運諸友。治運卒，先生傷悼，謂無與爲質，不獲輔成其學云；謝震篤學嗜古，精通三《禮》，然斷斷於漢學，好排擊宋儒鑿空逃虛之說，與先生意殊，先生視爲畏友。蓋先生雖專意漢學，卻未嘗鄙薄宋儒。嘗正定先賢祀位，率諸生增置祀產以資祀事，奉朱子於東舍，以先賢道傳諸生並祀鄉賢；建先覺祠，爲之記，陷石壁間。

道光三年起，主鼇峰書院，計十一年。創立規約，整肅課程，每月兼課經史文筆。其教士以崇廉恥、踐禮法、研經術爲尚。作〈義利辨〉、〈知恥說〉、〈科舉論〉以示學者，嚴服屬行，士始畏其束縛，漸安之；久之，悅服不忘。其〈義利辨〉云：

> 昔者孔子惡鄉愿，孟子闢楊、墨，韓子闢佛，程、張、朱子闢禪學。然楊、墨以下，其人率嚴取與，謹出處，與陋儒薄夫相去千里……今皆無患此，舉世攘攘熙熙，爲利往來，耽耽逐逐，尚何暇偏忠信，貌廉潔，標爲我兼愛，與講明心性之學哉？今世之藥石，在乎明義利之辨而已。〔註8〕

其時士行婾墮，自束髮知書，便汲汲然以科舉爲業，皇皇於一矜一得之間，一旦蒞官爲政，則揣土地之肥瘠，競職司之涼熱，「禮義廉潔之大防，蕩然頹隳而莫知所守；立人濟物之要道，慨乎未之有聞也。」〔註9〕先生於精神上崇

〔註7〕陳壽祺之交遊與門人，見《清史稿·儒林傳》。
〔註8〕《左海文集》卷三。
〔註9〕《左海文集》卷七，〈書雷翠庭先生聞見偶錄傳起鵬事後〉。

宋儒修身勵節之要道，一生兢兢痛疾風俗之隳壞，非餖飣瑣屑之漢學家所可
比倫。所爲〈孟子八錄跋語〉云：

> 儀徵阮夫子、金壇段若膺寓書來，亦兢兢患風俗之弊。段君曰：「今日
> 大病，大棄洛、閩、關中之學，謂之庸腐；而立身苟簡，氣節敗，政
> 事蕪，專言漢學，不治宋學，乃眞人心世道之憂。」儀徵曰：「近之言
> 漢學者，知宋人虛妄之病，而於聖賢修身立行大節，略而不談，乃害
> 於其心其事。」二公皆當世通儒，上紹許、鄭，而其言若是。〔註10〕

先生於漢學家之鄙落氣節而興文藻，固懷不慊之心也。

自丁父憂後，去官二十餘載，鄉黨義舉，多首倡議，恤孤濟貧，不遺其
力。富陽周凱傳先生之生平遺事云：

> 叔弟遺四男一女，俱在襁褓，撫之成立。妹氏林早寡而貧，有二甥
> 一女，割宅居之，並勖之學。道光二年，母郭太宜人病，旦夕侍湯
> 藥不暫離；時休先生，執手慰之曰：「自汝歸養，侍左右十三年矣！
> 甘旨之奉，必適吾口，輕煖之御，必稱吾體。吾之所愛，汝不吾衰：
> 吾之所患，汝不吾拂。吾今耄矣，以天年終，汝其毋悲！」先生鳴
> 咽不能言，及卒杖，不能成禮。〔註11〕

先生之篤孝惇厚，固鄉黨之所稱譽。嘗念曾祖以下，從祖多中絕，歲時必親
祭墓次，崇追遠之厚德。掌教清源書院時，鼇族人墓地之侵削者，爲勒石焉。
自歸後，舉動皆在鄉里，德澤廣佈。其高祖自晉江遷福州，里有同姓與偕；
其後浸衰，遺兄弟二人貧不能娶，年四十餘，先生助其弟娶婦，生二子，餽
其兄終身。長子喬樅之蒙師魏貢生瑛、友陳登龍，二人沒，皆無子，先生爲
之立嗣，以續其蔭。狀請孟考功入祀鄉賢，並恤其後人。平居教授自給，家
有餘積，悉以周親，故待舉火者，恒數十家；鄉人有骨肉相閱者，必舉先生
以爲言。至先生卒，奔喪來哭者，皆失聲。人第知先生之學足以傳後，不知
其亮節高風，本不愧於宋儒也。

先生最力於鄉梓事業，所知者，若省會文昌祠大成殿廡，明倫堂恤嫠濟
貧，米廠施賑，新貢闈號舍，濬東西湖水利等，先生皆倡議而後與同志共成
之，桑梓利弊，蒿目痗心，往往爲公利陳大吏，至攖其怒，不之恤也。

暨新貢院竣工，尚餘錢二萬緡，先生請於巡撫，移修《福建通志》，用以

〔註10〕見《文集》卷七。
〔註11〕見《碑傳集》，周凱〈陳恭甫先生家傳〉。

表章鄉賢，任爲總纂，爲之創立義例，採訪事實，舉才分任其職。其義例之精，搜輯之博，考訂之核，論者以爲誠古今方志所未有，而先生之勤，若機於中，不能自已也。

在先生充任國史館總纂，〔註12〕未及脫稿，旋以憂歸。因採輯閩中人物行實，爲《東越儒林文苑後傳》，補上史館。聞明劉蕺山已從祀西廡，毅然曰：「吾閩黃忠端公〔註13〕出處大節，與蕺山埒。其講學，蕺山主誠意而歸功愼獨，榕檀主致知而止宿至善；一救陽明流弊，一闡朱子宗傳，皆翼道眞儒也，宜並從祀。」遂合諸紳，具呈兩府。兩府會疏，上聞，奉祀東廡，位明儒羅欽順之次。先生因閔道周孤忠絕學，遺書文集，未傳布者多，因出舊所購《易本象》、《鄞山講義》、《駢枝別集》、《大滌函書》諸種，鳩資刊行。以所藏繕本多譌闕，續購得漳州人士藏本，海澄鄭白麓所編《文集》三十六卷、《詩》十四卷，又假得公季子所編《全集》原本，手自校對，無間寒暑，彙成全集，並訂以莊起儔與石洪思所撰〈年譜〉爲五十六卷，謀於總督，請刊布之。先生之表章鄉哲，不遺其力如此。

先生之學主傳經，純爲考據之學，而其爲文，赫然有名。文章初規六朝堂廡；已而，謂非其至也，乃治古文，有《左海文集》十卷。所著文集，《五經異義疏證》、《東越儒林文苑後傳》外，尚有《尙書大傳定本》、《洪範五行傳輯本》、《左海經辨》、《歐陽夏侯經說考》、《齊魯韓詩遺說考》、《禮記鄭讀考》、《說文經詁》、《兩漢拾遺》、《左海駢體文》、《絳跗堂詩集》、《遂初樓雜記》等十餘種，皆研精好古，開示來學，傳於後世。

平生雅慕武夷山水，思終老築舍焉。晚號隱屏，作〈隱屏山人傳〉以寄意。卒前一歲，累辭次年講席，諸生三百餘人，具衣冠集講堂泣留，先生勉從其請。尋告病，疾時不穀食，却醫藥，作〈絕命詩〉以寄情，詞意惝悅，若有所會。〔註14〕道光十四年二月二十日，卒於里第，享年六十有四。臨終，謂其長子喬樅曰：

> 吾生平疲於文字之役。以鄭注《禮記》多改讀，嘗鈎考齊、魯、韓《詩》佚文佚義，與毛氏異同者，輯而未就。爾好漢學，治經知師

〔註12〕嘉慶十四年，壽祺任會試同考官，京察一等御史，並充國史館總纂。
〔註13〕黃道周，明末漳浦人，學者稱「石齋先生」。李自成破京師，福王監國於南京，召爲禮部尚書。後清軍南下，與戰於婺源，兵敗被執，遇害。
〔註14〕詩云：「夢想仙巒二隱屏，問天應著少微星。人間無此溪山好，便欲乘雲上慢亭。」

法，他日能成吾志，九原無憾矣。

喬樅受命，繼成遺志。觀先生之一生，少時鄉宿之以千秋自期，孟考功之待以國士，真不負也。〔註15〕

第二節　陳喬樅之傳略

陳喬樅，字樸園，一字樹滋，壽祺之長子。生於清仁宗嘉慶十四年（西元 1809 年），卒於穆宗同治八年（西元 1869 年），年六十一。

喬樅於道光五年舉於鄉，後七上春官不第，以大挑知縣分發江西，歷官分宜、弋陽、德化、南城諸縣；署袁州、臨江、撫州知府。所至，以經術緣飾吏治，居官有聲。

初，左海以鉤考三家《詩》與毛氏異同，輯而未就，病革，屬喬樅續成之。喬樅憶取左海遺訓，每簿書之暇，乃紬繹舊聞，次第勒而成書，所成《禮記鄭讀考》六卷、《三家詩遺說考》十五卷是也。

三家《詩》之失傳，齊為最早，魏晉以來，尟有肄業及之者。宋王伯厚撰《詩考》，於《齊詩》寥寥寡證，持論無根；入清以來，採摭稍多，然語焉不詳，不能無憾。故喬樅撰《齊詩翼氏學疏證》二卷、《詩緯集證》四卷，為之序云：

> 《齊詩》之學，宗旨有三：曰四始，曰五際，曰六情，皆以明天地陰陽終始之理，考人事盛衰得失之原，言王道治亂安危之故。齊先亡，最為寡證，獨翼奉存其百一；且其說多出《詩緯》，察躔象，推曆數，徵休咎，蓋齊學所本也。《詩緯》亡，而《齊詩》遂為絕矣。

自魏晉改代，茫茫二千餘年無傳之墜緒，獲其復覿於世者，喬樅之力也。

以隨侍左海於鼇峰書院，遵從所聞，蒐討群書，撰《毛詩鄭箋改字說》一卷。鄭氏箋毛，往往與毛氏異，有不言其讀，但於訓釋中改字以顯之者；有仍用其字，而於訓釋中改義以顯之者，喬樅皆一一抉剔疏證之。由是鄭氏取三家以申毛、正毛，而後人譏為勦說者，不言而自明矣。

兩漢《詩經》有四家，其始以口耳相傳，受者非一人，邦籍又互異，各用鄉音，故有同字異音，同音異字者，實則古人聲音訓詁通假之源，未始不可於彼此同異之間觀其會通也。〔註16〕喬樅因網羅眾家，統同辨異，沿流溯

〔註15〕《福建通志・儒林傳》詳載壽祺師友，可互參。
〔註16〕見〈毛詩鄭箋改字說序〉。

源，撰爲《四家詩異文考》五卷，較李富孫《詩經異文釋》之不別三家，與馮登府《三家詩異文疏證》最爲詳贍宏富。〔註17〕

喬樅秉父遺命，專意於漢學，其《禮記鄭讀考》，於禮家授受之源、師承各出之異，以分別鄭君注《禮》之四例。謂鄭注《禮》，有承受經師者、有援據別本者、有稽合經典以訂者、有審覈音訓以定者。〔註18〕由此而證世人謂鄭好改字之非。其書與段氏《周禮漢讀考》、胡墨莊《儀禮古今疏義》爲三《禮》之巨著。又爲《禮堂經說》二卷，雜說群經，舉凡九拜之儀、兩楹之位、獻酬之數、井屋之法、衿袡褖緣之文、藻率鞞鞸之物，皆條分縷析，若絲在梱，考據之精，碩儒傳誦。最後爲《今文尚書經說考》三十四卷、《歐陽夏侯經說考》一卷，鉤考佚文，得單辭片義，往往能略窺西漢今文經說，知伏生傳經之業，廣學者之見聞。

其時宿學漸蕪，考據家屢爲世訾謷，瞪目扼腕，謂爲敗壞人才。獨曾文正公見喬樅所著，許爲可傳；阮元以爲析前人之所不至。一時名公碩彥，莫不引爲畏友，謝章鋌謂自元和惠氏、高郵王氏之外，喬樅爲能修世業也。

以上喬樅之所論著，或創於左海健在之日，經其指示；或成於父歿之後，準其遺訓，論者贊爲「賈徽鄭興，家風不沫」也。所著集爲《小嫏嬛館叢書》八種，或稱《左海續集》。

同治八年，喬樅卒於撫州官舍。身後蕭條，唯書籍刻板百有餘篋。其明年，歸葬福州之大夫嶺。〔註19〕

〔註17〕《四家詩異文考》，前有所本，李富孫、馮登府之著是也。唯家法分明，條理清晰，喬樅成就實過前人。
〔註18〕見〈禮記鄭讀考序〉。
〔註19〕傳見《清史稿・儒林傳》，並謝章鋌〈樸園先生墓志銘〉。

第二章　陳壽祺之漢學理論與方法

　　乾、嘉之際，考證學風大熾，惠、戴、段、王諸老以此風相勵，傾心宗尚；朱珪、阮元皆處貴要，高據座主。「家家許鄭，人人賈馬。」漢學光輝，爛日中天。

　　壽祺本從孟瓶庵遊，治宋儒心性之學。及試出朱珪、阮元門下，始從時風，專意漢學。漢學家皆以為漢學近古，其家法出七十子之徒，實得聖門真傳；宋後學者好非古臆斷，在千百載之下，不接聖學微緒。壽祺則以為宋學不盡可廢，云：「其有存古可資者，何嘗不兼修參訂；以為薄宋後之書，輒並其善者而不旁涉，又豈通儒之見哉？」〔註1〕陳氏治學，有兼收博覽之願，又有懷疑求真之精神，嘗自云：「治經之道，當實事求是，不可黨同妒真。」〔註2〕平素治學疑其所當疑，不疑所不必疑，寧過而存之，不過而失之，以恢廓之胸襟，博綜源流，心知其意，不阿好黨同，曲護委蛇，在求伸其道而已。茲分敘其治學之理論於下。

第一節　學宗許、鄭

　　乾、嘉諸老說經皆以形聲訓故、象數名物入手，謂非此無以識通義理。以為漢儒之中，許慎、鄭玄為綜核能斷，條貫而有法，最為可求。壽祺推崇許慎《五經異義》云：

> 許君《五經異義》，今學、古學燦然眉列。日祭月薦，微叔孫通；祝延帝尸，援魯郊禮。自施、孟、京房、甘容、歐陽、夏侯、董仲舒、

〔註1〕見〈答翁覃谿學士書〉，《左海文集》。
〔註2〕同註1。

尹更始、劉更生、韋玄成、匡衡、二戴、貢禹、眭生、淳于登、陳
欽、賈逵之倫，靡不擩撠菁華，刊裁臧否。《説文解字》稱《易》孟
氏、《書》孔氏、《詩》毛氏、《禮》周官、《春秋》左氏、《論語》、《孝
經》皆古文也。然如「貞從鼎省」，兼錄京房；「江之羕矣」，別臚韓
氏；「崛銕崵谷」，經異壁中；「玉粲璨猛」，句搜逸《論》。《禮》收
羊苓之今文，《書》載襃毛之或字，洵所謂博問通人，允而有證，解
繆誤，達神恉者也。〔註3〕

蓋以《石渠奏議》，實匯前漢經學之眾流，其時諸儒論難，悉標名號，以之考
學術古、今之別，雖延世綿邈，猶瞭如指掌。惜時代遞嬗，書用以荒；又章
帝之會諸儒於白虎觀，班孟堅以史臣之職掌書記，《白虎通義》改易舊章，而
諸儒論難之姓氏以泯，學術之脈絡因此而素。獨許叔重《五經異義》，粲然眉
列今、古學之別，存西京說經之遺，其所撰著，皆先引諸說，次下己意，廣
異聞，不專己守殘，故壽祺推之如此。

鄭康成殿居漢季，述先聖玄意，整百家之不齊，實集兩漢經學之大成。
壽祺以鄭氏為通儒，特尊之、荐之，云：

鄭君先事京兆第五君，通《京氏易》、《公羊春秋》；又從同郡張恭祖
受《周官》、《禮記》、《左氏春秋》、《韓詩》、《古文尚書》。西入關，
又因涿郡盧植，事扶風馬融。

鄭君轉益多師，學徵古今，故徧注群經，引經多與本書差互。注《易》則京
氏與費氏並引，注《書》則伏本與孔傳共參，而箋《毛詩》多循三家，不曲
拘一家之言、一師之論。又云：

孟侯采濟南之訓，《禮》目參居都之第，《周官》則故書特存，《儀禮》
則今文不廢，《論語》讀正齊、魯，《公羊》本異嚴、顏。二鄭同宗，
既讚辯其雅達；南郡本師，亦彌縫其參錯。蓋有成藍而謝青，固無
是丹而非素。至於河洛緯候、不嫌讀讖；《墨守》、《癈疾》並附《箴
肓》。所謂網羅眾家，囊括大典，禮堂寫定，學者知歸者也。〔註4〕

乾、嘉學者之崇鄭，以其有道可據。壽祺亦以博覽兼收之雅趣，由鄭氏兼括
大成之宗師而尊之，「蓋有成藍而謝青，固無是丹而非素。」非獨鄭氏為然，
壽祺亦嚮往之也。爰自典午改政，家法學者散失，涂徑異趨，古學颻流雖在

〔註 3〕 見《五經異義疏證·自序》。
〔註 4〕 見〈上儀徵阮夫子請定經郭義例書〉。

河洛，而異族入據，典籍不完；兼以南學深蕪不續學統，唐儒孔、賈諸經義疏發證，雖爲敷暢，然「杜王僞孔，宗主不明」，壽祺以漢學茫昧，而愍聖道廢墜，故宗述許、鄭，闡幽抉微，競事蒐討群經佚注，具輯成書，以成就其雅願焉。

第二節　經郛義例之方法

　　陳氏學宗許、鄭，以許、鄭之學宏通古今學林之故，一生治學亦以此爲旨趣。阮元在浙，壽祺助其編定群書古訓爲《經郛》，上〈經郛義例〉以抒其治學之方法，即以輯佚之法爲入門，參互比觀而定論。〈上儀徵阮夫子請定經郛義例書〉云：

> 五經剖判，去聖彌遠，方語不同，傳寫遂錯。賢者識大，不賢識小，
> 仁者見仁，智者見智。將以扶微學，廣異義，與其過而廢之也，寧
> 過而存之。奚必移子駿之書，輕毀執政；會范升之議，爭及日中哉？
> 且夫說詳反約者，學問之樞轄；統同辨異者，禮樂之章條。《易》曰：
> 「君子學以聚之。」又曰：「觀其所聚，而天地萬物之情可見矣。」

蓋學問之塗徑，博者泛濫，精者守一。由博以廣徑路，則今古之見不存於心胸；精論詳析，然後徵言爲不誣。尋壽祺治學之旨意在此，「說詳反約」、「統同辨異」二者即其平生所黽力從事者也。

　　兩漢經師，初皆恪守家法，專門命氏，及其後通習經傳，徧及五經。壽祺云：「精習師傳，則獨推張禹；不依章句，則見詆徐防。而王吉兼經，能爲騶氏；賈逵好古，並通五經。」依壽祺之意，當獎王、賈，黜張、徐。蓋黨同妬眞，專己守殘，本非通儒之識也。是故「守一先生之言而不敢襍，此經師之分也；總群師之言，稽合同異而不偏廢，此通儒之識也。」漢儒之中，壽祺所以推許、鄭，乃旨趣相同之故。

　　自七十子喪而大義乖，嬴、劉遞嬗，後學紛起。《詩》分四家，《春秋》爲五。微言散乎經傳，苟非比類會通，則不可得。爲學之道，在乎探流索源。仲尼之學，祖述堯、舜；孟子明事，稱之博文。以經注經，折衷之本；造車合轍，此爲椎輪。爰自周、秦，下逮南北，傳注而外，眾說如林。宗經述聖，旁出子史，雖體歸文翰，而義傳典墳，或依經以辨理、或錯經以合異、或徵經以證事、或約經以就意、或析經以斷章、或綜經以通貫、或襲經以互存、或牽經以旁涉。

古訓相承，師道未喪，誠六籍之鈐鍵，嘉論之林藪。經籍之海浩瀚，入藪見迷，倘不能握有鈐鍵，雖勤無功。其樞轄在乎探源流、辨統系。以時代而言，周、秦之前爲一期，兩漢爲一期，漢後爲一期。蓋經學之根柢盤深，枝葉峻茂，劉彥和所謂「窮高以樹表，極遠以啓疆，百家騰躍，終入環內」者是也。故自孟子以經注經之外，旁及子、史、傳、注，皆當在蒐討之列。而若此龐雜之學，苟非引伸聯系，將失於破碎，又須依經條次，依類輯集。壽祺因此爲之法，曰：

（一）以周、孔及七十子之徒所說者爲傳訓權輿。

（二）以諸子百家爲經典羽翼。

（三）以諸史志傳爲文義淵海。

論詮經之價值，自當以首項最典實。蓋以經注經，本不失左右也。唯次兩項亦不可廢，其旁出之左驗，豈可忽乎？然而，詮經之原本則在文字之道，文字爲經訓之權輿。《說文》與《爾雅》相爲表裏，二書所列異文，雖省書名，多居經字，是所甄錄，求爲該洽。而兩京奏議，六朝之禮論，傳承有自，獲輔正學，並當博采，以俟後學也。

一、經郛十義例

阮元欲薈萃古今經說爲《經郛》，壽祺爲之著義例，欲兼該經說之本末，凡涉經義，不遺一字；其搜討網羅之功雖未能竟，而義例自有不刊之價值。爰述其十義例於下：

一曰探原本：以經解經，厥義最古。如《三傳》、《禮記》所引《易》、《書》、《詩》，《爾雅》所釋詁言訓是也。

二曰鈎微言：奧訓眇辭，注家闕略。如《說文》所解，《廣雅》所釋是也。

三曰綜大義：發明指歸，會通典禮。如荀子之論《禮樂》，董子之論《春秋》，史志《通典》之〈歷議〉、〈禮議〉、〈服議〉是也。

四曰存古禮：三代遺制，周人能言，如《左氏傳》之稱禮經，《小戴記》之載雜說是也。

五曰存漢學：兩京家法，殊途同歸，載籍既湮，舊聞廑見。如《史記》載《尚書》多古文說，《白虎通》引經多今文說，《漢書·五行志》多三傳先師之說，《五經異義》多《石

渠議奏》之説是也。

六曰證傳注：古人解經，必無虛造，間出異同，皆有依據。如《毛傳》之合於雅詁，《鄭箋》之涉於魯、韓是也。

七曰通互詮：一家之説，或前後參錯而互相發明。如鄭《注》之通諸注差互，《箴膏盲》、《發墨守》、《起癈疾》之別三傳短長是也。

八曰辨勦説：晉代注家，每摭拾前人而不言所自，如偽孔《尚書傳》之本於王肅，杜預《左傳注》之本於服虔，郭璞《爾雅注》之本於樊、孫是也。

九曰正繆解：大道多歧，習非勝是，實事求是，擇焉必精。如《易》之象數明，則輔嗣之玄宗可退；《書》之訓詁覈，則仲眞之偽傳可排是也。

十曰廣異文：古籀篆隸，易時遞變，眾家授受，傳本不同。如《説文》之古文，《玉篇》之異字，漢碑之異體，《經典釋文》之異本是也。

〈經郛義例〉即以十大端，合古書爲一大結果，誠爲漢學之要略。學者循此以次進，則不僅經學之潭奧可測，眾論之苑圃可遊，事少而功多矣。

自顧氏倡「讀經以考文始」之説，清儒於漢學方法陸續開闢。戴震極搜考異文，以爲訂經之助；又廣覽漢儒箋注，綜考故訓，以立淹貫之基，然後精審識斷，力黜緣詞生訓、守譌傳謬之非；段氏踵之，尤肆力聲韻訓詁，以通小學爲明經之家法。壽祺步武諸老，〈經郛義例〉之創立，實集清學方法之大成，原本散漫無歸之載籍，至是成一大系統。不特此也，壽祺溯許、鄭以上，考辨今古文，知漢學今古之判然若別白黑，學者乃知賈、馬、許、鄭之不足以盡漢學。嘉、道之後，《書》宗伏氏，《詩》主三家，《易》求施、孟、梁丘之間，而《公羊》學盛極一時，所謂清學中，今文時代之來臨，壽祺能所以管其樞轄，乃其方法之超軼前儒所致也。

二、《經郛》二十五條例

洎秦廷焚籍，六經之傳遂微。漢興，諸儒漸以學教授，武、宣之間，十四博士共立於學，各經師恪守家法，以專門顯學，十四博士皆傳今文，故漢初經學本是今文也。西京之末，《易》有費氏，《書》有孔傳，《詩》出毛氏，

而張蒼教授《左氏春秋》，魯淹出三十九篇《逸禮》；又有《周官》，謂河間獻王所得，古文之學漸顯於世。然而終漢之世，古文往往受斥學官，在私家流行。至東漢末，大儒服虔、馬融、鄭玄皆尊習古文，古文遂大昌。故許、鄭之學，本非西京之真，學者索孔子微言大義，尚待探西漢今文之學。有清道、咸之間，學者溯許、鄭而上，攢治今文遺說，壽祺輯佚之功甚偉，其《三家詩遺說考》為晚年未竟之業，由子喬樅續成之；今文《尚書》之學，亦然。若論其最有功漢學，則在〈經郛條例〉之建立，授學者之指歸也。〈經郛條例〉即義例之細目，茲條例在下：

　　條例一：以經注經，此為漢學之先河。〔註5〕

　　條例二：經中援經，有不標經名，實據經義者。〔註6〕

　　條例三：經中援經證事，本非釋經，而可釋經者。〔註7〕

　　條例四：經中有引經，唯今已逸者，附每經後。〔註8〕

　　條例五：所采群經，皆取其援引他經者。〔註9〕

　　條例六：《春秋》三傳事蹟它書所載多相出入，可互觀。〔註10〕

　　按：以上六條例皆以各經互詮，以經注經，不獨本經明白，而各經說之祖裔因之而鼇別，並與群經之符采相濟。唯後世之經，《詩》、《書》、《易》、《禮》、《春秋》五經之外，《禮記》、《春秋》三傳皆漢人之傳，故言「以經注經」，實即「以傳解經」，漢學即在以傳解經也。

　　條例七：《說文》引經之例：

　　　　（一）有用正訓與次訓不相蒙者。〔註11〕

　　　　（二）有用次訓與正訓不相蒙者。〔註12〕

〔註 5〕「六藝指歸具見《爾雅》，博文明事首推《孟子》：〈坊〉、〈表〉二記動引《詩》、《書》，〈燕〉、〈聘〉諸義本詮《儀禮》。」更如《左傳》之說經引經，《大戴》之說詩義皆是也。註5至28皆見其〈經郛條例〉。

〔註 6〕如《禮記・檀弓》：「仲遂卒于垂」，即《春秋》宣八年之文；〈王制〉之巡守祭告多據《尚書》等是。

〔註 7〕如《左氏・隱元年傳》引君子之言，即為《鄭箋》〈大雅・既醉〉所據是也。

〔註 8〕如《左氏》引〈夏書〉：「維彼陶唐，至乃滅而亡。」為今本《尚書》所無，是也。

〔註 9〕如《禮記》本儒家後學所記，辭非一家，事有萬族，為之條分櫛比，則不獨會通本書，兼以參校古制也。

〔註 10〕明薛虞畿之《春秋別典》、清陳厚耀《春秋戰國異詞》即采是法而著也。

〔註 11〕例如〈口部〉嘽字引《詩》：「嘽嘽駱馬」，其義為「喘息」，與「喜也」之訓不同是也。

（三）有字止一訓，引經爲假借者。〔註13〕

（四）有字訓與經本義合者。〔註14〕

（五）有讀若之字與經訓合者。〔註15〕

條例八：《說文》引經因文散舉，雖繁簡錯綜，皆可尋其條理：

（一）有上下數文輒隨字類繫者。〔註16〕

（二）有一句數字輒隨字類繫者。〔註17〕

（三）有不著經名實用經語者。〔註18〕

（四）有不著經名實用經字者。〔註19〕

（五）有引某說即係經說者。〔註20〕

條例九：《說文》引經有散見於它字讀法中者。〔註21〕

條例十：《說文》引經之字重文者有古文、籀文、篆文、或字，諸體
　　　　並附載。

條例十一：小學之書、《說文》、《廣雅》最與《爾雅》相輔、訓詁名
　　　　　物數證極博，輒依部居，逐字甄采；《玉篇》以下頗經竄
　　　　　亂，必擇明引經句者錄之，旁至漢魏碑銘、釋藏音義、
　　　　　文字異同，靡不搜討。

條例十二：漢儒傳注有古學、今學之分，必先考其家法，然後異同
　　　　　可辨。〔註22〕

條例十三：編輯群經佚注，並雅材好博，收拾闕遺。〔註23〕

〔註12〕如〈人部〉假字引〈虞書〉曰：「假于上下」，義爲「至」，不與「非眞」之訓
　　　　相屬是也。

〔註13〕如「嘷」訓「口氣」，《詩》借爲：「大車嘷嘷」是也。例見原文。

〔註14〕例如「寷」訓「大屋」，引《易》：「寷其屋」，與本義合是也。

〔註15〕如「炪」訓「火光」，引〈商書〉曰：「予炪謀」，與經「予若觀火」義相應之
　　　　類。

〔註16〕如〈示部〉「祡」字引〈虞書〉，下文「禷」字即釋「類于上帝」是也。

〔註17〕如〈玉部〉「玗」，引〈禹貢〉：「球琳琅玗」，上文即載「瑘」字。

〔註18〕如〈示部〉祠字注「仲春之月」云云，用〈月令〉文；「祓」字注「地反物爲
　　　　祓」，用《左傳》文是也。

〔註19〕《說文》中異文其中多即經字，如搞、阤、捽等是也。

〔註20〕如〈卜部〉貞字引京房說，即京《易章句》釋貞字之義。

〔註21〕如〈竹部〉「莩」讀若魯公子彄；言部「詖」讀若《論語》：「跢予之足」之類。

〔註22〕如鄭箋《詩》多用三家，注《易》用京氏，注《禮》亦用今文經說，須別其
　　　　今古家法，而後可辨同異。

〔註23〕群經佚注，清人多有收輯成書者，見本章第三節。

條例十四：並采《經典釋文》所載諸本異字，諸家異讀。〔註24〕

條例十五：僞書如《家語》、《孔叢子》之類當並采，如讞獄當具兩造。

條例十六：宥覈百家，溯洄六學。自周秦諸子、漢魏諸儒並甄采不遺。〔註25〕

條例十七：自史部稽討志傳，鉤提疏議。至於《通典》、《水經注》，皆能闡助經義，是爲閎博。〔註26〕

條例十八：子注、史注有涉經義者並采以資證明。〔註27〕

條例十九：悉采逸緯及唐以前逸子、別史、傳記有涉經義者。

條例二十：六朝以前通人纂著，史傳而外文集間存，苟於經術有裨，並采不廢。

條例二十一：采書悉仍原文，寧詳毋略，每書必標某卷某篇，以明所徵有據；善本訂誤者附註其下。

條例二十二：卷首仿《經典釋文》之法爲序錄若干卷，以稽家法、考廢興。

條例二十三：總經編纂之例，取劉向《別錄》之法爲通論若干卷，取班固《白虎通》、杜佑《通典》之法爲目若干條。

條例二十四：分經編纂之例，逐條排比、離析章句、各依漢儒家法，其古學、今學焯然可知者，循其義類，按次緝綴，有所闕遺，以類附當篇末。

條例二十五：編纂之例，每條先揭本經篇名，次錄所采之書。文字異者，悉標經句以便循省；其爲傳注證明者，並列傳注本文於章句下。〔註28〕

　　〈經郛條例〉係爲編輯《經郛》而作。《經郛》薈萃古今經說，兼賅本末源流，自周、秦下訖隋、唐，網羅眾家。書雖未成，而條理博精，可合古今經籍條分部居，輯殘綴佚，包列無遺。故〈經郛條例〉者，乃壽祺集前賢治

〔註24〕《經典釋文》之異字異讀多前有所本，故云爾。

〔註25〕諸子爲經之流派，尤以《荀子》、董仲舒、《淮南子》等爲是，下及《顏氏家訓》辨難之文，皆與經義攸關。

〔註26〕《通典》議禮皆承前人，《水經注》研覈地理有助經義也。

〔註27〕注家所用載籍有後世已佚者，其說亦有所本者則當並采。

〔註28〕此便研讀翻尋，更以徵實之用也。

學之理論與方法之大成者也。

第三節　上溯西漢今文學說

　　清代經學之趨勢，與兩漢經學之發展呈逆向之嬗演過程。梁啓超氏論清代學術，謂兩百餘年之學史，蓋即「以復古爲解放。」其言曰：

> 第一步：復宋之古，對於王學而得解放；第二步：復漢唐之古，對於程朱而得解放；第三步：復西漢之古，對於許、鄭而得解放；第四步：復先秦之古，對於一切傳注而得解放。夫既已復先秦之古，則非至對於孔、孟而得解放焉不止矣。〔註29〕

又云：

> 有清一代學術可紀者不少，其卓然成一潮流，帶有時代運動之色彩，在前半期爲考證學，在後半期爲今文學；而今文學又實從考證學衍生而來。〔註30〕

乾、嘉考證之學，以許、鄭爲核心。乃漢儒之中，許、鄭二人皆主於實證，條理貫達，最爲可學之故。梁任公又云：

> 嘉、道以後，又由許、鄭之學導源而上，《易》宗虞氏以求孟義，《書》宗伏生、歐陽、夏侯，《詩》宗齊、魯、韓三家，《春秋》宗公、穀二傳。漢十四博士今文說，自魏晉淪亡千餘年，至今日復明，實能述伏、董之遺文，尋武、宣之絕範，是爲西漢今文學。

此所謂「學愈進而愈古，義愈推而愈高，屢遷而返其初」者，〔註31〕由輯佚之功所致也。蓋自乾隆中修《四庫全書》，其書之采自《永樂大典》者頗眾，已開輯佚之先河。此後茲業大昌，由陳氏〈經郛義例〉所述搜輯之範圍，自周、秦諸子、漢人經注，魏、晉史傳逸籍，靡不在搜羅之列。其他如余蕭客《古經解鉤沈》，采唐以前遺說略備；王謨《漢魏遺書鈔》、章宗源《玉函山房叢書》輯漢、魏六朝經說尤多；而孫星衍輯馬、鄭《尚書》注，李貽德述賈、服注《左傳》更及專籍之佚注，卓爾成家；陳壽祺父子《三家詩遺說考》、《今文尚書經說考》、《歐陽夏侯遺說考》、《齊詩翼氏學疏證》尤爲其中之健。

〔註29〕見梁氏《清代學術概論》。
〔註30〕同。
〔註31〕皮錫瑞《經學歷史》語。

由於輯佚之宏富，開啓經學之另一門戶。故經學之節節復古，乃由治學理論大備，而輯佚之學有以成之也。當時學者藉知許、鄭之未足以盡漢學，轉而宗今文家說。壽祺即由許、鄭之從違，知漢學今、古之有別。《五經異義疏證・序》云：

> 許君著《説文解字》，綜貫萬原，當世未見遵用，獨鄭君注《儀禮・既夕記》、《小戴禮・雜記》、《周禮・考工記》嘗三稱之，所以推重之者著矣。顧於《異義》爲之駁者，祭酒受業賈侍中，敦崇古學，故多從古文家説。司農囊括網羅，意在宏通，故兼從今文家説，此其判也。

許氏敦崇古文，鄭氏兼從今文，此就鄭之駁《五經異義》而言；若《說文解字》一書，許氏亦兼容今古。蓋自魏、晉以降，改易經說；而漢儒猶及見秘府逸篇，曾聞先師緒論，許、鄭乃漢儒之中最有統系可從者，其學多有今文師說之遺，因此清儒特推重許、鄭。陳壽祺云：

> 壽祺所以不喜攻鄭者，以爲學者未嘗深究本原，會通撰述之微意，徒耳熟於王子雍、趙伯循等之説，悦其淺近易曉，遂從風掊擊，不顧其安；而非敢阿好古人，寧道周、孔失，不言鄭、服非也。〔註32〕

其與人簡札往往重申此意。

漢代《詩》有四家，三家今文訓詁大義多足與《毛傳》相發，而《鄭箋》與《毛傳》異者，往往本之。學者蔽於所聞，遂以勦說詬病，是以所不見，毀所異聞。壽祺謂鄭氏深明文字聲韻訓詁之原，折衷微言，其識卓出於漢儒之上。乾、嘉學者言鄭學，多言及《詩》箋與魯、韓而已，臧琳且謂鄭君詩學本出於魯，范《史》稱其通韓爲不可據。壽祺乃與之書，而論之云：

> 蓋鄭君先受《韓詩》，實已兼通三家，後乃治毛氏，《禮注》所據，未嘗專守一師也。《禮記・緇衣》引〈都人士〉首章，注曰：「此詩毛氏有之，三家則無。」此鄭參稽四家之驗。《儀禮・士喪禮・既夕》注引「竹柲繩縢」；《周禮・弓人》注又爲「竹軖繩縢」。《儀禮・士虞禮》注引「吉圭爲饎」，《周禮・蜡氏》注又爲「吉蠲爲饎」。〈候人〉注引「何戈與役」，《禮記・樂記》注又爲「何戈與綴」。此鄭博採三家之驗。故賈公彥、孔穎達、王應麟諸人以爲鄭唯據韓，誠考之不審。執事以爲鄭惟習魯，必欲廢通韓之説，則亦矯枉而過其正也。鄭學博大，

〔註32〕〈答許子錦論經義書〉。

　　網羅眾家，擇善而從，豈容偏廢？〔註33〕

乾、嘉諸儒雖熱心許、鄭，猶未能稽考許、鄭之與今古經學之繫連，而有偏執之見。壽祺鈞求鄭學，則知其兼容之精義，此已超軼同時學者甚遠。又以鄭注《禮》學多改讀，乃師承各出，傳寫日繁之故，於各家異同之間，可考前漢禮家師說。以學者須先辨章學術源流及派別，而後知用心之途徑也。

　　又鄭學皆有所本，壽祺則專別其字讀，博考形體，證明本源，援鄭為階梯，《詩》索三家遺說，《禮》追西漢先師之學，《書》則超越東漢之賈、馬，直探伏生之緒矣。《尚書大傳箋・序》云：

　　　　《尚書》今學精或不逮古文，然亦各守師法，賈逵以為俗儒，康成
　　　　以為嫉此蔽冒不悛，迺謂當時博士末師破碎字句之過。而伏生《大
　　　　傳》條撰大義，因經屬恉，其辭爾雅深厚，最近大、小《戴記》七
　　　　十子之徒所說，非漢諸儒傳訓之所能及也。

壽祺一生致力經學，其學宗許、鄭，更就許、鄭導源而上，索西漢今文家說。道、咸之間，今文家說盛極一時，今文之說隻言片字，發揭幾盡，千餘年佚遺復覯在世，壽祺著實有功其間也。

第四節　通經致用

　　顧亭林曰：「孔子刪述六經，即伊尹太公救民水火之心，故曰：『載諸空言，不如見諸行事。』愚不揣，有見於此，凡文之不關於六經之指當世之務者，一切不為。」（《亭林文集》卷四，〈與人書三〉）

　　清初諸儒痛心宗國殄瘁，援經致用，轉振風氣，思救淪亡。自是之後，負笈鼓篋之士，皆崇尚實學，紹承薪傳，贊揚迪哲，洪襄故業。雖則挽救宗國淪亡之偉業不能就，而「實事求是」、「通經致用」之精神則不曾中絕也。

　　前漢今文經學之大義即在「通經致用」，亦為清代樸學所紹續者。皮錫瑞《經學歷史》云：「武、宣之間，經學大昌，家數未分，純正不雜，故其學極精而有用；以〈禹貢〉治河，以〈洪範〉察變，以《春秋》決獄，以三百五篇當諫書，治一經得一經之益也。」除此之外，董子《春秋繁露》發明三科九旨，深於天人性命之學；《韓詩外傳》推演詩人之旨，多取證於史實，漢初今文之學通經致用之大義即存在於是也。

〔註33〕見〈答臧拜經論鄭學書〉。

　　壽祺賡紹漢儒與清初諸老通經致用之旨，治經所得，每發爲文章與行事。其〈答高雨農舍人書〉云：「壽祺竊以爲治文詞而不原本經術，通史學而不究當世之務，則其言不足以立。雖然，文必本六經，固也。」壽祺一生主張文本六經，評騭諸家之文高下莫不以此爲準。〔註34〕蓋經術明則實用多，立言倘不本於經術，則虛華而無用。陳氏以爲諸經之中，獨《左氏傳》與《禮記》宜於修詞。《左氏》之文多敘事，在列國聘享會盟修好專對之施，不若《禮記》各爲篇，篇各爲體。學者苟學《禮記》，得其文辭，淳固其聲氣，則孝弟之心渤然於禮樂進退之間，順自然哀樂之感而不能自已；若抒爲文章，必無枝歧游屈之弊。故壽祺一生多勸人讀《禮記》。蓋文以立誠爲本，有用爲歸。經乃居立言之要，作爲文辭，最居其尙；得史者次之，得子者更次之，至於徒得文辭，則爲其下矣。
〔註35〕

　　自丁父憂，壽祺即屏絕仕宦，歸鄉里教授。時閩境常患海盜，及漳、泉之械鬥，傷害民命甚鉅，壽祺常爲之痛心，屢上書獻策，以絕劫奪之患。〔註36〕其策言獲盜安壤之法，但於陸路增擴堡壘，水路多設哨船，則盜氛可息。唯漳、泉二地之民讎釁攻鬥、搶奪戕殺，腹心之禍久年不決。剿殺之，則其爲民而非寇；姑息之，則民傷慘痛。故議立族正、族副，假之以約束劫舉之權，以殺惡少之鋒銳而格其正，〔註37〕並立廉能之吏，詢民疾苦，勸仁讓之風，以化鄉里，則南獄事可解也。至其根本之道，乃在變易風俗，杜絕仇釁之源。故議按循古法，擬請郡縣廣行鄉飲酒之禮，蓋「欲正其本，惟有制之以道，返之以禮教而已。」其〈擬請郡縣廣行鄉飲酒禮議〉一文列《周官》、《周禮》鄉飲之禮，實以漢、唐、宋、明歷代舉行之事實，張皇其義，申說其法，全爲漳泉械鬥對症而發藥。由此可見，壽祺治漢學，能會通古典，究心於實務，接續漢儒通經致用之大義，豈徒求聲韻、考典章，而已哉！

附：擬請郡縣廣行鄉飲酒禮議之大法

　　（一）令三年貢士之歲，輒以鹿鳴宴爲鄉飲酒禮。

　　（二）又令天下學校及四郊里社，百家以上皆行鄉飲，略仿《周官》州

〔註34〕見〈與高雨農舍人書〉。

〔註35〕同前。

〔註36〕見〈與總督趙尚書書〉。

〔註37〕見《治南獄事錄》。

長黨正族師意，而參用《禮經》會典之儀，爲之規約。

（三）郡中守爲主人，州縣牧令主之，四郊丞分主之。耆年致仕，德望懋著者爲大賓，處士賢者爲介與三賓，餘爲眾賓。教職爲司正，生員爲贊禮執事。設樂、設饌、設律案，其儀式依《大清會典》，其坐依大清律例，高年有德者居上，高年淳篤者並之，以次齒列。

（四）違者論笞如律，其有曾違條犯法之人列於外坐，不得紊越正席，違者以違制論。

（五）令歲以孟春、孟冬行之，其酒肴庀具。仿古者閭共祭器、黨共射器、州共賓器、鄉共禮樂之器，毋致奢靡。

（六）素豫擇賓宿戒肆儀，及期，長官親率鄉人行事，無失度數，無視虛文，上下相親，長幼相受。父兄之率先也順，子弟之觀摩也深，既有以生其遜悌之心，而消其粗鄙桀驚之氣，又可以察其鄉之賢否，因立鄉正、族正，而寄之以旌別淑慝之宜（見原文）。

第三章　經學之師法與三家詩之傳述

第一節　師法與家法

　　〈經郛條例〉第十二云:「漢儒傳注有今學、古學之分,必先考其家法,然後異同可辨。」壽祺生平纂述匆匆未盡,臨終遺命其子喬樅云:「爾好漢學,治經知師法。他日能成吾志,九原無憾矣!」蓋以兩漢經學有今、古之分,今文之學與古文學之精神異趣,凡治漢學宜分別其軌徑,而後取捨有定也。

一、師法之名義

　　師法之名,最先見於《荀子》。自夫子沒後,中更戰國、嬴秦之變,六藝經傳賴荀子傳之而不絕,故曰「周公作之,孔子述之,荀子傳之,其揆一也」。漢儒傳經最重師法,殆荀子之遺;「師法」之名義,亦最先見於荀子也。
〔註1〕
　　《荀子・儒效篇》云:「有師法者人之大寶也,無師法者人之大殃也。人無師法則隆性矣,有師法則隆積也。」人無師法,則任性妄為,有師法則眞積日久,乃進於禮義。又〈修身篇〉云:「不是師法而好自用,譬之是猶以盲辨色,以聾辨聲也,舍亂妄無為也。」是以非師法而好自用,若非亂妄則不為也。蓋禮所以正身,師所以正禮也;無師,學者將何以知禮之為是乎?故學須重師法也。荀子所稱「師法」一詞,乃道德之極,並非漢儒所謂師法者,其名言則同,

────────────────
〔註1〕「師法」此名言確由荀子出,漢儒傳經重師法,乃荀子之教也。

內容則非也。〔註2〕然而〈勸學篇〉謂學始乎誦經，終乎讀禮；然而禮之為學，則法而不說。故荀子曰：「學者莫便乎近其人，學之經莫速乎好其人，隆禮次之。」〔註3〕是故學者固當效師法以正禮安身，否則末世窮年猶不免為陋儒，此漢儒治經之所以效師法之意也。

　　按：「師法」一詞，在荀子最初為禮法之稱，極道德，而籠天地。至荀卿弟子李斯，則演變為官守之學之稱。李斯相秦而天下統一，其時百家蠭起，人各善私學，非毀法度所立，議論高標，黨成造謗。斯乃奏請禁之。曰：「凡學非博士官所職，天下有藏詩書百《家語》者，悉詣守尉雜燒之；若欲有學法令，以吏為師。」〔註4〕是故毀私學，立官守，由李斯倡之，其雖不言其為師法，而有師法之意，師法至此又為官學之名矣。以此視董仲舒之論，黜百家，崇儒術，則曰：「《春秋》大一統者，天地之常經，古今之通誼也。今師異道，人異論，百家殊方，指意不同，是以上無以持一統，法制數變。下不知所守。臣愚以為諸不在六藝之科，孔子之術者，皆絕其道，勿使並進，邪辟之說滅絕，然後統紀可一，而法度可明，民知所從矣。」董子之言亦猶李斯之議。故自武帝立五經博士，設科試策，經師傳業，皆固守其學。然則漢儒之言師法溯其始源，當推源於荀子也。

二、兩漢經學之師法

　　漢儒治經喜言師法。《後漢書》魯丕上疏議學，云：

> 說經者傳先師之言，非從己出，不得相讓；相讓則道不明，若規矩權衡之不可枉也。難者必明其據，說者務立其義，浮華無用之言不陳於前，故精思不勞而道術愈章。法異者各令說師法，博觀其義，覽詩人之旨意，察〈雅〉〈頌〉之終始，明舜、禹、皋陶之戒，顯周公、箕子之所陳，觀乎人文，化成天下。〔註5〕

叔陵此議，乃與賈逵、黃香之論難而出。逵通五經，好為古學；魯丕亦通五經，稱通儒。此兩家爭難者，便在兩漢經學中，今學之師法最嚴明，丕以師法教授，皆篤守師說；而賈逵則參通古今，不守一師。故魯丕以賈逵無師法

〔註2〕見徐復觀《中國經學史的基礎》一書。
〔註3〕《荀子・勸學篇》。
〔註4〕《史記・秦本紀》李斯奏議。
〔註5〕《後漢書・魯丕傳》。

而相讓，謂其學由己造，並非有所據也。

今文經說多微言大義，古文則守訓詁章條；說微言大義往往一字寓褒貶，訓詁字句則說釋經文而已。故今文經有師法，古文則無。今文經雖師法嚴明，而說經之儒有時亦變易師法。《後漢書・儒林傳》稱，孟喜得《易》家候陰陽災變書，詐言師田生將死，枕喜膝，獨傳之；其同門梁丘賀則疏通證明之，以爲田生實絕於施讎手中；時喜歸東海，焉得預於此事邪？由此觀之，孟喜改師法之事甚明。及其後諸儒薦喜經明，朝廷聞喜改師法，而不用。以此知兩漢治經重師法之一斑。然而一經之中亦常有數家師法，若有師法之異同，則常各援師法以相難，觀魯丕博觀之奏議而可知矣。

經學之重師法，除薦舉外，復可由對問、傳習、正經、定說諸端見之。《漢書・張禹傳》載，禹從沛郡施讎受《易》，並瑯琊王陽、膠東庸生問《論語》。既明習；甘露中諸儒薦禹，有詔太子太傅蕭望之問。禹對以《易》及《論語》大義，望之善焉，奏禹經學明習，有師法，可試事。此言禹即以《易》及《論語》師法對問也。而《後漢書・吳良傳》載，東平王蒼薦良治《尚書》，學通師法，經任博士，行中表儀；顯宗以良賢，爲議郎，每處大議，輒據經典，不希旨偶俗以徼譽。則王良是以大夏侯《尚書》爲師法也。〔註6〕《漢書・翼奉傳》，奉上封事，每稱引師說。元帝問善日邪時孰與邪日善時？奉引師法用辰不用日。奉師后蒼，則是以《齊詩》與《禮》學爲師法也。又〈李尋傳〉，尋治《尚書》，與張孺、鄭寬中同師小夏侯。寬中等守師法教授，尋獨好〈洪範〉災異。五行志，朱博爲丞相受策，有大聲如鐘鳴，上問尋，尋引對師法，則是小夏侯《尚書・洪範》亦有師法也。

且《後漢書・質帝紀》云：「本初元年夏四月，詔令郡國舉明經。年五十以上，七十以下詣太學，自大將軍至六百石，皆遣子受業，四姓小侯能通經者，各令隨家法。」章懷太子《注》云：「儒生爲《詩》者謂之詩家，《禮》者謂之禮家，故言各隨家法。」然則兩漢明經亦重家法，師徒傳習，皆以此名學也。

而《後漢書・宦者蔡倫傳》則云：「元初四年，帝以經傳之文多不正定，乃選通儒謁者劉珍，及博士良史詣東觀，各讎校家法，令倫典監其事。」蔡邕在熹平四年，正定六經文字，亦各依每經家法。是則兩漢經學重家法，故治漢學必須知師法、家法也。

〔註6〕見《後漢書・儒林傳》。

三、師法與家法之異同

以上所舉例，或言「師法」，或言「家法」，二者之間微有不同。馬宗霍《中國經學史》云：

> 或謂前漢多言師法，而後漢多言家法；師法家法，名可互施。然學必先有所師，而後能成一家之言。若論其審，則師法者溯其源，家法者衍其流，其間蓋微有不同。

蓋經學之流傳，必有先師立其義，而後儒則演其緒。名言之施，本是後起，若言學術之歷史淵源，則師法之影響實大於家法。論者於師法、家法之嬗遞，每以夤緣利祿權勢言之，實則以家法學者言之則可，於師法則並非允論也。蓋學術之發展攸關文化與地理之背景，而爭競利祿乃學術發展之末弊；由其末弊，遂並其前緣一概抹殺之，故非是允當也。

兩漢傳經事業，源遠流長，在秦一統之前，群雄爭鹿，《說文解字・敘》云：「諸侯力政，不統於王，惡禮義之害己，而皆去其典籍。分爲七國，田疇異畝，車涂異軌，律令異法，衣冠異制，言語異聲，文字異形。」戰國諸雄一則以區域畛隔，文化發展之路徑遂爲分歧，兼以風俗民情不同，則諸侯之間殊禮異教，由來已久也。《史記》稱夫子卒後，七十子之徒散游諸侯：「子路居衛，子張居陳，澹臺子羽居楚，子夏居西河，子貢終於齊。」〔註7〕則孔子卒後，弟子持其學散在各國；《韓非・顯學篇》謂孔子之後，儒分爲八，經嬴秦、項劉之遞變，學術發展之風貌自然不同。漢興之後，《詩》有三家，《春秋》爲五，乃自然之勢也。由此以觀漢初經學之師法，或可得其實，豈能以利祿一端而強論定哉？

又梁啓超論先秦南北學術變遷之大勢，〔註8〕謂北學崇實際、主力行、貴人事、明政法、重階級、喜保守、主勉強、好排外；南學則崇虛想、主無爲、貴出世、明哲理、重平等，愛創造，明自然而任天，言無我而謙弱。南北學風之大致趨勢如此，而北學之中，鄒魯、東齊、秦、晉與鄭、宋之間，復有差異。宋、鄭之有名、墨，猶秦、晉之出刑名之家，〔註9〕其皆受儒學之浸染而轉變，已非傳統之儒學所能範圍。唯鄒、魯之地沐浴聖化獨深，流風餘韻

〔註7〕 《史記・孔子弟子列傳》，唯子路卒在夫子之前，所述有誤，太史公本意乃言弟子之離散耳。

〔註8〕 《中國學術思想變遷之大勢》。

〔註9〕 宋鄭之間之墨家名家，如墨翟、鄧析、惠施；申不害自韓出，商鞅爲魏產，而李克則兼儒法是也。

歷時而不斬；而齊擅其富強，更受太公之化，尊道貴賢，亦肆其恢宏之業。《史記》所謂：「齊、魯之間於文學，自古以來，其天性也。」故自漢興之後，言今文經學必於齊、魯之間，而求古文則在梁、趙，〔註10〕《史記》以天性一辭概言之，得之矣。

　　故論兩漢經學師法，必須溯至先秦之學風；學風不同，其學術內涵則有所別矣。兩漢經師以齊魯爲兩大宗，「大抵齊學尚恢宏，魯學多迂謹；齊學喜言天人之理，魯學頗守典章之遺。」〔註11〕以齊地近海疆，民多航海貿易以還，人多貴智，多炫奇之思、想像之辭，好隱遁之語，此齊學所以恢宏之故也。魯多山壤，民風淳樸，士多君子；秦漢之際，陳涉爲王，諸儒多抱孔氏禮器往歸之；高帝誅項籍，引兵圍魯，諸儒尚弦歌不輟，講誦習禮，魯之守質不貳，雖處危險，猶自若也。齊、魯二地學風之異，故雖同受儒術浸染，風尚則有不同，乃天性使然也。

　　由此而論之，師法乃博士學官之淵源，一經有數家，其自然之勢也。陳壽祺言：「《易》有孟京卦氣之候，《詩》有翼奉五際之要，《尚書》有洪範災異之說，《春秋》有公羊災異之條，皆明於象數，善推禍福，以著天人之應。」〔註12〕此齊地之學統也。齊學其後流爲讖緯，爲風角占候，爲道教成立之濫觴，可證知齊學之恢詭之緒未嘗絕也。〔註13〕《史記・儒林傳》謂魯申公爲《詩經》訓故以教，無傳疑，疑則闕不傳，此魯學者迂謹之風也。而《漢書・王式傳》載，式以《魯詩》教授，疑則缺不傳，弟子皆誦說有法，疑者丘蓋不言，〈漢志〉稱《詩》三家，魯最爲近之者，此魯學篤實不倚之驗也。是故言漢學，倘能溯其師法之根源，乃知其本於先秦之緒業也。

　　至於家法者則不然。馬宗霍云：「師法者，魯丕所謂說經者傳先師之言，非從己出，法異者各自說師法，博觀其義是也。家法者，范曄所謂專相傳祖，莫或訛雜，繁其章條，穿求崖穴，以合一家之說是也。」漢初經師於經皆各說大義，粗解訓詁，至後師則句句穿求，章句嚴密，自成一家之言，此之謂家法。馬氏又云：「今以《漢書・儒林傳》證之，凡言某經有某氏之學者，大抵皆指師法；凡言某家有某氏之學者，大抵皆指家法。」故學之先師、後

〔註10〕蒙文通《經學抉原・魯學、齊學第八》。
〔註11〕馬宗霍《中國經學史・第六篇：兩漢之經學》。
〔註12〕陳壽祺〈尚書大傳箋序〉。
〔註13〕見郭湛波《中國中古思想史・第十篇：災異的儒學》。

師,即師法與家法之別。故是,後漢章帝建初四年,詔以「漢承暴秦,褒顯儒術,建立五經,爲置博士;其後學者,雖曰承師,亦別名家。」前者即師法,後者即家法也。以一《詩經》例之:《詩》有魯、齊、韓三家,淵源各異,各立博士,是爲師法;《魯詩》有韋氏學,有張、唐、褚氏之學,《齊詩》有翼、匡、師、伏之學,《韓詩》有王、食、長孫之學,此即《詩》之家法。且家中更有家,如山陽張生本《魯詩》家,張家又有許氏學,《漢書·儒林傳》所謂:「傳業者浸盛,支葉蕃茲。」范書所謂:「編牒不下萬人,皆傳相傳祖,莫或訛雜,至有分爭王庭,樹朋私里,繁其章條,穿求崖穴,以合一家之說。」也。家法末學,章句繁瑣,揚雄故謂其華藻鑿帨,鄙其曉曉也。

四、今文學之衰微與古學之興起

前漢經學之師法精神不同,各自名學;至於家法流傳,弊端滋生,通學碩儒遂不滿其瑣屑,期復歸孔學面目,於是古文之學興起焉。〔註14〕

昔在六國,魏文侯師子夏,禮用段干木、李克;梁惠王卑禮厚幣以招賢者,而平原君厚致賓客,梁、趙之間,文學漪漪稱盛。劉歆言「鄒、魯、梁、趙頗有《詩》、《禮》、《春秋》,先師皆起於建元之間。」〔註15〕《毛詩》之傳於趙國毛萇,《左氏》傳於趙國貫長卿,二者並爲河間獻王博士;而「《孝經》爲河間顏芝所藏,《周官》爲獻王所得。河間故趙地也,進而推之,李克傳《毛詩》,魏文侯之相也;吳起傳《左氏春秋》,魏文侯之將也。蔡邕〈月令章句〉引魏文侯《孝經傳》,漢得魏文侯樂人竇公獻其書,則《周官·大宗伯》之大司樂章也,則今文之學源於齊、魯,而古文之學源於梁、趙也。」〔註16〕所謂古文經傳,魯淹之外,皆出河間;獻王以善其私學,而非上所立,武帝艴然難之,獻王以干武帝之忌,鬱悒以終。〔註17〕在漢初至中葉之間,古文不爲官學,所立皆今文家,故爭論不起。自劉歆以典校中秘,欲建立《左氏春秋》,及《毛詩》、《逸禮》、《古文尚書》於學官,今古文之爭遂演而烈。

徐復觀先生云:「漢初的今文皆來自古文,而古文以隸書改寫後即爲今

〔註14〕馮著《中國哲學史·第四章:古學與劉歆》。
〔註15〕劉歆〈移讓太常博士書〉。
〔註16〕《經學抉原·晉學楚學第九》。
〔註17〕《漢書·第五十二卷·景十三王傳·河間獻王德》。

文。凡流佈中的字體是相同的，即同爲隸書。今古文的分別，乃在文字上有出入，及由文字上的出入而引起解釋上的出入。」〔註18〕今古文之殊，非字體之差異，乃精神之不同。蓋文字之流行必與時改變，漢世人之不識篆籀之狀，知古籍於流傳之際皆已隸改，今古文之分不在文字體狀之別也。徐氏又云：「漢初經文傳自先秦之祖本，皆爲古文，《毛詩》的祖本亦必爲古文；但入漢而行於世的，則皆爲今文，《毛詩》亦必爲今文。」四家詩文字之異同，殆傳譯鈔寫之差訛，大體相同，故經學雖分今古，其在文字之差別爲小；其大者當在詩之內容闡釋，即師法、家法時期所賦與詩義之不同也。

　　由是而論、前漢末季今古文之爭，實即通儒不滿家法學者餖飣之習，所進行之經學改革也。裴普賢先生引錢穆先生《今古文評議》云：「漢初經師但傳訓詁，通其大義，疑者則闕無傳。至宣帝時，博士官爲：一便於教授，二便於博士弟子應試，三便於應敵起見，漸有章句之學興起。博士講經必分章斷句，具備原文而逐一詳解，遇有不可說處，已不能略去不說，於是不得不左右采獲，往往陷於勉強牽引，以爲飾說。」〔註19〕緣以此故，自武帝立五經博士之後，宣帝時增至十四家，其原有精神漸泯，章句漸繁也。「章句即家法。《易》有施、孟、梁丘之學，〈藝文志〉《易》家章句，施、孟、梁丘各二篇，《春秋》則〈公羊章句〉三十八篇，〈穀梁章句〉三十三篇，其他齊、韓《詩》均有章句，《魯詩》至末流亦有章句，蓋魯學之風漸爲齊學所破壞，這就是後漢書所說的『五經博士各以家法教授。』家法即章句。五經各家均有章句，各以章句教授，自守門戶，這就是家法。」〔註20〕自章句之學興起，章句遂漸細碎。夏侯建本師夏侯勝及歐陽高，左右采獲，又從五經諸儒問與《尚書》相出入者，牽引以次章句，具文飾說；勝因非之爲「章句小儒，破碎大道。」建亦非勝爲學疏略，難以應敵，率自專門名經。小夏侯再傳至秦恭，師法至百萬言，但說「曰若稽古」四字即三萬言，〔註21〕宜乎〈漢志〉痛陳後世經傳乖離，慨乎學者不思多聞闕疑之義，務碎義逃難，便辭巧說，破壞形體，幼童守一藝，白首而後能言，《五經》之衰極矣。

　　故是，古文經學之興起其間，正爲振衰起頹，論者恆言今文之學近古，

〔註18〕　《中國經學史的基礎·詩的傳承及其傳承中的問題》。
〔註19〕　裴普賢先生著《經學概述》。
〔註20〕　家法即章句，已成定論。
〔註21〕　桓譚《新論》云：「秦延君說篇目二千字至十餘萬言，但說曰若稽古四字三萬言。」

古文之學近眞，故通儒頗好焉。《隋書‧經籍志》云：

> 王莽好符命，光武以圖讖興，遂盛行於世。漢世又詔東平王蒼正五
> 經章句，皆命從讖；俗儒趨時，益爲其學，篇卷第目，轉加增廣，
> 言五經者，皆憑讖爲說。唯孔安國、毛公、王璜、賈逵之徒獨非之，
> 相承以妖妄，亂中庸之典，故因漢魯恭王、河間獻王所得古文，參
> 而考之，以成其義，爲之古學。

古學之興，原爲掃讖緯妖妄而外，家法之瑣屑亦是其因，此由古文倡議者劉
歆之〈讓太常博士書〉，爲此運動之宣言也。其言云：

> 往者綴學之士，不思廢絕之缺，苟因陋就寡，分文析字，煩言碎辭，
> 學者罷老且不能究其一藝，信口說而背傳記，是末師而非往古。至
> 於國家將有大事，若立辟雍、封禪、巡守之儀，則幽冥而莫知其原。
> 猶欲抱殘守缺，挾恐見破之私意，而無從善服義之公心；或懷疾妒，
> 不考情實，雷同相從，隨聲相非。

歆本欲輔弱扶微，冀得廢遺，思與家法學者比肩同力，共興古學之意甚切。
其奈諸儒深閉固距，不肯試納，皆怨恨之，龔勝以乞骸骨，師丹怒奏歆改亂
舊法，歆由是忤執政，求出爲補史。

　　茲述經學之師法與家法之本末，知支柱兩漢經學之世業，當在今文；而
古文學之後起，乃爲顯然之事。今文學之衰頹，在其根本精神之失喪，古學
本爲私業，次第復興，以今日持平議之，是兩者皆不可廢也。前清學者，積
心力於輯殘搜佚，冀得今文微言大義，而後今文學可得而言。今試由史〈漢
志〉、〈傳〉考三家傳人之外，復由兩漢百家著述得微茫緒業，由此二端交互
考察，冀得兩漢《詩經》學之百一也。

第二節　由史傳考三家詩之傳承

　　《漢書‧藝文志》云：「漢興，魯申公爲《詩訓故》，而齊轅固、燕韓生
皆爲之《傳》，或取《春秋》，采雜說，咸非其本義；與不得已，魯最爲近之。
三家皆列於學官。又有毛公之學，自謂子夏所傳，而河間獻王好之，未得立。」

　　魯、齊、韓三家爲今文學，在前漢皆列學官，〈漢志〉於毛氏「自謂」之
辭，似未深信，即其爲古文之故。古文乃後起之學，而淵源特早，致啓人疑，
〈漢志〉凡稱《詩》皆三百五篇，不言三百十一篇，即不信毛之證也。

一、《魯詩》之傳承

三家《詩》中，魯最先出，其傳亦最廣。魏、晉改代，《齊詩》先亡，《魯詩》亦不過江東。兩《漢書》中載《魯詩》傳授甚詳，由史傳鈎稽，尚可得其面貌也。

（一）申公、穆生、白生

《魯詩》始自申公。申公少時與魯穆生、白生、楚元王俱受《詩》於荀卿之門人浮邱伯。《魯詩》之傳自荀子，故凡《荀子》書中說《詩》之處，蓋即《魯詩》所本也。申公後歸魯居家教授，獨以《詩經》爲訓以教，無傳疑，疑則闕不傳。《魯詩》最爲篤實，即由申公之教故也。申公之事，見《史記·儒林傳》及《漢書·楚元王傳》。〔註22〕

（二）楚元王交，子郢、孫辟彊、曾孫德

楚元王劉交，高祖同父少弟也。好書、多材藝，與申公同受《詩》浮邱伯；及秦焚書，各別去。高后時，浮邱伯在長安，元王遣子郢客與申公俱卒業。文帝時，聞申公爲《詩》最精，以爲博士。元王好《詩》，諸子皆讀《詩》；申公始爲詩傳，號《魯詩》，元王亦次之，號《元王詩》，世或有之。紅侯辟彊，亦好讀《詩》，能屬文；辟彊子德，少修黃老，有智略。漢人傳經最重家學，楚元王爲《魯詩》，傳子孫。〔註23〕

（三）劉向、劉歆父子

劉向，字子政，本名更生，以父德仕爲輦郎。宣帝初立《穀梁春秋》，徵更生受之，講論《五經》於石渠閣。〔註24〕向爲人簡易無威儀，廉靖樂道，專積思經術，晝誦夜觀，不寐達旦。向三子皆好學，少子歆最知名。

歆字子駿，少以通《詩》、《書》，能屬文，河平中，受詔與父向領校祕書，講六藝經傳、諸子詩賦、數術方技，無所不究。向死後，復領五經，卒父前業，集六藝群書，種別爲〈七略〉。見《漢書·劉向傳》。

按：王應麟《詩考》以劉向乃元王孫，知向修其世業，傳《魯詩》，所著《說苑》、《新序》、《列女傳》諸書，所稱述當出《魯詩》。王引之以《列女傳·貞順傳》、〈賢明傳〉、〈母儀傳〉等引《詩》說與《韓詩》合，故向當通於《韓

〔註22〕《魯詩》在漢初但傳大義而已，則申公《訓故》與《元王詩》當同。
〔註23〕王引之《經義述聞》卷七謂劉向述《韓詩》。
〔註24〕石渠閣之議實今文經學中齊、魯學之爭也，見《漢書·儒林傳》。

詩》。〔註25〕劉向當通三家，就其家學言，向治《魯詩》則無疑；又仿《韓詩外傳》之體例著書，言其治韓亦無不可，至以《尚書・洪範》箕子爲武王陳五行陰陽休咎之應，採上古以來歷春秋、六國至秦、漢符瑞災異之記，推迹行事，傳其禍福，著其占驗，爲《尚書・五行傳論》，此齊學也。本傳亦言其多採《詩》、《書》傳記，知向實不拘一家；至劉歆，主張立古文《毛詩》之學，是亦不偏據一家之學也。

（四）申公弟子諸人

甲、孔安國　喬樅云：「太史公嘗從孔安國問業，所習當爲《魯詩》，觀其傳〈儒林〉，首列申公；敘申公弟子，首數孔安國，此太史公尊其師傅，故特先之。」是也。又云：「史公時惟魯立博士，所論又似不深信韓氏，故《史記》所引，皆《魯詩》也。」〔註26〕

乙、周　霸　至膠西內史，以易至二千石，能言《尚書》事。〔註27〕

丙、夏　寬　城陽內史。

丁、魯　賜　東海太守，曾與倪寬議改正月，易服色事。〔註28〕

戊、繆　生　《史記・索隱》：「繆氏出蘭陵，一音穆，所謂穆生，爲楚元王所禮者也。」王國維〈漢魏博士題名考〉，則以爲非同一人。

己、徐　偃　膠西中尉，《漢書・終軍傳》：「元鼎中，博士徐偃使行風俗。」

庚、闕門慶忌　膠東內史。

辛、趙綰、王臧　蘭陵王臧受《詩》，以事孝景帝，爲太子太傅，免去。武帝初即位，爲郎中令；及代趙綰亦嘗受《詩》申公，綰爲御史大夫。綰、臧請天子欲立明堂以朝諸侯，不能就其事，乃言師申公，於是武帝使使迎申公，以爲太中大夫，舍魯邸，議明堂事。會竇太后治黃老，不好儒術，使人微伺得趙綰等姦利事，綰、臧下獄死，諸所興皆廢。〔註29〕申公亦黜免歸，數年卒。

壬、江　公　申公卒以《詩》、《春秋》教授，而瑕邱江公盡能傳之；及魯許生，免中徐公皆守學教授。〔註30〕

〔註25〕同註23。《韓詩外傳》之文多處與劉向出處同，大概劉向撰述間引用之故，見本章第三節。

〔註26〕〈魯説遺説考・敘錄〉。

〔註27〕見王國維〈漢魏博士題名考〉。

〔註28〕《漢書・歷律志》元封七年事。

〔註29〕見《史記・孝武本紀》及〈儒林傳〉。

〔註30〕《漢書・儒林傳》。

按：《史記‧儒林傳》：「申公弟子爲博士者十餘人。」所錄七人而外，趙綰、王臧、瑕邱江公、魯許生、免中徐公皆是也。王國維云：「上言十餘人，而下只七人者，史失其姓名也。」〈儒林傳〉所載申公弟子事蹟有詳略，略者但舉姓名，詳者並述其事蹟，非史失其姓名也。

（五）王　式

王式，字翁思，東平新桃人也。事免中徐公及許生，爲昌邑王師。昌邑王廢，式繫獄當死，使者責問以無諫書。式對曰：「臣以《詩》三百五篇朝夕授王，至於忠臣孝子之篇，未嘗不爲王反復誦之也；至於危亡失道之君，未嘗不流涕爲王深陳之也。臣以三百五篇諫，是以無諫書。」使者以聞，亦得減死論，歸家不教授。〔註31〕及張長安、唐長賓、褚少孫來事式，問經數篇，式謝曰：「聞之於師具是矣！自潤色之。」不肯復授。

按：以王式事蹟觀之，《魯詩》自申公爲故訓以來，至王式皆守師法教授，而無章句，至張、唐、褚氏而《魯詩》有「張唐褚氏之學」，韋賢有「韋氏之學」，是《魯詩》之有章句，自此始。

（六）張長安、唐長賓、褚少孫

三人皆事王式爲師。唐生、褚生應博士弟子選，摳衣登堂頌禮甚嚴，試誦說有法，疑者邱蓋不言。張生宣帝時論石渠、唐生楚太傅。由是《魯詩》有張唐褚氏之學。〔註32〕

（七）張游卿、王扶、許晏

張長安兄子游卿，以《魯詩》授元帝，門人有王扶、許晏；許晏爲博士，由是張家有許氏學。〔註33〕

（八）韋賢、韋玄成、韋賞

韋賢字長孺，魯國鄒人也。其先韋孟，爲楚元王傅，傅子夷王及孫王戊；及戊淫暴，韋孟作詩諷諫，〔註34〕後遂去位，徙家於鄒，與申公同時。自孟至賢五世，賢篤學，師瑕邱江公及許生，《通詩》、《禮》、《尚書》，以《詩》教授，傳子玄成，以淮陽中尉論石渠，及兄子賞以《詩》授哀帝。由是《魯

〔註31〕同。
〔註32〕同。
〔註33〕同。《陳留風俗傳》：「許晏受《魯詩》王扶，改學曰《許氏章句》。」
〔註34〕《昭明文選》卷十九〈韋孟諷諫詩〉。

《詩》有韋氏學。

（九）薛廣德、龔勝、龔舍

薛廣德，師事王式，〔註35〕以博士論石渠，以《魯詩》教授，授楚龔勝、龔舍二人。兩龔交友，並著名節，時王莽秉政，勝遂歸，舍亦旋乞骸骨。勝舍皆通五經，以《魯詩》教授，莽既篡國，強徵勝，不屈，絕食卒。

（十）卓　茂

茂字子康，南陽宛人也。元帝時學於長安，事博士江生，習《詩》、《禮》及歷算，究極師法，稱為通儒。莽居攝，以病免歸；光武即位，即訪求之，以為太傅。

（十一）高嘉、高容、高詡

平原高嘉，以《魯詩》授元帝，〔註36〕傳子容，哀、平間為光祿大夫。詡以父任為郎中，家世傳《魯詩》，信行清操。王莽篡位，容、詡父子並稱盲，逃不仕。

（十二）魯恭、魯丕

恭字仲康，扶風平陵人也。與弟丕俱居大學習《魯詩》，閉門講誦，絕人間事，學為諸儒所稱。肅宗集諸儒於白虎觀，恭特以經明，召與其議，以《魯詩》為博士，由是家法學者日盛。丕字叔陵，沈深好學，孳孳不倦，兼通五經，以《魯詩》、《尚書》教授，關東號之曰：「《五經》復興魯叔陵。」〔註37〕

（十三）許晃、李業

李業，字巨游，廣漢梓潼人。少有志，操介特，習《魯詩》，事博士許晃。元始中，舉明經為郎，會莽居攝，以病去官，隱藏山谷，絕匿名迹。及公孫述僭號，強徵之，劫以鴆酒，業遂飲毒而死。述恥有殺賢之名，弔祠賻贈甚厚，子翬逃辭不受。光武即位，詔其表閭，載其高節，圖畫形象。

（十四）右師細君、包咸

包咸，字子良，會稽曲阿人也。少受業長安，師事博士右師細君，習《魯詩》、《論語》。王莽末，去歸鄉里。建武中，入授皇太子《論語》，為其章句。

〔註35〕薛廣德師王式事見〈儒林傳〉。
〔註36〕《後漢書・儒林傳》。
〔註37〕《後漢書・魯丕傳》。

子福亦以《論語》教授和帝。〔註38〕

（十五）魏　應

魏應，字君伯，任城人也。建武初，詣博士受業習《魯詩》，閉門誦習，不交僚黨，應經明行修，肅宗甚重之。會諸儒白虎觀，講論《五經》異同，使應專掌問難，淳于恭奏之，帝親臨稱制，如石渠故事。

（十六）陳重、雷義

陳重，字景公，豫章宜春人也。與同郡雷義爲友，俱學《魯詩》、《顏氏春秋》。〔註39〕

（十七）李咸、李炳、陳宣

李咸，字元章，汝南西平人。孤特自立，家貧母老，躬耕稼以奉養，習《魯詩》、《春秋公羊傳》、三《禮》。

李炳、字子然，鄮人也。篤行好學，不羨榮祿，習《魯詩》、《京氏易》。

陳宣，字子興，沛國蕭人也。剛猛性毅，博學，習《魯詩》。遭王莽篡位，隱處不仕；光武即位，徵拜諫議大夫。〔註40〕

（十八）蔡朗、武榮、魯峻

蔡朗，字仲明，陳留圉人。以《魯詩》教授，生徒雲集。

武榮，字含和，治《魯詩》經《韋氏章句》，〔註41〕闕幘講《孝經》、《論語》、《漢書》、《史記》、《左氏》、《國語》，廣學甄微，靡不貫綜。

魯峻，字仲嚴。治《魯詩》，兼通《顏氏春秋》，博覽群書，無物不栞，學爲儒宗，行爲士表。〔註42〕

以《魯詩》之傳承觀之，《魯詩》之有章句，自韋氏與張、唐、褚氏始，張家又有許氏學，如樹有分枝，枝又分枝，其時代在宣、元之間。後漢章帝、和帝以後，諸儒皆博學兼採，所謂顓家之學漸頹，古文興起，縱不經兵燹，章句亦已微矣。

〔註38〕《後漢書・儒林傳》。

〔註39〕《後漢書・獨行傳》。

〔註40〕謝承《後漢書》，《續漢書・五行志》注引。

〔註41〕洪适《隸釋・漢武榮碑》。韋氏之有章句首見於此。

〔註42〕洪适《隸釋・漢魯峻碑》。

魯詩之傳授源流表

荀子 → 浮邱伯 → （1）申公 → （2）劉交 → 劉郢 → 劉辟疆 → 劉德 → 劉向 → 劉歆

大江公 → （3）韋賢 → （4）韋玄成 → 韋賞⋯⋯⋯⋯ → 武榮

許生　　　（3）王式 → （4）張長安 → （5）張游卿 → （6）王扶

徐公　　　　　　　唐長賓　　　　　　　許晏

王臧　　　　　　　褚少孫

趙綰　　　　　　　薛廣德 → （5）龔舍勝

夏寬　　　　　　　　　　魯丕⋯⋯ → 魯峻

繆生　　　　　　　　　　魯恭　　陳重

徐偃　　　　　　　　　　魏應　　雷義

　　　　　　　　許晃 → 李業　　李咸

孔安國 → （3）司馬遷　　右師細君 → 包咸　　李炳

闕門慶忌　　　　　　　　　　　　蔡朗

二、齊詩之傳承

　　陳喬樅云：「漢時經師，以齊、魯爲兩大宗。文、景之間，言《詩》者魯有申培公、齊有轅固生；《春秋》、《論語》亦有齊、魯之學，此其大較也。」〔註43〕齊地學風與魯迥異，齊學自別於魯學，蓋一宏通，一篤實也。〈漢志〉載《齊詩經》二十八卷外，又有《后氏故》二十卷、《孫氏故》二十七卷、《后氏傳》三十九卷、《孫氏傳》二十卷、《雜記》十八卷。其中孫氏，〈儒林傳〉不載其姓名，遂佚而不可考。而《后氏傳》當即轅固生所著內、外《傳》也。蓋后氏詩說自轅生出，〈漢志〉言轅固作《詩傳》，荀悅《漢紀》亦言轅固生作《詩內外傳》也。〔註44〕三家詩之失傳，齊爲最早，蓋齊詩多非常可怪之論，學而不能通之故歟？唯史傳載兩漢傳人不絕，亦可考其一斑焉。

（一）轅固生

　　清河王太傅轅固生者，齊人也。以治《詩》，孝景時爲博士。齊言《詩》者皆本轅固生，諸齊人以詩貴顯，皆固之弟子也（《史記・儒林傳》）。〔註45〕

〔註43〕 〈齊詩遺說考序〉。
〔註44〕 由此見《齊詩》亦有內外傳也。
〔註45〕 陸璣《毛詩草木疏》：「公孫宏亦事固。」

（二）夏侯始昌

夏侯始昌，魯人也。〔註46〕通五經，以《齊詩》、《尚書》教授。自董仲舒、韓嬰死後，武帝甚重之。始昌明於陰陽，先言柏樑臺災日，至期日果災。〔註47〕族子勝，亦以儒顯名（《漢書・夏侯始昌傳》）。

（三）后　蒼

后蒼，字近君，東海郯人也。事夏侯始昌，始昌通五經，蒼亦以通《詩》、《禮》爲博士，授翼奉、蕭望之、匡衡。衡授師丹、伏理、潁川滿昌，家世傳業，於是《齊詩》有翼、匡、師、伏之學（《漢書・儒林傳》）。

又后蒼師事東海孟卿，說《禮》數萬言，號曰《后氏曲臺記》，授梁戴德延君、戴聖次君、沛慶普孝公，由是《禮》有大戴、小戴、慶氏之學。（同）《齊詩》與《禮》既同出后氏，則《儀禮》及二戴《禮記》中所引皆當爲《齊詩》說也。〔註48〕

（四）張邯、皮容、聞人通、漢子方、慶普孝公

匡衡授潁川滿昌，滿昌授張邯、皮容。后蒼授沛聞人通、漢子方、二戴並慶普孝公。

（五）翼　奉

翼奉，字少君，東海下邳人也。治《齊詩》，與蕭望之、匡衡同師，三人經術皆明。奉惇學不仕，好律歷陰陽之占。元帝初即位，諸儒薦之，數言事宴見，天子敬焉。

（六）蕭望之

蕭望之，字長倩，東海蘭陵人也。好學，治《齊詩》，事同縣后倉且十年，以令詣太常受業，復事同學博士白奇，又從夏侯勝問《論語》、禮服，京師諸儒稱焉。〔註49〕

（七）匡　衡

衡字稚圭，東海承人也。衡好學，尤精力過絕人，諸儒爲之語曰：「無說《詩》，匡鼎來。匡說《詩》，解人頤。」衡射策甲科，除爲太常掌故，調補

〔註46〕魯、齊學之別非就地域言之，乃學風也。
〔註47〕漢《尚書》有大小夏侯之學，自始昌傳之。
〔註48〕《齊詩》多言《禮》，鄭玄注《禮》在箋《詩》之前，用《齊詩》。
〔註49〕望之三子育、由、咸亦以明禮徵。

平原文學。元帝建昭三年，代韋玄成爲丞相，封樂安侯。子咸亦明經，歷位九卿。〔註50〕

（八）師　丹

丹字公仲，瑯琊東武人也。治《詩》，事匡衡，舉孝廉爲郎，元帝末爲博士，哀帝即位，代王莽爲大司馬。

（九）伏理、伏湛、伏隆、伏翕、伏晨、伏無忌、伏質、伏完

伏湛，字惠公，瑯琊東武人也。九世祖勝，所謂濟南伏生者也。父理爲當世名儒，以《詩》授成帝。湛少傳父業，成帝時以父任爲博士，二子隆、翕，翕嗣爵，卒，子光嗣；卒，子晨嗣。晨謙敬博愛，好學尤篤，卒，子無忌嗣，亦傳家學；卒，子質嗣，官至大司農；卒，子完嗣。自伏生已後，世傳經學，清靜無爲，故東州號爲「伏不鬥」。

伏湛弟黯，兄子恭；黯明《齊詩》，改定章句，作《解說》九篇，無子，以恭爲後。恭以父黯章句繁多，乃省減浮辭，定爲二十萬言。

（十）班伯、馬援

《漢書》敘傳：班伯少受《詩》師丹，大將軍王鳳薦伯宜勸學，召見宴昵殿，誦說有法。

《東觀漢記》：馬援，字文淵，扶風人。受《齊詩》，師事潁川滿昌。〔註51〕

（十一）任　末

任末，字叔本，蜀郡繁人也。少習《齊詩》，遊京師，教授十餘年，爲郡功曹，辭以病免（《後漢書·儒林傳》）。

（十二）景　鸞

景鸞，字漢伯，廣漢梓潼人也。隨師學經，涉七州之地，能理《齊詩》、《施氏易》，兼受河洛圖，作《易說》及《詩解》，文句兼取河洛，以類相從，以爲交集；又抄風角雜書，列其占驗。（《後漢書·儒林傳》）。

陳喬樅云：「翼氏言《齊詩》五際之要，與《易》陰陽、《春秋》災異並論，又著風角占候諸書，漢伯所理蓋翼氏之學也。」

以《齊詩》之傳授源流觀之，〈漢志〉謂齊轅固取《春秋》、采雜說而作

〔註50〕《齊詩》之大盛，蓋在衡時也。
〔註51〕《東觀漢記》「滿昌」作「蒲昌」，據〈儒林傳〉當以「滿昌」爲正。

《詩傳》，非《詩》之本義，《齊詩》之其始即駁雜不純，非專爲解經而著論。夏侯始昌明陰陽之學，以陰陽學說摻入《齊詩》之中，翼奉上封事所稱師說「《易》有陰陽，《詩》有五際，《春秋》有災異，皆列終始，推得失，考天心，以言王道之安危。」〔註52〕所言皆涉於陰陽。后蒼傳《詩》、《禮》爲博士，《齊詩》與《禮》學之淵源既相同，故凡習《齊詩》者多明《禮》，蕭望之、匡衡、師丹等是也。而鄭玄多以《禮》解《詩》，此受齊學之影響也。陰陽災異本是齊學，自翼氏說出，《齊詩》籠罩於陰陽災異之中，在西漢末、東漢初，《齊詩》已無顯著傳承，故《齊詩》之佚絕，乃其學術內容本身之變化，本不待魏、晉烽燹之變也。

《齊詩》之傳授流源表

轅固 → 夏侯始昌 → 后蒼 → 白奇
　　　公孫宏　　　　　　翼奉……………………………………→ 景鸞
　　　　　　　　　　　　蕭望之
　　　　　　　　　　　　匡衡 → 匡咸
　　　　　　　　　　　　　　師丹 → 班伯
　　　　　　　　　　　　　　滿昌 → 張邯
　　　　　　　　　　　　　　　　皮容
　　　　　　　　　　　　伏理 － 湛 － 晨 － 無忌 － 質 － 完
　　　　　　　　　　　　　　黯 － 恭 —— 壽

三、韓詩之傳承

《史記・儒林傳》云：「韓生推《詩》之意而爲內、外《傳》數萬言，頗與齊、魯閒殊，然其歸一也。」《漢書・儒林傳》亦云：「韓生亦以《易》授人，推《易》意而爲之傳，燕、趙閒好《詩》，故其《易》微，惟韓氏自傳之。」韓生法孟子以意逆志之法說《詩》，蓋亦仿《周易》推演之術也，故《韓詩》之學以博采，亦自成一家。

〈漢志〉載韓《詩經》外，有《故》三十六卷、《內傳》四卷、《外傳》六卷、《說》四十一卷；〈隋志〉有《韓詩》二十二卷，《薛氏章句》；〈唐志〉《韓詩》二十二卷，題卜商序、韓嬰注，又有《外傳》十卷。

陳喬樅云：「觀唐人經義，及類書所引《韓詩》，要皆《薛氏章句》爲多，

至於《內傳》，僅一二見焉。據《後漢書·儒林傳》，言薛漢世習《韓詩》，父子以章句著名；又言杜撫少受業，定《韓詩章句》，其所作《詩題約義通》，學者傳之，曰《杜君注》。疑《唐書·藝文志》所載當即此種，故卷數與〈漢志〉不同，雖題爲韓嬰注，知非太傅舊本也。」

　　三家詩中，韓詩並無先秦傳承，與齊、魯不同，以博采爲義，廣納爲長。《韓詩》與《魯詩》多有相襲之處者，即著《薛君章句》之薛漢，《唐書·宰相世系表》且謂漢父名方回，薛廣德之曾孫也。薛廣德以《魯詩》教授，則魯、韓《詩》說必有相通可知也。觀劉向著《列女傳》、《新序》、《說苑》，多有與《外傳》文同者；而《外傳》引《荀子》說《詩》之文四十有四。〔註53〕視此，則《韓詩》之采雜說之性質可見矣。三家詩以《韓詩》最後亡，其《內傳》至北宋猶存。

（一）韓　嬰

　　韓生者，燕人也。孝文帝時爲博士，〔註54〕景帝時爲常山王太傅。韓生推《詩》之意而爲內、外《傳》數萬言，頗與齊、魯間殊，然其歸一也。淮南賁生受之，自是之後，而燕、趙閒言《詩》者由韓生。韓生孫商，爲今上博士（《史記·儒林傳》）。

（二）趙　子

　　趙子，河內人也。事燕韓生，授同郡蔡誼（《漢書·儒林傳》）。

（三）蔡　義

　　蔡義，河內溫人也。以明經，給事大將軍幕府；久之求能爲《韓詩》者，徵義（《漢書》本傳）。

（四）食子公、王吉、王駿

　　蔡誼授同郡食子公與王吉（〈儒林傳〉）。吉爲昌邑中尉，而王好遊獵，驅馳國中，動作無節，吉上疏諍爭，甚得輔弼之義。及昌邑王廢，吉以忠直數諫得減死。吉兼通五經，以《騶氏春秋》、《詩》、《論語》授子駿（《漢書·王吉傳》）。

（五）栗豐、張就、長孫順、髮福

　　食生授泰山栗豐；吉授淄川長孫順，順爲博士、豐部刺史，由是《韓詩》有「王、食、長孫之學」。豐授山陽張就，順授東海髮福，徒眾尤盛（〈儒林傳〉）。

〔註53〕汪容甫《荀卿子通論》。
〔註54〕徐復觀先生以爲韓生以雜學爲博士，實以《詩》立也。

（六）郅　惲

惲字君章，汝南西平人也。年十二，失母，居喪過禮。及長，理《韓詩》、《嚴氏春秋》、明天文曆數。光武間，令惲授皇太子《韓詩》（《後漢書‧郅惲傳》）。

（七）劉　寬

寬字文饒，宏農華陰人也。少學《歐陽尚書》、《京氏易》，尤明《韓詩外傳》、星官、風隅、〔註55〕算歷、皆究極師法，稱爲通儒（謝承《後漢書》）。

（八）薛　漢

薛漢，字公子，淮陽人也。世習《韓詩》，父子以章句著名。〔註56〕漢少傳父業，尤善說災異讖緯，教授常數百人。〔註57〕建武初，爲博士，受詔校定圖讖，當世言《詩》者，推漢爲長（《後漢書‧儒林傳》）。

（九）杜　撫

杜撫，字叔和，犍爲武陽人也。少有高才，受業於薛漢，定《韓詩章句》，其所作《詩題約義通》，學者傳之，曰「杜君注」（《後漢書‧儒林傳》）。

（十）廉　范

范字叔度，京兆杜陵人也。詣京師受業，事博士薛漢，後辟公府。會漢坐楚王事誅，故人門生莫敢視，范獨往收斂之（《後漢書‧廉范傳》）。

（十一）尹　勤

尹勤治《韓詩》，事薛漢，身牧豕，事親至孝，無有交游，門生荊棘（《東觀漢記》）。

（十二）趙　煜

煜字長君，會稽山陰人也。到犍爲資中詣杜撫受《韓詩》，究竟其術。煜著《吳越春秋》、《詩細歷神淵》，蔡邕至會稽，讀《詩細》而歎惜，以爲長於《論衡》，京師傳之，學者咸誦習焉（《後漢書‧儒林傳》）。

（十三）張　匡

匡，字文通，山陰人。習《韓詩》，作章句，後舉有道，不就（《後漢書‧

〔註55〕燕學爲齊學之支裔，而後漢學者多博學，故寬學多雜也。
〔註56〕漢父名方回，見《唐書‧宰相世系表》。
〔註57〕《韓詩內傳》之傳於後者，即《薛氏章句》也。

儒林傳》)。

（十四）召 馴

召馴，字伯春，壽春人也。少習《韓詩》，博通書傳，以志義聞，鄉里號之曰：「德行馴馴召伯春。」（《後漢書・儒林傳》）

（十五）楊 仁

仁字文義，巴郡閬中人也。建武中，詣師學，習《韓詩》數年，歸所居教授（《後漢書・儒林傳》）。

（十六）李 恂

李恂，字叔英，安定臨涇人也。少習《韓詩》，教授諸生常數百人（《後漢書》李恂傳）。

（十七）唐 檀

檀字子產，豫章南昌人也。少遊太學，習《京氏易》、《韓詩》、《顏氏春秋》，尤好災異星占，後還鄉里，教授常百餘人（《後漢書・唐檀傳》）。

（十八）公沙穆

公沙穆，字文乂，北海膠東人也。習《韓詩》、《公羊春秋》，尤銳思河洛推步之術，隱居東萊山，學者自遠而至（《後漢書・公沙穆傳》）。

（十九）廖 扶

扶字文起，汝南平輿人也。習《韓詩》、《歐陽尚書》，專精經典，尤明天文、讖緯、風角、推步之術（《後漢書・廖扶傳》）。

（二十）夏 恭

恭字敬公，梁國蒙人也。習《韓詩》、《孟氏易》，講授門徒常千餘人（《後漢書・文苑傳》）。

（二十一）鄭 玄

玄字康成，北海高密人也。少為鄉嗇夫，得休歸，嘗詣學官，不樂為吏，遂造太學，師事京兆第五元先，通《京氏易》、《公羊春秋》、《三統歷》、《九章算術》。又從郡張恭祖受《周官》、《禮記》、《左氏春秋》、《韓詩》、《古文尚書》。以山東無足問者，乃西入關，因涿郡盧植，事扶風馬融，從質諸疑義，問畢，辭歸。凡玄所注《周易》、《尚書》、《儀禮》、《禮記》、《論語》、《孝經》、

《尙書大傳》、《中候乾象歷》；又著〈天文七政論〉、〈魯禮禘祫義〉、〈六藝論〉、〈毛詩譜〉、〈駁許愼五經異義〉、〈答臨孝存問周禮難〉，凡百餘萬言。」（《後漢書·鄭玄傳》）。

（二十二）馮 緄

緄字鴻卿，巴郡宕渠人也。（《後漢書·馮緄傳》）少耽學問，習父業，治《韓詩》〔註58〕（洪适《隸釋·馮緄碑》）。

（二十三）杜 喬

喬字叔榮，河內林慮人也。（《後漢書·杜喬傳》）少好學，治《韓詩》、《京氏易》、《歐陽尙書》，以孝稱（司馬彪《續漢書》）。

（二十四）梁 商

商字伯夏，以外戚拜郎中，遷黃門侍郎。（《後漢書·梁商傳》）少持《韓詩》，兼讀眾家傳記（《東觀漢紀》）。

（二十五）朱 勃

朱勃，字叔陽，年十二，能誦《詩》、《書》。馬援爲將軍封侯，而勃位不過縣令，援常待以舊恩；及援遇讒，惟勃能終焉。（《後漢書·馬援傳》）勃能說《韓詩》（司馬彪《續漢書》）。

（二十六）韋 著

著字休明，少以經行知名，不應州郡之命。（《後漢書·韋彪傳》）持《京氏易》、《韓詩》，博通藝術（謝承《後漢書》）。

（二十七）胡 碩

碩字季叡，總角入學，治《孟氏易》、《歐陽尙書》、《韓氏詩》，博綜古文，周覽篇籍（蔡邕〈集陳留太守胡碩碑〉）。

（二十八）崔 炎

炎字季珪，清河東武城人也。年二十三，始感激讀《論語》、《韓詩》；至年廿九，乃結公孫方等，就鄭玄學（《三國志·魏志》）。

（二十九）杜 瓊

杜瓊，字伯瑜，蜀郡成都人也。少受業於任安，盡得安術。著《韓詩章

〔註58〕《後漢書》，緄父煥安帝時幽州刺史。煥亦治《韓詩》。

句》十餘萬言（《三國志・蜀志》）。

（三十）張 紘

張紘，字子剛，廣陵人。（《三國志・吳志》）紘入太學，事博士韓宗，治《京氏易》、《歐陽尚書》；又於外黃，從濮陽闓受《韓詩》及《禮記》、《左氏春秋》（《三國志》裴松之注引《吳書》）。

（三十一）何 隨

何隨，字季業，蜀郡郫人也。治《韓詩》、《歐陽尚書》，研精文緯、通星歷（常璩《華陽國志》）。

（三十二）祝 睦

祝睦，治《韓詩》、《公羊》、《嚴氏春秋》（袁崧《後漢書》）。

（三十三）梁 景

梁景少習《韓詩》，為世通儒，漢元嘉元年為尚書令（《沈約集》）。

（三十四）侯 包

侯包，漢人，著《韓詩翼要》（《隋書・經籍志》）。

（三十五）田 君

君東平陽人，總角修《韓詩》、《京氏易》，究洞神變，窮奧極微（歐陽修〈集古錄漢田君碑〉）。

（三十六）武 梁

梁字綏宗，岐嶷有異，治《韓詩》，闕幀侍講，兼通河洛，諸子傳記（趙明誠〈金石錄漢武梁碑〉）。

（三十七）馬 江

江字元海，濟陰乘氏人。通《韓詩經》，以和平元年舉孝廉，除郎中（洪适《隸釋・漢馬江碑》）。

（三十八）樊 安

安字子仲，南陽湖陽人也。幼以好學，治《韓詩》、《論語》、《孝經》，兼通《禮》傳古今異義（洪适隸釋樊安碑）。

五經之大分，以齊、魯為二宗；齊學為雜取《異義》，魯學則篤守師傳，故五經之大別在齊、魯也。《史記》言：「申公為訓以教無傳疑，疑則缺不傳。」

班〈志〉言：「齊轅固、燕韓生皆爲之《傳》，或取《春秋》、采雜說。」是魯學謹嚴，齊學駁雜之驗也。韓生以推詩人之意而爲之傳，蓋齊學之黨也。蒙文通《經學抉原》謂：「魯固儒學之正宗，而齊乃諸子之萃聚也。」〔註59〕是也。〈藝文志〉於齊、魯《論語》之外，又有燕〈傳說〉三編，〈儒林傳〉以燕韓太傅《詩》不如韓氏《易》深，齊、魯之外復見有燕學也。蓋燕之風尚素與齊同，燕之儒生多自齊往故也。《史記》云：「燕昭王收破燕之後，乃卑辭厚幣，以招賢者，於是樂毅自魏往，劇辛自趙往，鄒衍自齊往。」齊有稷下，燕有碣石之宮，其事一也。則燕學者，乃齊學之附庸也。

自韓生爲《詩》內、外傳，《韓詩》之傳不絕，其盛時有二：一則《韓詩》之有王、食、長孫之學也，一則薛氏之學也。皆徒眾至盛，傳業不絕。《韓詩》之著作，《內、外傳》之外，薛氏爲章句，杜撫訂之。而趙煜《詩細歷神淵》，覷蔡邕之言，殆王充《論衡》之類，乃雜著之言，非解《詩》之作也。又有張匡、杜瓊著章句，載在〈蜀志〉；侯包《翼要》，錄在〈隋志〉，惜皆不傳。大抵《韓詩》之學，以雜取爲長，「引《詩》以證事，非引事而明《詩》。」也，故《韓詩》學者尚博習，善說災異圖讖，兼讀書傳《雜記》，薛氏之爲世推重，以此也。

韓詩之傳授源流表

（1）韓嬰－（2）韓商－（3）涿韓生－（4）趙子－（5）趙誼－
　　　　　　　　　　　賈生

（6）食子公－（7）栗豐－（8）張就　　　薛夫子－薛漢－杜撫──馮良
　　　王吉－長孫順－髮福　　　　　　　韓伯高
　　　　　－王駿－王崇　　　　　　　澹臺敬伯－趙煜
　　　　　　　　　　　　　　　　　　廉范
　　　　　　　　　　　　　　　　　　尹勤

張匡、召馴、楊仁、李恂、唐檀、公沙穆、廖扶、
夏恭、鄭玄、馮緄、杜喬、梁商、朱勃、韋著、胡碩
崔炎、任安──高阮、張紘、杜瓊、濮陽闓、何隨、
祝睦、侯包、武梁、馬江、樊安

〔註59〕見蒙文通《經學抉原》。

第三節　漢百家著述與三家詩之傳述

　　陳壽祺云：「兩漢《毛詩》未列於學，凡馬、班、范三史所載，及漢百家著述所引，皆魯、齊、韓《詩》。」〔註60〕三家之佚絕已久，史傳雖載其傳人，於說《詩》之細處則始終未嘗細究，而兩漢著作所引《詩》說皆三家之文，以群書相參附，亦可得三家之大義也。

一、魯詩與百家著作

（一）《史記》

　　陳壽祺云：「《史記》敘傳自言講業齊、魯之都，子長宜習《魯詩》；又〈儒林傳〉言韓嬰爲《詩》與齊、魯閒殊，似不深信韓氏；且子長時《詩》惟魯立博士，故《史記》所引《詩》皆魯說也。」陳喬樅云：「太史公嘗從孔安國問業，所習當爲《魯詩》，觀其傳〈儒林〉首列申公，敘申公弟子，首數孔安國，此太史公尊其師傳，故特先之。」以太史公之師傳驗之，《史記》引《詩》之文蓋《魯詩》也。如以〈關雎〉一詩論之，孔安國曰：「〈關雎〉樂而不至淫，哀而不至傷，言其和也。」〔註61〕《荀子‧儒效篇》云：「風之所以爲不逐者，取是以節之也。」節者，節其好色之心也。〔註62〕故《史記‧儒林傳》敘：「周室衰而〈關雎〉作。」《魯詩》以《詩》三百篇皆衰世之造，〔註63〕此即《史記》之所本也。

（二）《荀子》

　　《漢書‧楚元王傳》：「王少時，嘗與魯穆生、白生、申公俱受《詩》於浮邱伯；伯者，孫卿門人也。」劉向〈校錄孫卿書〉云：「浮邱伯受業孫卿，爲名儒。」申公之學出自荀子，則荀子說《詩》，蓋《魯詩》之所本。

（三）《爾雅》

　　漢儒謂《爾雅》爲叔孫通所傳，叔孫通爲魯地儒者，則《爾雅》爲魯學也。陳喬樅云：「據〈釋故〉：『陽，予也。』注引《魯詩》：『陽如之何？』；〈釋草〉：『藘，茹。』注引《詩》：『山有藘。』文與石經《魯詩》同，尤其確證。」《爾

〔註60〕　〈三家詩遺說考自序〉。
〔註61〕　何晏《論語集解》引。
〔註62〕　〈毛詩序〉：「變風發乎情，止乎禮義。」；《荀子‧大略篇》：「〈國風〉之好色也。《傳》曰：盈其欲而不愆其止。」
〔註63〕　《淮南‧氾論訓》：「王道缺而《詩》作，周室廢，禮義壞而《春秋》作。《詩》、《春秋》，學之美者也，皆衰世之造也。」

雅》乃群經訓詁之書，其時代在武帝之前，出在秦、漢之間，〔註64〕齊、韓、毛《詩》當時未出，故《爾雅》當爲《魯詩》學也。

（四）《白虎通義》

《白虎通》采今文經說，當時會議諸儒如魯恭、魏應、楊終、李育，其較著者也。陳壽祺云：「班固撰《白虎通義》多採《魯詩》說，其以魯爲主者，以當時會議諸儒，如魯恭、魏應皆習《魯詩》，而承制問難，又出於魏應，所以本書《詩》傳皆魯故也。」白虎觀之會，仿石渠之會，乃講議齊、魯五經異同者。〔註65〕此會之議，自楊終出，終明《春秋》學；而李育習《公羊春秋》。論《詩》傳，則以魯爲主。

（五）《說苑》、《新序》、《列女傳》

楚元王劉交少與申公受詩浮邱伯，申公爲《魯詩》，元王亦次《詩傳》，號《元王詩》，世傳其學。劉向爲元王子休侯富曾孫，向應是述《魯詩》。《新序》者，蓋別於《魯詩》故傳而言也。且向《春秋》爲《穀梁》，「公羊氏本齊學，治《公羊春秋》者，其於《詩》皆稱齊；猶之穀梁氏爲魯學，治《穀梁春秋》者，其於《詩》亦稱魯也。」向子歆卒父業，總群書而奏其〈七略〉。〈漢志〉所載，採〈七略〉之文，其於三家《詩》稱魯最近，足證劉氏之治詩，乃守其故業也。

（六）王逸《楚辭注》

臧鏞堂《拜經日記》言王逸《楚辭注》引《詩》多與毛、韓異，而與《爾雅》及《列女傳》合，蓋用魯義也。陳喬樅云：「叔師引《詩》如『好人媞媞』、『苕苕公子』之類，顯與韓、毛文異。〈關雎〉詩『窈窕』，《毛傳》訓作幽閒，云是幽閒貞專之善女；《薛君章句》亦云：『窈窕，貞專貌。』；又匡衡習《齊詩》，其說窈窕淑女，謂能致其貞淑，不貳其操，義與《毛詩》並同，是知叔師所用，信爲《魯詩》矣。」王逸《楚辭‧九歌》注：「窈窕，好貌。」揚子雲《方言》云：「窕，美也。陳、楚、周南之間曰窕；自關而西，秦、晉之間，凡美色或謂之好，或謂之窕。」揚雄用《魯詩》，故與王逸之說合。

（七）何休《公羊傳解詁》

《解詁》云：「諸侯夫人尊重，既嫁，非有大故不得反；惟自大夫妻，雖無

〔註64〕梁啓超云：「《爾雅》不過秦、漢間經師詁經之文，好事者輯爲類書，以便參檢。」
〔註65〕宣帝修武帝故事，章帝修宣帝故事。是白虎本之石渠，石渠又本之武帝也。

事，歲一歸寧。」（莊二十七年《傳》），古天子諸侯夫人無歸寧之禮，《穀梁》以婦人既嫁踰竟爲非禮，《傳》凡八見。《解詁》所據爲魯義也。〔註66〕陳壽祺云：「《詩》是后妃之事，而云大夫妻者，何氏不信毛敘也。」《齊詩》與《毛詩》皆以〈葛覃〉爲后妃之事，〔註67〕何氏所據，非毛非齊。陳喬樅云：「據此諸侯夫人無歸寧禮，則不以〈葛覃〉爲后妃之事，與蔡邕說合，〔註68〕邵公所述蓋出於《魯詩故》。知者，以隱五年，《解詁》稱《魯詩傳》；又桓四年，《解詁》言君於臣有不名者五，諸父兄不名，引《詩》『王曰叔父』，與《白虎通‧王者不臣篇》引《詩》說合；僖四年《解詁》言周公黜陟之事，引《詩》『周公東征，四國是皇』，與《白虎通‧巡狩篇》引《詩》說合；定八年，《解詁》言璋爲郊祀天之玉，引《詩》『奉璋峨峨，髦士攸宜』，與《爾雅‧釋訓》舍人注引《詩》說合，是其用《魯詩》之明證也。」

（八）《淮南》高誘注

《淮南‧詮言訓》：「《詩》之失僻。」高誘《注》：「《詩》者，衰世之風也。」《史記‧十二諸侯年表》、〈儒林傳〉敘並以《詩》爲衰世之造，〔註69〕王充《論衡》引《詩》家曰：「周衰而《詩》作。」則《魯詩》皆以《詩》爲衰世之作。陳壽祺云：「高誘注《呂氏春秋》云：『甯戚歌〈碩鼠〉之詩。』，與《後漢書‧馬融傳》注引《說苑》合；又以〈鹿鳴〉爲刺上之作，與蔡邕〈琴操〉合，是其用《魯詩》之證。」

（九）《論衡》

王充《論衡‧謝短篇》：「《詩》家曰：『周衰而《詩》作。』蓋康王時也。康王德缺於房，大夫刺晏，故《詩》作。」《史記‧孔子世家》：「幽、厲之缺，始於衽席。」；〈十二諸侯年表〉：「周道缺，詩人本之衽席，〈關雎〉作。」知王充所據爲魯義也。陳喬樅云：「《論衡‧書解篇》言《詩》家獨舉申公，是仲任治《魯詩》之明證。」

（十）王符《潛夫論》

〔註66〕蔡邕〈協和婚賦〉：「〈葛覃〉恐失其時，〈摽梅〉求其庶士，唯休和之盛代，男女得乎年齒。」是也。

〔註67〕毛〈序〉：「〈葛覃〉，后妃之本也。」；《齊詩》：「〈葛覃〉，后妃之職也。」二家皆以〈葛覃〉爲后妃之事。

〔註68〕見註66。

〔註69〕何定生《詩經今論》，〈從樂章到諫書看詩經〉一節論之詳矣。

《潛夫論》以〈鹿鳴〉為刺詩，〈班祿篇〉云：「忽養賢而〈鹿鳴〉思。」；《史記‧十二諸侯年表》：「仁義陵遲，〈鹿鳴〉刺焉。」故以〈鹿鳴〉為刺詩者，皆魯義也。

（十一）《法言》

揚雄《法言‧孝至篇》：「周康王時，頌聲作乎下，〈關雎〉作乎上，習治也。故習治則傷始亂也。」陳壽祺云：「以〈關雎〉為康王時者，皆魯說也。」故子雲當用《魯詩》。

（十二）《風俗通義》

《風俗通》云：「昔康王一旦晏起，詩人以為深刺。天子當夜寢蚤作，身省萬機。」以康王晏起〈關雎〉作刺者，乃魯義也。

（十三）《新書》

賈誼《新書禮篇》：「騶者，天子之囿也；虞者，囿之司獸者也。」陳壽祺云：「賈太傅時惟有《魯詩》，所說〈騶虞〉詩即魯義也。」就三家詩之時代言之，賈誼時未見齊、韓、毛《詩》故也。

（十四）《新語》

陳喬樅云：「陸賈時尚未有齊、韓、毛《詩》，今採其說附於魯。」。

（十五）趙岐《孟子注》

陳喬樅云：「邠卿以〈小弁〉詩為伯奇作，與《論衡》合；以〈文王〉詩殷士為微子，與劉向疏及《白虎通》合，是用《魯詩》之驗。」

（十六）《熹平石經》

東漢靈帝熹平四年，詔定石經於太學門外。陳喬樅云：「《熹平石經》以《魯詩》為主，閒有齊、韓字，蓋敘二家異同之說。此蔡邕、楊賜所奉詔同定者也。」〔註70〕

二、《齊詩》與百家著述

（一）《春秋繁露》

《漢書‧儒林傳》言齊人胡母生治《公羊春秋》，為景帝時博士，與董仲

〔註70〕見本章第一節「漢代經學家法」部分。

舒同業。公羊氏本齊學，治《公羊春秋》者於詩當稱齊，淵源所自，師承相同也。陳奐以董子治《魯詩》，爲考之不精爾。〔註71〕瑕邱江公受《穀梁春秋》及《魯詩》於魯申公，武帝時，江公與董仲舒並，仲舒通五經，善持論，能屬文；江公吶於口，武帝使與仲舒議，不如仲舒。則仲舒不習《魯詩》也。〈儒林傳〉，韓嬰以治《詩》，孝文時爲博士；武帝時，嬰嘗與仲舒論於上前，仲舒不能難，則仲舒不習《韓詩》也。故是《春秋繁露》引《詩》、說《詩》，皆爲《齊詩》也。

（二）《鹽鐵論》

桓寬治《公羊春秋》，《詩》則學齊。陳喬樅云：「桓次公《鹽鐵論》皆用《齊詩》，如以〈兔罝〉爲刺義，與魯、韓毛顯異；以〈鳴雁〉爲鴇，文與魯、韓、毛並殊；以〈出車〉爲周宣王詩，與班固〈匈奴傳〉合，是其證也。」

（三）《易林》

孟喜從田王孫受《易》，得《易》家候陰陽災變書，焦延壽從而問《易》，是爲齊學，故「甲、戊、己、庚，達性任情」與翼氏《齊詩》五性六情合；「亥、午相錯，敗亂緒業」之辭與〈氾歷樞〉言午、亥之際爲革命之說合。陳喬樅證其爲《齊詩》說，明驗有十。凡《易林》引《說詩》者，率《齊詩》說也。

（四）《漢書》

班氏於《詩》稱三家，說《詩》皆爲三百五篇，不與毛同；於毛公之學，「自謂」之辭，似不深信；〈儒林傳〉顯言三家授受，於毛獨缺，可證。陳喬樅云：「《齊詩》有翼、匡、師、伏之學，班固之從祖班伯受《詩》於師丹，誦說有法，故叔皮父子世傳家學。《漢書・地理志》引『子之營兮』及『自杜沮漆』，並據《齊詩》之文；又云『陳俗巫鬼』、『晉俗儉陋』，其說與匡衡說《詩》合，是其驗已。」班固是否專治《齊詩》，其實殊難斷言。《後漢書》本傳稱固博淹群籍，窮究百家，學無常師，不爲章句，僅舉大義而已，唯〈地理志〉之用齊說則有明驗；〔註72〕而班昭〈女誡〉云：「夫婦之道，參配陰陽，通達神明，天地之宏義，人倫之大節也。是以《禮》貴男女之際，《詩》著〈關

〔註71〕陳奐《詩毛氏傳疏・鄭箋考徵》，謂董子習《魯詩》。
〔註72〕《漢書・地理志》：「成帝時，劉向略言其域分，丞相張禹使屬潁川朱贛條其風俗，猶未宣究，故輯而論之。」張禹爲《齊論》，後爲《魯論》，見〈儒林傳〉。

雎〉之義。」曹大家所用乃《齊詩》義也，故與匡衡說合，言班固《漢書》用《齊詩》，不爲無端也。

（五）《申鑒》

後漢荀悅著《漢紀》，並爲《申鑒》一書。陳喬樅云：「荀悅叔父爽師事陳寔，寔子紀傳《齊詩》，見陸德明《經典釋文》。《後漢書》言荀爽嘗著《詩傳》，爽之《詩》學太邱所授，其爲齊學明矣。」又云：「轅固生作《詩內、外傳》，荀悅特著於《漢紀》，尤足證荀氏家學皆治《齊詩》，故言之獨詳耳。」江瀚謂《後漢書》陳紀著論，與《經典釋文》傳《齊詩》之陳元方，當別爲一人，喬樅以二人接續之，缺乏佐證〔註73〕而駁之；惟江氏之評亦少明驗。《後漢書》荀爽對策有「火生於木，木盛於火」之語，爽之用翼氏詩說，應是學《齊詩》。

（六）《儀禮》鄭注

后蒼事夏侯始昌爲《齊詩》，又從孟卿治《禮》，以《詩》、《禮》爲博士；孝宣之世，《禮》學后蒼最明。《詩》、《禮》同出后氏，鄭玄本治小戴《禮》，注《禮》在箋《詩》之前，未得《毛傳》。禮家師說均用《齊詩》，鄭君據以爲解，知其所述多本《齊詩》之義也。

三、韓詩與百家著述

（一）《易傳》

朱睦㮮《授經圖》云：「韓嬰精《詩》，又通《易》，舊圖兩見，今以《韓詩》爲專門，特置之。」《韓詩外傳》五，由〈關雎〉之識微，推及天地之原，道德之行藏，是由與《易傳》相通也。〔註74〕

（二）《荀子》

汪容甫〈荀卿子通論〉云：「《韓詩》之存者，《外傳》而已。其引荀卿子以說《詩》者，四十有四，由是言之，《韓詩》，荀卿子之別子也。」韓嬰爲《詩傳》，采獲眾說，獨於引荀子之文，則必曰「傳云」以別之，蓋尊之也。

（三）《公羊傳》

〔註73〕見《續四庫全書》，江瀚評。
〔註74〕《韓詩外傳》五，子曰：「河洛出圖書，麟鳳翔乎郊，不由〈關雎〉之道，則〈關雎〉之事將奚由至矣哉！」

《外傳》卷二「楚莊王圍宋，有七日之糧」一文，《公羊》宣十五年《傳》文也，《外傳》僅加「華元以誠告子反」數語，是《外傳》引《公羊傳》文，非《公羊》引《外傳》文也。

（四）《穀梁傳》

《外傳》四「古者八家而井田」一文，《穀梁》宣十五年傳也。《穀梁》與《魯詩》同一師傳，而《外傳》援引之，證《韓詩》本以博採爲長，無明顯師法也。

（五）《呂氏春秋》

《外傳》二「子賤法單父，彈鳴琴，身不下堂」與《呂氏春秋·察賢篇》同。

（六）《列女傳》、《說苑》、《新序》

劉向採取《詩》、《書》所載賢妃貞婦興國顯家可法則，及孼嬖亂亡者序次爲《列女傳》八篇，《韓詩外傳》與之同者甚多。向並采傳記行事著《新序》、《說苑》凡五十篇。〔註75〕《外傳》與之文同者亦多。然則，劉向所謂「採取《詩》、《書》所載」，「采傳記行事」者，蓋多取自《韓詩》也。其著書之體即《韓詩外傳》之體；而《外傳》以斷章取義說《詩》，即仿自荀子也。

劉向奏言著《說苑》、《新序》二書云：「所校中書《說苑》雜事，及臣向書民間書校讎，其事類眾多，章句相涉，除去復重，更造新事。」〔註76〕則此二書舊本有之，向重爲訂正，非創自其手也。漢經秦燹，向採焚餘以成書帙，其文多與《史記》、《國策》、百家傳記相出入，而又多與《韓詩外傳》同。向本學《魯詩》，則韓、魯《詩》說固有相同之處也。

故以史傳證三家詩之傳人外，又推兩漢百家著述與三家《詩》之淵源，自其傳授源流考之，以作者之時代斷之，由著述之內容證之，就作者所引源流求之，歸納比類學說而統之，參觀互證而鈎稽之，以異字異文考辨之，具詳於〈經郛義例〉二十五條例之中，有方法、有條貫，此陳氏父子《三家詩考》所以獨超越他家者也。

〔註75〕見《漢書·劉向傳》。

〔註76〕「《新序》」，顧名思義，蓋即仿魯、韓《詩》序而另出新義也。而「《說苑》」，即詩說集而囿之之謂歟。

第四章　魯詩之成立特徵與其解題

　　漢繼秦燔之後，孝惠四年，始開書禁，〔註1〕諸儒漸修經藝之本，講習鄉射之禮。《詩》三百五篇，以其諷誦不獨在竹帛，未遭秦燹之禍。漢興，魯申公即以《詩》爲訓以教，而齊轅固、燕韓生皆爲之《傳》，《詩》學之流傳，得紹先秦之業也。

　　前漢經師，恒言經之微言大義。徐復觀先生云：「申公在武帝前言爲政不至多言，其弟子之官民者皆有廉潔稱；轅固在景帝前言湯武革命，戒公孫宏無曲學以阿世。儒家的微言大義，凜然如可捫觸，則訓傳的後面，實有眞精神的躍動，與宋明的程、朱、陸、王實有血脈上的流注，而因時代關係，氣象的博大，或且過之。」〔註2〕此言微言大義，而舉《詩》爲驗者，《詩》教之中固有微言大義在也。《漢書・地理志》云：「凡民含五常之性，而其剛柔緩急，音聲不同，繫水土之風氣，故謂之風；好惡取舍，隨君上之情欲，故謂之俗。」齊、魯壤地相接，而開國之精神不同，地理環境又異，則人民性格之影響，學術思想之流行，申公之學何能強同於轅生哉？又韓生自爲《內、外傳》之文，亦別名家，因而知三家詩之成立，因緣迥殊也。

第一節　魯詩之諷諫精神

　　〈虞書〉曰：「《詩》言志，歌永言，聲依永，律和聲。」鄭康成以爲《詩》道放於此。〔註3〕賦《詩》言志，由來遠矣。《詩》之始作，即有諷諫之意，

〔註1〕見《史記・孝惠本紀四年》。
〔註2〕見徐氏《中國經學史的基礎》一書。
〔註3〕見〈毛詩譜・序〉。

〈魏風〉有褊心之刺、〈節南山〉有究王訩之言，《詩》之出於公卿之規誨，乃爲補察時政。〔註 4〕故《國語·周語》，邵公諫厲王曰：「故天子聽政，使公卿大夫獻《詩》，瞽獻曲，史獻書、師箴、瞍賦、矇誦、百工諫、庶人傳語，近臣盡規、親戚補察、瞽史教誨、耆艾修之，而後王斟酌焉。」晉范文子戒趙文子曰：「吾聞古之王者，政德既成，又聽於民，於是乎使工誦諫於朝，在列者獻《詩》，使勿兜；風聽臚言於市，辨祅祥於謠，考百事於廟，聞謗譽於路，有邪而正之，盡戒之術也。」〔註 5〕《詩》既有諫戒之用，故衛武公年數九十有五，猶作〈懿戒〉以自儆焉；〔註 6〕楚左史倚相，陳〈祈招〉之詩以止王心。〔註 7〕而城者因諷華元而作謳；〔註 8〕輿人對子產以贊誦，〔註 9〕《詩》之諷諫傳統，實源流而流長。三百五篇遞傳至漢，諷諫之用未曾中絕，《韓詩》推詩人之意爲《內、外傳》數萬言，乃韓非〈說難〉、〈孤憤〉、〈內外儲說〉之類；《齊詩》四始五際之節，班氏知其假經立誼之理；而《魯詩》更以三百五篇當諫書，不假辭而飾言也。

　　《漢書·楚元王傳》云：申公與白生、穆生俱爲元王所敬禮。元王薨，王戊即位，穆生以忘禮故辭去，〔註 10〕申公與白生懷舊德獨留。至王戊淫暴，二人諫不聽，（王戊）胥靡之，衣之赭衣，使杵臼雅舂於市。

　　又〈韋賢傳〉：賢其先韋孟，家本彭城，爲楚元王傅，傅子夷王及孫王戊；戊荒淫不遵道，孟作詩風諫，後遂去位。〈諷諫詩〉曰：〔註 11〕

　　　肅肅我祖，國自豕韋，黼衣朱黻，四牡龍旂。彤弓斯征，撫寧遐荒，

〔註 4〕《左傳·襄公十四年》，師曠曰：「自王以下，各有父兄子弟以補察其政。」
　　　　又曰：「大夫規誨，士傳言，庶人謗。」
〔註 5〕見《國語·晉語六》。
〔註 6〕見《國語·楚語上》。
〔註 7〕《左傳·昭十二年傳》，楚左史倚相曰：「昔穆王欲肆其心，周行天下，將皆必有車轍馬跡焉。祭公謀父作〈祈招〉之詩以止王心，王是以獲沒於祇宮。」
〔註 8〕《左傳·宣二年》：「宋城，華元爲植巡功。城者謳曰：『睅其目，皤其腹，棄甲而復。于思！于思，棄甲復來。』
〔註 9〕《左傳·襄公三十年》，子產從政一年，輿人誦之曰：「取我衣冠而褚之，取我田疇而伍之，孰殺子產，吾其與之。」及三年，又誦之曰：「我有子弟，子產誨之，我有田疇，子產殖之，子產而死，誰其嗣之？」
〔註 10〕元王敬禮申公等。穆生不嗜酒，元王每置酒，常爲穆生設醴。及王戊即位常設，後忘設焉。穆生退曰：「可以逝矣！醴酒不設，王之意怠；不去，楚人將鉗我於市。」
〔註 11〕見《昭明文選》卷十九。

總齊群邦，以翼大商。迭彼大彭，勳績惟光，至於有周，歷世會同。
王赧聽政，寔絕我邦，我邦既絕，厥政斯逸。賞罰之行，非繇王室，
庶尹群后，靡扶靡衛。五服崩離，宗周以墜，我祖斯微，遷於彭城。
在予小子，勤唉厥生，阨此嫚秦，耒耟斯耕。悠悠嫚秦，上天不寧，
乃眷南顧，授漢于京。於赫有漢，四方是征，靡適不懷，萬國攸平。
乃命厥弟，建侯於楚，俾我小臣，惟傅是輔。矜矜元王，恭儉靜一，
惠此黎民，納彼輔弼。享國漸世，垂烈于後，迺及夷王，克奉厥緒。
咨命不永，惟王統祀，左右陪臣，斯惟皇士。如何我王，不思守保，
不惟履冰，以繼祖考。邦事是廢，逸游是娛，犬馬悠悠，是放是驅。
務此鳥獸，忽此稼苗，蒸民以匱，我王以媮。所弘匪德，所親匪俊，
唯囿是恢，唯諛是信。瞇瞇諂夫，諤諤黃髮，如何我王，曾不是察。
既藐下臣，追欲縱逸，嫚彼顯祖，輕此削黜。
嗟嗟我王，漢之睦親，曾不夙夜，以休令聞。穆穆天子，照臨下土，
明明群司，執憲靡顧。正邇由近，殆其茲怙，嗟嗟我王，曷不斯思。
匪思匪監，嗣其罔則，彌彌其逸，岌岌其國。致冰匪霜，致墜匪嫚，
瞻惟我王，時靡不練。興國救顛，孰違悔過，追思黃髮，秦繆以霸。
歲月其徂，年其逮者，於赫君子，庶顯于後。我王如何，曾不斯覺，
黃髮不近，胡不時鑒。

〈諷諫詩〉爲四言，結構分兩部份，前者爲序，後者爲諫詩正文。〈序〉自韋氏之祖先起始，敘至孟之傅王戊止，歷陳王戊逸游驅馳，信讒遠賢之狀，有大雅正格；諫詩正文，乃小雅「怨悱而不亂」之辭也。

作詩諷諫之外，朝臣奏議每藉詩義而陳言，不勝彈舉；如太史公即用詩義於史傳之間，〈外戚世家〉云：

> 自古受命及繼體守文之君，非獨內德茂也，蓋亦有外戚之助焉。夏之興也以塗山，而桀之亡也以妹喜；殷之興也以有娀，紂之殺也嬖妲己；周之興也以姜原及大任，而幽王之禽也，淫於褒姒。故《詩》始〈關雎〉，夫婦之際，人道之大倫也。

而劉向不忍見外戚貴盛，多踰禮制，以爲王教由內及外，自近者始，故採取《詩》、《書》所載賢妃貞婦，興國顯家可法則，及孽嬖亂亡者，序次爲《列女傳》以戒天子；及采傳記行事，著《新序》、《說苑》揭仁興暴亡之事實，乃採《詩》義以著述也。他如薛廣德爲三公，直言諫爭；龔勝居諫官，上書議約制度，無

所隱避；魯恭見政事有益於人，輒言其便，皆用《詩》以諫爭之類也。

　　至於以三百篇爲直接諫書，不假辭修飾，則是王式其人也。《漢書·儒林傳》云：

> 王式事免中徐公及許生，爲昌邑王師。昌邑王廢，式繫獄，當死。治事使者責問曰：「師何以亡諫書？」式對曰：「臣以三百五篇朝夕授王。至於忠臣孝子之篇，未嘗不爲王反復誦之也；至於危亡失道之君，未嘗不流涕爲王深陳之也。臣以三百五篇諫，是以亡諫書。」使者以聞，亦得減死論。

《魯詩》自申公爲故訓以教，其傳最廣，諷諫精神亦由申公啓之，故賡承先秦之諷諫傳統而宏揚之。兩漢期間，以王式下獄事爲斷，漢興以來一百年間，《魯詩》較著之學者有申公、楚元王、孔安國、王式諸人；宣帝之後，至於東都之末，學者有劉向、王符、王逸、蔡邕、徐幹、高誘等，皆忠良善諫，以三百篇諷諫傳統繼承。至毛、鄭之學盛行之時，鄭氏《詩譜》之世次，與其正、變、美、刺之根源，亦皆繼承諷諫之大義，並非獨創也。〔註12〕

第二節　魯詩學者之風範

　　《漢書·地理志》云：「（魯地）其民有聖人之教化，故孔子曰：『齊一變至於魯，魯一變至於道。』言近正也。瀕洙、泗之水，其民涉度，幼者扶老而代其任。俗既益薄，長老不自安，與幼少相讓，故曰：『魯道衰，洙、泗之間齗齗如也。』孔子閔王道將廢，迺修六經，以述唐、虞、三代之道，弟子受業而通者七十有七人，是以其民尙禮義，重廉恥。」

　　魯地沐聖人教化最深，民俗敦篤，士多好學有禮。入漢之後，學者猶鄉風不沫。以《魯詩》學者言之，申公、白生、穆生同師浮邱伯。《鹽鐵論·毀學篇》云：「昔李斯與包丘子俱事荀卿。〔註13〕既而李斯入秦，遂取三公，據萬乘以制海內，功侔伊、望，名巨太山；而包丘子不免於甕牖蒿廬，如潦歲之蛙，口非不衆也，然卒死於溝壑而已。」又云：「包邱子飯麻蓬藜，修道白屋之下，其志安於廣廈絮豢，無赫赫之勢，亦無戚戚之憂。」〔註14〕浮邱伯

〔註12〕見何定生《詩經今論·從樂章到諫書看詩經》。
〔註13〕陳壽祺云：「包邱子即浮邱伯也。包浮音近，古相通假。」舉《左傳》「浮來」、「包來」爲證。
〔註14〕同見《鹽鐵論·毀學篇》。

據仁義，安明志，勤篤於學，以待其時，實魯地學者之寫照。申公秉其師教，為《魯詩》，無傳疑，疑者闕不傳，〔註15〕武帝時使使束帛加璧安車駟馬迎之，問治亂之事，申公對曰：「為治者不在多言，顧力行何如耳！」時武帝方好文詞，見申公對，默然而已。《魯詩》一向稱篤實，〈漢志〉謂「魯最為近之。」乃學風使然；因而《魯詩》著名學者，多風範高標之士也。

　　如：王式，魯詩之三傳弟子也。〈儒林傳〉，唐生褚生事式，問經數篇，式謝曰：「聞之於師具是矣！自潤色之。」不肯復授。以此知申公無傳疑之治學精神具在；唐生、褚生應博士弟子選，詣博士，摳衣登堂，頌禮甚嚴，試誦說有法，疑者丘蓋不言。「丘蓋不言者」即「無傳疑、疑者缺不傳。」之意。〔註16〕《後漢書》稱卓茂事博士江生習《詩》、《禮》及歷算，「究極師法，稱為通儒。」〔註17〕而魯叔陵上疏曰：「說經者傳先師之言，非從己出，不得相讓，相讓則道不明，若規矩權衡之不可枉也。說者務立其義，難者必明其據，浮華之言不陳於前，故精思不勞而道術愈章，法異者各令自說師法，博觀其義。」原始察終，知《魯詩》謹嚴篤實之傳統，相承而不替，〈漢志〉最近之論為有據也。

　　以《魯詩》學者之風範而論，浮邱子甕牖蒿廬，不改明志；申公懷德任輔，窮達不易。〔註18〕而〈儒林傳〉稱申公弟子其治官民，皆有廉節，由此知《魯詩》以道德訓解詩義，恒不失軌範也。又〈韋賢傳〉，賢為人質樸少欲，篤志為學，號為鄒魯大儒；劉向以宗室之重，簡易而無威儀，廉靖樂道，專積經術。而韋玄成好學繼父業，尤謙遜下士，父賢病篤，門人宗室計議為後，賢薨，玄成陽狂避爵，〔註19〕高風亮節，為當世所重。〈兩龔傳〉，兩龔少皆好學明經，並著名節，相與為友，後有詔皆徵。勝居諫官，數上書議約制度，薄賦斂，淳風俗；舍亦居諫大夫，有名於朝。王莽秉政，兩龔遂歸；及莽篡易，舍已先卒，莽遣使徵勝，勝稱疾不應，莽復遣使奉璽書迎，勝知不見聽，不復開口絕食卒，後世刻石表其閭門。另有高嘉、高容、高詡三代父子，嘉以《魯詩》授元帝，容傳父業，詡以信行清操知名；及王莽篡位，父子稱盲

〔註15〕見《史記・儒林傳》。
〔註16〕《漢書》蘇林注：「丘蓋不言不知之意也。」王先謙云：「丘言為空言，空蓋不言即闕疑之意。」是也。
〔註17〕見《後漢書》本傳。
〔註18〕見《漢書・楚元王傳》。
〔註19〕陽狂，佯狂也，蓋效箕子之行也。

逃，不仕新朝，清忠之節，丹青垂烈。南陽卓茂爲密令，勞心諄諄，舉善而教，口無惡言，吏民皆親愛不忍欺之；及王莽秉政居攝，以病免歸；光武中興，即先走訪求得，褒其厚德，既薨，光武車駕素服，親臨送葬。而廣漢梓潼李業，少有志，操介特，元始中舉明經，會王莽居攝，以病去官，不應州郡之命，隱藏山谷，絕匿名迹；及公孫述僭號，聞業賢，強徵之，不應，再使大鴻臚尹融持鴆酒奉詔以劫之，業遂飲毒而死；述大驚，恥殺賢之名，乃遣使祠賻，業子翬逃辭不受；光武平蜀，詔表其閭，圖畫形像，載其高節。史稱光武中興，表彰氣節，士崇高風者，蓋美魯詩學者也。〔註20〕

　　梁任公論北地思潮，言其學術思想常務實際，切人事、貴力行，重經驗，而修身齊家，治國利群之道術最發達，崇古之念重，保守之情深；陳壽祺謂兩漢經師，各守家法，持之弗失，寧固而不肯少變，斯亦古人之質厚賢於季俗之逐波而靡也。〔註21〕

第三節　魯詩遺說解題

　　《史記·孔子世家》云：「古者《詩》三千餘篇，及至孔子去其重，取可施於禮義，上采契、后稷，中述殷、周之盛，至幽、厲之缺，始於衽席，故曰：『〈關雎〉之亂，以爲〈風始〉，〈鹿鳴〉爲〈小雅〉始，〈文王〉爲〈大雅〉始，〈清廟〉爲〈頌〉始。』三百五篇，孔子皆絃歌之，以求合韶、武、雅、頌之音。」太史公習《魯詩》，謂古詩有三千餘篇，經孔子刪述，此采緯書悠繆之說，而啓後人之辯難。〔註22〕除此之外，太史公所論，當皆爲《魯詩》之義。

　　《魯詩》以三百五篇爲衰世之造，〔註23〕《史記》謂《詩》始於衽席者，言〈關雎〉也。〈十二諸侯年表〉云：「周道缺，詩人本之衽席，〈關雎〉作。」〈儒林傳·敘〉：「周室衰而〈關雎〉作。」是也。〈十二諸侯年表〉又云：「仁義陵遲，〈鹿鳴〉刺焉。」而《潛夫論·班祿篇》云：「忽養賢而〈鹿鳴〉思。」魯詩亦以〈小雅〉爲刺也。然則，以三百篇之風雅爲刺詩，《魯詩》固當無正變之論，正變之論爲後起也。且《史記》明言《詩》三百五篇，則《魯詩》

〔註20〕以卓茂、李業、兩龔、高容等證之，可作如是言。
〔註21〕見〈齊詩遺說考序〉。
〔註22〕屈萬里先生《詩經釋義》，舉三證，以爲孔子斷無刪詩之事。
〔註23〕《淮南·氾論訓》：「《詩》、《春秋》，學之美者也，皆衰世之造也。」

亦當無六笙《詩》，從此而可知。今爲《魯詩》解題，詩篇次第依據《毛詩正義》，六笙詩應略去不計，唯留題號，俾便查對論焉。

一、周　南

1. 〈關雎〉：周之康王夫人晏出朝，〈關雎〉豫見，思得淑女以配君子。
（《列女傳》卷三）

《漢書》杜欽上疏曰：「后妃之制，夭壽治亂存亡之端也。是以佩玉晏鳴，〈關雎〉歎之，知好色之伐性短年，離制度之生無厭，天下將蒙化陵夷而成俗也。故詠淑女以配上，忠孝之篤，仁厚之作也。」毛〈序〉：「〈關雎〉樂得淑女，以配君子。」取義於此；《淮南・王離騷傳》：「國風好色而不淫。」又即毛〈序〉下文「不淫其色」之所本。《魯詩》以三百篇爲諫書，故以〈關雎〉爲刺；《毛詩》本其精義，而以爲后妃之本，其立義則殊。依《列女傳》，謂「康王晏起，〈關雎〉豫見」，義由《史記》「始於衽席」而來，而道其事跡更爲顯著。張超〈誚青衣賦〉云：「周漸將衰，康王晏起，畢公喟然深思古道，感彼〈關雎〉性不雙侶，願得周公，配以窈窕，防微消漸，諷諭君父，孔氏大之，列冠篇首。」《魯詩》〈關雎〉之義，至此全備，且知作者爲畢公。故學愈後出，而義愈完全，其離《詩》本義則愈遠也。凡以〈關雎〉爲刺詩者，皆魯詩說也，如《史記》、何晏《論語集解》、劉向《列女傳》、《漢書》杜欽上疏、揚雄《法言》、王充《論衡》、袁宏《後漢書》楊賜上書、應劭《風俗通義》、張超〈誚青衣賦〉、張衡〈思玄賦〉皆是也。所謂「以類取、以類予。」陳壽祺父子用此歸納法，而《魯詩》〈關雎〉之義乃昭然而明矣。

2. 〈葛覃〉：蔡邕協〈和婚賦〉：「〈葛覃〉恐失其時，〈摽梅〉求其庶士。唯休和之盛代，男女得平年齒，婚姻協而莫違，播欣欣之繁祉。」

《魯詩》以〈葛覃〉爲恐嫁失時者，以爲后妃既嫁，非有大故，則無歸寧之義也。〔註24〕

3. 〈卷耳〉：《淮南・俶眞訓》：「慕遠世也。」高誘曰：「言我思古君子、官賢人，置之列位也。誠古之賢人各得其行列，故曰慕遠也。」此蓋取「嗟我懷人，寘彼周行。」與《左傳》斷章取義同旨。〔註25〕

〔註24〕《穀梁》魯學亦以爲后妃無歸寧之義，見前章第三節所論。
〔註25〕《左傳・襄十五年》：「君子謂楚於是能官人。官人，國之急也。能官人，則民無覦心。《詩》云：『嗟我懷人，寘彼周行。』能官人也。王及公侯伯子男

7. 〈兔罝〉：《列女傳》二：「夫安貧賤而不怠於道者，惟至德能之。《詩》云：『肅肅兔罝，椓之丁丁。』言不怠於道也。」

《魯詩》以〈兔罝〉為歌頌安貧守道之士。《說苑·復思篇》云：「人君胡可不務愛士乎？」猶是諫書之義。故徐幹《中論·法象篇》云：「人性之所簡也，存乎幽微；人情之所忽也，存乎孤獨。故幽微者，顯之原也；孤獨者，見之端也。胡可簡也！胡可忽也！是故君子敬孤獨而慎幽微。《詩》云：『肅肅兔罝，施于中林。』處獨之謂也。」

8. 〈芣苢〉：蔡人之妻，宋人之女也。既嫁於蔡而夫有惡疾，其母將改嫁之，不聽其母，乃作〈芣苢〉之詩。」（《列女傳》卷四）

劉向以婦人既與人醮，有終身不改之義，所取於〈芣苢〉者，「夫采采芣苢之草，雖其臭惡，猶將始於掇采之，終於懷擷之，浸以益親。」此魯義也。

9. 〈漢廣〉：鄭交甫遇江妃二女事。（劉向《列仙傳》）

三家詩義同，則〈漢廣〉一詩必有所本。日人白川靜於《詩經研究》一書，以為〈漢廣〉乃南人祭祀水神之詩，與《楚辭·九歌》相類，甚可信。三家詩早於毛，解釋較毛詩接近民謠面目。《昭明文選·琴賦》注引劉向《列仙傳》云：「游女，漢水神。」是也。

10. 〈汝墳〉：《列女傳》卷二〈頌〉云：「周大夫妻，夫出治土。維戒無怠，勉為父母。凡事遠害，為親之在。作詩〈魴魚〉，以敕君子。」是以〈汝墳〉為周南大夫妻匡夫之作。

二、召　南

13. 〈采蘩〉：《潛夫論·班祿篇》：「背宗族而〈采蘩〉怨。」魯詩以〈采蘩〉為怨刺之詩，蓋以〈采蘩〉忠謹祭祀，反諷今者不然也。

14. 〈草蟲〉：惡惡善善之道也。（《說苑·君道篇》）

魯詩不以〈草蟲〉為大夫妻作也。《左傳》襄公二十七年，鄭七子享趙孟子，子展賦〈草蟲〉，趙孟曰：「善哉！民之主也，抑武也不足以當之。」《說苑》以此列於君道，與此同。

16. 〈甘棠〉：《史記·燕召公世家》：「召公之治西方，甚得兆民和。召公巡行鄉邑，有棠樹，決獄政事其下，自侯伯庶人，各得其所，無

旬采衛大夫各居其列，所謂周行也。」是矣。

失職者。召公卒，而民人思召公之政，懷甘棠不敢伐，歌詠之，作〈甘棠〉之詩。」

17. 〈行露〉：「〈召南〉申女，貞一修容。夫禮不備，終不肯從。要以必死，遂致獄訟。作詩明意，後世稱頌。」（《列女傳》卷四），謂召南申女許嫁於酆，夫家禮不備而欲迎之，守節持義不往而作〈行露〉之詩也。

18. 〈羔羊〉：《漢書》谷永上疏云：「退食自公，私門不開；德配周召，德合〈羔羊〉。」王逸《楚詞・九思》曰：「士莫志兮〈羔羊〉。」《注》云：「言士貪鄙，無有素絲之志，皎潔之行也。」魯詩以〈羔羊〉一詩，言士有皎潔之行也。

23. 〈野有死麕〉：《淮南・繆稱訓》：「春女思，秋士悲，而知物化矣。」高誘《注》：「春女感陽則思，秋士感陰則悲。」故張衡〈思玄賦〉云：「處子懷春。」魯詩蓋不以〈野有死麕〉為惡無禮也。

24. 〈何彼襛矣〉：鄭玄《箴膏肓》：「〈何彼襛矣〉篇曰：『曷不肅雍，王姬之車。』言齊侯嫁女，以其母王姬始嫁之車遠送之。」鄭氏《箴膏肓》以《左氏》義駁《公羊》家說，《左氏》與《魯詩》師承相同，〔註26〕則此說實據魯義，而與《儀禮・注》：「王姬嫁時，自乘其車。」異。

25. 〈騶虞〉：賈誼《新書》：「騶者，天子之囿也；虞者，囿之司獸者也。天子佐輿十乘以明貴也，貳牲而食以優飽也；虞人翼五豝以待，一發所以復中也。作此詩者以其事深見良臣順上之志也。良臣順上之志者可謂義矣，故其深歎之長曰：吁嗟乎！雖古之善為人臣者亦若此而已。」

賈太傅時齊、韓《詩》未出，其所據魯義也。此篇解詩義，以騶虞為獸官，不以為義獸也。蔡邕〈琴操〉云：「〈騶虞〉者，邵國之女所作也。古者役不踰時，不失嘉會。」云云，則為引申之義。

三、邶　風

26. 〈柏舟〉：《魯詩》以為衛宣夫人為衛君守節事。（《列女傳》卷四）

〔註26〕張蒼傳《左氏》，賈誼傳《魯詩》，故是云然。

傳〈頌〉曰：「齊女嫁衛，厥至城門。公薨不反，遂入三年。後君欲同，女終不渾。作詩譏刺，卒守死君。」此詩《毛詩》泛言仁人不遇，與《新序·節士篇》原憲居貧守道事合。同一〈柏舟〉，《列女傳》與《新序》說不同，蓋皆後起之義也。

28. 〈燕燕〉：此衛姑定姜送歸婦詩。（《列女傳·母儀傳》）〈頌〉曰：「衛姑定姜，送歸作詩，思愛慈惠，泣而望之。」而《齊詩》鄭注〈坊記〉云：「獻公無禮於定姜，定姜作詩。」魯、齊《詩》皆以燕燕為定姜所作；唯魯以定姜送歸婦而作，齊以定姜自作，略有不同耳；而〈毛詩序〉云：「〈燕燕〉，衛莊姜送歸妾也。」此詩特借喻分飛慘欷之思，三家各援其說，未可定何說為是。

29. 〈日月〉：衛宣姜殺夷姜所生太子伋子事。（《列女傳》卷七）

31. 〈擊鼓〉：衛莊公卒，桓公立。弟州吁驕奢，桓公絀之，州吁出奔。十六年，州吁收聚衛亡人，以襲殺桓公，自立為衛君，為鄭伯弟段欲伐鄭，請宋、陳、蔡與俱，三國皆許州吁。（《史記·衛世家》）

按：州吁兵為鄭叔段發，欲伐鄭。而詩辭曰「平陳與宋」，《毛傳》云：「平陳於宋。」故鄭氏《箋》云：「平陳於宋，謂使告宋曰：『君為主，敝邑以賦，與陳、蔡從。』」〈擊鼓〉一詩，即為州吁事，《史記》與《左傳》所言事異，故《毛傳》特改「與」字為「於」，《箋》乃為之徵，以與《左氏》合。

32. 〈凱風〉：趙岐《孟子章句》十二：「〈凱風〉亦孝子之詩。言莫慰母心，母心不悅也。」《魯詩》〈凱風〉義較〈毛序〉為優。〈毛序〉謂衛淫風流行，七子之母猶不安於室，與詩辭：「母氏聖善」不合。蓋為美孝子，而必摘母之不善以成其孝心，非人子所當發也。

33. 〈雄雉〉：《說苑·辨物篇》：「《詩》曰：『瞻彼日月，遙遙我思。道之云遠，曷云能來。』急時之辭也甚焉，故稱日月也。」

35. 〈谷風〉：《白虎通·嫁娶篇》：「出婦之義，必送之，接以賓客之義。君子絕，愈於小人之交。《詩》云：薄送我畿。」《魯詩》以〈谷風〉為出婦之詩也。

36. 〈式微〉：黎莊夫人傅母勸去，夫人之答辭。（《列女傳》卷四）

《列女傳·頌》曰：「黎莊夫人，執行不衰。莊公不遇，行節反乖。傅母勸去，作詩〈式微〉。夫人守壹，終不肯歸。」

40. 〈北門〉：《潛夫論·讚學篇》：「君子憂道不憂負，箕子陳六極，國

〈風歌〉北門。故所謂不憂貧也。」〈毛詩序〉謂〈北門〉刺仕不得志，〈北門〉實有歌怨之意，孔子論《詩》，興、觀、群、怨是也。

41. 〈北風〉：張衡〈西京賦〉：「樂〈北風〉之同車。」
陳壽祺云：「據平子語，則《魯詩》不以〈北風〉爲刺虐也。」

42. 〈靜女〉：《說苑・辨物篇》：「賢者精化塡盈，後傷時之不遇也。不見道端，乃陳情欲以歌。《詩》曰：靜女其姝，俟我乎城隅，愛而不見，搔首踟躕。」《魯詩》以此詩爲賢士傷時不遇也。

44. 〈二子乘舟〉：衛太子伋之傅母恐伋之死，閔而作詩。（《新序・節士篇》）與〈毛序〉義同，唯作者爲國人與《魯詩》傅母爲異耳。

四、鄘　風

51. 〈蝃蝀〉：《列女傳》七：「《詩》云：『乃如之人兮，懷婚姻也。大無信也，不知命也。』言變色殞命也。」此《魯詩》諫書之義。《後漢書・楊賜傳》謂虹蜺皆妖邪所生，不正之象，詩人所謂虹蜺者也。此說已染災異，非《魯詩》篤實詩學所宜出。

52. 〈相鼠〉：《白虎通・諫諍篇》：「妻得諫夫者，夫婦一體，榮恥共之。《詩》云：『相鼠有皮，人而無儀，人而無儀，不死何爲。相鼠有體，人而無禮，人而無禮，胡不遄死。』此妻諫夫之詩也。」《白虎通》議以魏應承制問，應習《魯詩》，則此乃魯義也。

54. 〈載馳〉：《列女傳》三：〈頌〉曰：「衛女未嫁，謀許與齊。女諷母曰：齊大可依。衛君不聽，後果遁逃。許不能救，女作〈載馳〉。」以〈載馳〉爲許穆夫人所作詩與〈毛詩序〉合。

五、衛　風

55. 〈淇澳〉：《中論・修本篇》：「衛武公年過九十，猶夙夜不怠，思聞訓道，衛人誦其德，爲賦〈淇澳〉。」

57. 〈碩人〉：《列女傳》卷一〈頌〉云：「齊女傅母，防女未然。稱列先祖，莫不尊榮。作詩明指，使無辱先。莊姜姆妹，卒能修身。」以〈碩人〉爲齊女莊姜傅母悟莊姜詩。

64. 〈木瓜〉：《新書・禮篇》：「《詩》曰：『投我以木瓜，報之以瓊琚。非報也，永以爲好也。』上少投之，則下以軀償矣。弗敢謂報，願

長以爲好，古之蓄下者，其施報如此。」孔子曰：「吾於〈木瓜〉見苞苴之禮行。」魯義以〈木瓜〉爲下施報上，與《毛詩》謂衛人欲報齊桓異義。

六、王　風

服虔《左傳》注：「王室當在〈雅〉，衰微而列在〈風〉，故國人猶尊之，故稱王，猶《春秋》之王人也。」

65.〈黍離〉：衛宣公子壽，閔其兄伋之且見害，作憂思之詩，〈黍離〉之詩是也。（《新序·節士篇》）《毛詩》以〈黍離〉爲閔宗周，《韓詩》以爲伯封作，《新序》以爲衛公子壽作，而以〈黍離〉列在王風，知《新序》蓋取「憂思見害」之義耳。

70.〈兔爰〉：皇甫謐曰：「桓王失信，禮義陵遲，男女淫奔，讒僞並作，九族不親，故詩人刺之。今〈王風·兔爰〉至〈大車〉四篇是也。」

71.〈葛藟〉：同上。

72.〈采葛〉：同上。

73.〈大車〉：同上。《列女傳》四，以〈大車〉爲息君夫人別息君自殺而作詩。〈頌〉曰：「楚虜息君，納其適妃。夫人持固，彌久不衰。作詩同穴，思故忘親。遂死不願，列於賢貞。」陳喬樅云：「〈王風〉得統諸國，衛、息又皆周之同姓，故衛之〈黍離〉，息之〈大車〉，其詩皆繫之王也。」毛詩則泛言刺周大夫不能聽訟，與魯異。

七、鄭　風

《白虎通·禮樂篇》云：「鄭國土地，人民山居谷汲，男女錯雜爲鄭聲，以相悅懌。」

85.〈蘀兮〉：《列女傳》卷三：「婦人之事，唱而後和。《詩》云：『蘀兮蘀兮，風其吹汝。叔兮伯兮，唱予和汝。』」以爲婦人和其夫之詩。

87.〈褰裳〉：《呂氏春秋·求人篇》云：「晉人欲攻鄭，令叔向聘焉，視其有人與無人。子產爲之詩曰：『子惠思我，褰裳涉洧。子不我思，豈無他士？』叔向歸曰：『鄭有人。子產在焉，不可攻也。秦荊近，其詩有異心，不可攻也。』晉人乃輟攻鄭。」按《呂氏春秋》，子產作〈褰裳〉一詩，而《左傳》昭公十六年，大叔賦〈褰裳〉，可知《呂

氏春秋》之說詩亦即爲魯詩之義。

95. 〈溱洧〉：高誘《呂覽・本生篇》注：「鄭國淫辟，男女私會於溱洧之上，有詢訏之樂，勺藥之和。」三家「溱」蓋皆作「潧」。

八、齊　風

96. 〈雞鳴〉：《列女傳》曰：「緹縈歌〈雞鳴〉、〈晨風〉之詩。」（《文選》李善《注》引）自傷無罪被讒，所以冀見憐察也。《魯詩》義與《韓詩・序》：「〈雞鳴〉，讒人也。」同義。

100. 〈東方未明〉：魏文侯遣倉唐賜太子衣一襲，勅以雞鳴時至。太子發篋視衣，盡顛倒。太子曰：「趣！早駕，君侯召擊也。」云云（《說苑・奉使篇》）；而《荀子・大略篇》云：「諸侯召其臣，臣不俟駕，顛倒衣裳而走，禮也。」知《說苑》乃據《荀子》之義而實其人事，非詩本義也。否則魏文侯事緣何列於〈齊風〉乎？

101. 〈南山〉：趙岐《孟子章句》九：「《詩》齊國風〈南山〉之篇，言娶妻之禮必告父母。」

102. 〈甫田〉：《說苑・復恩篇》：「晉文公求舟之僑不得，終身誦〈甫田〉之詩。」說與《法言・脩身篇》：「田甫田者莠喬喬，思遠人者心忉忉。」皆取「無思遠人，勞心忉忉」義。

九、魏　風

112. 〈伐檀〉：〈伐檀〉者，魏國之女所作也。傷賢者隱避，素餐在位，閔傷怨曠，失其嘉會。（蔡邕〈琴操〉）

113. 〈碩鼠〉：《潛夫論・班祿篇》：「履畝稅而〈碩鼠〉作。」桓寬《鹽鐵論》亦云：「是以有履畝之稅，〈碩鼠〉之詩是也。」桓次公用《齊詩》，魯、齊同義。

114. 〈蟋蟀〉：張衡〈西京賦〉：「獨儉嗇以齷齪，忘〈蟋蟀〉之謂何。」謂儉嗇節愛，詩人所刺也。〔註27〕

115. 〈山有蓲〉：〈西京賦〉：「鑒戒唐詩，他人是媮。」薛綜《注》曰：「唐詩刺晉僖公不能及時以自娛樂。」《毛詩》爲刺晉昭公，而《魯詩》

〔註27〕以〈山有蓲〉一詩觀之，〈蟋蟀〉當爲刺晉僖公也。

謂刺僖公，二說不同。

116. 〈楊之水〉：《荀子・臣道篇》：「迫脅於亂時，窮居於暴國，而無所避之，則崇其美、揚其善、違其惡、隱其敗，言其所長、不稱其所短，以爲成俗。《詩》曰：國有大命，不可以告人，妨其躬身。」以爲晉之亂也，國人憂而作此詩。

117. 〈椒聊〉：應劭《漢官儀》：「皇后稱椒房，取其蕃實之義也。」《文選・景福殿賦》引漢舊儀同，則《魯詩》以〈椒聊〉一詩爲賦后室之蕃實也。

十、秦 風

126. 〈車轔〉：服虔《左傳・注》：「秦仲始有車馬禮樂之好，侍御之臣，戎車四牡田狩之事；其孫襄公列爲侯伯，故蒹葭蒼蒼之歌，終南之詩，追錄先人；〈車鄰〉、〈駟鐵〉、〈小戎〉之歌，與諸夏同風，故曰夏聲。」〈毛詩序〉云：「〈車鄰〉，美秦仲也。」「〈駟驖〉，美襄公也。」與《魯詩》同，唯以〈小戎〉爲襄公之詩，稍異。

130. 〈終南〉：《中論・藝紀篇》：「《詩》云：『君子至止，黻衣繡裳。佩玉鏘鏘，壽考不忘。』黻衣繡裳，君子之所服也。愛其德，故美其服也。」《毛詩》謂此詩爲戒襄公，若據服虔《左傳注》，則引秦仲事蹟以戒也，與〈蒹葭〉爲刺襄公者同。《魯詩》美刺之意不顯，《毛詩》則突顯其美刺，由此可觀二家之間異同。

131. 〈黃鳥〉：《史記・秦本紀》：「秦穆公卒，葬雍。從死者百七十七人，秦之良臣子輿氏三人奄息、仲行、鍼虎亦在從死之中，秦人哀之，爲作〈黃鳥〉之詩。」《史記・敘傳》謂：「穆公思義，悼豪之旅，以人爲殉，詩歌〈黃鳥〉。」是亦言三良從殉之事，與毛同。〔註28〕

134. 〈渭陽〉：《列女傳》卷二：「秦穆姬者，晉獻公之女，賢而有義。穆姬死，穆姬之弟重耳入秦，秦送之晉，是爲晉文公。太子罃思母之恩而送其舅氏也，作詩曰：『我送舅氏，至於渭陽。何以贈之，路車乘黃。』」

〔註28〕趙岐《孟子章句》一：「秦穆公時以三良殉葬。」應劭《風俗通》：「繆公受鄭甘言，置戍而去，違黃髮之計而遇殽之敗，殺賢臣百里奚爲殉，〈黃鳥〉之所爲作，故諡曰繆。」事蹟相同，而所言異也。

十一、陳　風

136.　〈宛邱〉：《潛夫論・浮侈篇》：「《詩》刺不績，市也婆娑。又婦人
　　　不脩中饋，休其蠶績而起學巫祝，鼓舞事神，以欺誣細民，熒惑百
　　　姓妻女，妻女羸弱，疾病之家懷憂憒憒，易爲恐懼，至使奔走便時，
　　　去離正宅，崎嶇路側，風寒所傷，奸人所刺，盜賊所中，或增禍重
　　　祟，至於死亡，而不知巫所欺誤，反恨事神之晚，此夭妄之甚者也。」
　　　《漢志》謂陳俗巫鬼，匡衡〈疏〉言陳民淫祀，皆舉〈宛邱〉爲例，
　　　而不若《潛夫論》論之深刻。

141.　〈墓門〉：陳國採桑女語折解居甫事。(《列女傳》卷八)《楚辭・天
　　　問》王逸注：「繁鳥萃棘，負子肆情」云：「解居父聘吳，過陳之墓
　　　門。見婦人負其子，欲與之淫佚，騁其情欲。婦人則引《詩》刺之
　　　曰：『暮門有棘，有鴞萃止。』故曰繁鳥萃棘也。言墓門有棘，雖無
　　　人，棘上猶有鴞，女獨不愧也。」

十二、會　風

146.　〈羔裘〉：《潛夫論・志姓氏篇》：「會在河、伊之間，其君驕貪嗇儉，
　　　滅爵損祿，君臣卑讓，上下不□，〔註29〕詩人憂之，故作〈羔裘〉，
　　　閔其痛惜也。」

147.　〈素冠〉：《魏書・李彪傳》：「周室淩遲，喪禮稍亡，是以要絰從戎，
　　　〈素冠〉作刺。」《毛詩》以〈素冠〉爲刺不行三年之喪，與此解要
　　　絰從戎異義。據《列女傳》引杞梁戰沒，其妻殉死之事，〔註30〕知
　　　此蓋爲魯詩說也。

149.　〈匪風〉：《潛夫論・志姓氏篇》：「〈匪風〉，冀君先教世。會仲不悟，
　　　重氏伐之，上下不能相使，禁罰不行，遂以見亡。」

十三、曹　風

150.　〈蜉蝣〉：《續漢書・輿服志》：「詩刺彼其之子，不稱其服，傷其敗
　　　化。」毛詩以刺奢爲義，齊詩同，〔註31〕韓詩不聞，則此當本魯義。

〔註29〕缺字，當是親字。
〔註30〕見《列女傳》卷四，齊杞梁妻。
〔註31〕見下章「齊詩解題」蜉蝣一詩。

152. 〈鳲鳩〉：《說苑》引《魯詩傳》〔註32〕曰：「鳲鳩所以養七子者，一心也；君子之所以理萬物者，一儀也。」陳喬樅云：「習《魯詩》者，說〈尸鳩〉之義，詞無譏刺，與毛異解。」觀《荀子・勸學篇》、《說苑・反質篇》、《列女傳》卷一、《淮南・詮言訓》皆同；而《潛夫論・德化篇》：「內懷〈尸鳩〉之恩。」義皆與毛序「刺不壹」異。

十四、豳　風

154. 〈七月〉：《潛夫論・浮侈篇》：「明王之養民也，愛之勞之，教之誨之，慎微防萌，以斷其邪。〈七月〉之詩，大小教之，終而復始。由此觀之，民固不可恣也。」據李賢《注》，大謂耕桑之法，小謂索綯之類，教由春及多，終而復始，不曾縱恣也。

155. 〈鴟鴞〉：《史記・魯世家》：「武王崩，周公當國，管、蔡、武庚等率淮夷而反。周公乃奉成王之命興師東伐，遂誅管叔，殺武庚，放蔡叔，放殷餘民於衛，封微子啓於宋，寧淮夷東土，二年而畢定，周公歸報成王，乃爲詩貽王，命之曰〈鴟鴞〉。」

157. 〈破斧〉：《白虎通・巡狩篇》：「〈傳〉曰：『周公入爲三公，出爲二伯，中分天下，出黜陟，而天下皆也。』」據《白虎通》引詩傳，則此當爲《魯詩傳》〈破斧〉之詩義。

十五、小　雅

《荀子・大略篇》云：「〈小雅〉不以於汙上，自引而居下，疾今之政，以思往者，其言有文焉，其聲有哀焉。」《魯詩》亦以〈小雅〉爲衰世之造，故云：「疾今之政，以思往者。」爲哀惻之辭，所以陳古刺今也。《左傳》襄公二十九年，季札觀周樂於魯，工爲歌〈小雅〉，曰：「美哉！思而不貳，怨而不言，其周德之衰乎！」據《儀禮》，蓋即歌〈鹿鳴〉之三。襄公四年，穆叔如晉，晉侯享之，金奏〈肆夏〉之三，工歌〈文王〉之三，皆不拜；而後歌〈鹿鳴〉之三，三拜。以〈鹿鳴〉之三，采其己有旨酒以召嘉賓。〔註33〕

〔註32〕《說苑・反質篇》：「《詩》云：『鳲鳩在桑，其子七兮人君子，其儀一兮。』《傳》曰：『鳲鳩所以養七子者，一心也；君子所以理萬物者，一儀也。……』」所引之《傳》即《魯詩傳》。

〔註33〕見《儀禮・鄉飲酒》鄭《注》。

此蓋季札之所聞，而評論之曰怨，曰周德之衰，知以〈小雅〉爲衰世之詩，所由來久遠，非自荀子始也。《淮南‧離騷傳》：「〈小雅〉怨悱而不亂。」魯詩說〈小雅〉，以爲皆譏刺怨誹之詩。

161.　〈鹿鳴〉：《史記‧十二諸侯年表》：「仁義陵遲，〈鹿鳴〉刺焉。」

《潛夫論‧班祿篇》：「忽養賢而〈鹿鳴〉思。」故蔡邕〈琴操〉：「王道衰，君志傾，留心聲色，內顧妃后，設酒食嘉肴，不能厚養賢者，盡禮極歡見於色，大臣昭然獨見，必知賢士幽隱，小人在位，周道陵遲，自以是始。」《魯詩》以三百篇爲諫書，蔡邕述〈鹿鳴〉，即《潛夫論》之意，而杜預注「怨而不言」云：「有哀音。」即以〈鹿鳴〉爲刺也，而孔穎達疏之誤自明。〔註34〕

162.　〈四牡〉：《潛夫論‧愛日篇》：「《詩》云：『王事靡盬，不遑將父。』言在古閒暇而得孝養，今迫促不得養也。」〈四牡〉亦爲刺詩。

163.　〈皇皇者華〉：《淮南‧脩務訓》高誘《注》：「詩言當馳驅以忠信往謨難事，不自專己，慎之至，乃聖人之務也。」刺今之不然。

164.　〈棠棣〉：《左傳》僖公二十四年：「召穆公思周德之不類，故糾合宗族于成周而作詩，曰：『棠棣之華，鄂不韡韡。凡今之人，莫如兄弟。』其四章曰：『兄弟鬩于牆，外禦其侮。』如是則兄弟雖有小忿，不廢懿親。」〔註35〕此以〈棠棣〉爲刺詩，故魯說小雅皆爲怨刺之時。張蒼傳《左氏》，賈誼襲《荀子》，《經典釋文》以爲師傳相同，非無根之論也。〔註36〕

165.　〈伐木〉：蔡邕〈正交論〉：「迨夫周德始衰，頌聲既寢，〈伐木〉有鳥鳴之刺，〈谷風〉有棄予之怨，其所由來，政之失也。」〈伐木〉與〈鹿鳴〉、〈四牡〉、〈棠棣〉一類，皆刺詩。

166.　〈天保〉：《潛夫論‧愼微篇》：「言〈天保〉佐王者，定其性命甚堅固也。使女信厚，何不治，〔註37〕而多益之甚眾庶焉，〔註38〕不遵履五常，順養性命，以保南山之壽，松柏之茂也。」

〔註34〕《魯詩》本無正變之說，服虔以爲工歌〈變小雅〉，孔穎達謂當歌〈正小雅〉，以正服非，知服虔用《魯詩》義，而孔氏用《毛詩》也。

〔註35〕《毛詩》作「外禦其務。」故箋破之曰：「務、侮」是也。

〔註36〕梁元帝〈答劉遵之詔〉云：「張蒼傳《左氏》，賈誼之襲荀卿。」《經典釋文》云：「《左氏》授受源於荀卿。」故《左傳》與《魯詩》之淵源相同。

〔註37〕喬樅云：「此句字有脫誤。」

〔註38〕又云：「此下疑脫周字。」

167. 〈采薇〉：《史記·周本紀》：「懿王時，王室遂衰，詩人作刺。」《漢書》同。《白虎通·征伐篇》：「古者師出不踰時者，爲怨思也。天道一時生，一時養；人者，天之貴物也，踰時則内有怨女，外有曠夫。《詩》曰：昔我往矣，楊柳依依；今我來思，雨雪霏霏。」以爲師出踰時而怨思，《史記》所謂詩人所刺是矣。

168. 〈出輿〉：〔註39〕蔡邕〈諫伐鮮卑議〉：「周宣王命南仲、吉甫，攘玁狁，威蠻荆。」《漢書·匈奴傳》以〈六月〉、〈出輿〉並舉爲宣王之詩，南仲爲宣王之臣。《毛詩》以南仲爲文王之臣，《傳》《箋》並謂此王乃殷王，知《毛詩》與魯、齊《詩》異，《魯詩》不以〈小雅〉有文王之詩也。

171. 〈南有嘉魚〉：《列女傳》卷一：「《詩》曰：『我有旨酒，嘉賓式讌以樂。』言尊賓也。」

173. 〈南陔〉、〈白華〉、〈華黍〉、〈由庚〉、〈崇邱〉、〈由儀〉。

鄭注《儀禮·鄉飲酒》於笙間六篇，皆云：「其義未聞。」《史記》、《漢書》言詩並三百五篇，《史記·司馬相如·上林賦》：「捃群〈雅〉。」張揖曰：「〈小雅〉之材七十四人，〈大雅〉之材三十一人，故曰群雅也。」皆不數六笙詩，故《魯詩》本無此六篇也。〔註40〕

174. 〈蓼蕭〉：賈子《新書·容經》：「古者聖王，居有法則，動有文章，登車則馬行，馬行而鸞鳴，鸞鳴而和；應聲曰和，和則敬，故《詩》曰：『和鸞噰噰，萬福攸同。』言動以紀度，則萬福之所聚也。」《白虎通·車旗篇》說同。〔註41〕《毛詩》言〈蓼蕭〉，澤及四海也，與《魯詩》異義。

177. 〈菁莪〉：《中論·藝紀篇》：「先王之欲人之爲君子也，立保氏掌教六藝。……故《詩》曰：『菁菁者莪，在彼中阿。既見君子，樂且有儀。』美育群材，其猶人之於藝乎！既脩其質，且加其文，文質著然後體全，體全然後可登乎清廟，而可羞乎王公。」《毛詩》曰：「樂育材也。君子能長育人材，則天下喜樂之矣。」徐偉長之時，《毛詩》已行，《中論》以〈菁莪〉爲美育群材，未能確言此是魯義否。

〔註39〕 〈出車〉，三家詩皆作〈出輿〉。
〔註40〕 由《史記》：「三百五篇，孔子皆弦歌之。」可知。
〔註41〕 喬樅云：「《白虎通·車旗篇》今佚，此見《續漢書·輿服注》引。」

178. 〈六月〉:《漢書·韋玄成傳》,劉歆曰:「周室既衰,四夷並侵,玁
狁最彊,至宣王而伐之。詩人美而頌之曰:『薄伐玁狁,至於太原。』
又曰:『嘽嘽推推,如霆如雷。顯允方叔,征伐玁狁,荊蠻來威。』
謂宣王北伐也。」

179. 〈采芑〉:楊雄〈趙充國頌〉:「昔周之宣,有方有虎。詩人歌功,乃
列於〈雅〉。」《漢書·陳湯傳》,劉向曰:「昔周大夫方叔吉甫爲宣
王誅玁狁而百蠻從。」即楊雄所言歌功之事。

180. 〈車攻〉:張衡〈東京賦〉:「薄狩於敖。」薛綜曰:「敖,鄭地,今
之河南榮陽也。謂周王狩也。」趙岐《孟子章句》六:「《詩·小雅
·車攻》之篇,言御者不失其馳驅之法,則射者必中之。順毛而入,
順毛而出,一發貫臧,應矢而死者如破矣。此君子之射也。」《毛詩》
謂此詩美宣王復古之制,因田獵而選車徒,與同魯說。

184. 〈沔水〉:《潛夫論·釋難篇》:「《詩》云:『莫肯念亂,誰無父母。』
言將皆爲害,然有親者憂將深也。」《潛夫論·愛日篇》又引「莫肯
念亂」二句,謂:「京師者,諸侯之父母也。」《毛傳》說與《魯詩》
同義。

185. 〈鶴鳴〉:《後漢書》楊震上疏云:「野無〈鶴鳴〉之士,朝無〈小明〉
之悔;〈大東〉不興於今,勞止不怨於下。」楊賜對書:「速徵〈鶴
鳴〉之士,內親張仲,外任山甫。」〔註42〕蓋有賢於野,不能仕,
此荀子「君子隱而顯,微而明,辭讓而勝。」之意〔註43〕《毛詩》
謂「誨宣王。」《箋》據三家言:「教宣王求賢人之未仕者。」是也。

186. 〈頎甫〉:《潛夫論·班祿篇》:「班祿頎而〈頎甫〉刺。」〔註44〕

187. 〈白駒〉:蔡邕〈琴操〉:「白駒者,失朋友之所作也。其友賢居任也。
衰亂之世,君無道不可匡輔,依違風諫不見受,國士咏而思之。」故
君子路塞則〈白駒〉賦,〔註45〕言賢士遯於山谷,守志秉節,篤志無
虧也。〔註46〕

〔註42〕楊賜爲楊震之孫,楊秉之子。〈秉傳〉言少傳父業,〈賜傳〉言少傳家學。賜
治《魯詩》,則知震、秉亦皆治《魯詩》也。

〔註43〕見《荀子·儒效篇》。

〔註44〕《潛夫論》本作「班祿頎而傾甫賴」,文字譌不可讀,顧廣圻爲之訂正是也。

〔註45〕范甯《穀梁傳注·敘》云:「君子之路塞則〈白駒〉之詩賦。」

〔註46〕《潛夫論·過利篇》:「白駒介推,遯於山谷,守志篤固,秉節不虧。」

190. 〈斯干〉：《漢書》劉向疏：「周德衰而奢侈，宣王賢而中興，更爲儉宮室，小寢廟，詩人美之，〈斯干〉之詩是也。上章道宮室之如制，下章言子孫之眾多也。」〈毛詩序〉云：「〈斯干〉，宣王考室也。」與魯説同，唯不若魯義之詳。〔註47〕

191. 〈無羊〉：應劭《漢書》音義：「周宣王牧人夢眾魚與旛旐之祥而中興。」毛謂宣王考牧，義同。

192. 〈節〉：《潛夫論・愛日篇》：「《詩》云：『國既卒斬，何用不監。』傷三公據人尊位，食人重祿，而曾不肯察民之盡瘁也。」三家皆以〈節〉標篇目，〔註48〕惟《毛詩》連南山爲文耳。《荀子・宥坐篇》：「《詩》曰：『尹氏大師，維周之氐。秉國之鈞，天子是痺，卑民不迷。』是以威厲而不試，刑錯而不用。今之世則不然，亂其教，繁其刑，其民迷惑而墮焉，則從而制之，是以刑彌繁而邪不勝。」《潛夫論・志姓氏篇》：「尹吉甫相宣王，著大功績，《詩》云：『尹氏大師，維周之底。』也」以尹氏爲尹吉甫，故蔡邕謂周有仲山甫，伯陽父，嘉父皆優老之稱；〔註49〕作誦之家父，與宣王仲山甫去時不遠，則《魯詩》或不以〈節〉爲刺幽王之詩歟？

193. 〈正月〉：《漢書》劉向上〈封事〉云：「霜降失節，不以其時。其詩曰：『〈正月〉繁霜，我心憂傷。民之訛言，亦孔之將。』言民以是爲非，甚眾大也。此皆不和，賢不肖易位之所致也。」《白虎通・災變篇》云：「天所以有災變何？所以譴告人君，覺悟其行，欲令悔過修德，深思慮也。霜之爲言亡也，陽以散亡。」向上書說災異，著《洪範五行傳論》，以正月爲夏之四月，純陽用事，反霜多恒寒若之徵，即賢不肖易位所致，所以譴告人君。而觀《列女傳》之七語，《魯詩》亦以〈正月〉爲刺幽王也。〔註50〕

194. 〈十月之交〉：《漢書》谷永〈日食地震對〉：「古之王者廢五事之中，失夫婦之紀，妻妾得意，謁行於內，勢行於外，至覆傾國家，或亂陰陽。昔褒姒用國，宗周以喪；閻妻驕扇，日以不臧，此其效也。」

〔註47〕 考室者，成室也，《毛詩》謂德行國富，人民殷眾，而築宮廟群寢，不言儉宮室之制。《魯詩》有諫議作用，故有此説。
〔註48〕 《左傳・昭二年》，季武子賦〈節〉之卒章，不與「南山」連文，可證。
〔註49〕 家父，三家《詩》皆作嘉父。
〔註50〕 《列女傳》卷七述褒姒事，引〈正月〉之詩是也。

顏師古曰：「閻妻扇方處，言厲王無道，內寵權盛，政化失理，故致災異，日爲之食，爲不善也。」谷永所對，褒、閻爲二，一王而無兩妻，則閻妻非幽王也。《毛詩》以〈十月之交〉刺幽王，《魯詩》以爲刺厲王，兩家不同。鄭《箋》曰：「此當爲刺厲王，作《詁訓傳》時移其篇第，因改之耳。〈節〉刺師尹不平，亂靡有定；此篇譏皇父擅恣，日月告凶；〈正月〉惡褒姒滅周，此篇疾艷妻煽方處。又幽之司徒，乃鄭桓公友，非此篇所云番也，是以知然。」〔註51〕《詩譜》問曰：「〈小雅〉之臣，何以獨無刺厲王？」曰：「有焉。〈十月之交〉、〈雨無正〉、〈小旻〉、〈小宛〉之詩是也。」《箋》以此四詩屬厲王詩者，乃據魯義。

195.　〈雨無正〉：詩《箋》云：「亦當爲刺厲王。王之所下教令甚多，而無正也。」鄭氏改毛從魯，所刺當是據厲王流彘時事。《新序・雜事》五：「夫政不平，而吏乃甚於虎狼矣。《詩》曰：『降喪饑饉，斬伐四國。』夫政不平也，乃斬伐四國，而況二人乎？」故政出多門，苛虐是作，詩《箋》所謂「長官之大夫於王流彘而皆散處，無復知我民之罷勞也。」〔註52〕

196.　〈小旻〉：《漢書》劉向上封事云：「眾小在位而從邪，議歙歙相是而背君子。其《詩》曰：『歙歙訿訿，亦孔之哀。謀之其臧，則具是違；謀之不臧，則具是依。』」謂君闇臣蔽，莫供於職。〔註53〕詩《箋》曰：「所刺列於〈十月之交〉、〈雨無正〉爲小，故曰〈小旻〉，亦當爲刺厲王。」《箋》意蓋以天變爲大，邪小爲小，故是云然。〔註54〕

197.　〈小宛〉：詩《箋》曰：「亦當爲刺厲王。」《潛夫論・讚學篇》：「《詩》云：『題彼鶺鴒，載飛載鳴。我日斯邁，而月斯征。夙興夜寐，無忝爾所生。』是以君子終日乾乾進德修業者，非直爲傳己而已也，蓋乃思述祖考之令問，而以顯父母也。」《魯詩》以此詩陳古訓以刺今，今爲不然也。

198.　〈小弁〉：趙歧《孟子章句》十二：「〈小弁〉，〈小雅〉之篇，伯奇之

〔註51〕見本篇第九章〈鄭康成之詩經學〉，「十月之交四篇論」一節。
〔註52〕時厲王流彘，無所安定故也。
〔註53〕鄭《箋》：「臣不事君，亂之階也。」是矣。
〔註54〕〈小旻〉當因列於〈小雅〉而稱小，非《箋》意所說。

詩也。伯奇仁人，而父虐之，故作〈小弁〉之詩。」《漢書》壺關三老茂上書曰：「孝子被謗，伯奇放流，骨肉至親，父子相疑，何也？積毀之所生也。」魯以〈小弁〉爲伯奇之詩，說具於《說苑》中。趙岐曰：「《詩》曰：『何辜于天。』親親而悲怨之辭也。」又曰：「生之膝下，一體而分，喘息呼吸，通氣於親，常親而疏，怨慕號天。是以〈小弁〉之怨，未足爲愆也。」〔註55〕

199. 〈巧言〉：《列女傳》八：「《詩》曰：『昊天已威，予愼無罪。』言王爲威虐之政，則無罪而遘咎也。」

200. 〈何人斯〉：《淮南・精神訓》高誘注：「訟間田者，虞、芮及暴桓公、蘇信公是也。」《魯詩》蓋以暴公與蘇公爭間田搆訟，而蘇公作詩刺之，以爲〈何人斯〉詩旨。

202. 〈谷風〉：《潛夫論・交際篇》：「夫以逾疏之賤，伏於下流而望日忘之貴，此〈谷風〉所爲內催傷也。」蔡邕〈正交論〉：「迨夫周德始衰，頌聲既寢，〈伐木〉有鳥鳴之刺，〈谷風〉有棄予之怨，其所由來，政之缺也。」言政缺道息，刻薄風行，而友朋、妻子相以棄捐，〈谷風〉作刺，此《魯詩》義也。

203. 〈蓼莪〉：《爾雅・釋訓》：「哀哀、悽悽，懷報德也。」郭璞曰：「悲苦征役，思所生也。」《魯詩》蓋以困於征役，不得終養，〈蓼莪〉之所以作也。

204. 〈大東〉：《潛夫論・班祿篇》：「賦斂重而譚告通。」〔註56〕《毛詩》以東國困役傷財，譚大夫作詩以告病，與《魯詩》同。

205. 〈四月〉：《中論・譴交篇》：「古者行役，過時不反，猶作詩怨刺，故〈四月〉之篇，稱先祖匪人，胡甯忍予。」杜預《左傳注》文三年云：「〈四月〉之詩，行役踰時，思歸祭祀。」乃本《魯詩》之義。

206. 〈北山〉：《後漢書》楊賜〈疏〉：「勞逸無別，善惡同流，〈北山〉之詩，所爲訓作。」蓋謂「大夫不均，我從事獨賢。」是矣。

207. 〈無將大車〉：《荀子・大略篇》：「《詩》曰：『無將大車，維塵冥冥。』言無與小人處也。」〈毛詩序〉：「大夫悔將小人也。」，同。

208. 〈小明〉：《中論・法象篇》：「君子居身也謙，在敵也讓，臨下也莊，

〔註55〕《孟子・告子下》：「〈小弁〉，親親也」同。
〔註56〕「譚」字本作「譯」，顧廣圻據《毛詩》譚大夫訂正。

奉上也敬，四者備而怨咎不作，福祿從之。《詩》云：『靖共爾位，正直是與。神之聽之，式穀以汝。』」此蓋《魯詩》斷章說詩之義。

210. 〈楚茨〉：《白虎通・祭祀篇》：「祭所以有尸者何？鬼神聽之無聲，視之無形。升自阼階，仰視榱桷，俯視几筵。其器存，其人亡，虛無寂寞，哀傷無所寫泄，故坐尸而食之。毀損其饌，欣然若親之飽，尸醉若神之醉矣。《詩》云：『神具醉止，皇尸載起。』」此以〈楚茨〉爲宗廟祭祀之詩。

212. 〈甫田〉：蔡邕〈禮樂志〉：「社稷樂詩，所謂琴瑟擊鼓，以迎田祖者也。」

213. 〈大田〉：《呂覽・務本篇》高誘《注》：「陰陽和時，雨祁祁然不暴疾也。古者井田十一而稅，公田在中，私田在外。民有禮讓之心，故願先公田，而及私也。」趙岐謂太平時，民悅其上，欲天之先雨公田，遂以次及於私田也。

214. 〈瞻彼洛矣〉：《白虎通・爵篇》：「世子上受爵命，衣士服何？謙不敢自專也。故《詩》曰：『韎韐有奭。』謂世子始行也。」詩《箋》曰：「此諸侯世子也。除三年之喪，服士服而來，未遇爵命之時，時有征伐之事，天子以其賢，任爲軍將，使代卿士將六軍而出。」與《白虎通》合，魯義不以爲刺幽王也。

215. 〈裳裳者華〉：《荀子・不苟篇》：「《詩》曰：『左之左之，君子宜之。右之右之，君子有之。』此言君子能以義屈信變應故也。」《說苑・修文篇》云：「《傳》曰：『君子無所不宜也。』云云。」喬樅謂《說苑》所引《傳》即《魯詩傳》之文，蓋頌君子之辭。

216. 〈桑扈〉：《新書・禮篇》：「夫憂民之憂者，民必憂其憂；樂民之樂者，民亦樂其樂。與士民若此者，受天之福矣。」《魯詩》〈桑扈〉與〈裳裳者華〉，皆以爲頌在位之詩，詩《箋》據魯爲釋，〔註57〕異於毛。

219. 〈車轄〉：《列女傳》二：「賢人之所以成者，其道博矣。非特師傅朋友相與切磋也，妃匹亦居多焉。」毛以〈車轄〉爲刺幽王褒姒而作，思得賢女以配君子；《魯詩》言賢女能助君子成德，其義相類。

〔註57〕 《毛詩》以〈桑扈〉刺幽王，謂君臣上下動無禮文，與詩辭之義相悖，知鄭《箋》據魯也。

220. 〈青蠅〉：《論衡・商蟲篇》：「讒言傷善，青蠅污白，同一禍敗，《詩》以爲興。……由此言之，蠅之爲蟲，應人君用讒。」詩《箋》喻佞人變亂善惡，劉向《楚詞》、賈子《新語》並爲讒人交亂，《論衡》論詩以此興，是矣。

221. 〈賓之初筵〉：《說苑・反質篇》：「《詩》曰：『側弁之俄。』言失德也；『屢舞傞傞』，言失容也；『既醉以酒，既飽以德；既醉而出，並受其福。』賓主之禮也；『醉而不出，是謂伐德。』賓主之罪也。」以此詩言飲酒之儀也。據《國語》，則此詩爲衛武公所作。

222. 〈魚藻〉：張衡〈南都賦〉：「接歡宴於日夜，終愷樂之令儀。」是言愷樂飲酒之歡，不言作刺也。

223. 〈采菽〉：《白虎通・考黜篇》：「以其進退有節，行步有度，賜之車馬以代其步；言成文章，行成法則，賜之衣服以表其德。《詩》曰：『君子來朝，何錫與之？雖無與之，路車乘馬。又何與之？玄衮及黼。』」《荀子・儒效篇》謂明主譎德序位，所以不亂；忠臣誠能，而後受職，治辯之極也。

224. 〈角弓〉：《漢書・杜鄴傳》：「人情恩深者其養謹，愛至者其求詳。夫戚而不見殊，孰能無怨？此〈棠棣〉、〈角弓〉之詩所爲作也。」劉向上〈封事〉謂幽、厲之際，朝廷不和，轉相非怨，詩人刺之。引《詩》：「民之無良，相怨一方。」義與此同。

226. 〈都人士〉：陳壽祺云：「〈都人士〉首章，《禮記・緇衣》鄭《注》云：『《毛詩》有之，三家則亡。』今蔡邕〈述行賦〉云：『咏都人以思歸。』乃首章之詞，蓋即用《禮記・緇衣》所引，非用《毛詩》也。」《毛詩》以歸於忠信之行，與魯思歸之義不同。〔註58〕

228. 〈黍苗〉：《荀子・富國篇》：「仁人在上，百姓貴之如帝，親之如父母，爲之出死斷亡而愉者，無他故焉，其所是焉誠美，其所得焉誠厚，其所利焉誠多。《詩》云：『我任我輦，我車我牛，我行既集，蓋云歸哉！』此之謂也。」按：《詩》云：「肅肅謝功，召伯營之。烈烈征師，召伯成之。」與〈江漢〉召虎經營告成同義。荀子蓋斷詩取義。

229. 〈隰桑〉：美周宣姜后之德性，能成宣王中興之名。（見《列女傳》

〔註58〕詩《箋》：「都人之士，所行要歸於忠信，其餘萬民寡識者，咸瞻望而法傚之。」是也。

卷二）《毛詩》謂周人作詩刺幽后，《毛詩》以詩次第與時世合，故論與魯異義。

230. 〈白華〉：《漢書》谷永對：「息〈白華〉之怨。」〈外戚傳〉班倢伃〈賦〉：「綠衣兮白華，自古兮有之。」比觀之，蓋爲怨婦之詩。

231. 〈綿蠻〉：《潛夫論‧班祿篇》：「行人定而〈綿蠻〉諷。」陳喬樅以定字義不可通，疑爲畏字之譌。據此，則行人遠役而作詩也。

232. 〈瓠葉〉：《後漢書‧儒林傳》：「劉昆教授子弟恒五百餘人，每春秋饗射，常備列典儀，以素木瓠葉爲俎豆，桑弧蒿矢以射菟首。」李賢注：「昆懼禮之廢，故以瓠葉爲俎實，射則歌〈菟首〉之詩而爲節也。」蓋三家詩有以〈瓠葉〉爲飲射之詩，而昆仿之歟？〔註59〕

234. 〈苕華〉：《潛夫論‧交際篇》：「《詩》云：『知我如此，不如無生。』先合而後忤，有初而無終，不若木無生意，彊自誓也。」〈苕華〉詩辭：「人可以食，鮮可以飽。」國亂患饑之意也。知《潛夫論》乃引申之義。

235. 〈何草不黃〉：《爾雅‧釋天》：「九月爲玄。」孫炎注：「物衰而色玄也。《詩》曰：何草不玄。」詩《箋》云：「用兵不息，軍旅自歲始草生而出，至歲晚矣。」又云：「從役者皆過時不得歸。」庶幾近之。唯《魯詩》以物衰色玄，《箋》謂草牙蘖將生必玄，兩解不同。

十六、大　雅

《荀子‧儒效篇》：「〈大雅〉之所以爲大雅者，取是而光之也。」《魯詩》皆以〈小雅〉爲衰世之刺詩，至於〈大雅〉則否矣。「光，猶廣也。」（郝懿行《荀子注》）《左傳》襄公二十九年，季札觀周樂，爲之歌〈大雅〉，曰：「廣哉！熙熙乎！曲而有直體，其文王之德乎？」此即荀子「取是而光之」取義所在。《魯詩》蓋以〈大雅〉爲文王之詩。服虔《左傳注》：「〈大雅〉陳文王之德，武王之功。」是也。

236. 〈文王〉：趙岐《孟子章句》五：「《詩》言周雖后稷以來舊爲諸侯，其受王命，維文王新復，修治禮義以致之耳。」《魯詩》以此文王受命，殷之美士助祭之詩。

〔註59〕胡承珙謂昆懸菟首而射之，章懷太子之注誤。喬樅云：「胡氏以懸菟首而射爲解，於經傳無徵，不如章懷注言歌詩爲節，其說近是。」

237. 〈大明〉:《荀子‧解蔽篇》:「《詩》曰:『明明在下,赫赫在上。』言上明而下化也。」蔡邕〈集答齋議〉:「《詩》云:『惟此文王,小心翼翼,昭事上帝,聿懷多福。』夫齋以恭奉明祀,文王所以懷福。」文王敬慎事天,不敢攜貳,厥受命懷福,《魯詩》〈大明〉一詩之義也。〔註60〕

238. 〈緜〉:《史記‧周本紀》:「古公亶父立,復脩后稷公劉之業,積德行義,國人皆戴之。……於是古公乃貶戎狄之俗,而營城郭室屋,而邑別居之,作五官有司,民皆歌樂之,頌其德。」《後漢書》魯恭〈疏〉曰:「昔太王重人民而去邠,故獲上天之佑。」詩述太公立德,周基始奠,文王克承,於是受命。故《潛夫論‧五德志篇》云:「文王斷虞、芮之訟而始受命。」是矣。

239. 〈棫樸〉:賈子《新書‧容經》:「《詩》曰:『芃芃棫樸,薪之槱之。濟濟辟王,左右趨之。』此言小人日以善趨也。」《毛詩》以此言能官人,毛、魯不同。

240. 〈旱麓〉:《潛夫論‧德化篇》:「《詩》云:『鳶飛戾天,魚躍于淵。愷悌君子,胡不作人。』君子修其樂易之德,上及飛鳥,下及淵魚,罔不懽忻悅豫,則又況士庶而不仁者乎?」以〈旱麓〉言德化之盛也。

241. 〈思齊〉:《列女傳》卷一:「太姒教誨十子,自少及長,未嘗見邪僻之事。及其長,文王繼而教之,成武王、周公之德。君子謂太姒以仁明而有德。《詩》曰:『太姒嗣徽音,則百斯男。』此之謂也。」

242. 〈皇矣〉:《潛夫論‧班祿篇》:「《詩》云:『皇矣上帝,臨下以赫。鑒觀四方,求民之莫。惟此二國,其政不獲;惟彼四國,爰究爰度。上帝指之,憎其式廓。乃眷西顧,此惟與宅。』蓋此言也,言夏殷二國之政不得,乃用奢夸廓人,上帝憎之,更求民之瘼,聖人與天下四國究度,而使居之也。」鄭玄詩《箋》:「阮也、徂也、共也,三國犯周而文王伐之。」與密人不共,則是四國也。」張融曰:「《魯詩》之義,以阮、徂、共皆爲國名。」鄭據《魯詩》爲釋。

243. 〈靈臺〉:《說苑‧修文篇》:「積恩爲愛,積愛爲仁,積仁爲靈。〈靈臺〉之所以爲靈者,積仁也。神靈者,天地之本,而爲萬物之始也。

〔註60〕高誘《呂覽‧行論注》:「詩言文王小心翼翼然,敬慎明於事上,不敢攜貳,所以得眾福也。」

—78—

是故文王始接民以仁，而天下莫不仁焉。文，德之至也。德不至，則不能文。」《魯詩》以〈靈臺〉爲文王德至，賈子《新書》、劉向《說苑》、《新序》、《白虎通》、趙岐《孟子章句》皆然。〔註61〕

244. 〈下武〉：趙岐《孟子章句》九：「《詩・大雅・下武》之篇，周武王所以長言孝思，欲以爲天下法則。」毛《傳》云：「則其先人也。」《箋》云：「其維則三后之所行。」而趙邠卿謂爲天下法則，是魯、毛不同義也。

245. 〈文王有聲〉：《史記・齊太公世家》：「周西伯政平，及斷虞、芮之訟，而詩人稱西伯受命，曰：『文王伐崇，密須犬戎，大作豐邑。』」趙岐《孟子章句》三：「《詩・大雅・文王有聲》之篇，言從四方來者，無思不服武王之德。」《毛詩》謂武王能廣文王之聲，卒其伐功是已。

246. 〈生民〉：《史記周本紀》：「后稷母，有邰氏女，曰姜原，爲帝嚳元妃。姜原出野，見巨人迹，心忻然悅欲，踐之；踐之而身動如孕者，居期而生子，以爲不祥。……號曰后稷，別爲姬氏。」則〈大雅・生民〉之篇，已載其事也。《史記・三代世表》張夫子問褚先生曰：〔註62〕「《詩》言契、后稷皆無父而感生。今按諸傳記咸言有父，父皆黃帝子也。得無與《詩》繆乎？」褚先生曰：「不然。《詩》言契生於卵，后稷人迹，欲見其有天命精誠之意耳。鬼神不能自成，須人而生，奈何無父而生乎？一言有父，一言無父，信以傳信，疑以傳疑，故兩言之。」〔註63〕許氏《五經異義》云：「《詩》齊、魯、韓說，聖人皆無父，感天而生。」唯《魯詩》褚氏之學詳陳之。

247. 〈行葦〉：《列女傳》卷六：「昔者公劉之行，牛羊踐葭葦，惻然爲民痛之，恩及草木。」《潛夫論・德化篇》：「公劉厚德，恩及草木，牛羊六畜仁不忍踐履生草，則又況於民萌而有不化者乎？」〈邊議篇〉：「公劉仁德廣被行葦，況含血之人己同類乎？」《魯詩》以〈行葦〉爲公劉行仁之詩。

248. 〈既醉〉：《說苑・修文篇》：「古者愼重飲酒之禮，使耳聽雅音，目視

〔註61〕《魯詩》謂文王德至，而《毛詩》謂民始附也，二家不同。
〔註62〕《魯詩》張、唐、褚氏之學。此張夫子乃張長安，褚即褚少孫也。
〔註63〕《魯詩》於〈生民〉一詩兩說，一則無父感生，一則有父而生，故云：「信則傳信，疑則傳疑。」

正儀，足行正容，心論正道。故終日飲酒，而無過失，近者數日，遠者數月，皆人有德焉，以益善。《詩》云：『既醉以酒，既飽以德。』此之謂也。」

249. 〈鳧鷖〉：高誘《淮南・主術訓・注》：「尸，祭主也。尸食飽以知神之食亦飽，《詩》曰：『公尸燕飲，載宗載考。』」謂祭祀事神之事也。

250. 〈嘉樂〉：《論衡・藝增篇》：「《詩》言子孫千億，美周宣王之德能慎天地，天地祚之，子孫眾多，至於千億。」〈毛詩序〉：「〈假樂〉，〔註64〕嘉成王也。」魯以為宣王詩，兩家不同。

251. 〈公劉〉：《史記・周本紀》：「公劉雖在戎狄之間，復修后稷之業，務耕重，行地宜，自漆沮渡渭，取材用，行者有資，居者有蓄積，民賴其慶，百姓懷之，多徙而保歸焉。周道之興自此始，故詩人歌樂，思其德。」

252. 〈泂酌〉：楊雄〈博士箴〉：「公劉挹行潦而濁亂斯清，官操其業，士執其經。」以〈泂酌〉亦公劉之詩也。

253. 〈卷阿〉：徐幹《中論・修本篇》：「《詩》云：『顒顒卬卬，如珪如璋，令聞令望。愷悌君子，四方為綱。』舉珪璋以喻其德貴不變也。」賈子〈君道篇〉：「《詩》曰：『愷愷君子，民之父母。』言聖王之德也。」言聖君之德，為〈卷阿〉詩義。

254. 〈民勞〉：《荀子・致仕篇》：「川淵深而魚鼈歸之，山林茂而禽獸歸之，刑政平而百姓歸之，禮義備而君子歸之。禮及身而行修，義即國而政明，令行禁止，王者之事畢矣。《詩》云：『惠此中國，以綏四方。』此之謂也。」《淮南・泰族訓》引《詩》同，謂內順外寧，不謂召穆公刺幽王也。

255. 〈板〉：《後漢書・李固傳》：「《詩》云：『上帝板板，下民卒癉。』刺周王變祖法度，故使下民將盡病也。」鄭《箋》云：「王為政反先王與天之道，天下之民盡病其出善言而不行之也。」而《爾雅・釋訓》：「憲憲、呭呭，制法則也。」李巡曰：「皆惡黨為制法則也。」疑范書與鄭《箋》並據魯為釋。〔註65〕

〔註64〕《魯頌譜》：「僖二十年，新作南門，又脩姜嫄之廟，至於復魯舊制，未徧而薨。國人美其功，季孫行父請命於周而作其頌。」是也。

〔註65〕趙岐《孟子章句》七：「天謂王者；蹶，動也。言天方動，女無敢沓沓，但為

256. 〈蕩〉：趙岐《孟子章句》七：「《詩·大雅·蕩》之篇，言殷之所監視，在夏后之世耳。以前代善惡為明鏡也，欲使周亦鑒於殷之所以亡也。」

257. 〈抑〉：《中論·虛道篇》：「昔衛武公年過九十，猶夙夜不怠，思聞訓道，命其君臣曰：『無謂老耄而舍我，必朝夕交戒。』又作〈抑〉詩以自儆也。衛人思其德，為賦〈淇奧〉，且曰睿聖。」《魯詩》據《國語》以釋〈抑〉詩，又以〈淇奧〉為衛武公詩。

258. 〈桑柔〉：《潛夫論·遏利篇》：「昔周厲王好專利，芮良夫諫而不入，退賦〈桑柔〉之詩以諷，言是大風也必將有遂，是貪民也必將敗其類；王又不悟，故遂流于彘。」〈毛詩序〉：「〈桑柔〉，芮伯刺厲王也。」鄭《箋》云：「芮伯，畿內諸侯，王卿士也，字良夫。」是從《魯詩》說也。

259. 〈雲漢〉：皇甫謐《帝王世紀》：「宣王元年，以邵穆公為相。是時，天大旱，王以不雨遇災而懼，整身修行，欲以消去之，祈于群神；六月，乃得雨，大夫仍叔美而歌之，今〈雲漢〉之詩是也。」喬樅云：「謐以〈皇矣〉詩，阮、徂、共為三國名，從《魯詩》之說，則說〈雲漢〉詩當亦據《魯詩》而言。」蓋《論衡·治期篇》：「周宣遭大旱矣。《詩》曰：『周餘黎民，靡有孑遺。』言無有可遺一人不被害者，災害之甚者也。」〈藝增篇〉說同，則皇甫謐之說為魯義也，〈毛序〉與之同。

260. 〈崧高〉：《潛夫論·三式篇》：「周宣時，輔相大臣以德佐治，亦獲有國，故尹吉甫作封頌二篇，其《詩》曰：『亹亹申伯，王纘之事，于邑于謝，南國是式。』又曰：『四牡彭彭，八鸞鏘鏘。王命仲山甫，城彼東方。』此言申伯、仲山甫文德致昇平，而王封以樂土，賜以盛服也。」王符所言，〈崧高〉、〈烝民〉二詩，即尹吉甫所作封頌二篇也。《蔡邕集·司空楊公碑》：「昔在申、呂，匡佐周宣，〈崧高〉作誦，大雅揚芬。」同。

261. 〈烝民〉：《潛夫論·三式篇》以尹吉甫作封頌，〈志姓氏篇〉云：「昔仲山甫亦姓樊，謚穆仲，封於南陽。南陽者，在今河內。」《後漢書·

非義非禮，背棄先王之道而不相匡正也。」以王謂今王，板板謂反先王之道也。

樊宏傳》謂其先周仲山甫封於樊,因而氏焉,是也。

262. 〈韓奕〉:《潛夫論・志姓氏篇》:「昔周宣王亦有韓侯,其國也近燕,故《詩》曰:『普彼韓城,燕師所完。』」《魯詩》蓋亦以〈韓奕〉爲宣王封賜韓侯也。

263. 〈江漢〉:揚雄〈揚州牧箴〉:「昔周之宣,有方有虎,詩人歌功,乃列于〈雅〉。」高誘《呂覽・適威篇・注》:「虎,宣王臣。《詩》曰:『王命召虎,式辟四方,徹我疆土。』」

264. 〈常武〉:《史記・太史公自序》:「重黎氏世序天地,其在周,程伯休甫其後也。當周宣王時,失其官守,而爲司馬氏。」《潛夫論・志姓氏篇》說與《史記》合。〈敘錄〉云:「蠻夷猾夏,古今所患。宣王中興,南仲征邊。」《魯詩》以〈常武〉爲宣王禦邊也。

265. 〈瞻卬〉:《漢書》谷永上疏曰:「臣聞三代所以隕社稷,喪宗廟者,皆由婦人。《詩》云:『懿厥悊婦,爲梟爲鴟。匪降自天,生自婦人。』」以《毛詩》:「〈瞻卬〉,凡伯刺幽王大壞也。」證之,〈瞻卬〉當繫於幽、厲之世。

266. 〈召旻〉:《列女傳》八:「君子謂昭儀之凶嬖與褒姒同行,成帝之惑亂與周幽王同風。《詩》云:『池之竭矣,不云自濱;泉之竭矣,不云自中。』成帝時舅氏擅外,趙氏專內,其自竭極,蓋亦池泉之勢也。」《魯詩》以〈召旻〉爲幽王詩也。

十七、頌

《荀子・儒效篇》:「〈頌〉之所以爲至者,取是而通之也。」楊倞《注》:「至,謂盛德之極。」《左傳》季札觀周樂,爲之歌〈頌〉,曰:「至矣乎!直而不倨,曲而不屈,邇而不偪,遠而不攜,遷而不淫,復而不厭,哀而不愁,樂而不荒,用而不匱,廣而不宣,施而不費,取而不貪,處而不底,行而不流,五聲和,八風平,節有度,守有序,盛德之所同也。」季札之言,綜歸之,〈頌〉之至也,即《荀子》所本;而謂盛德之所同者,〈頌〉有周、魯、商,故是之謂也。《論衡・須頌篇》:「〈周頌〉三十一,〈殷頌〉五,〈魯頌〉四,凡〈頌〉四十篇,詩人所以嘉上也。」《魯詩・頌》與毛同;蔡邕爲〈周頌・獨斷〉三十一篇,曰:「宗廟所歌詩之別名,三十一章皆天子之禮樂也。」是《魯詩・頌》之義。

十八、周　頌

267. 〈清廟〉：蔡邕〈獨斷〉：「〈清廟〉一章八句。洛邑既成，諸侯朝見，宗祀文王之所歌也。」喬樅云：「此所引即《魯詩‧周頌》之〈序〉也。」〈毛詩序〉與〈獨斷〉同。以下三十章皆是也。

268. 〈維天之命〉：〈獨斷〉：「〈維天之命〉一章八句，告太平於文王之所歌也。」

269. 〈維清〉：〈獨斷〉：「〈維清〉，奏〈象武〉之所歌也。」《白虎通‧禮樂篇》：「武王曰象者，太平而作樂，示已太平也。」

270. 〈烈文〉：〈獨斷〉：「〈烈文〉一章十三句。成王即政，諸侯助祭之所歌也。」《毛詩》同。

271. 〈天作〉：〈獨斷〉：「〈天作〉，祀先王先公之所歌也。」《毛詩》同。

272. 〈昊天有成命〉：〈獨斷〉：「〈昊天有成命〉一章七句，郊祀天地之所歌也。」《毛詩》同。

273. 〈我將〉：〈獨斷〉：「〈我將〉一章十句，祀文王於明堂之所歌也。」《毛詩》：「〈我將〉，祀文王於明堂也。」同。

274. 〈時邁〉：〈獨斷〉：「〈時邁〉一章十五句，巡狩告祭柴望之所歌也。」

275. 〈執競〉：〈獨斷〉：「〈執競〉一章十四句，祀武王之所歌也。」

276. 〈思文〉：〈獨斷〉：「〈思文〉一章八句，祀后稷配天之所歌也。」

277. 〈臣工〉：〈獨斷〉：「〈臣工〉一章十句，諸侯助祭，遣之於廟之所歌也。」

278. 〈噫嘻〉：〈獨斷〉：「〈噫嘻〉一章八句，春夏祈穀於上帝之所歌也。」

279. 〈振鷺〉：〈獨斷〉：「〈振鷺〉，二王之後來助祭之所歌也。」

280. 〈豐年〉：〈獨斷〉：「〈豐年〉一章七句，蒸嘗秋冬之所歌也。」

281. 〈有瞽〉：〈獨斷〉：「〈有瞽〉一章十三句，始作樂，合諸樂而奏之所歌也。」喬樅云：「〈毛詩序〉：『〈有瞽〉，始作樂而合乎祖也。』《箋》云：『合者，大合諸樂而奏之。』即用魯說申毛。」

282. 〈潛〉：〈獨斷〉：「〈潛〉一章六句，季冬薦魚，春獻鮪之所歌也。」

283. 〈雝〉：〈獨斷〉：「〈雝〉一章十六句，禘太祖之所歌也。」

284. 〈載見〉：〈獨斷〉：「〈載見〉一章十四句，諸侯始見于武王廟之所歌也。」

285. 〈有客〉：〈獨斷〉：「〈有客〉一章十三句，微子來見祖廟之所歌也。」

286. 〈武〉：〈獨斷〉：「〈武〉一章七句，奏大武，周武所定一代之樂之所歌也。」《呂氏春秋・古樂篇》：「武王即位，以六師伐殷，六師未至，以銳兵克之於牧野，歸乃薦獻俘馘於京太室，乃命周公爲作〈大武〉。」《春秋繁露》：「文王受命，作〈武〉樂，制文禮以奉天；武王受命作〈象〉樂，繼文以奉天。周公輔成王，受命成文武之制，作〈汋〉樂以奉天。」《呂覽》以周公作〈大武〉之樂，《繁露》亦謂周公作〈武〉，《白虎通義・禮樂篇》云：「周樂曰〈大武〉、〈象〉，周公之樂曰〈汋〉，合曰〈大武〉。〈大武〉者，天下始樂周之征伐行武，故詩人歌之。」據此，文王已作〈武〉樂，武王克殷繼伐，成文王武功，又定〈大武〉之樂，〔註66〕故《魯詩・序》云：「周武所定一代之樂。」不言武王所作，明文王時已有〈武〉樂也。

287. 〈閔予小子〉：〈獨斷〉：「〈閔予小子〉一章十一句，成王除武王之喪，將始即政，朝於廟之所歌也。」

288. 〈訪落〉：〈獨斷〉：「〈訪落〉一章十二句，成王謀政於廟之所歌也。」

289. 〈敬之〉：〈獨斷〉：「〈敬之〉一章十二句，群臣進戒嗣王之所歌也。」

290. 〈小毖〉：〈獨斷〉：「〈小毖〉一章八句，嗣王求忠臣助己之所歌也。」

291. 〈載芟〉：〈獨斷〉：「〈載芟〉一章三十一句，春藉田祈社稷之所歌也。」

292. 〈良耜〉：〈獨斷〉：「〈良耜〉一章二十三句，秋報社稷之所歌也。」

293. 〈絲衣〉：〈獨斷〉：「〈絲衣〉一章九句，繹賓尸之所歌也。」

294. 〈酌〉：〈獨斷〉：「〈酌〉一章九句，告成〈大武〉，言能酌先祖之道以養天下之所歌也。」《白虎通・禮樂篇》：「周樂曰〈大武〉、〈象〉，周公之樂曰〈酌〉，今曰〈大武〉。〈酌〉者，言周公輔成王，能斟酌文武之道而成之也。」

295. 〈桓〉：〈獨斷〉：「〈桓〉一章九句，師祭講武類禡之所歌也。」《毛詩》曰：「〈桓〉，武志也。」亦言講武類禡之詩，則武王詩也。

296. 〈賚〉：〈獨斷〉：「〈賚〉一章六句，大封於廟，賜有德之所歌也。」

297. 〈般〉：〈獨斷〉：「〈般〉一章七句，巡狩祀四嶽河海之所歌也。」

　　以上〈周頌〉三十一篇，蔡邕所作〈獨斷〉，即〈魯詩〉序也。《魯詩・周頌》之義，與〈毛序〉相同且文辭較詳。比觀二家詩義，知皆有所本，魯、毛二家，蓋皆漢治《詩》學者共通之義也。

〔註66〕《禮記・樂記》賓牟賈侍坐於孔子，孔子與之言及作〈武〉之樂。

十九、魯　頌

〈毛詩序〉：「僖公能遵伯禽之法，於是季孫行父請命于周，而史克作〈頌〉。」〈魯頌〉四篇皆頌僖公之詩。但〈詩序〉以史克之〈頌〉皆僖公生前事蹟，鄭《詩譜》以其時世未合，而有薨後追頌之說。蓋季孫行父乃公子友之曾孫，季友身事僖公，其曾孫無同世之理，故魏默深《詩古微》駁〈小序〉，曰：「今觀〈魯頌〉皆頌禱祝願之詞，其在僖公生前何疑？其作於奚斯而不作於行父、史克又何疑？」是矣。奚斯頌魯者，蓋僖公十三年嘗從齊桓公會於鹹，爲淮夷之病杞；又十六年嘗從桓公會於淮，爲淮夷之病鄫，皆因人成事，故魯臣頌功，〈泮水〉詩曰：「明明魯侯，克明其德，既作泮宮，淮夷攸服。」〈閟宮〉詩曰：「戎狄是膺，荊舒是懲。」又曰：「遂荒大東，至於海邦，淮夷來同，莫不率從。」即其事也。〔註67〕

298.　〈駉〉：揚雄〈太僕箴〉：「僖好牡馬，牧於坰野，輦車就牧，而詩人興魯。」

300.　〈泮水〉：《蔡邕集・明堂月令論》：「《詩・魯頌》云：『矯矯虎臣，在泮獻馘。』諸侯泮宮獻馘，即王制所謂以訊馘告者也。」

301.　〈閟宮〉：王延壽〈魯靈光殿賦〉：「奚斯頌僖，歌其路寢，而功績存乎詞。」韓詩《薛君章句》云：「是詩公子奚斯作。」知魯、韓皆以〈閟宮〉一詩爲奚斯所作，與《毛傳》：「有大夫公子奚斯者作是廟也。」魯、韓與毛異義。

二十、商　頌

《史記・宋世家》：「宋襄公之時，脩行仁義，欲爲盟主。其大夫正考甫美之，故追道湯、契、高宗所以興，作〈商頌〉。」揚雄《法言》云：「昔正考甫常〔註68〕晞尹吉甫矣。」又云：「公子奚斯嘗晞正考甫矣。」《說文》云：「晞，望也。海岱之間謂眄曰晞。」正考甫之晞尹吉甫而作〈商頌〉，猶公子奚斯之晞正考甫作〈魯頌〉，一在魯僖之際，一在宋襄之時，故《魯詩》以〈商頌〉爲宋襄公時，乃正考甫所作詩也。

〔註67〕魏源《詩古微》謂〈魯頌〉皆諛詞僭制，謂魯爲變頌，夫子錄之，蓋罪之傷之也。然魯以積弱，今得立功，大頌僖公之武功，本非諛頌，魏氏蓋據《公羊》之義。

〔註68〕此「常」字當即是「嘗」。

304. 〈玄鳥〉:《史記·殷本紀》:「殷契母曰簡狄,有娀氏之女,為帝嚳
　　次妃。三人行浴,見玄鳥墮其卵,簡狄取吞之,因孕生契。契長而
　　佐禹治水,有功,封於商,賜姓子氏。」《史記·三代世表》,褚少
　　孫引《魯詩傳》曰:「湯之先為契,無父而生。契母與姊妹浴於玄邱
　　水,有燕銜卵墮之,契得,故含之,誤吞之,即生契。契生而賢,
　　立為司徒,姓之曰子氏。子者,茲;茲,益大也。詩人美而頌之曰:
　　『殷社芒芒,天命玄鳥,降而生商。』商者質,殷號也。」〔註69〕

305. 〈長發〉:《史記·殷本紀》:「夏桀為虐政淫荒,而諸侯昆吾氏為亂,
　　湯乃興師,率諸侯,自把鉞以伐昆吾,遂伐桀,於是號曰武王。」
　　〈毛詩序〉:「〈長發〉,大禘也。」《禮記》曰:「王者禘其祖之所自
　　出。」〈商頌〉五篇,皆宋襄頌祖之作也。

　　三家詩以魯出最早,其傳亦最廣,漢興以來,史傳所述,百家奏議著作
所出,根深葉茂,三百五篇,廣而被覆。試為解題,遺罣必多。計三百篇中,
略得其義者一百八十八篇,其中有本義者、有引申義,旁義者,皆羅列不捐,
唯斷章取義,顯知其以《詩》證事,不為說《詩》之言,則擯而不與焉。

〔註69〕由是見《魯詩傳》之文也,與《說苑·反質篇》、《史記·三代世表》所引,
　　皆見《魯詩》極篤實。

第五章 齊詩之特徵及其內容

　　兩漢學術中，與正統儒學之魯學並峙者，則齊學也。先是，漢武帝尊崇儒學，由董仲舒議，罷黜百家，而齊人公孫宏爲相，武帝於《春秋》尊《公羊》，齊學大興。衛太子受命學《公羊》，既通，復私問《穀梁》而善之。及宣帝即位，因聞衛太子好《穀梁》，乃命開講穀梁，積十餘年之講授，而《穀梁》大盛，遂有二傳異同之爭論，〔註1〕此史傳可考，齊、魯學術淵源不同，經說之爭也。桓寬《鹽鐵論》之著，大夫言論輒言太公、管仲；文學賢良動引孔孟學說。故《鹽鐵論》一書乃齊、魯二學派論爭之縮影，〔註2〕齊、魯思想不同，本當並立也。陳喬樅云：「漢時經師以齊、魯爲兩大宗。文、景之際，言《詩》者，魯有申培公，齊有轅固生；《春秋》、《論語》亦皆有齊、魯之學，此其大較也。」又云：「如公羊氏本齊學，治《公羊春秋》者，其於《詩》皆稱齊；猶之穀梁氏爲魯學，治《穀梁春秋》者其於《詩》亦稱魯也。」〔註3〕是已。

第一節　齊學之風氣

　　齊處青州之地，南負泰山，東北臨渤海，富於漁鹽之利，海上交通便捷。《漢書・地理志》云：「太公以齊地負海舄鹵，少五穀而人民寡，迺勸以女工之業，通漁鹽之利，而人物輻湊。後十四世，桓公用管仲，設輕重以富國，

〔註1〕《漢書・儒林傳・瑕丘江公傳》，具述本末之事。
〔註2〕見李則芬《先秦兩漢歷史論文集》，「中國政治思想的二大淵源」部分。
〔註3〕見〈齊詩遺說考自序〉。

〔註4〕合諸侯、成伯功，身在陪臣而取取三歸，故其俗彌侈，織作冰紈綺繡純麗之物，號爲冠帶衣履天下。」齊地風俗號稱奢夸，實繫水土之故，至其士風，則由上之統理所致。〈地理志〉云：「初太公治齊，修道術，尊賢智，賞有功，故至今其士多好經術、矜功名，舒緩濶達而多智；其失夸奢朋黨，言與行繆，虛詐不情，急之則離散，緩之則放縱。」以此，齊地學風有以下特徵：

一曰：夸誕想像之精神。齊地背山臨海，航運捷利，民多貿易往來，好海上奇談，故孟子稱齊東野人之語，莊子有齊諧志怪之談。〔註5〕在威、宣之世，齊稷下騁辯之士千有餘人，號爲不治而議，〔註6〕《戰國策・齊策》云：「談說之士，會於稷下，蓋齊人於稷下立學舍也。」

齊稷下學士，論其影響齊地學風最著，進而使兩漢學術齊化者，則推騶衍其人。《史記・孟子、荀卿列傳》曰：

騶衍睹有國者益淫侈，不能尚德，若〈大雅〉整之於身，施及黎庶矣。乃深觀陰陽消息，而作怪迂之變，〈終始〉、〈大聖〉之篇十餘萬言。其語閎大不經，必先驗小物，推而大之，至於無垠。先序今以上至黃帝，學者所共術，大並世盛衰，因載其禨祥度制，推而遠之，至天地未生，窈冥不可考而原也。先列中國名山大川，通谷禽獸，水土所殖，物類所珍；因而推之，及海外人之所不能睹。稱引天地剖判以來，五德轉移，治各有宜，而符應若茲。〔註7〕

騶子挾其術以游說，王公大人初見，懼然顧化。既重於齊，以適梁，梁惠王郊迎，執賓主之禮；適趙，平原君側行撇席；如燕，昭王擁彗先驅，受弟子之業，爲築碣石之宮。於是燕、齊海上方士傳騶子之術，五行陰陽主運之說大熾，凡爲齊地學者，往往不能脫去風氣。陳槃菴先生〈讖緯溯源〉云：〔註8〕

〈孟、荀列傳〉所述騶書內容，與吾人現在所見之讖緯，並無二致。謂史公所述即爲整部讖緯之大綱扼要，未嘗不可。後來《呂氏春秋》之所謂綠圖，及燕、齊海上方士盧生等所奏上之綠圖書，即從騶書

〔註4〕管仲思想繼承太公思想，重視經濟富國之思想。
〔註5〕見《孟子・萬章篇》及《莊子・逍遙遊篇》。
〔註6〕《史記・田敬仲完世家》：「宣王喜文學游說之士，自如騶衍、淳于髡、田駢、接子、慎到七十六人，皆賜列第，爲上大夫，不治而議。」」
〔註7〕關於騶衍學說內容之分析，見下章「齊詩翼氏說」。
〔註8〕《中研院史語所集刊》第十一本。

蛻變而出。

騶術之術，乃兩漢一切讖緯說之來源，而其要歸於「仁義節儉，君臣上下六親之施。」實則援儒學以爲飾，或者其本身即爲儒士。故〈始皇本紀〉，侯生、盧生謂「候星氣者至三百人，皆良士。」而始皇本身亦言「悉召文學方士甚重，欲以興太平。」所坑儒士四百六十餘人於咸陽，至此儒與士實難分別。甚者，戰國末期儒學巨擘荀子〈非十二子〉篇云：「略法先王而不知其統，猶然而材劇志大，聞見雜博，案往舊造說，謂之五行。甚僻遠而無類，幽隱而無說，閉約而無解，案飾其辭而祇敬之。」此學說似即騶衍之術，而荀子以之歸於子思、孟子，或是僻於聞證所致。然則陰陽家慣於援儒學以爲飾，雖荀子亦難明分之也。此種齊學，至於漢世方興未艾。皮錫瑞云：「伏《傳》五行、齊《詩》五際、《公羊春秋》多言災異，皆齊學也。《易》有象數之驗，《禮》有明堂陰陽，不盡齊學也，而其旨略同。」〔註9〕是也。

　　儒學齊化之外，齊地之宗教，亦披靡全國。李長之云：「除了當時在經學上是齊學，在黃老上是齊學之外，〔註10〕當時的宗教更是齊學。當時的儒家多半是方士和黃老派的合流，而方士又大多是齊人。像漢武帝時著名的方士，如少翁、欒大、公孫卿、丁公等，都是齊人。」終始五德之運之說，既爲秦始皇所納，漢文帝用黃老，至武帝則巡狩、封禪、改曆服色，皆爲符合陰陽之治宜。巡狩、封禪之務，本爲崇祀天神地祇，其神祇則齊地所出。秦漢之間，有所謂八神將之屬，《史記‧封禪書》記錄此八種之神曰：「一曰天：主祠天齊；天齊淵水，居臨菑南郊山下者。二曰地：主祠太山、梁父。三曰兵：主祠蚩尤；蚩尤在東平陸監鄉，齊之西境也。四曰陰：主祠三山。五曰陽：主祠之罘。六曰月：主祠之萊山，皆在齊北，並渤海。七曰日：主祠成山；成山斗入海，最居齊東北隅，以迎日出之。八曰四時：主祠瑯琊；瑯琊在齊東方，蓋歲之所始。」齊地宗教，即秦、漢之國教，左右秦、漢兩朝之信仰，猶之乎黃老之學蔭育漢初之政治也。齊人本此夸誕想像之精神，創造詭異迷人之學說，由陰陽家及宗教二端觀之，其影響兩漢政治學術皆甚鉅也。

〔註9〕見《經學歷史》。
〔註10〕黃老之樂出學自齊之高密、膠西。《史記‧樂毅列傳》云：「樂臣公善修黃帝、老子之言，顯聞於齊，稱賢師。」樂臣公教蓋公，蓋公教於齊高密、膠西，爲曹相國師是也。見郭湛波《中國中古思想史》第二篇「齊學」。

二曰：通於天人之歸趨。皮氏云：「漢有一種天人之學，而齊學尤盛。」又云：「大抵齊學尚恢宏，魯學多迂謹；齊學喜言天人之理，魯學頗守典章之餘。」〔註11〕齊學之所以恢奇，乃在通於天人之歸趨。董仲舒〈對策〉云：「以觀天人相與之際甚可畏也。國家將有失敗之道，而天乃先出災害以譴告之；不知自省，又出怪異以警懼之。尚不知變，而傷敗乃至。」天地之間有陰陽之氣，其常漸人，若水常漸魚；國之治亂，與之相通。故齊學常言五行之德，四時之運轉，與天道終始之關係。所以然者，「天亦有喜怒之氣，哀樂之心，與人相副，以類合之，天人一也。」〔註12〕故人當法天之道，應天之變、聖人則視天之意以出治，故齊學恒言災異。董仲舒云：「其大略之類，天地之物，有不常之變者，謂之異；小者謂之災。災常先至，而異乃隨之。災者，天之譴也；異者，天之威也。譴之而不知，乃畏之以威。」〔註13〕《齊詩》之中有翼氏之學，翼奉本陰陽之學以三百篇言災異，其言曰：「臣奉竊學《齊詩》，聞五際之要，〈十月之交〉篇，知日蝕、地震之效，昭然可明。猶巢居知風，穴處知雨，亦不足多，適所習耳。臣聞人氣內逆，則感動天地；天變見於星氣日蝕，地變見於奇物震動。所以然者，陽用其精，陰用其形，猶人之有五臟六體；五臟象天，六體象地，故臟病則氣色發於面，體病則欠申動於貌。」即天人合一之學也。陳喬樅云：「《齊詩》之學，宗旨有三：曰四始，曰五際，曰六情。皆以明天地陰陽終始之理，考人事盛衰得失之原，言王道安危之故；且其說多出《詩緯》，察躔象、推曆數、徵休咎，蓋齊學之所本也。」齊學通於天人之說，徧及五經也。

　　齊學自有其思想淵源，與魯學異，然齊、魯之別非即以地域為分判也。如夏侯始昌師事轅固，學通五經，而以《齊詩》、《尚書》教授，明於陰陽，而始昌實為魯人。故齊、魯之分，須就學術之性質言，並非拘限於地域之因素。徐復觀氏謂兩漢學術無分齊、魯，謂經學本遠肇周公而集結於孔門，乃未考「人能弘道，非道弘人。」之理也。〔註14〕

〔註11〕　見皮錫瑞《經學歷史》及馬宗霍《中國經學史》。
〔註12〕　見董仲舒《春秋繁露・陰陽義篇》。
〔註13〕　《春秋繁露・必仁且智篇》。
〔註14〕　徐先生謂《公羊傳》中無陰陽觀念，而《穀梁傳》中有之，乃來自它成立之時代較《公羊傳》為後。茲編所論，是就學說之來源及影響為觀點，故不與徐先生同。

第二節　齊詩與禮樂之淵源

　　兩漢三家《詩》中,《齊詩》與禮樂之淵源最深。就師傳言之,《齊詩》與禮學之師承同一;就學說內容言之,《齊詩》最合禮樂之傳統。

　　《史記·儒林傳》謂,《禮》本自魯高堂生,而魯徐生善爲容,傳子至孫延、襄,以授瑕丘蕭奮。《漢書·儒林傳》載,孟卿事蕭奮,以授后蒼,蒼說《禮》數萬言,號曰《后氏曲臺記》,授大、小戴及慶普。《漢書·藝文志》謂魯高堂生傳《士禮》十七篇,訖孝宣世,后蒼最明,戴德、戴聖、慶普皆其弟子,則后蒼乃禮家之宗也。復由《齊詩》之授受源流觀之,后蒼師事夏侯始昌,通《詩》、《禮》爲博士,《齊詩》因而與禮學合流。陳喬樅曰:「《詩》、《禮》師傳既同出后氏,則《儀禮》及二戴《禮記》中所引佚《詩》,當皆爲《齊詩》之文矣。」今傳《禮記》與《儀禮》、《周禮》注皆出自鄭玄,鄭氏注三《禮》與詩《箋》異義。蓋禮家舊說,多本《齊詩》之義,而鄭據以爲解者也。鄭氏本治《小戴禮》,後以古經校之,取於義爲長者順焉;〔註15〕注《禮》在箋《詩》之前,未得《毛傳》,故於笙閒之篇,未聞其義。〈鄭志〉答炅模云:「爲《記注》時就盧君,〔註16〕先師亦然。〔註17〕後乃得《毛公傳》既古,書義又宜,然《記注》已行,不復改之。」考二戴禮學傳自后蒼,後漢馬融、盧植考諸家同異,附戴聖篇章,去其繁重及敘略,即今《禮記》是也。而鄭氏復依盧、馬之本而爲注。今據三《禮》注以考索《齊詩》佚義,則能握其玄珠,不失其所也。

　　學者恒言禮樂之治,六藝之中,《樂經》無書,或曰《詩》即《樂》矣。然而,《詩》即自《詩》,與樂本是二事,或有「援詩入樂」,與「爲樂作詩」之事實;而詩與樂不同,又顯而可見也。陳啓源《毛詩稽古篇》云:「詩篇皆樂章也。然詩與樂實分二教,〈經解〉云:『《詩》之教,溫柔敦厚;《樂》之教,廣博易良。』是教《詩》教《樂》,其旨不同也。〈王制〉云:『樂正立四教以造士:春秋教以《禮》、《樂》,冬夏教以《詩》、《書》。』是教《詩》教《樂》,其時不同也。故敘《詩》者止言作詩之意,至於其用爲何樂,則弗及焉。即〈鹿鳴〉、燕群臣,〈清廟〉、祀文王之類,亦指作詩之意而言,其言奏之爲樂偶與作詩之意同耳,敘自言詩不言樂也。意歌詩之法自載於《樂經》,元無煩敘《詩》者之贅及;《樂經》今亡不存,則亦無可考矣。」故是,陳氏

〔註15〕論見〈禮記鄭讀考〉。
〔註16〕盧植也。植與鄭玄爲師友,見《後漢書》二者之傳。
〔註17〕先師蓋謂京兆第五元先,鄭玄由之通《公羊春秋》,亦當習《齊詩》說也。

因《集傳》，朱子於〈雅〉、〈頌〉之篇皆以樂章釋之，或燕饗、祭祀、受釐陳戒，俱以詞之相似，臆度而爲說，深以爲不然。按：陳氏之說是也，〔註18〕詩有寫祭祀用樂之情者，但詩非即爲祭祀用樂而作也。如〈小雅‧楚茨〉之詩云：

> 楚楚者茨，言抽其棘。自昔何爲？我藝黍稷。我黍與與，我稷翼翼。
> 我倉既盈，我庾維億。以爲酒食，以饗以祀。以妥以侑，以介景福。
> 濟濟蹌蹌，絜爾牛羊，以往烝嘗。或剝或亨，或肆或將，祝祭於祊。
> 祀事孔明，先祖是皇，神保是饗。孝孫有慶，報以介福，萬壽無疆。
> 執爨踖踖，爲俎孔碩。或燔或炙，君婦莫莫。爲豆孔庶，爲賓爲客。
> 獻醻（酬）交錯，禮儀卒度，笑語卒獲。神保是格，報以介福，萬
> 壽攸酢。我孔熯矣，式禮莫愆。工祝致告，徂賚孝孫：「苾芬孝祀，
> 神嗜飲食。卜爾百福，如幾如式！」既齊既稷，既匡既勑：「永錫爾
> 極，時萬時億！」禮義既備，鐘鼓既戒，孝孫徂位，工祝致告：「神
> 具醉止，皇尸載起。」鼓鐘送尸，神保聿歸。諸宰尹婦，廢徹不遲。
> 諸父兄弟，備言燕私。樂具入奏，以綏後祿。爾殽既將，莫怨具慶。
> 既醉既飽，小大稽首：「神嗜飲食，使君壽考，孔惠孔時，維其盡之。」
> 子子孫孫，勿替引之。

此詩言祭祀燕饗之禮儀甚備。首章言黍稷既盈，爲備祀事以求福。次章言備牲，與祭祀之位。三章言爲爨之狀，與迎賓獻酢歡忻之情。四章爲祭祀祝禱之詞。五章言祭祀已畢，送尸廢徹，燕私之狀。末章即客飽醉，主人送客，客答酢祝頌之辭。全詩一氣呵成，是備言典禮之詩。詩之第五章、末章皆言用樂，然而此詩實寫祭祀之儀，非言用樂，可證陳氏之說爲是也。

　　至於禮家言古者用樂，而及於詩，時亦有之。《大戴禮‧保傳篇》云：「步中〈采茨〉。」《禮記‧玉藻》云：「趨以〈采齊〉。」鄭《注》云：「路門外之樂節也。門外謂之趨，齊當爲〈楚薺〉之薺。」陸德明即作〈采薺〉，而賈公彥疏引〈玉藻〉直作〈楚茨〉。然則，〈楚茨〉一詩本是言祭祀，後世作爲步趨之樂，詩義與用樂之節不同。古人用詩於《樂》，不必與作詩之本意相合也。故如〈鄉射〉之奏二〈南〉，兩君相見之奏〈文王〉、〈清廟〉，而天子送迎皆以〈肆夏〉，饗元侯樂用金奏〈肆夏〉、〈樊〉、〈遏〉、〈渠〉〔註19〕皆非所以論

〔註18〕朱子亦知作詩非即爲樂，見其〈答陳體仁書〉。
〔註19〕《左傳‧昭十四年》，叔孫穆子謂天子饗元侯用〈肆夏〉、〈樊〉、〈遏〉、〈渠〉。

詩之義，乃用詩之樂也。故作詩與用樂爲二事，詩則先出，樂在後作，若說詩因而傅會樂章以說其義，必與詩意相違，以致不可解矣。

　　雖然，詩教與樂教不同，行禮之節與詩義又不相當。然而詩與禮樂之緊相連結，吾人雖不可謂詩即爲樂，而詩本可入樂；詩非即禮，而行禮有時亦用詩。故須分別其間關係，而後知雖不能據樂章以言詩義，而樂章實可輔說詩義也。《齊詩》與禮樂之淵源既相同，論兩者關係，約有以下諸端：

　　（一）以典禮用樂考詩篇之性質。如《儀禮·鄉飲酒禮》：「設席於堂廉，東上。工四人，二瑟；瑟先。相者二人，皆左何瑟，後首，挎越，內弦，右手相。樂正先升，立於西階東。工入，升自西階，北面坐。相者東面坐，遂授瑟乃降。工歌〈鹿鳴〉、〈四牡〉、〈皇皇者華〉。……笙入，堂下、磬南。北面立，樂〈南陔〉、〈白華〉、〈華黍〉……。乃閒歌〈魚麗〉，笙〈由庚〉；歌〈南有嘉魚〉，笙〈崇丘〉；歌〈南山有臺〉，笙〈由儀〉。……乃合樂〈關雎〉、〈葛覃〉、〈卷耳〉、〈鵲巢〉、〈采蘩〉、〈采蘋〉。工告於樂正曰：『歌備。』樂正告於賓，乃降。」由是知凡歌《詩》皆三終，又有閒歌、合樂之節；而〈南陔〉、〈白華〉、〈華黍〉、〈由庚〉、〈崇丘〉、〈由儀〉則爲笙詩不歌也。阮元云：〔註20〕「〈風〉、〈雅〉但弦歌笙閒，賓主及歌者皆不必因此而爲舞容；惟三〈頌〉各章皆是舞容，故稱爲〈頌〉，若元以後戲曲，歌者舞者與樂器全動作也。」故由《齊詩》可考古典禮用樂歌《詩》之節，而知詩篇於禮儀應用之性質。

　　（二）由《齊詩》詩與禮樂之合一，可據以建立詩樂之理論。荀子曰：「人不能無樂，樂則不能無形，形而不爲道，則不能無亂。先王惡其亂也，故制〈雅〉、〈頌〉之聲以道之，使其聲足以樂而不流，使其文足以辨而不諰，使其曲直、繁省、廉肉、節奏足以感動人之善心。」《齊詩》因詩樂合一，能繼承先秦禮樂之傳統，由此建立音樂之理論。《禮記·樂記》篇之寫作，當與《齊詩》之關係爲深也。

　　（三）因詩與禮樂之合流，《齊詩》特重家庭倫常。《漢書》匡衡上〈疏〉曰：「臣聞室家之道修，則天下之理得。故《詩》始〈國風〉，《禮》本〈冠〉、〈婚〉。始乎〈國風〉，原性情而明人倫也；本乎〈冠〉、〈婚〉，正基兆而防未然也。福之興莫不本乎室家，道之衰莫不始乎梱內，故聖人必慎后妃之際，別適長之位。」禮以別異，樂以和同。《齊詩》以禮樂與詩合一，藉以言室家

　　杜《注》謂〈樊〉爲〈時邁〉，〈遏〉爲〈執競〉，〈渠〉爲〈思文〉。
〔註20〕見阮元《揅經室集·釋頌》。

之道，家庭之倫常；齊家治國之理，俱在其中矣。

故《魯詩》以三百五篇當諫書，說忠臣孝子之行；而《齊詩》亦以三百五篇諫，據以說災異、論室家。其術雖異，而精神實無二致，以此而論齊、魯《詩》，庶幾得之矣。〔註21〕

第三節　齊詩與地理學之關聯

中國言地理之載籍，濫觴於《尚書》之〈禹貢篇〉。〈禹貢〉言中國山川大勢，九州之名，水土所殖，相傳乃禹敷土刊木，告厥成功之作。唯以吾國之進化言之，揚州非東周以前領地，則此篇實西周以前之故籍。〔註22〕然〈禹貢〉之出在鄒衍之前，鄒子受〈禹貢〉之影響，而創「大九州」之說。其法則先列中國名山大川，物類所珍，因而推及海外人所不能睹者。陰陽家相陰陽消長之外，並好言地理。天文地理之學，實出自齊學也。

漢成帝時，劉向爲《洪範五行傳論》，推言天下地域之分，時丞相張禹，使潁川人朱贛條綜天下之風俗；而班固著《漢書》，即據之以爲〈地理志〉。〔註23〕後世地理學之著叢出，學者好言地理者，自此而始。陳喬樅謂班氏家治《齊詩》，〈地理志〉皆據《齊詩》之文。陳氏曰：「班固之從祖伯少受《詩》於師丹，故叔皮父子世傳家學。《漢書‧地理志》引『子之營兮』，及『自杜沮漆』，並據《齊詩》之文；又云：『陳俗巫鬼，晉俗儉陋』，亦與匡衡說《詩》合，是其驗已。」學者於此亦多有致疑者，謂班氏取精用博，必指班氏用《齊詩》，是誣之也。然而，《漢書‧地理志》顯然受《尚書》及《齊詩》之影響，漢初傳《尚書》之伏勝，其後皆傳《齊詩》，地理學本出自齊說，固不必由班伯也。

《齊詩》之好言地理，除陰陽家深遠之影響外，以詩、樂合而治之言，樂風與民俗爲一，早在《左傳》季札觀周樂，已論治道與詩樂之攸關矣。《漢書‧藝文志》曰：「古有采《詩》之官，王者以之觀風俗，知得失，自考正。」民受上教，以成爲俗，政之美惡，發爲歌詩，采《詩》之官採之，王者即據《詩》以考邦國之政教，爲陟黜之所據，此《齊詩》並言地理風俗之另一原因也。《漢書‧地理志》舉六經，於《詩》最多，因《詩》本是生民之謳吟，與風俗之淳

〔註21〕班氏知翼奉、京房之說災異乃假經立誼，得《齊詩》之諷諫之意也。
〔註22〕屈萬里先生考訂〈禹貢〉之作在東周、春秋之世。
〔註23〕《洪範五行論》爲齊學；張禹習《齊論》者也。

漓、政治之美惡，息息相關也。其後鄭康成著《詩譜》，亦採此觀念以論詩。〈詩譜序〉云：「欲知源流清濁之所處，則循其上下而省之；欲知風化芳臭氣澤之所及，則傍行而觀之。」〔註24〕其中「循其上下而省」者，論一國之治道也；「傍行而觀之」者，觀一地之風俗也。故曰「陳俗巫鬼」、「晉俗儉陋」，並《齊詩》所盛談，〈地理志〉則集《齊詩》說之大成，而鄭玄《毛詩譜》繼而闡發之。於是詩有正變之論，啓後世悠悠之口，其原皆在《齊詩》之好論風俗政教也。三家《詩》中，《齊詩》開闢風俗與地理之學說，影響於後世，故論《齊詩》，必及於此端，蓋源流所本，不可忽視也。〔註25〕

第四節　齊詩遺說解題

漢儒治經所以致用，《魯詩》以三百五篇當諫書，《齊詩》則與禮樂結合，以移風易俗。蓋王教者，治道之極；乃人倫者，人群規範。王教之原，在移風易俗，統理人倫也。移風易俗，須自家族始。故匡衡上〈疏〉云：「臣聞之師曰：『匹配之際，生民之始，萬福之原。』〔註26〕婚姻之禮正，然後品物遂而天命全。孔子論《詩》以〈關雎〉為始，言太上者民之父母，后夫人之德不侔乎天地，則無以奉神靈之統，而理萬物之宜。」以天下之本在國，國之本在家。由修室家，推而治於國，然後平均天下，《齊詩》則詩教實為致治之原也。又云：「竊考〈國風〉之詩，〈周南〉、〈召南〉被聖賢之化深，故篤於行而廉於色。鄭伯好勇而國人暴虎，秦穆好信而士多從死，陳夫人好巫而民淫祀，晉侯好儉而民畜聚，大王躬仁邠國貴恕。由此觀之，治天下者，審所上而已。」然則〈國風〉為風俗人倫之原，〈婚〉、〈冠〉之禮為政治之本，以詩教原性情，以禮教切人倫，則王教大成也。

一、周　南

1. 〈關雎〉：《詩推度災》：「〈關雎〉有原，冀得賢妃正八嬪。」；《易林》：

〔註24〕見〈毛詩譜序〉。
〔註25〕由《漢書‧地理志》、桑欽《水經》、酈道元《水經注》後，地理學藉由《詩經》之研究蔚然為大國，宋王應麟《詩地理考》、清朱右曾《詩地理徵》、焦循《毛詩地理釋》、尹繼美《地理考略》、程大鏞《毛詩地理證》、民國任遵時《詩經地理考》皆是也。
〔註26〕匡衡師事后蒼，則此乃后氏說也。

「〈關雎〉淑女，配我君子。少姜在門，君子嘉喜。」（〈小畜〉之〈小過〉）張晏曰：「據《易林》語，則是后妃爲文王求少姜而得之矣。」以〈關雎〉爲后妃而作者，皆《齊詩》說。故鄭注《儀禮·鄉飲酒》曰：「〈關雎〉言后妃之德，房中之樂歌，后夫人之所諷誦，以事其君子。」據此，尚可引數則，以證明之：

《漢書》匡衡上〈疏〉曰：「窈窕淑女，君子好仇。言能致其貞淑，不貳其操，情欲之感，無介乎容儀，宴私之意，不形乎動靜。夫然後可以配至尊，而爲宗廟主。此綱紀之首，王教之端也。」。

《漢書·外戚傳》：「《易》基〈乾〉、〈坤〉，《詩》首〈關雎〉，夫婦之際，人道之大倫也。」

班昭〈女誡〉：「夫婦之道，參配陰陽，通達神明，天地之宏義，人倫之大節也。是以禮貴男女之際，《詩》著〈關雎〉之義。由斯言之，不可不重也。」

《後漢書》郎顗拜〈章〉：「〈周南〉之德，〈關雎〉政本。本立道生，風行草從；澄其源者流清，溷其本者末濁。」

由此，鄭玄總論《齊詩》二〈南〉，注《儀禮》云：「周，周公所食也；召，召公所食也。於時文王三分天下有其二，德化被於南土。是以其《詩》有仁賢之風者，屬之〈召南〉焉；有聖人之風者，屬之〈周南〉焉。夫婦之道，生民之本，王政之端，其教之原也。」〔註27〕

　　2.〈葛覃〉：《儀禮·鄉飲酒》鄭《注》：「〈葛覃〉，言后妃之職。」《禮記·緇衣》注：「言己願采葛以爲君子之衣，令君子服之無厭。言不虛也。」

　　3.〈卷耳〉：〈鄉飲酒·注〉：「〈卷耳〉，言后妃之志。」《易林》：「玄黃虺隤，行者勞疲。役夫憔悴，踰時不歸。」（〈乾〉之〈革〉），行者踰時，是詩本義，引申之而爲后妃之志也。

　　4.〈樛木〉：班固〈幽通賦〉曹大家《注》：「《詩·周南》國風曰：『南有樛木，葛藟纍之。樂只君子，福履綏之。』此是安樂之象也。」言太平時，民樂其上也。

　　5.〈螽斯〉：《後漢書》荀爽〈對策〉：「配陽施，祈〈螽斯〉。」

按：荀爽言：「《詩》初篇實首〈關雎〉，《禮》始〈冠〉、〈婚〉，先正夫婦。」

〔註27〕鄭注《禮》在箋《詩》之前，未得《毛傳》。此說與〈毛序〉大同，卻未可據以爲《毛詩》說也。尤以後數語，爲《齊詩》說甚明。

則爽用《齊詩》之義也。〈對策〉又言：「眾禮之中，〈婚禮〉爲首。故天子娶十二，天之數也；諸侯以下各有等差，事之降也。陽性純而能施，陰體順而能化，以濟禮樂，節宣其氣。」此即「祈〈螽斯〉」之意，故章懷太子《注》云：「其性不妬，故能子孫眾多。」是也。

6. 〈桃夭〉：《易林・困之觀》：「〈桃夭〉少華，婚悅宜家。君子樂胥，長利止居。」又〈師之坤〉：「春桃生花，季女宜家。受福且多，思爲邦君。」似指此爲邦君嫁女娶婦之詩。

7. 〈兔罝〉：《易林》：「〈兔罝〉之容，不失其恭；和謙致樂，君子攸同。」以〈兔罝〉乃頌君子和易恭愨之容。《鹽鐵論・備胡篇》：「此〈兔罝〉之所刺，故小人非公侯干城腹心也。」此用《左傳》卻至說〈兔罝〉爲刺詩，蓋陳〈兔罝〉之君子以刺小人也。

9. 〈漢廣〉：《易林・萃之漸》：「喬木无息，漢女難得。橘柚請佩，反手離汝。」又〈噬嗑之困〉：「二女寶珠，誤鄭大夫。君父無禮，自爲作笑。」此說與劉向《列仙傳》鄭交甫與漢游女事同。

10. 〈汝墳〉：《易林・兌之噬嗑》：「南循汝水，伐樹斬枝，過時不遇，怒如周饑。」謂離人過時不遇，所家望歸也。

11. 〈麟止〉：《春秋・感精符》云：「麟一角，明天下共一主也。主者不刳胎，不破卵，則出於郊；德及幽隱，不肖斥退，賢者在位，則至。明於興衰，武而仁，仁而有慮。禽獸有塙窏，非時張獵則去；明王動則有義，靜則有容，乃見。」此頌王德之至，武而仁者，爲〈麟止〉之詩義。

二、召　南

12. 〈鵲巢〉：《儀禮・鄉飲酒》鄭《注》：「〈鵲巢〉，言國君夫人之德。」

13. 〈采蘩〉：〈鄉飲酒・注〉：「〈采蘩〉，言國君夫人不失職也。」《禮記・射義・注》曰：「不失職者，謂〈采蘩〉曰：『被之童童，夙夜在公。』」言敬於祭祀也。

15. 〈采蘋〉：〈鄉飲酒・注〉：「〈采蘋〉，言卿大夫之妻能修其法度也。」以《儀禮》合樂〈周南・關雎〉三篇同奏，歌〈召南〉則〈鵲巢〉三篇同奏觀之，知《齊詩》篇第，〈采蘋〉應在〈草蟲〉之前，疑此爲古詩篇次第。

16. 〈甘棠〉:《樂·動聲儀》云:「召公賢者也。明不能與聖人分職,常戰慄恐懼,故舍於樹下而聽斷焉。勞身苦體,然後乃與聖人齊,是〈周南〉無美,而〈召南〉有之。」故鄭氏以爲〈召南〉得賢人之化者,〈甘棠〉爲美召公之詩也。

19. 〈行露〉:《易林·大壯之姤》:「婚禮不明,男女失常。〈行露〉反言,出爭我訟。」又〈无妄之剝〉:「〈行露〉之訟,貞女不行。」〈行露〉言婚姻之訟,男強而女不行,與《毛詩》同義也。

20. 〈羔羊〉:《易林·謙之離》:「〈羔羊〉皮革,君子朝服。輔政扶德,以合萬國。」乃歌美賢大夫之德之詩。

21. 〈小星〉:《易林·大過之夬》:「旁多小星,三五在東。早夜晨行,勞苦無功。」《齊詩》以〈小星〉爲勞勤公事之詩也。

22. 〈江有汜〉:《易林·明夷之噬嗑》:「江水沱沱,思附君子。仲氏爰歸,不肯我顧,姪娣恨悔。」〈比之漸〉:「南國少子,才略美好。求我長女,賤薄不與。反得醜惡,後乃大悔。」以二者比觀之,此詩蓋言南國少子美好,求人之長女而不與,以仲女歸之;其後長女反嫁得醜惡之人,姪娣欲從仲歸而不得,故是悔恨也。

24. 〈何彼茙矣〉:《易林·艮之困》:「王姬歸齊,賴其所欲,以安邦國。」荀悅《申鑒》曰:「釐降二女,陶唐之典;歸妹元吉,帝乙之訓;王姬歸齊,宗周之禮。」與《易林》說同,唯不言何王之事耳。

25. 〈騶虞〉:《禮記·射義》:「〈騶虞〉,樂官備也。」《易林·坤之小畜》:「五範四軌,優得饒有。陳力就列,〈騶虞〉悅喜。」鄭注〈射義〉云:「樂官備者,謂〈騶虞〉曰:『壹發五豝。』,喻得賢者眾多也」。

三、邶鄘衛

《漢書·地理志》:「河內本殷之舊都。周既滅殷,分其畿內爲三國,《詩》風〈邶〉、〈鄘〉、〈衛〉是也。故〈邶〉、〈衛〉之詩相與同風,〈邶〉詩曰:『在浚之下。』〈鄘〉曰:『在浚之郊。』〈邶〉又曰:『亦流于淇,河水洋洋。』〈鄘〉曰:『送我淇上。』、『在彼中河。』〈衛〉曰:『瞻彼淇奧。』、『河水洋洋。』。故吳公子札聘魯,觀周樂,聞〈邶、鄘、衛〉之歌,曰:『美哉!淵乎!吾聞康叔之德如是,是其〈衛風〉乎?』。」《齊詩》以〈邶〉、〈鄘〉、〈衛〉合一,不分爲三。

　　馬瑞辰云：「古蓋合〈邶、鄘、衛〉爲一篇，至毛公以此詩之簡獨多，始分爲三，故《漢志》魯、齊、韓皆二十八卷，惟《毛詩故訓傳》分〈邶〉、〈鄘〉、〈衛〉爲三卷，始爲三十〈卷耳〉。」馬說良確。〔註28〕

26. 〈邶·柏舟〉：《易林·屯之乾》：「汎汎柏舟，流行不休。耿耿不寐，心懷大憂。仁不逢時，復隱窮居。」班固〈幽通賦〉：「考遷愍以行謠。」曹大家曰：「言遭亂猶行謠憂思，意欲救亂也。」此言傷賢者遇亂思憂，與《易林》說同。

27. 〈綠衣〉：《易林·觀之革》：「黃裏綠衣，君服不宜。淫湎毀常，不稱其服，失其寵光。」詩刺衛君淫湎，不稱其常服，故失天之寵也。

28. 〈燕燕〉：《易林·恒之坤》：「燕雀衰老，悲鳴入海。憂在不飾，差池其羽。頡頏上下，在位獨處。」〈萃之賁〉：「泣涕長訣，我心不快。遠送衛野，歸寧無子。」《易林》蓋以〈燕燕〉爲送歸婦之詩，而《禮記·坊記》鄭《注》云：「定姜無子，立庶子衎，是爲獻公。獻公無禮於定姜，定姜作詩，言獻公當思先君定公，以孝於寡人。」是其事也。《魯詩》則以爲定姜送歸婦之詩，魯、齊不同。

29. 〈日月〉：《易林·豫之睽》：「月趨日步，趣不同舍。妻夫反目，主君失居。」陳喬樅云：「此言妻夫反目，主君失居，與〈毛敘〉云莊姜傷己不見答於先君，以至困窮，其義並同。」此詩乃逐婦怨辭，仰呼日月，以訴其窮也。

30. 〈終風〉：《易林·頤之升》：「終風東西，散渙四分。終日至暮，不見子懂。」「不見子懂。」是〈終風〉詩旨。

31. 〈擊鼓〉：《易林·家人之同人》：「擊鼓合戰，士怯叛亡。威令不行，敗我成功。」詩《箋》言歎其棄約，不相親近，即「士怯叛亡，威令不行。」謂衛軍與敵失利而作詩也。

32. 〈凱風〉：《易林·咸之家人》：「凱風無母，何恃何怙。幼孤弱子，爲人所苦。」爲孤子歎其母棄不養，自責任過之辭。故《大戴禮·立孝篇》云：「有子七人，母氏勞苦，子之辭也。」。

34. 〈匏有苦葉〉：《易林·豫卦》：「冰泮將散，鳴雁雍雍。丁男長女，可以會同，生育賢人。」謂男女會同，爲婚嫁之詩也。

35. 〈谷風〉：《禮記·坊記》：「《詩》云：采葑采菲，無以下體。德音莫

<hr>

〔註28〕見馬瑞辰《毛詩傳箋通釋》。

違，及爾同死。」鄭《注》云：「此詩故親今疏者，言人之交當如采葑采菲，取一善而已。君子不求備於一人。能如此，則德美之音，不離令名，我願與女同死矣。」而《毛詩箋》云：「喻夫婦以禮義合，顏色相親；亦不可以顏色衰，棄其相與之禮。」《禮記·注》用《齊詩》，以爲交友之詩；詩《箋》用《毛詩》，爲夫婦之辭，鄭前說用齊，後用毛，故不同。

36. 〈式微〉：《易林·小畜之謙》：「式微式微，憂禍相絆。隔以巖山，室家分散。」言室家分散，憂禍相絆，〈式微〉之歎也。

37. 〈旄邱〉：《易林·豫之大過》：「過時不歸，雌雄苦悲。徘徊外國，與叔分離。」此與〈式微〉室家離散同義。

41. 〈北風〉：《易林·晉之否》：「北風寒涼，雨雪益冰。憂思不樂，哀悲傷心。」言行者寒苦，憂思作詩；而〈否之損〉：「北風牽手，相從笑語。伯歌季舞，燕樂以喜。」與張衡〈西京賦〉：「樂〈北風〉之同車。」同，則道歡樂之情也。則此詩似有二解。

42. 〈靜女〉：《易林·師之同人》：「季姬踟躕，結衿待時。終日至暮，百兩不來。」〈同人之隨〉：「季姬踟躕，望我城隅。終日至暮，不見齊侯，居室無憂。」爲待親迎之詩。《列女傳》云：「齊桓衛姬，忠款誠信。公好淫樂，姬爲修身。」〔註29〕《左傳》言齊桓公有長衛姬、少衛姬，此處言季姬，則少衛姬是也。戴震云：「此媵侯迎之詩也。禮諸侯冕而親迎，惟嫡夫人耳；媵則至乎城下以俟迎者。故《詩》云：『俟我於城隅。』《易林》云：『結衿待時，終日至暮。』也。」〔註30〕考《列女傳》言衛姬忠誠修身，桓公加焉，立爲夫人，亦即《易林》「居室無憂。」之意，故齊、魯詩俱不以〈靜女〉爲刺詩明矣。

43. 〈新臺〉：《易林·歸妹之蠱》：「陰陽隔塞，許嫁不答。旄邱新臺，悔往歎息。」《齊詩》蓋以〈旄邱〉、〈新臺〉皆爲怨曠之詩也。

46. 〈鄘·牆有茨〉：《易林·小過之小畜》：「大椎破轂，長舌亂國。〈牆茨〉之言，三世不安。」謂讒言爲亂，國不得治也。

48. 〈桑中〉：《易林·師之噬嗑》：「采唐沬鄉，要我桑中。失信不會，

〔註29〕見《列女傳》卷二，〈齊桓衛姬傳·頌〉。
〔註30〕見〈毛鄭詩考正〉。

憂思約帶。」〈蠱之謙〉：「采唐沬鄉，期於桑中。失期不會，憂心忡忡。」〈艮之解〉云：「三十無室，寄宿桑中。上官長女，不得來同，使我失期。」皆謂桑中為失期不會之詩。《漢書・地理志》曰：「衛有桑間・濮上之阻，男女亟聚會，聲色生焉，故俗稱鄭衛之音。」亦指此〈桑中〉詩。

49. 〈鶉之奔奔〉：《禮記・表記》鄭《注》：「言我以惡人為君，亦使我惡，如大鳥姜姜於上，小鳥賁賁於下。」蓋刺君臣皆惡也。

51. 〈蝃蝀〉：《易林・蠱之復》：「蝃蝀充側，佞人傾惑。女謁橫行，正道壅塞。」《後漢書》郎顗〈對策〉曰：「凡邪氣乘陽，則虹蜺在日。」與此同義。

52. 〈相鼠〉：《禮記・禮運》：「夫禮，先王以承天之道，以治人之情。故失之者死，得之者存。」鄭《注》云：「言鼠之有身體，如人而無禮者矣。人之無禮，可憎賤如鼠，不如疾死之愈。」言疾無禮之甚也。

53. 〈干旄〉：《易林・師之隨》：「干旄旌旗，執幟在郊。雖有寶珠，無路投之。」此詩未詳其事本末。

54. 〈載馳〉：《易林・比之家人》：「懿公淺愚，不深受諫。無援失國，為狄所滅。」又〈噬嗑之訟〉：「大蛇巨魚，戰於國郊。上下隔塞，衛侯廬漕。」言衛懿公不受諫，致為狄滅，失國廬漕之事。故《樂稽耀嘉》云：「狄人與衛戰，桓公不救；於其敗也，然後救之。」是也。

57. 〈碩人〉：《易林・豫之家人》：「夫婦相背，和氣弗處。陰陽俱否，莊姜無子。」按《魯詩》以此為齊人傅母，賦莊姜始至之詩；《毛詩》以為莊姜賢而不見答，終以無子。齊義與毛同。

58. 〈氓〉：《易林・蒙之困》：「氓伯以婚，抱布自媒；棄禮卒情，卒罹悔憂。」《禮記・表記》鄭《注》云：「此皆相與為昏禮而不終也。」又云：「怨深也。」蓋言棄婦之深怨也。

59. 〈竹竿〉：荀爽〈女誡〉：「《詩》曰：『泉源在左，淇水在右。女子有行，遠父母兄弟。』明當許嫁，配適君子，竭節從理，正身潔行，稱為順婦，以崇〈螽斯〉百葉之祉。」以〈竹竿〉為女子許嫁之詩也。

61. 〈河廣〉：《鹽鐵論・執務篇》：「孔子曰：『吾於〈河廣〉知德之至也。』又云：『有求如〈關雎〉，好德如〈河廣〉，何不濟不得之有？』」

按：〈河廣〉：「誰謂河廣？一葦杭之。誰謂宋遠？跂予望之。」謂好德之心所之，而仁則至矣。

62. 〈伯兮〉：《易林‧大過之訟》：「秉鉞執殳，挑戰先驅。不役元師，敗破爲憂。」又〈解之蹇〉：「四姦爲殘，齊、魯道難。前驅執殳，戒守無患。」疑以〈伯兮〉詩爲衛與齊、魯戰事也。而〈節之謙〉云：「伯去我東，首如飛蓬。長夜不寐，展轉空牀。內懷惆悵，憂摧肝腸。」蓋衛之與戰，士往從役，婦思之也。

63. 〈有狐〉：《易林‧觀之蠱》：「長女三嫁，進退無羞。逐狐作妖，行者離憂。」覩此，似時難多事，婦人嫁而喪偶，欲更爲室家之辭。

四、齊　風

66. 〈君子于役〉：班彪〈北征賦〉：「日晻晻其將暮兮，覩牛羊之下來。寢怨曠之傷情兮，哀詩人之嘆時。」此詩歎日暮，傷於怨曠，久役不還也。

71. 〈葛藟〉：《易林‧泰之蒙》：「葛藟蒙棘，華不得實。讒言亂政，使恩壅塞。」謂刺讒也。

五、鄭　風

《漢書‧地理志》云：「武公與平王東遷，卒定虢、會之地，右雒左泲，食溱、洧焉。土陿而險，山居谷汲，男女亟聚會，故其俗淫。」

75. 〈緇衣〉：《禮記‧〈緇衣〉》：「好賢如〈緇衣〉。」鄭《注》云：「言此衣緇衣者，賢者也，宜長爲國君；其衣敝，我願改制，授之以新衣。是其好賢，欲其貴之甚也。」

78. 〈大叔于田〉：《漢書》匡衡上〈疏〉：「鄭伯好勇，而鄭人暴虎。」師古《注》曰：「言以莊公好勇之故，大叔空手搏虎，取而獻之。」爲莊公時叔段事，與毛同。

79. 〈清人〉：《易林‧師之睽》：「清人高子，久屯外野。逍遙不歸，思我慈母。」〈豐之頤〉：「慈母望子，遙思不已。久客外野，我心悲苦。」此敘高克陳師於野，士之母子互思也。

80. 〈羔裘〉：《漢書‧蓋寬饒傳‧贊》：「雖《詩》之所謂國之司直，無以加也。」師古曰：「言其德美，可主正直之任也。」。

82. 〈女曰雞鳴〉：《易林·豐之艮》：「雞鳴同興，思配無家。執佩持觽，莫使致之。」〈毛序〉謂陳古義以刺今，女思配良子，《齊詩》亦近之。

84. 〈山有扶蘇〉：《易林·蠱之比》：「視暗不明，雲蔽日光。不見子都，鄭人心傷。」謂鄭人思良輔以爲國也。

86. 〈狡童〉：《易林·損之大畜》：「嬰兒駭笑，未有所識。扶童而爭，亂我政事。」乃譏刺狡童無知亂政也。

89. 〈東門之墠〉：《易林·賁之鼎》：「東門在墠，茹蘆在阪。禮義不行，與我心反。」《齊詩》謂君臣之禮義不行爲憂，與《毛詩》刺奔之義異。

93. 〈出其東門〉：《說文·系部》：「綥，帛蒼艾色。《詩》曰：『縞衣綥巾。』未嫁女所服。」此按諸〈地理志〉言鄭俗男女亟聚會，蓋不以此詩爲閔亂刺奔也。

95. 〈溱洧〉：《漢書》顏師古《注》云：「謂仲春之月，二水流盛，而士與女執芳草於其間，言相贈遺，信大樂矣，惟言戲謔也。」

六、齊　風

《禮記·樂記》師乙曰：「溫良而能斷者，宜歌〈齊〉。」又曰：「齊者，三代之遺聲也。齊人識之，故謂之齊。」《漢書·地理志》云：「《齊詩》曰：『子之營兮，遭我乎嶩之間兮。』又曰：『竢我於著乎而！』此亦其舒緩之體也。」故季札觀樂，稱泱泱大風，太公封齊，已定其聲也。

96. 〈雞鳴〉：《易林·夬之屯》：「雞鳴失時，君騷相憂。」王先謙云：「蓋齊君內嬖工讒，有如晉獻之驪姬，致其君有失時晏起之事，其相憂之而賦此詩。」其說近之。〔註31〕

100. 〈東方未明〉：《易林·同人之中孚》：「衣裳顛倒，爲王來呼。成就東周，邦國大保。」，其義不詳。

101. 〈南山〉：《禮記·坊記》：「子云：『男女無媒不交，無幣不相見。』恐男女之無別也。」《易林·小過之益》：「執斧破薪，使媒求婦。和合二姓，親御飲酒。」皆言借媒婚媾，並非刺襄公之詩。

〔註31〕見《詩三家義集疏》。

105. 〈載驅〉:《易林・屯之大過》:「襄送季女,至於蕩道。齊子旦夕,留連久處。」按諸《春秋經》:「莊二十二年冬,如齊納幣;二十四年夏,公如齊逆女;秋,公至自齊,八月丁丑,夫人姜氏入。」《公羊傳》云:「其言入何?難也。其書入何?難也。其難奏何?夫人不僂,不可使入;與公有約,然後入。」《注》:「姜氏,齊襄公女。」故〈載驅〉一詩,言襄公嫁女也;以其入有難辭,故留連久處。與《毛詩》謂齊襄疾驅大道,與文姜宣淫播惡異矣。

七、魏　風

《漢書・地理志》云:「魏國亦姬姓也,在晉之南河曲,故其《詩》曰:『彼汾一曲。』『置諸河之側。』吳札聞魏之歌曰:「美哉!渢渢乎!大而婉,險〔註32〕而易行。以德輔此,則明主也。」此則魏之風也。

107. 〈葛屨〉:《易林・困之中孚》:「絲紵布帛,人所衣服。摻摻女子,紡績善織。南國饒足,取之有餘。」《易林》取意爲美,並非褊心之刺。謂以儉以德輔,饒足有餘也。說與毛異。

110. 〈陟岵〉:《易林・泰之否》:「陟岵望母,役事不已。王事靡盬,不得相保。」謂行役不已,室家不保,人懷室家之思。

112. 〈伐檀〉:《鹽鐵論・國疾篇》:「功德不施於天下,而勤勞於百姓,百姓貧陋困窮,而家私累萬金。此君子所恥,而〈伐檀〉所刺也。」以貪人爲政,至國困民窮,〈伐檀〉爲此而作。故《易林・謙之坎》云:「懸貆素餐,食非其任。失望遠民,實勞我心。」是也。

113. 〈碩鼠〉:《鹽鐵論・取下篇》:「周之末塗,德惠塞而嗜欲眾,君奢侈而上求多,民困於下,怠於公事,是以有履畝之稅,〈碩鼠〉之詩作也。」與《潛夫論》:「履畝稅而碩鼠作。」同。

八、唐　風

《漢書・地理志》云:「河東土地平易,有鹽鐵之饒,本唐堯之所居,《詩》風唐、魏之國也。其民有先王遺教,君子深思,小人儉陋,故唐詩〈蟋蟀〉、〈山樞〉、〈葛生〉篇,皆思奢儉之中,念死生之慮。」而匡衡上〈疏〉曰:「晉

〔註32〕杜《注》以爲險是儉之誤。

侯好儉而民畜聚。」《詩緯‧含神霧》云：「唐地磽确而收，故其民儉而好畜，外急而內仁，此唐堯之所處。」凡《齊詩》論唐風者，大率類此。

114. 〈蟋蟀〉：《鹽鐵論‧通有篇》：「君子節奢刺儉，儉則固。孔子曰：『太儉極下。』此〈蟋蟀〉所爲作也。」〈山樞〉、〈葛生〉二篇，據〈漢志〉之說同。

116. 〈揚之水〉：《易林‧否之師》：「揚水潛鑿，使石潔白。衣素表朱，遊戲皋沃。得君所願，心志娛樂。」

121. 〈鴇羽〉：《鹽鐵論‧執務篇》：「《詩》云：『王事靡盬，不能藝稷黍，父母何怙。』吏不奉法以存撫，人愁苦而怨思也。」《易林‧訟之復》云：「王事靡盬，秋無所收。」蓋在位者貪冒，民無聊賴而怨作也。

九、秦　風

〈地理志〉：「秦地東井、輿鬼之分野也。於〈禹貢〉時跨雍、涼二州，《詩》風兼秦、豳兩國。天水、隴西及安定、北地、上郡、西河，皆迫近戎狄，修習戰備，高上氣力，以射獵爲先。故秦《詩》曰：『王于興師，修我甲兵，與子偕行。』及〈車轔〉、〈四載〉、〈小戎〉之篇，皆言車馬田狩之事。」

126. 〈車轔〉：《易林‧大畜之離》：「延陵適晉，觀樂太史。〈車轔〉白顛，知秦興起。卒兼其國，一統爲主。」按以季札之言，謂〈秦〉曰：「此之謂夏聲。夫能夏則大。」《毛詩》曰：「〈車鄰〉，美秦仲也。秦仲始大，有車馬禮樂射御之好。」詩家所本相同也。

131. 〈黃鳥〉：《漢書》匡衡〈疏〉曰：「秦穆貴信，士多從死。」《漢書‧敘傳》曰：「旅人慕殉，義過〈黃鳥〉。」皆以〈黃鳥〉爲從殉之詩。《易林‧困之大壯》：「子輿失勞，〈黃鳥〉哀作。」〈革之小畜〉：「子車鍼虎，善人危殆。〈黃鳥〉悲鳴，傷國無輔。」則言從殉之人，並哀之也。

132. 〈晨風〉：《易林‧豫之咸》：「晨風文翰，隨時就溫。雄雌相和，不憂危殆。」曹丕詩：「願爲晨風鳥，雙飛翔北林。」言雌雄相和，不憂危殆，無相棄也。

133. 〈無衣〉：《漢書》趙充國、辛慶忌〈傳贊〉：「山西天水、安定、北地，處勢迫近羌胡，俗修習戰備，高尚勇力，鞍馬騎射，故秦《詩》

曰：『王于興師，修我甲兵，與子偕行。』其風聲氣俗自古而然，今之歌謠慷慨風流猶存耳。」不以〈無衣〉為刺用兵也。

十、陳　風

《漢書・地理志》：「陳，太昊之虛。周武王封舜後嬀滿於陳，是為胡公，妻以元女大姬。婦人尊貴，好祭祀，用史巫，故其俗巫鬼。〈陳詩〉曰：『坎其擊鼓，宛邱之下。無冬無夏，值其鷺羽。』又曰：『陳門之枌，宛邱之栩。子仲之子，婆娑其下。』此其風也。」

136. 〈宛邱〉：《漢書》匡衡〈疏〉：「陳夫人好巫而民淫祀。」張晏曰：「胡公夫人，武王之女大姬，無子，好祭祀鬼神，鼓舞而祀。故其〈詩〉曰：『坎其擊鼓，宛邱之下。無冬無夏，值其鷺羽。』」張晏乃據〈地理志〉為解也。

137. 〈東門之枌〉：《漢書・地理志・集注》師古曰：「言於枌栩之下，歌舞以娛神也。」陳喬樅云：「師古此注亦襲舊說《齊詩》之義。〈毛敘〉以是詩為疾亂，言男女棄其舊業，亟會於道路，歌舞於市井，無娛神之事也。」

138. 〈衡門〉：《易林・咸之需》：「八年多悔，耕石不富。衡門屢空，使士失意。」以多年窮耕，使士失意為旨，不謂誘僖公也。

140. 〈東門之楊〉：《易林・大畜》：「配合相迎，利之四鄉。昏以為期，明星煌煌。」是以為昏期相迎之詩。

十一、檜　風

《水經》：「洧水東過鄭縣南，潧水從西北來注之。」又云：「潧水南入於洧水，鄶地居潧、洧之間，二水合流，故以會名國。」《漢書・地理志》：「濟、洛、河、潁之間，子男之國虢會為大，恃勢與險，崇侈貪冒。」其國名會，以其潧、洧二水之所合會，作鄶、檜，皆假借之字。

149. 〈匪風〉：《易林・渙之乾》：「焱風忽起，車馳揭揭。棄古追思，失其和節，憂心惙惙。」《毛詩》曰：「匪風，思周道焉。」即其追思者也；唯其貪侈，故失和節，詩人所憂也。

十二、曹　風

《漢書·地理志》：「濟陰、定陶，《詩風》曹國也。周武王弟叔振鐸所封。昔堯所游，舜漁雷澤，湯止於亳，故其民猶有先王遺風，重厚多君子，好稼穡，惡衣食，以致畜藏。」

150. 〈蜉蝣〉：鄭玄《詩譜》：「曹十一世當周惠王時，政衰。昭公好奢而任小人，曹之變風始作。」謂變風者，昭公之朝，變異舊法，小人在位，徒整飾衣服，而不知國之迫脅將亡，先儒以〈蜉蝣〉一詩即刺此事也。

151. 〈候人〉：《禮記·表記》鄭《注》：「鵜，鵜鴮，污澤也。污澤善居泥水之中，在魚梁以不濡污其翼爲才，如君子以稱其服爲有德。」

152. 〈鳲鳩〉：《易林·乾之蒙》：「鵠鶄鳲鳩，專一無尤。君子是則，長受嘉福。」又〈隨之小過〉：「慈烏鳲鳩，執一無尤。寢門內治，君子悅喜。」皆以鳲鳩專一爲德，無刺義。

153. 〈下泉〉：《易林·蠱之歸妹》：「下泉苞稂，十年無王。荀伯遇時，憂念周京。」陳喬樅云：「何楷《世本古義》據《易林》，謂此詩當爲曹人美晉躒納敬王於成周而作。」詩稱「四國有王，郇伯勞之。」郇伯即荀躒也。其證有下諸端：

一曰：自春秋昭二十二年王子朝作亂，至昭三十二年城成周，爲「十年無王」，與《易林》合。

二曰：昭二十三年，天王居於狄泉，即此詩〈下泉〉；郇伯即荀躒也。

三曰：詩美荀躒，而列〈曹風〉者。昭二十五年，晉人爲黃父之會，謀王室，具戍人；二十七年，會扈，令戍周；三十二年，城成周。曹人蓋皆與焉，故歌其事也。故《易林》此說可信，〔註 33〕屈萬里先生云：「《詩》三百篇，殆以此詩最晚。」〔註 34〕

十三、豳　風

《漢書·地理志》：「昔后稷封斄，公劉處豳，太王徙邠，文王作酆，武王治鎬，其民有先王遺風，好稼穡，務本業，故〈豳詩〉言農桑衣食之本甚

〔註 33〕馬瑞辰亦證成此說。
〔註 34〕見屈著《詩經釋義》。

備。」豳地與秦爲一，繫時之早晚，而詩風異。秦之善言武事，與豳多農桑之業，論地則同，而好惡取舍異者，蓋隨君上情欲也。

154. 〈七月〉：《鹽鐵論・散不足篇》：「古者庶人春夏耕耘，秋冬收藏，昏晨力行，夜以繼日。《詩》云：『晝爾于茅，宵爾索綯；亟於乘屋，其始播百穀。』」言農桑衣服之事也。

155. 〈鴟鴞〉：《易林・坤之遯》：「鴟鴞破斧，沖人危殆。賴且忠德，轉禍爲禍，傾危復立。」又〈大畜之蹇〉：「鸋鳩鴟鴞，治成遇災。綏德安家，周公勤勞。」與〈毛敘〉周公救亂事合，並以《尚書・金縢篇》爲義也。

156. 〈東山〉：《易林・屯之升》：「東山拯亂，處婦思夫。勞我君子，役無休止。」〈家人之頤〉：「東山辭家，處婦思夫。伊威盈室，長股羸戶。歠我君子，役日未已。」皆謂周公東征，君子從役，處婦思之。《尚書大傳》：「周公攝政，一年救亂，二年克殷，三年踐奄。」東山者，奄之東山也。

157. 〈破斧〉：《公羊傳》僖公四年：「古者周公東征則西國怨；西征則東國怨。」何休云：「此黜陟時也。《詩》云：周公東征，四國是皇。」故《易林》云：「東行述職，征討不服。」是已。

十四、小　雅

《漢書・禮樂志》：「制〈雅〉、〈頌〉之聲，本之性情。」性情一端，爲《齊詩》之義，匡衡以之論〈關雎〉，翼奉言「五性六情」亦以此爲本。凡禮家言詩，必統於樂；樂者，由人性情而出也。《禮記・樂記》曰：「先王本之情性，稽之度數，制之禮義。」是故師乙論歌詩之宜，曰：「寬而靜，柔而正者，宜歌〈頌〉。廣大而靜，疏達而信者，宜歌〈大雅〉。恭儉而好禮者，宜歌〈小雅〉。正直而靜，廉而謙者，宜歌〈風〉。」所謂「各樂其類，達性任情」〔註35〕者，《齊詩》以《詩》《禮》合一之旨也。由此推之於大，禮樂刑政四者並行，而治道可備。故云：「禮以導其志，樂以和其聲，政以一其行，刑以防其姦。」〔註36〕《詩》《樂》之於治道，乃斯須不可緩者也。禮家之言禮樂之治，多重《詩》者，總而言之，「是故審聲以知音，審音以知

〔註35〕見《漢書》翼奉上書對。
〔註36〕《禮記・樂記》語。

樂，審樂以知政，而治道備矣。」《齊詩》以《詩》《樂》爲治，《詩》《樂》以〈雅〉爲主。《樂緯・動聲儀》云：「以〈雅〉治人，〈風〉成於〈頌〉。」故以樂治人，其數在〈雅〉。逄鶴壽云：「二〈雅〉皆述王者之命運政教，四始五際專以陰陽終始推度國家之吉凶休咎，故止用二〈雅〉。」〔註37〕〈雅〉爲致治之本，〈雅〉治而〈風〉成，〈風〉成則〈頌〉作；〈雅〉不治則政衰，政衰而《詩》刺，〈小雅〉所以譏己得失，及之於上，由是故也。班固〈兩都賦序〉曰：「昔成、康沒而〈頌〉聲寢，王澤竭而《詩》不作。」然則，介乎〈風〉、〈頌〉之間者，〈雅〉也，故怨刺與歌頌並行。

161. 〈鹿鳴〉：鄭注《儀禮・鄉飲酒》：「〈鹿鳴〉，君與臣下及四方之賓燕，講道修政之樂歌也。」《禮記・學記》：「宵〈雅〉肄三，官其始也。」鄭注：「宵之言小也。習〈小雅〉之三，謂〈鹿鳴〉、〈四牡〉、〈皇皇者華〉也。此皆君臣宴樂相勞苦之詩，爲始學者習之，所以勸之以官，取其上下相和厚。」明《齊詩》不以〈鹿鳴〉爲刺詩，與魯義異也。《易林・升之乾》：「白鹿呦鳴，呼其老少。喜彼茂草，樂我君子。」乃君子款誠其下，九族和睦，昇平之象。

162. 〈四牡〉：〈鄉飲酒〉鄭《注》：「〈四牡〉，君勞使臣之來樂歌也。勤苦王事，念及父母，懷歸傷悲，忠孝之至，以勞賓也。」

163. 〈皇皇者華〉：〈鄉飲酒〉鄭《注》：「君遣使臣之樂歌也。更是勞苦，自以爲不及，欲諮謀於賢知而以自光明也。」

164. 〈棠棣〉：《禮記・中庸》鄭《注》：「此詩言室家之道，自近者始。」按此詩云：「妻子好合，如鼓瑟琴。兄弟既翕，和樂且耽。宜爾室家，樂爾妻帑。」是言室家之道也。

165. 〈伐木〉：《易林・夬之震》：「君明臣賢，鳴求其友。顯德之政，可以履事。」〈訟之井〉：「大壯肥牡，惠我諸舅。內外和睦，不憂饑渴。」言族人陳王恩也。《漢書》薛宣上〈疏〉曰：「是故鄉黨闕於嘉賓之懽，九族忘其親親之恩；飲食周急之厚彌衰，送往勞來之禮不行。夫人道不通則陰陽否隔，和氣不興，未必不由此也。《詩》云：『民之失德，乾餱以愆。』」引詩即〈伐木〉之詩。故親親不遺，則〈伐木〉之恩及也。

166. 〈天保〉：《禮記・王制》鄭《注》：「〈小雅〉曰：『礿祠烝嘗，于公

先王。』此周四時祭宗廟之名。」按以〈毛序〉：「〈天保〉，下報上也。」乃臣歸報上之辭；《齊詩》則以爲後嗣告祖也。

167. 〈采薇〉：《漢書・匈奴傳》：「周懿王時，王室遂衰，戎狄交侵，暴虐中國。中國被其苦，詩人始作，疾而歌之，曰：『靡室靡家，獫狁孔棘。』」以〈采薇〉爲周懿王詩，與《毛詩・文王》說不同。《易林・睽之小過》云：「〈采薇〉出車，〈魚麗〉思初。上下促急，君子懷憂。」《漢書・禮樂志》：「周道始缺，怨刺之詩起；王澤竭而詩不作。」〈古今人表〉以怨刺之詩始繫於懿王時，即此〈采薇〉是也。然則，《齊詩》同《魯詩》，亦無正變之論也。

168. 〈出車〉：《漢書・匈奴傳》：「懿王曾孫宣王興師命將以征伐之，詩人美大其功，曰：『薄伐獫狁，至於太原。出車彭彭，城彼朔方。』是時四夷賓服，稱爲中興。」《鹽鐵論・繇役篇》：「戎狄猾夏，中國不寧，周宣王、尹吉甫式遏寇虐。《詩》云：『薄伐獫允，至於太原。出車彭彭，城彼朔方。』自古明王不能無征伐而服不義，不能無城壘而禦強暴也。」〈出車〉與〈采薇〉同爲禦北狄之詩，一在懿王時，一在宣王時。

169. 〈杕杜〉：《鹽鐵論・繇役篇》：「古者無過年之繇，無逾時之役。今近者數千里，遠者過萬里，歷二期，長子不還，父母愁憂，妻子詠歎，憤懣之恨，發動於心；慕積之思，痛於骨髓。此〈杕杜〉、〈采薇〉之所爲作也。」《齊詩》謂〈采薇〉、〈出車〉、〈杕杜〉皆征役北境，勞人怨積之詩，並無如《毛詩》所云勞還之意。

170. 〈魚麗〉：〈鄉飲酒〉鄭《注》：「〈魚麗〉，言太平年豐物多也。物多酒旨，所以優賢也。」

171. 〈南有嘉魚〉：〈鄉飲酒〉鄭《注》：「〈南有嘉魚〉，言太平君子有酒，樂與賢者共之也。能以禮下賢者，賢者累蔓而歸之，與之燕樂也。」賢者來歸，助君子爲治，則君子樂之，故《易林・離之中孚》云：「〈南有嘉魚〉，駕黃取遊。魴鱮詡詡，利來無憂。」是矣。

172. 〈南山有臺〉：〈鄉飲酒・注〉：「〈南山有臺〉，言太平之治，以賢者爲本。愛友賢者，爲邦家之基，民之父母。既欲其身之壽考，又欲其名德之長也。」

173. 〈南陔〉、〈白華〉、〈華黍〉、〈由庚〉、〈崇邱〉、〈由儀〉。

按：《儀禮‧鄉飲酒》：「笙入堂下，磬南，北面上，樂〈南陔〉、〈白華〉、〈華黍〉。」鄭《注》：「以笙吹此以爲樂也。〈南陔〉、〈白華〉、〈華黍〉，〈小雅〉篇也。今亡，其義未聞。昔周之興也，周公制禮作樂，采時世之詩以爲樂歌，所以通情相風切也，其有此篇明矣。後世衰微，幽、厲尤甚，《禮》、《樂》之書稍稍廢棄。」鄭以《儀禮》爲周公制禮作樂之書，《儀禮》有〈南陔〉等篇，故知其存也。

又〈鄉飲酒〉：「乃間歌〈魚麗〉，笙〈由庚〉；歌〈南有嘉魚〉，笙〈崇邱〉；歌〈南山有臺〉，笙〈由儀〉。」《注》：「六者皆〈小雅〉篇也。〈由庚〉、〈崇邱〉、〈由儀〉，其義未聞。」

按：鄭於六笙詩皆言未聞其義，注《禮》時用三家《詩》也。三家皆以三百五篇爲足本。《漢書‧藝文志》云：「孔子純取周《詩》，上采殷，下取魯，凡三百五篇。」《漢書‧儒林傳》備列三家詩之傳人，唯《毛詩》闕如。〈藝文志〉云：「又有毛公之學，自謂子夏所傳，而河間獻王好之，未得立。」蓋「自謂」者，不堅信之辭也。王先謙《漢書補注》云：「此與〈儒林傳〉稱孟喜自言師田生獨傳喜同意。」〔註38〕《毛詩》爲晚出之學，由《儀禮》擷取六笙詩闌入三百五篇，以自異於三家，故鄭於笙闌之詩皆未聞其義也。〔註39〕

174. 〈蓼蕭〉：《易林‧晉之大有》：「〈蓼蕭〉露瀼，君子龍光。鳴鸞噰噰，福祿來同。」謂頌君子福祿寵光也。

175. 〈湛露〉：《易林‧訟之既濟》：「白雉群雛，慕德貢朝。湛露之恩，使我得懽。」又〈屯之鼎〉：「湛露之歡，三爵畢恩。」謂諸侯朝貢，天子與之燕享之詩也。

178. 〈六月〉：《鹽鐵論‧繇役篇》：「周宣王、尹吉甫式遏寇虐，《詩》云：『薄伐玁狁，至於太原。』」言〈六月〉之詩也。《易林‧未濟之睽》：「玁狁匪度，治兵焦穫。伐鎬及方，與周爭疆。元戎其駕，以安我王。」《漢書‧匈奴傳》：「周宣王時，玁狁內侵，至于涇陽，命將征之，盡境而還。」是其事也。《易林‧離之坎》：「〈六月〉、〈采芑〉，征伐無道，張仲方叔，克勝飲酒。」則是其人也。

179. 〈采芑〉：《漢書‧李廣、蘇建傳》：「明著中興輔佐，列於方叔、召虎、仲山甫焉。」以〈采芑〉爲宣王中興之詩也。

〔註38〕孟喜事見第三章，〈師法問題〉一節。
〔註39〕詳見第九章，「鄭康成之詩經學」。

180. 〈車攻〉：《易林・履之夬》：「〈吉日〉、〈車攻〉，田弋獲禽。宣王飲酒，以告嘉攻。」又〈解之否〉：「鳴鸞四牡，駕出行狩。合格有獲，獻公飲酒。」以〈車攻〉、〈吉日〉並爲宣王成功，狩獵飲酒之詩也。

181. 〈吉日〉：同前。

182. 〈鴻雁〉：《漢書》蕭望之〈議〉：「古者藏於民，不足則取，有餘則予。《詩》曰：『爰及矜人，哀此鰥寡。』上惠下也；又曰：『雨我公田，遂及我私。』下急上也。」以〈鴻雁〉乃上澤及下，下德報上之詩。

183. 〈庭燎〉：《易林・頤之損》：「庭燎夜明，追古傷今。陽弱不制，陰雄坐戾。」據《列女傳》謂宣王夜臥晏起，中年怠政，而〈庭燎〉之詩作也。〔註40〕《易林》所言殆指此。

185. 〈鶴鳴〉：《易林・師之艮》：「鶴鳴九皐，避世隱居。抱道守貞，竟不隨時。」謂賢者韜隱避世，詩人作詩賦之也。

186. 〈祈父〉：《易林・謙之歸妹》：「爪牙之士，怨毒祈父。轉憂與己，傷不及母。」據《潛夫論》：「班祿頗而〈頎甫〉刺。」蓋祈父專寵，用人不均，賢者失路，不得祿養，感傷而作刺也。

188. 〈黃鳥〉：《易林・乾之坎》：「黃鳥來集，既嫁不答。念我父兄，思復邦國。」〈巽之豫〉意同。陳喬樅云：「此詩鄭《箋》以爲刺，其以陰禮教親而不至，聯兄弟之不固。今據焦氏所言詩義，蓋女適異國而不見答，故欲復其邦族也。」。

189. 〈我行其野〉：《易林・巽之豫》：「黃鳥採蓄，既嫁不答。念吾父兄，思復邦國。」此詩與〈黃鳥〉事同，唯俱不詳何人何世耳。

190. 〈斯干〉：《漢書・翼奉傳》，奉上〈疏〉曰：「必有五年之餘蓄，然後大行考室之禮，雖周之隆盛，無以加此。」《魯詩》以宣王儉宮室之制，《毛詩》爲宣王成宮室之禮。鄭《箋》云：「德行國富，人民殷眾而皆佼好，骨肉和親，宣王於是宮廟群寢，既成而釁之，歌〈斯干〉之詩以落之。」與翼氏說同。

192. 〈節〉：《漢書》董仲舒〈對策〉：「周室之衰，其卿大夫緩於誼而急於利，亡推讓之風，而有爭田之訟，詩人疾而刺之。」引〈節南山〉詩云云，〈節〉詩所刺，以卿大夫貪冒也。故《漢書・敍傳》云：「言

〔註40〕 見《列女傳》卷二，「周宣姜后傳」。

師尹之位尊職重，下所瞻望，而乃不善乎？深責之也。」

193.　〈正月〉：《漢書》劉向上〈封事〉：「霜降失節，不以其時，其《詩》曰：『正月繁霜，我心憂傷。民之訛言，亦孔之將。』言民以是為非，其重大也。此皆賢不肖易位之所致也。」

按：陳喬樅云：「考《漢書》，夏侯始昌通五經，善推《五行傳》，以傳族子夏侯勝，下及許商皆以教所賢弟子，其《傳》與劉向同。又〈夏侯勝傳〉，從始昌受《尚書》及《洪範五行傳》，說災異。是《五行傳》實傳自夏侯始昌，與《齊詩》同一師法。劉向《洪範五行傳論》即夏侯所推之《傳》，向乃集而論之也。故《漢書‧傳贊》云：『劉氏《洪範論》，發明《大傳》，著天人之應。』〈封事〉所陳，皆本《五行傳》語。」以「洪範災異」言之，〔註41〕向雖習《魯詩》，言災異則本於齊學也。

194.　〈十月〉：《漢書‧梅福傳》：「數御〈十月〉之歌。」孟康曰：「〈十月〉之詩，刺后族太盛也。」《中候‧擿雒戒》曰：「昌受符，屬倡婁。期十之世，權在相。」又曰：「刻者配姬以放賢，山崩水潰納小人，家伯罔主異載震。」詩《箋》用魯、齊說，以〈十月之交〉為詩刺厲王，與《毛詩》刺幽王異。〔註42〕

195.　〈昊天〉：《易林‧乾之臨》：「南山昊天，刺政閔身。」陳喬樅云：「此詩篇名，《毛詩》作〈雨無正〉，《韓詩》亦與毛同。今據《易林》說，則知齊家即以〈昊天〉為篇名，取首句浩浩昊天之語也。」陳氏之說近似。然〈雨無正〉詩無「南山」之辭，《易林》殆指〈蓼莪〉「南山烈烈」、「昊天罔極」之語歟？

196.　〈小旻〉：《鹽鐵論‧復古篇》：「《詩》云：『哀哉為猶，匪先民是程。匪大猶是經，維邇言是聽。』此詩人刺不通於王道，而善為權利者。」

197.　〈小宛〉：《易林‧同人之未濟》：「桑扈竊脂，啄粟不宜。亂政無常，使我孔明。」《漢書‧刑法志》：「原獄刑所以蕃若此者，禮教不立，刑法不明，民多貧窮，豪傑務私姦，不輒得獄犴，不平之所致也。」此《鹽鐵論‧五刑篇》：「法令眾，人不知所辟，此斷獄所以滋眾，而民犯禁也。《詩》云：『宜犴宜獄，握粟出卜，自何能穀。』刺刑政繁也。」是也。

〔註41〕師法以五經皆傳，陰陽災異則有偏授，見蒙文通《經學抉原》一書。
〔註42〕詳第九章，〈十月之交〉四篇之討論。

198. 〈小弁〉:《易林・頌之大有》:「尹氏伯奇,父子生離。無罪被辜,長舌所爲。」〈豐之鼎〉:「讒言亂國,覆是爲非。伯奇流離,恭子憂哀。」《漢書・馮奉世傳・贊》:「讒邪交亂,貞良被害,自古而然。故伯奇放流,孟子宮刑,申生雉經,屈原赴湘。〈小弁〉之詩作,《離騷》之詞興。《經》曰:心之憂矣,涕既隕之。」謂讒邪交亂,父子生隙,此以〈小弁〉爲伯奇之詩也。《孟子・告子篇》下:「〈小弁〉,親之過大者也。」以父子生離,孝子不忍憂哀而作詩,故曰怨。

199. 〈巧言〉:《禮記・緇衣》:「〈小雅〉曰:『匪其止恭,惟王之邛。』」鄭《注》:「言臣不止於恭敬其職,惟使王之勞,此臣使君勞之詩也。」《易林・隨之夬》:「辯變白黑,巧言亂國。大人失福,君子迷惑。」,同。《漢書・敘傳》師古《注》云:「《詩・小雅・巧言》之篇,刺讒人也。」是矣。

200. 〈何人斯〉:《禮記・表記》:「〈小雅〉曰:『不愧於人,不畏於天。』言人有所行,當慙怖於天也。」此詩與〈巧言〉義近。

201. 〈巷伯〉:《禮記・緇衣》:「惡惡如〈巷伯〉。」鄭《注》:「〈巷伯〉六章曰:『取彼讒人,投畀豺虎,豺虎不食。投畀有北,有北不受。投畀有昊。』此其惡惡欲其死亡之甚也。」荀悅《漢紀》引《詩》句同,而曰「疾之深也。」

203. 〈蓼莪〉:《大戴禮・用兵篇》:「《詩》云:鮮民之生,不如死之久矣。」盧辯曰:「〈小雅・蓼莪〉之三章也,亦困於兵革之詩也。」

204. 〈大東〉:《易林・復之兌》:「賦斂重數,政爲民賊。杼柚空虛,去其家室。」與《潛夫論》:「賦斂重而譚告通。」同,皆謂東國不堪賦斂而告病也。

206. 〈北山〉:《易林・夬之解》:「登高望家,役事未休。王事靡鹽,不得逍遙。」《鹽鐵論・地廣篇》云:「《詩》云:『莫非王事,而我獨勞。』刺不均也。」大夫與士勞勤王事,以不均而怨刺也。

207. 〈無將大車〉:《易林・井之大有》:「大輿多塵,小人傷賢。皇父司徒,使君失家。」鄭《箋》云:「幽王之時,小人眾多,賢者與之從事,反見譖害。」詩家皆以〈無將大車〉爲悔與小人處,是也。

208. 〈小明〉:《鹽鐵論・執務篇》:「古者行役不踰時,春行秋反,秋往春來,寒暑未變,衣服不易,固已還矣。今則繇役極遠,盡寒苦之

地，危難之處，今茲往而來歲還，故一人行而鄉曲悵，一人死而萬人悲。《詩》云：『念彼恭人，涕零如雨。豈不懷歸，畏此罪罟。』吏不奉法以存撫，人愁苦而怨思也。」以〈小明〉爲行者踰時不反，悲苦之詩也。

209. 〈鼓鐘〉：《尚書・中候握河紀》鄭《注》云：「昭王時，〈鼓鐘〉之詩所爲作。」《毛詩》謂刺幽王，鄭據《齊詩》爲解。

210. 〈楚茨〉：《易林・乾之師》：「倉盈庾億，宜種黍稷。年豐歲熟，民人安息。」〈乾之旅〉：「繭栗犧牲，敬享鬼神。神嗜飲食，受福多孫。」言太平年豐，祭祀受福也。

211. 〈信南山〉：《易林・比之需》：「黍稷醇醴，敬奉山宗。神嗜飲食，甘雨嘉降。黎庶繁殖，獨蒙福祉。」旨與〈楚茨〉同。此詩祭祀山神，祈神降福也。

213. 〈大田〉：《漢書・食貨志》：「先王制土處民，富而教之，故民皆勸功樂業，先公後私。其《詩》曰：『有渰淒淒，興雲祁祁。雨我公田，遂及我私。』」蕭望之《議》曰：「下急上也。」唯歲阜年豐，民樂其業，而急於上也。

216. 〈桑扈〉：《漢書・五行志》：「《詩》曰：兕觥其觩，旨酒斯柔。匪傲匪傲，萬福來求。」師古曰：「謂飲酒者不傲倖，不傲慢，則福祿就而求之也。」應劭《注》云：「言在位者。」是也。

218. 〈車舝〉：《禮記・表記》：「〈小雅〉曰：高山仰止，景行行止。」鄭《注》：「仰高勤行者，仁之次也。景，明也，有明行者，謂古聖賢也。」詩言慕高德明行。《鹽鐵論・執務篇》：「雖不能及，離道不遠也。」詩辭言：「思變季女逝兮，匪飢匪渴，德音來括。」又云：「覯爾新昏，以慰我心。」〈毛詩序〉曰：「周人思得賢女以配君子，故作是詩也。」近之矣。

220. 〈青蠅〉：《易林・豫之困》：「青蠅集藩，君子信讒。害賢傷忠，患生婦人。」《困學紀聞》云：「袁孝政釋劉子曰：魏武公信讒，詩刺之曰：『營營青蠅，止于藩。』」三家詩以〈青蠅〉爲魏武公詩，猶〈賓之初筵〉爲衛武公飲酒悔過之詩，又作〈抑戒〉自儆，其詩並列在二〈雅〉。

221. 〈賓之初筵〉：《易林・大壯之家人》：「舉觴飲酒，未得至口。側弁

醉酗，拔劍斫怒，武侯作悔。」四家皆謂衛武公飲酒悔過之辭無異，皆本於《國語・楚語》也。

224. 〈角弓〉：《易林・升之需》：「商子無良，相怨一方。引鬥交爭，咎以自當。」《禮記・坊記》鄭《注》：「無善之人，善遙相怨，貪爵祿，好得無讓，以至亡已。」貪爵引鬥，以致偕亡，蓋〈角弓〉之旨也。

226. 〈都人士〉：《禮記・緇衣》：「彼都人士，狐裘黃黃。其容不改，出言有章。行歸于周，萬民所望。」鄭《注》：「此詩毛氏有之，三家則亡。」徵以《左傳》襄公十四年引《詩》曰「行歸于周，萬民所望。」服虔《注》云：「逸詩也。」知三家此詩無首章之辭。《禮記・郊特牲》鄭《注》：「《詩》云：『彼都人士，臺笠緇撮。』言野人之服也。」而詩《箋》云：「〈都人士〉以臺皮爲笠，緇布爲冠，古明王之時，儉且節也。」故鄭《注》禮時用齊家，以爲野人之服；詩《箋》則以有首章狐裘黃黃之言，故不以爲野服矣。

227. 〈采綠〉：《後漢書》劉瑜上書曰：「天地之性，陰陽正紀，隔絕其道，則水旱爲并。《詩》云：『五日爲期，六日不詹。』怨曠作歌，仲尼所錄。」《齊詩》多言《禮》，並言陰陽之術。則此齊說，以〈采綠〉爲怨曠也。

231. 〈緜蠻〉：《春秋繁露・仁義法篇》：「《詩》云：『飲之食之，教之誨之。』先飲食而後教誨，謂治人也。」

234. 〈苕之華〉：《易林・中孚之訟》：「牂羊羵首，君子不飽。年饑恐荒，士民危殆。」謂饑饉薦至，士民危殆，〈苕之華〉所作也。

235. 〈何草不黃〉：《易林・蒙卦》：「何草不黃，至末盡玄。室家分離，悲愁於心。」以《漢書・禮樂志》：「周道始缺，怨刺之詩起；王澤既竭，而詩不能作。王官失業，〈雅〉、〈頌〉相錯。」綜論《齊詩・小雅》，怨刺始乎〈采薇〉，終於〈何草不黃〉；其時世則自周之懿王，迄於何時不明。然則，《齊詩》不以〈小雅〉之有文王時詩也，而亦無正變之論可知已。

十五、大　雅

《漢書・禮樂志》：「昔殷、周之〈雅〉、〈頌〉，乃上本有娀、姜嫄。契、稷始生玄王，公劉、古公、大伯、王季、姜女、太任、太姒之德，乃及成湯、

文武受命、武丁、成康、宣王中興；下及輔佐阿衡，周召、太公、申伯、召甫、仲山甫之屬。君臣男女，有功德者靡不襃揚，功德既信美矣，襃揚之聲盈於天地之間，是以光名著於當世，遺譽垂於無窮也。」

〈雅〉、〈頌〉所以襃揚功德，顯譽著名，君臣男女，皆有所之。由此言之，〈大雅〉無怨刺之詩也。

236. 〈文王〉：《漢書・翼奉傳》，奉上〈封事〉曰：「周至成王，有上賢之材，因文、武之業，以周、召爲輔，有司各敬其事，在位莫非其人。天下甫二世耳，然周公猶作《詩》、《書》，深戒成王，以恐失天下。其《詩》曰：『殷之未喪師，克配上帝。宜監于殷，駿命不易。』」據翼奉〈封事〉，則〈文王〉一詩爲周公所作，以深誡成王者。荀爽曰：「公且文王之詩，不論堯、舜之德，而頌文、武者，親親之道也。」說同。

237. 〈大明〉：《洪範・五行傳》：「雷於天地爲長子，以其首長萬物與其出入也。文王爲王季長子，生有聖德，爲天所命，將君天下，是爲天之長子，故《詩》云：『有命自天，命此文王，于周于京。』，而莘國之女德實與文王配，又生武王，復爲天之所命。故下又云：『纘女惟莘，長子惟行。篤生武王，保佑命爾。』也」據《詩緯・汜歷樞》云：「午、亥之際爲革命；亥，〈大明〉也。」《齊詩》以〈大明〉爲文王受命之詩也。

238. 〈緜〉：《詩緯・含神霧》曰：「集微揆著，上統玄黃，下序四始，羅列五際。」《漢書・匈奴傳》：「夏道衰而公劉失其稷官，變於西戎，邑於豳。其後三百有餘歲，戎狄攻大王亶父，亶父亡走於岐下，豳人悉從而邑焉，作周。其後百有餘歲，周西伯昌伐畎夷。」是集微揆著者，將有天下之事，謂文王時也。

239. 〈棫樸〉：《春秋繁露・郊祭篇》：「天子每將興師，必先郊祭以告天，乃敢征伐，行子之道也。文王受天命而王天下，先郊乃敢行事而興師伐崇，其《詩》曰：『芃芃棫樸，薪之槱之。濟濟辟王，左右趣之。濟濟辟王，左右奉璋。奉璋峨峨，髦士攸宜。』此郊辭也；其下曰：『淠彼涇舟，烝徒楫之。周王于邁，六師及之。』此伐辭也；其下曰：『文王受命，有此武王。既伐于崇，作邑于酆。』以此辭者，見文王受命則郊，郊乃伐崇。」《毛詩》謂〈棫樸〉爲文王能官人，《齊

《詩》以爲〈棫樸〉爲文王郊天伐崇之詩，齊、毛異解。

240. 〈旱麓〉：《禮記・中庸》鄭《注》：「聖人之德，至於天則鳶飛戾天，至於地則魚躍於淵，是其明著於天地也。」〈表記・注〉云：「言樂易之君子，其求福修德以俟之，不爲回邪之行，要之如葛藟之延蔓於條枚，是其性也。」求福修德，當爲〈旱麓〉詩旨。

241. 〈思齊〉：《易林・損之巽》：「大姒文母，仍生聖子。昌、發受命，爲天下王。」又〈頤之節〉：「文王四乳，仁愛篤厚，子畜十男，無有夭折。」驗以《漢書・外戚傳》，則此詩乃述大任、大姒之敬帥婦道，以助周興也。

242. 〈皇矣〉：《後漢書》伏湛上〈疏〉曰：「臣聞文王受命而征伐五國，必先詢之同姓，然後謀於群臣，加占蓍龜以定行事。故謀則成，卜則去，戰則勝。其《詩》曰：『帝謂文王，詢爾仇方。同爾弟兄，以爾鉤援。與爾臨衝，以伐崇墉。』崇國城守，先退後伐，所以重人命；俟時而動，故參分天下而有其二。」蓋以〈皇矣〉爲文王伐崇之詩也。

243. 〈靈臺〉：《詩緯・氾歷樞》曰：「〈靈臺〉，候天意也。經營靈臺天下附也。」《詩・含神霧》云：「作邑於豐，起靈臺。」亦指文王受命，始築靈臺，以候天意也。

245. 〈文王有聲〉：《春秋繁露・楚莊王篇》：「制爲應天改之，樂爲應人作之。彼之所受命者，必民之所同樂也。是故作樂者，必反天下之所始，樂以己以爲本。文王之時，民樂其興師征伐也。故武；武者，伐也。《詩》云：『文王受命，有此武功。既伐于崇，作邑于豐。』樂之風也。周人德已洽天下，反本以爲樂，謂之〈大武〉，言『民所始樂者，武也。』云爾，故凡樂者，作之於終，而名之以始，重名之義也。」

按：〈文王有聲〉爲文王受命伐崇，作邑於豐，成功之後，民樂其行征伐之事，歌詠之詩也。但據詩文「考卜惟王，度是鎬京。惟龜正之，武王成之。」又云：「詒厥孫謀，以燕翼子，武王烝哉！」似爲武王伐紂定鎬之後，成王之時所作，董子所謂「作之於終，而名之以始。」者是也。

246. 〈生民〉：《春秋繁露・三代改制質文篇》：「后稷母姜嫄，履天之跡而生后稷。后稷長於邰土，播田五穀。」《五經異義》：「《詩》齊、

魯、韓、說，聖人皆無父，感天而生。」此詩後人追述后稷之生也。

247. 〈行葦〉：班彪〈北征賦〉：「慕〈公劉〉之遺德，及〈行葦〉之不傷。」
〈行葦〉為公劉行仁，牛羊不踐行葦也。

248. 〈既醉〉：《禮記・坊記》鄭《注》：「言君子饗燕，非專為酒肴，亦
以觀威儀、講德美。」此太平燕饗之詩也。

249. 〈鳧鷖〉：《易林・大有之離》：「鳧鷖遊涇，君子以寧。復德不愆，
福祿來成。」詩《箋》云：「祭祀既畢，明日又設禮而與尸燕。」《箋》
以公尸燕飲為繹而賓尸，則《易林》「復德」即是「繹祭」也。

250. 〈嘉樂〉：《漢書・刑法志》：「《詩》云：『宜民宜人，受祿于天。』
《書》曰：『立功立事，可以永年。』言為政而宜於民者，功成事立，
則受天祿而永年命，所謂一人有慶，萬民賴之者也。」《漢書》董仲
舒〈對策〉，意旨同。

251. 〈公劉〉：《易林・家人之臨》：「節情省欲，賦斂有度。家給人足，
公劉以富。」以此詩追迹公劉行仁富國之作也。

252. 〈泂〉：《鹽鐵論・和親篇》：「《詩》云：『酌彼行潦，挹彼注茲。』
故公劉處戎狄，戎狄化之；大王去邠，邠民隨之。」揚雄〈博士箴〉
云：「公劉挹行潦，而濁亂斯清。」魯、齊《詩》並以〈泂〉為公劉
之詩也。

253. 〈卷阿〉：《易林・觀之謙》：「高崗鳳凰，朝陽梧桐。噰噰喈喈，萋
萋萋萋。陳辭不多，以告孔嘉。」〈乾之姤〉：「政不暴虐，鳳凰來舍。
四時順節，民安其居。」據〈卷阿〉詩云：「矢詩不多，惟以遂歌。」
與《易林》語比觀，則是歌樂太平之詩也。

254. 〈民勞〉：《後漢書》陳忠〈疏〉：「輕者重之端，小者大之源。故隄
潰蟻穴，氣洩鍼芒。是以明者慎微，智者識幾。《詩》云：『無縱詭
隨，以謹無良。』所以崇本絕末，鉤深之慮也。」鄭《詩譜》以〈民
勞〉以下為「變大雅」，道衰世之政，自〈民勞〉始，即陳〈疏〉所
謂慎微知幾，鉤深之慮也。

255. 〈板〉：《禮記・緇衣》：「《詩》云：上帝板板，下民卒癉。」鄭《注》：
「此君使民惑之詩。」《漢書・禮樂志》：「周道始缺，怨刺之詩起。」
此詩〈古今人表〉繫在懿王之世，〈民勞〉、〈板〉、〈蕩〉，亂自上起
也。

256. 〈蕩〉:《漢書・五行志》:「《詩》云:『爾德不明,以亡陪亡卿;不明爾德,以亡背亡仄。』言上不明,暗昧蔽惑,則不能知善惡,親近習,長同類,亡功者受賞,有罪者不殺,百官廢亂也。」周始亂,爲政不德,廢棄舊法,以至傾危。《詩》云:「雖無老成人,尚有典刑。曾是莫聽,大命以傾。」所引,此詩也。

257. 〈抑〉:《易林・巽之節》:「嬰兒孩子,未有知識。彼童而角,亂我政事。」《國語・楚語》謂衛武公作〈懿戒〉自儆,《易林・大壯之家人》以衛武公飲酒悔過之辭,則當從韓、魯之說,以〈抑〉爲衛武公作也。證以〈抑〉詩「白圭之玷」、「敬愼威儀」等語,亂政之言蓋有所本。

259. 〈雲漢〉:《春秋繁露・郊祀篇》:「周宣王時天下大旱,歲惡甚,王憂之。宣王自以爲不能乎后稷,不中乎上帝,故有此災;有此災,愈恐懼而謹事天。」荀悅《漢紀》云:「消災復異,則有周宣〈雲漢〉,寗莫我聽。」《齊詩》蓋以〈雲漢〉爲周宣遭旱而憂之詩。

260. 〈嵩高〉:《禮記・孔子閒居》鄭《注》:「言周道將興,爲之生賢輔佐仲山甫及申伯,爲周之幹臣,天下之蕃衛,宣德於四方,以成其王功,此宣王之詩也。」《漢書》董仲舒〈對策〉,謂周宣思昔先王之德,興滯補弊,明文、武之功業,周道粲然復興,詩人美之,後世稱誦。二說同。

261. 〈烝民〉:《後漢書》郎顗上書曰:「《詩》云:『赫赫王命,仲山甫將之。邦國若否,仲山甫明之。』宣王是賴,以致雍熙。」《禮記・表記》鄭《注》:「作此詩者,周宣王之大臣也。」詩爲尹吉甫所作,無異辭也。

262. 〈韓奕〉:《易林・井之需》:「大夫祈父,無地不涉。爲吾相土,莫如韓樂。可以居止,長安富有。」按《詩》云:「蹶父孔武,靡國不到。爲韓姞相攸,莫如韓樂,孔樂韓土。」《易林》蓋以韓侯爲宣王祈父之職,行兵甲征伐之事,武功奕赫,故詩美之也。

263. 〈江漢〉:《鹽鐵論・繇役篇》:「《詩》云:『武夫潢潢,經營四方。』故飭四境,所以安中國也。」三家《詩》以〈采薇〉、〈六月〉、〈出車〉爲宣王北伐之詩;〈江漢〉、〈常武〉詩爲宣王南征之詩,故謂經營四方,而安中國也。

264. 〈常武〉：《後漢書・龐參傳》，馬融上〈書〉曰：「昔周宣玁狁，侵鎬及方，而宣王立中興之功，扞城有虓虎之助，是以赫南仲，列在周詩。」陳喬樅云：「馬融以〈出車〉、〈六月〉並為宣王之詩，與《漢書・匈奴傳》合。」三家《詩》以南仲為宣王武臣，而毛矯為文王時，知三家較毛義為優也。

265. 〈瞻卬〉：《易林・離之萃》：「苛政日作，蟊食華葉。割下啖上，民被其賊。」《毛詩》云：「〈瞻卬〉，凡伯刺幽王大壞也。」此詩蓋刺幽王寵褒姒以致大亂之詩。

班固謂：「王澤竭而《詩》不作。」懿王之時，戎狄交侵，〈采薇〉、〈出車〉、〈六月〉之詩並作；厲王時〈十月之交〉四篇詩譴告災異。至宣王時，號為中興，〈崧高〉、〈烝民〉詩頌良輔佐，〈江漢〉、〈常武〉，顯楊周宣武功威烈。自〈瞻卬〉、〈召旻〉刺幽王嬖倖褒姒，周政大壞，所謂王澤竭而《詩》不作，是也。

十六、頌

《漢書・禮樂志》：「自夏已往，其流不可聞已。殷〈頌〉猶有存者。周《詩》既備，而其器用張陳，〈周官〉具焉。其威儀足以充目，音聲足以動耳，詩語足以感心。故聞其聲而德和，省其詩而志正，論其數而法立，是以薦之郊廟則鬼神饗，作之朝庭則臣和，立之學官則萬民協。聽者無不虛己竦神，說而承流，是以海內徧知上德，被服其風。」故論《齊詩》之〈頌〉義有三：曰威儀之容也，音聲之和也，詩語之誦也。其作之則薦之郊廟，用之朝廷，立之學官。郊廟所以祭祀鬼神，朝廷所以群一上下，學官以教而萬民和協焉。故禮樂所成以為〈頌〉，《齊詩》之義也。

十七、周　頌

267. 〈清廟〉：伏生《尚書大傳・皋陶謨篇》云：「〈清廟〉升歌者，歌先人之功烈德澤也，故欲其清也。其歌之呼也，曰：『於穆清廟，肅雝顯相。』於者，嘆之也；穆者，敬之也。清者，欲其在位者徧聞之也。故周公升歌文王之功烈德澤，苟在廟中嘗見文王者，愀然如復見文王。」此釋〈清廟〉一詩之立名及其作意。以為作之者，周公也，為歌文王之功烈德澤也。

268. 〈維天之命〉:《禮記・中庸》鄭《注》:「天之所以爲天,文王之所以爲文,皆由行之無已,爲之不止。」此太平祀文王以配天之詩也。

269. 〈維清〉:《春秋繁露・三代改制質文篇》:「文王受命,作邑於豐,命相臣曰宰,作〈武〉樂,制文體以制天。」〈楚莊王篇〉:「文王作〈武〉,《詩》云:『文王受命,有此武功。既伐于崇,作邑于豐。』又曰:『王赫斯怒,爰整其旅。』當是時,紂爲無道,諸侯大亂,民樂文王之怒而詠歌之也。周人德已洽天下,反本以爲樂,謂之〈大武〉;言民所始樂者,武也。」據蔡邕〈獨斷〉云:「〈維清〉,奏〈象〉、〈武〉之所歌也。」〔註43〕《毛詩》作「奏〈象舞〉。」舞即武也,乃文王時所作樂,武象也。

270. 〈烈文〉:《禮記・中庸》鄭《注》:「此頌也,言不顯乎文王之德,百辟盡刑之,諸侯法之也。」

271. 〈天作〉:《尚書大傳》云:「大王去豳,邑岐山,周民奔而從之者三千乘,止而成三千戶之邑,即此〈頌〉所言『天作高山,大王荒之。』是也。」

272. 〈昊天有成命〉:《漢書・郊祀志》,匡衡奏言:「帝王之事,莫大乎承天之序;承天之序,莫重於郊祀。故聖王盡心極慮以建其制,祭天於南郊,就陽之義也;瘞地於北郊,即陰之象也。天之於天子也,固其所都而各饗焉。昔者周文、武郊於豐鎬,成王郊於雒邑。由此觀之,天隨王者所居而饗之,可見也。」《魯詩》以此頌爲「郊祀天地之所歌。」〔註44〕《毛詩》同,乃漢儒之通義也,而齊說最詳。

273. 〈我將〉:《漢書・郊祀志》:「周公象成王,王道大洽,制禮作樂。天子曰明堂、辟雍,諸侯曰泮宮。宗祀文王於明堂以配上帝,四海之內,各以其職來助祭。」此宗祀文王於明堂之頌歌也。

274. 〈時邁〉:《儀禮・大射儀》鄭《注》:「〈時邁〉者,太平巡守,祭山川之樂歌。」馬瑞辰云:「《周官・鍾師・注》引呂叔玉云:『〈肆夏〉、〈繁遏〉、〈渠〉,皆〈周頌〉也。〈肆夏〉,〈時邁〉也;〈繁遏〉,〈執競〉也;〈渠〉,〈思文〉也。』」玄謂:「以〈文王〉、〈鹿鳴〉言之,則〈九夏〉皆詩篇〈頌〉之族類也。此歌大者載在樂章,樂亡亦從

〔註43〕見「魯詩解題」〈維清〉一詩。

〔註44〕見蔡邕《獨斷》及〈毛詩序〉。

而亡，是以〈頌〉不能具。」樂亡而頌不能具，謂具〈九夏〉也。

275. 〈執競〉：《鹽鐵論・論災篇》：「周文、武尊賢受諫，敬戒不殆，純德上休，神祇相覛。《詩》云：『降福穰穰，降福簡簡。』」

276. 〈思文〉：《漢書・郊祀志》：「周公相成王，王道大治，制禮作樂，郊祀后稷，以配天宗。」〈毛詩序〉：「〈思文〉，后稷配天也。」《魯詩》同，則漢儒說皆同。

278. 〈噫嘻〉：《鹽鐵論・取下篇》：「君篤愛，臣盡力，上下交讓而天下平。『浚發爾私』，上讓下也；『遂及我私』，先公職也。」

279. 〈振鷺〉：《禮記・仲尼燕居》：「徹以〈振羽〉。」鄭《注》：「〈振羽〉，樂章也。〈振羽〉，〈振鷺〉。」陳喬樅云：「今據《禮記》語，則〈振鷺〉又爲大饗徹器之所歌也。」據《毛詩》，〈振鷺〉爲二王之後來助祭所歌；後用於禮儀，爲大饗徹器之歌也。

283. 〈雝〉：《禮記・仲尼燕居》：「客出以〈雝〉徹。」鄭《注》：「〈雝〉，樂章也。」《論語》：「三家以〈雝〉徹。」《注》引馬融云：「天子祭於宗廟，〈雝〉以徹祭。」是宗廟之祭，及食舉樂並歌〈雝〉以徹也。〔註45〕

286. 〈武〉：《漢書・禮樂志》：「武王作〈武〉。〈武〉，言以武功定天下也。」《禮記・仲尼燕居》鄭《注》：「〈武〉，象武王之大事也。」

按：《禮記・樂記》：賓牟賈侍坐於孔子問樂。子曰：「夫樂，象成者也。」謂凡樂舞，皆象已成之事也。故「總干而山立，武王之事也；發揚蹈厲，太公之志也；〈武〉亂皆坐，周、召之治也。」鄭《注》云：「總干，持盾也；山立，猶正立也。武王持盾正立待諸侯也。發揚蹈厲，所以象威武時也。武舞，象戰鬥也。亂，謂失行列也，失行列則皆坐，象周公、召公以文止武也。」〈樂記〉又曰：「且夫〈武〉，始而北出，再成而滅商，三成而南，四成而南國是疆，五成而分周公左、召公右，六成復綴以崇。天子夾振之而駟伐，盛威於中國也。」鄭《注》：「成，猶奏也，每奏武曲一終爲一成。〈武舞〉，戰象也，每奏四伐，一擊一刺爲一伐。」〈樂記〉言〈武舞〉甚詳，故「夫樂，象成者也。」即象已成之往事，而舞於祭祀之間，以頌祖先之功烈也。陳喬樅云：「〈周頌〉言奏者，獨〈維清〉及〈武〉二篇，以此二詩有歌有舞也。〈維

〔註45〕據《論語》「雝徹」，是三家僭用天子之禮，故孔子痛疾之，明諸侯不當有此禮。

清〉象文王之武功，〈武〉象武王之武功，故其樂皆名爲象。」是也。

287. 〈閔予小子〉：《漢書》匡衡上〈疏〉云：「《詩》曰：『嬛嬛在疚。』言成王喪畢，思慕，意氣未能平也。蓋所以就文武之業，崇大化之本也。」

289. 〈敬之〉：《春秋繁露‧身之養重於義篇》：「聖人事明義以炤耀其所闇，故民不陷。《詩》云：『示我顯德行。』先王顯德以示民，民樂而歌之以爲詩，說而化之以爲俗。故不令而自行，不禁而自止。從上之意，不待使之，若自然矣。」

290. 〈小毖〉：《易林‧履之泰》：「蠆室蜂戶，螫我手足。不得進止，爲吾害咎。」《魯詩》謂此詩嗣王求忠臣助己，以除辛螫是也。魯齊義同。

291. 〈載芟〉：《南齊書‧樂志》：「漢章帝時，玄武司馬班固奏用〈周頌‧載芟〉，以祠先農。」《魯詩》謂春藉田而祈社稷，則班固之祠先農，即藉田祈社稷之事也。

292. 〈良耜〉：《鹽鐵論‧力耕篇》：「古者尚力務本而種樹繁，躬耕趣食而衣食足，雖累凶年而人不病也。故衣食者，民之本；稼穡者，民之務也。二者修則國富民安也。《詩》曰：『百家盈止，婦子寧止。』」所引《詩》即本篇。

293. 〈絲衣〉：《漢書‧郊祀志》師古《注》云：「言執祭事者，或升堂室，或之門塾，視牛羊之牲，及舉大小之鼎，告其致絜，神降之福，故獲壽考之美。」所注即〈絲衣〉之詩，謂祭祀致祥也。

294. 〈勺〉：《儀禮‧燕禮》：「若舞則〈勺〉。」鄭《注》：「〈勺〉，〈頌〉篇，告成大武之樂歌也。萬舞而奏之，所以美王侯，勸有功也。」《漢書‧董仲舒傳》云：「五帝三王之道，改制作樂而天下和洽，百王同之。虞氏之樂莫盛於〈韶〉，周之樂莫盛於〈勺〉。」即以此詩爲天下太平，祭先祖告成之樂歌也。

295. 〈桓〉：《漢書》匡衡疏曰：「《詩》云：『于以四方，克家厥家。』《傳》曰：『正家而天下治矣。』」衡所引當是《齊詩傳》之文，謂欲治四方者，當先定其室家也，引〈桓〉詩語，是〈桓〉頌之旨。

297. 〈般〉：《易林‧萃之比》：「德施流行，利之四鄉。雨師灑道，風伯逐殃。巡狩封禪，以告成功。」毛、魯《詩》皆謂〈般〉爲巡狩祀四嶽河海之詩，《齊詩》當亦同。

十八、魯　頌

300. 〈頖水〉:《禮記・王制》鄭《注》:「頖之言班也。所以班政教也。」
〈禮器・注〉:「頖，郊之學也，《詩》所謂頖宮也。」

301. 〈閟宮〉:《周禮・大司樂》鄭《注》:「姜嫄履大人跡，感神靈而生后稷，是周之先母也。周立廟自后稷爲始祖，姜嫄無所妃，〔註46〕是以特立廟而祭之，謂之閟宮。閟，神之。」

按:魯以周公之故，亦有宗周禮樂、宮室之制，故亦有閟宮以祀姜嫄。〈閟宮〉詩曰:「王謂叔父，建爾元子，俾侯於魯。大啓爾宇，爲周室輔。乃命魯公，俾侯於東。錫之山川，土田附庸。」此即命周公長子伯禽封魯之策命之辭也。

據班固《兩都賦・序》:「皋陶歌虞，奚斯頌魯，同見采於孔氏，列於《詩》、《書》，其義一也。」《後漢書・曹褒傳》:「昔奚斯頌魯，考甫詠殷。夫人臣依義顯君，竭忠彰主，行之美也。」三家《詩》皆以〈魯頌〉爲奚斯所作，《齊詩》當亦同，故後嗣追美先祖之德，〈閟宮〉乃原其所始也。

十九、商　頌

《禮記・樂記》鄭《注》:「〈商〉，宋詩也。」《毛詩譜・商頌》譜云:「自從政衰，散亡商之禮樂。七世，至戴公時，當宣王，大夫正考父者校商之〈名頌〉十二篇於周太師，以〈那〉爲首，歸以祀其先王。」鄭於作《三禮注》時從三家，以〈商頌〉爲宋詩;至得《毛傳》則以〈商頌〉爲商代之詩也。《詩譜》云:「問者曰:『列國政衰則變風作，宋何獨無乎?』曰:『有焉，乃不錄之。王者之後，時王所客也，巡守述職，不陳其詩，亦示無黜客之義也。』」〔註47〕《韓詩》以〈商頌〉爲美宋襄公之篇，《史記・宋世家》同;鄭注〈樂記〉據《齊詩》，亦以商爲宋詩。則三家並合，獨毛異解，謂〈商頌〉爲商代之詩。《詩譜》不陳不錄之言，則曲爲之解也。

303. 〈烈祖〉:《禮記・中庸》鄭《注》:「此頌也，言奏大樂於宗廟之中，人皆肅敬，金聲玉色，無有言者。以時太平，和合無所爭也。」

304. 〈玄鳥〉:《詩・含神霧》曰:「契母有娀，浴於玄邱之水，睇玄鳥銜卵，過而墮之，契母得而吞之，遂生契。」《禮記・月令》鄭《注》:

〔註46〕妃，配也。
〔註47〕見《毛詩譜・商頌譜》。

「高辛氏之世，玄鳥遺卵，姑簡吞之而生契。」《詩緯》與鄭説同。

305. 〈長發〉：《禮記·孔子閒居》鄭《注》：「此詩云殷之先君，其爲政不違天之命；至於湯升爲君。又下天之政教甚疾，其聖敬日莊嚴，其明道至於民遲遲然安和，天是用敬之，命之用事於九州，謂侯王也。」以〈長發〉乃頌殷之先祖湯伐桀，行政教於民甚篤，故爲九州侯王事也。

306. 〈殷武〉：《漢書》匡衡上〈疏〉曰：「《詩》曰：『商邑翼翼，四方之極。壽考且寧，以保我後生。』此成湯所以建至治，保子孫，化異俗，而懷鬼方也。」亦如〈長發〉，爲頌成湯之詩。

以上《齊詩》得其義者百有九十九首，爲之解題。

按：兩漢經學，齊、魯爲二大宗，魯學嚴謹，示正統儒學之傳承；齊學之恢宏奇大，兩漢學術浸而有齊化之事實。以《齊詩》觀之，齊地以風氣之故，深染陰陽五行之説；又以師承所致，言《詩》多繫禮樂之統；承鄒衍之術，並開《詩經》地理之學。故凡以禮制説《詩》，以災異説《詩》，以緯説《詩》，以地理風氣説《詩》，皆可歸爲《齊詩》之説，亦由此而見其恢詭雄奇之學術風貌也。

第六章　齊詩翼氏說

　　漢興之後，孝武時，董仲舒以善推陰陽、言災異爲儒者宗，與之同時之夏侯始昌亦甚得重。昭、宣時有眭孟、夏侯勝；元、成時則京房、翼奉、劉向、谷永諸人；哀、平之際以李尋、田終術爲知名。諸儒並納說時君，以陰陽推曆，察占吉凶行之一時。《漢書》稱：「察其所言、彷彿一端，假經設誼，依託象類，或不免乎億則屢中。」〔註1〕謂之假經設誼者，陳壽祺云：「《易》有孟京卦氣之候，《詩》有翼奉五際之要，《尚書》有夏侯洪範之說，《春秋》有公羊災異之條，皆明於象數，善推禍福，以著天人之應。」是也。〔註2〕其淵源或由《易》學，或由陰陽多行之學而來，而終歸於論災異則一也。

　　兩漢儒學自董仲舒後，齊化之現象頗顯著，故不分魯、齊多言災異，〔註3〕故經師傳經，多並傳五行災異之說；〔註4〕然經則偏授弟子，災異之學則否。故《漢書・翼奉傳》稱奉與蕭望之、匡衡同師后蒼，三人經術皆明，蕭、匡施之政事、文學，奉則好律曆陰陽之占。董仲舒著論，羌子呂步舒以爲大愚，蓋不知爲其師說；張孺、鄭寬中、李尋同師夏侯建，〔註5〕尋獨好〈洪範〉災異。故知經有師傳，而五德之說亦有師傳也。〔註6〕唯五德陰陽之本末不同，西京之律曆陰陽爲先秦舊學，圖緯讖記則出在哀、平之際，此宜先作分別也。〔註7〕

〔註1〕《漢書・眭、兩夏侯、京、翼、李傳・贊》。
〔註2〕陳壽祺〈尚書大傳箋序〉、陳喬樅〈齊詩遺說考序〉。
〔註3〕見李則芬〈從叔孫通、公孫弘、董仲舒三人看儒家的齊化〉。
〔註4〕見蒙文通《經學抉原・魯學、齊學第八》。
〔註5〕見《漢書・儒林傳》。
〔註6〕蒙文通《經學抉原》。
〔註7〕呂凱《鄭玄之讖緯學》，「讖緯之起源」一節。

《齊詩》「四始五際」之說，創始於夏侯始昌傳《齊詩》之時，而後世緯讖輒多引述之；非《齊詩》用緯讖說，而以「四始五際」爲後起也。〔註8〕

第一節　翼奉之思想淵源

《漢書》翼奉奏〈封事〉曰：「臣聞之於師曰：天地設位，懸日月，布星辰，分陰陽，定四時，列五行，以視聖人，名之曰道。聖人見道，然後知王治之象，故畫州土，建君臣，立律歷，陳成敗，以視賢者，名之曰經。賢者見經，然後知人道之務，則《詩》、《書》、《易》、《春秋》、《禮》、《樂》是也。《易》有陰陽、《詩》有五際、《春秋》有災異，皆列終始，推得失，考天心，以言王道之安危。」〔註9〕翼奉師后蒼，蒼師夏侯始昌，始昌明於陰陽，先言柏梁臺災日，至期日果災。〔註10〕奉奏〈封事〉稱聞於師者，則是陰陽災異之附於《詩》，當自夏侯始昌傳《齊詩》之時，非翼奉所創明矣。《春秋繁露·五行相生第五十九》云：「天地之氣，合而爲一，分爲陰陽，判爲四時，列爲五行。」〔註11〕董子與翼奉所說吻合，則翼氏說必爲陰陽之學。五行以比則相生，間則相勝之理，及其推數之法，皆翼奉說《詩》之所用也。

《史記·封禪書》云：「自威、宣之時，騶子之徒論著終始五德之運。及秦帝而齊人奏之，故始皇采用之。而宋毋忌、正伯僑、充尚、羨門子高之類，皆燕人，爲方仙道，形解銷化，依於鬼神之事。騶衍以陰陽主運顯於諸侯，而燕、齊海上之方士，傳其術不能通。」陰陽五行之學，迭經方士推演緣飾，遞至前漢，儒者有援引以解經者，自董仲舒倡之而爲儒宗，斯學大盛，此翼奉思想之淵源也。

一、漢代陰陽家之宇宙結構

《史記·孟荀列傳》云：「鄒衍深觀陰陽消息，作爲怪迂之變，語多閎大不經，必皆先驗小物，推而大至無垠。先序今以上至黃帝，學者所共述，大並世盛衰，因載其禨祥制度，推而遠之，至天地未生，窈冥不可考而原也。

〔註8〕　江瀚〈評陳喬樅齊詩遺說考〉，斥喬樅以緯說爲《齊詩》說爲繆。
〔註9〕　見《漢書·儒林傳》。
〔註10〕　見《漢書·夏侯始昌傳》。
〔註11〕　《春秋繁露》多陰陽五行之學，亦非董子自創，蓋皆前有所本。

先列中國名山大川，通谷禽獸、水土所殖、物類所珍，因而推之及於海外，人之所不能覩。稱引天地剖判以來，五德轉移治各有宜，而符應若茲。……然要其歸，必止乎仁義節儉，君臣上下六親之施，始也濫耳。」〔註12〕騶衍之說雖久已散佚，唯其影響於戰國時代之思想甚深而太史公述鄒子之說亦僅此寥寥數語。王夢鷗先生述騶衍遺說云：「從其論說性質言，爲根據陰陽消息，記怪迂之變，論終始大聖之運；從其論說結構言，一屬四方上下之空間理論體系，一爲往古來今之時間理論體系。鄒衍學說之宗旨，兼括儒家之仁義，與墨家之節儉。」〔註13〕

　　鄒子之術即以類推之法，爲時空之類推，組織其宇宙結構。翼氏《詩》說謂「天地設位、懸日月、布星辰、分陰陽、定四時、列五行。」爲其《詩》學架構，兩者關聯甚密切。

　　以五行陰陽組織宇宙觀念，至漢初已完成。據《呂氏春秋》、《禮記・月令》、《淮南子・時則訓》，皆以五行配四時：春木居左、夏火居前、秋金居右、冬水居後、季夏土居中央；又配之以五色：東方木色青，南方火色赤，西方金色白，北方水色黑，中央土色黃；又以十天干配納之，則：春木配甲乙，夏火配丙丁，中央土配戊己，秋金配庚辛，冬水配壬癸；又以地支十二配十二月，則子十一月、丑十二月、寅正月、卯二月、辰三月、巳四月、午五月、未六月、申七月、酉八月、戌九月、亥十月。又以五音配五行，《禮記・月令》云：

　　春盛德在木，其音角；夏盛德在火，其音徵；秋盛德在金，其音商；
　　冬盛德在水，其音羽；中央土，其音宮。

〔註12〕見《史記・孟荀列傳》。
〔註13〕見王夢鷗先生〈鄒衍遺說考〉。

翼奉詩說之宇宙結構　圖

南
午（火）
五月 蕤賓
巳 四月 中旅
未 六月 林鐘
辰 三月 姑洗
申 七月 夷則 南呂
卯 二月 夾鐘 東（木）
酉 八月 西（金） 亡射
寅 正月 大族
戌 九月 應鐘
丑 十二月 大呂
子 十一月 黃鐘（水）
亥 十月
北

五音配四時，四時散而爲十二律，以配十二月。《漢書·律歷志》云：「推歷生律，律有十有二。黃鐘之宮，是爲律本。律者，著宮聲也。始於子，在十一月；大呂，位於丑，在十二月；太族位於寅，在正月；夾鐘位於卯，在二月；姑洗位於辰，在三月；中旅位於巳，在四月；蕤賓位於午，在五月；林鐘位於未，在六月；夷則位於申，在七月；南呂位於酉，在八月；亡射位於戌，在九月；應鐘位於亥，在十月。」翼奉《詩》說謂：「《詩》之爲學，情性而已。五性不相害，六情更興廢；觀性以歷，觀情以律。」〔註14〕其《詩》學以情性爲體，以律歷爲用。

漢儒又有以六十四卦配入四時，爲陰陽消息之候者，其體系出於孟喜、京房卦氣之占，與翼奉《詩》說無關，二者同爲陰陽推數之法，其系統淵源爲二。王夢鷗先生云：「鄒衍只運用於五行之解釋上，而與卜筮一門之數術本不相干。」〔註15〕蓋翼奉所承之學，屬古天文氣象之學，爲「史」類之學，非占星望氣之術數，屬「卜筮」之系統也。

〔註14〕見《漢書》本傳上〈封事〉。
〔註15〕見〈鄒衍遺說考〉，並見馮著《中國哲學史》。

二、五行運作與始際之循環

鄒衍深觀陰陽消息，著終始之論，乃考星曆得之。《史記・歷書》曰：「黃帝考定星曆，建立五行，起消息。」其中黃帝實爲陰陽家託始爲祖也。《漢書・藝文志》云：「陰陽家者流，蓋出於羲和之官。敬順〈昊天〉，歷象〈日月〉星辰，敬授民時，此其所長也。」翼奉〈封事〉稱「列終始，考得失。」即以五行觀消息，故《齊詩》四始五際之說，及詩篇分配，係根據終始之義。所謂「終始」者，循環之道也，終而復始之間，有生死消息之變焉；而詩篇始、際之義亦由此而以生。〔註16〕

董子《春秋繁露・陰陽終始篇》云：「天之道終而復始。故北方者，天之所終始也，陰陽之所合別也。」〈天道無二篇〉則云：「故開一塞一，起一廢一，至畢時而止，終又復始於一。」天以一生水於北方，有水而後生木，有木而後生火，木經火化而爲土，土生金，金生水，又復始於一。〈五行之義篇〉則云：「天有五行，一曰木，二曰火，三曰土，四曰金，五曰水。木，五行之始；水，五行之終；土，五行之中也。此其天之序也。木生火，火生土，土生金，金生水，水生木，此其父子也。」所謂「父子」者即相生之理，相生之法以循環終始爲之，故謂「比相生」也（《繁露・五行相生篇》）。

五行以相生循環之外，又有相勝、相害之理。《白虎通・五行篇》云：「五行所以相害者，天地之性。眾勝寡，故水勝火也；精勝堅，故火勝金；剛勝柔，故金勝木；專勝散，故木勝土；實勝虛，故土勝水也。」此即「間相勝」之義。而《淮南子》述五行相勝之道云：「木壯，水老、火生、金囚、土死。」故木克土；「火壯，木老、水囚、金死。」故火克金；「土壯，火老、金生、木囚、水死。」故土克水；「金壯，土老、水生、火囚、木死。」故金克木；「水壯，金老木生土囚火死。」故水克火。〔註17〕

五行之位，比則相生，間則相勝，周流運轉，此乃謂之治。五行必依次循環，順之則治，逆之則亂，故木之生火，火不能生木；同理，水之克火，而火未能克水。王夢鷗先生云：「五德終始之循環，乃往而不復之循環。故無論相生或相克，皆只有片面之生或克，並無反復之生或克。此種往而不復之循環，所根據之原理則又顯然出於時間之觀念，只有時間才是往而不復者。」

〔註16〕翼氏即以陰陽終始之義，爲詩篇分部之例，見迮鶴壽《齊詩翼氏學》。
〔註17〕見《淮南子》卷四。

〔註18〕

　　五行終始以循環相生、相克之道流行，而五行又與五方位相配，如此則又有空間觀念在其間。迮鶴壽云：「四始五際專以陰陽之終始際會推度國家之吉凶休咎。」又云：「四始皆陽，木火金水，分布於四方，故爲四始也。土獨無始者，土爲五行之君，周流於四者之間，循環無端也。」

　　翼氏《詩》說，乃以推五行之終始際會，而以詩篇配歷律，觀其休咎之徵，此其大概也。

第二節　齊詩之四始

一、詩篇重始

　　司馬遷以爲孔子刪《詩》編錄，著明四始，以顯體例。云：「〈關雎〉之亂，以爲〈風〉始；〈鹿鳴〉爲〈小雅〉始，〈文王〉爲〈大雅〉始，〈清廟〉爲〈頌〉始。」是《魯詩》之言「四始」也。《韓詩外傳》五，子夏問曰：「〈關雎〉何以爲〈國風〉始也？」孔子曰：「〈關雎〉至矣乎！」云云，則《韓詩》亦有「四始」之說。《詩緯・含神霧》云：「《詩》者，天地之心，君德之祖，百福之宗，萬物之戶也。集微揆著，上統元皇，下序四始，羅列五際。」《詩緯》以《詩》爲宇宙存在之原理，故特重「四始」。而《毛詩》略同於魯《詩》，以〈國風〉、〈小雅〉、〈大雅〉、〈頌〉言王道之興衰，〈關雎〉、〈鹿鳴〉、〈文王〉、〈清廟〉則爲其至也，故爲「四始」。然則，漢四家《詩》皆言「四始」，《魯詩》平易近解，《齊詩》則最爲異義可怪，而重始之義則一也。

二、齊詩四始名義

　　《詩緯・推度災》云：「建四始五際而八節通。卯、酉之際爲改政，午、亥之際爲革命。」《詩緯・汎歷樞》云：「〈大明〉在亥，水始也；〈四牡〉在寅，木始也；〈嘉魚〉在巳，火始也；〈鴻雁〉在申，金始也。」《齊詩》四始之名，皆以金、木、水、火命之，與魯、毛異，乃是陰陽五行之說也。「四始」與「五際」並言，而成體系。迮鶴壽云：「蓋四始爲之綱，五際爲之紀也。」蓋以歷（曆）言之，四始循環終始，乃陰陽家以金、木、水、火配四時，故

〔註18〕見〈五德始終論之構造〉。

金、木、水、火爲四時之始，此《齊詩》「四始」之涵義。

齊詩四始　圖

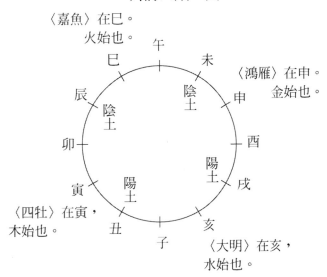

《春秋繁露‧天辨人在篇》云：「少陽因木而起，助春之生也；大陽因火而起，助夏之長也；少陰因金而起，助秋之成也；大陰因水而起，助冬之藏也。」四時之運行，既以木、火、金、水，爲春、夏、秋、冬之順次，《詩》篇與之相配，亦如之。乃《齊詩》之四始，不以木始，而以水爲始者，蓋依陰陽五行終始循環之理言之也。〈五行大義〉云：「天以一生水於北方。」《春秋繁露‧陰陽終始篇》亦云：「北方者，天之所終始，陰陽之所合別也。」〔註19〕因北方爲陰陽之起訖，故四始亦以亥爲首。迮鶴壽云：「亥，陽水也，故爲水始；寅，陽木也，故爲木始；巳，陽火也，故爲火始；申，陽金也，故爲金始。若子爲陰水，卯爲陰木，午爲陰火，酉爲陰金，皆居於次，故不爲始。」其說〔註20〕是也。

三、土不爲始說

五行不以土爲始者，特尊之故也。《白虎通‧五行篇》云：「五行所以二陽三陰何？土尊，尊者配天。」又云：「土所以王四季何？木非土不生，火非土不榮，金非土不成，水非土不高。土扶微助衰，歷成其道，故五行更生，

〔註19〕《春秋繁露》卷十二。
〔註20〕《齊詩翼氏學》四始圖。

亦須土也。」是以五行方位而言，土當居中央；若以四時分配十二律，則土散在四方。翼氏上〈疏〉云：「上方之情樂也，樂行姦邪，辰、未主之；下方之情哀也，哀行公正，戌、丑主之。辰、未屬陰，戌、丑屬陽，萬物各以其類應。」其中辰、未、戌、丑即是土之位，〔註21〕故《白虎通》云：「土王四季，各十八日，合九十日，爲一時也。」是也。〔註22〕

四、齊詩四始皆用二雅

《齊詩》「四始」，〈大明〉在〈大雅・文王之什〉，〈四牡〉在〈小雅・鹿鳴之什〉，〈嘉魚〉在〈白華之什〉，〈鴻雁〉在〈彤弓之什〉。〔註23〕「五際」之篇亦皆在二〈雅〉。迕氏云：「十五〈國風〉，諸侯之風也；三〈頌〉，宗廟之樂也。唯二〈雅〉皆述王者之命運政教，四始、五際專以陰陽之終始濟會推度國家之吉凶休咎，故止用二〈雅〉。」〔註24〕《齊詩》「四始」專論水木火金之始，別有取義，非〈風〉、〈小雅〉、〈大雅〉、〈頌〉四體之首篇也。陳喬樅云：「四始是《齊詩》說，因金、木、水、火有四始之義，以《詩》文託之。〈大明〉詩廢則智缺，而水失其性矣；〈四牡〉詩廢則仁缺，而木失其性矣；〈嘉魚〉詩廢則禮缺而火失其性矣；〈鴻雁〉詩缺則義缺，而金失其性矣。四始皆缺，則金、木、水、火沴土，而土亦失其性矣。金、木、水、火非土不成，仁、義、禮、智非信不立。《詩》陳四始，蓋欲王者法五行而正百官，正百官而理萬事，萬事理而天下治矣。故教之所由出，莫不本乎五行，乃通於治道矣。」〔註25〕詩家皆言四始，四始之說出漢儒。其究以何家先出，殊難斷言。然則，以《齊詩》四始之義言之，則固不必有《魯詩》四始出而後有是說也。

五、四始之缺

《後漢書》郎顗上〈書〉曰：「四始之缺，五際之阨。」陳喬樅謂金、木、水、火四始之缺，似言之成理。然而詩篇之中，〈大雅〉以〈文王〉爲始，〈小

〔註21〕 見「齊詩之五性六情」一節。
〔註22〕 《白虎通》卷二〈五行篇〉。
〔註23〕 此以朱子《集傳》之分什爲據。
〔註24〕 〈詩篇專用二雅解〉。
〔註25〕 喬樅此仿〈毛詩序〉六月篇之序文言之。

雅〉以〈鹿鳴〉爲始，而《齊詩》不以〈文王〉、〈鹿鳴〉其始者，或者即其四始之缺之義也。迮鶴壽云：「〈大雅〉始於〈文王〉，〈小雅〉始於〈鹿鳴〉，猶《易》有〈乾〉、〈坤〉也。〈乾〉爲君道，而〈文王〉一篇述周家受命之由；〈坤〉爲臣道，而〈鹿鳴〉一篇敘嘉賓式燕之事。四始不以此爲始者，文王未嘗履帝位，至武王始有革命之事。《詩緯·汎歷樞》曰：『午、亥之際爲革命。』《詩》稱『肆伐大商，會朝清明。』即其事也。故以〈大明〉爲始。此如《易》之有〈屯〉，所以經綸草昧也。〈大雅〉既不以〈文王〉爲始，〈小雅〉亦不以〈鹿鳴〉爲始。〈鹿鳴〉言飲食宴樂，至〈四牡〉乃爲臣子勤勞王事，郎顗謂四始之缺，《詩》稱『王事靡盬，我心傷悲。』靡盬則有缺限矣，故以〈四牡〉爲始，此如《易》之有〈蒙〉，所以擊蒙禦寇也。」〔註26〕迮氏所論「四始之缺」之義，似較喬樅爲優。至於所以致缺之由，孔廣森則以「始際之義蓋生於律」解之。

六、始際與律歷

翼氏謂「《詩》之爲學，情性而已。觀性以歷，觀情以律。」則「始際」之義，似以律歷解之最爲恰當。《後漢書·律歷志》載有「推歷生律」之法，〔註27〕翼氏愛好陰陽律歷之占，則始際與陰陽歷律之關係，極爲密切。孔廣森云：「始際之義，蓋生於律。〈大明〉在亥者，應鍾爲均也；〈四牡〉、大簇爲均，〈天保〉、夾鍾爲均，〈嘉魚〉、仲呂爲均，〈采芑〉、蕤賓爲均，〈鴻雁〉、夷則爲均，〈祈父〉、南呂爲均。漢初古樂未湮者如此。故翼奉曰：『《詩》之爲學，情性而已。五性不相害，六情更興廢，觀性以歷，觀情以律。』律歷迭相治，三期之變，亦於是可驗。」〔註28〕魏源亦云：「漢時古樂未演，故習《詩》者多通樂。此蓋以《詩》配律，三篇一始，亦樂章之古法，特又以律配歷，分屬十二支而四之，以爲四始，與三期之說相次。如〈大明〉在亥爲水始，則知〈文王〉爲亥孟，〈緜〉爲亥季；〈四牡〉在寅爲木始，則知〈鹿鳴〉爲寅孟，〈皇皇者華〉爲寅季；〈嘉魚〉在巳爲火始，則知〈魚麗〉爲巳孟，〈南山有臺〉爲巳季；〈鴻雁〉在申爲金始，則知〈吉日〉爲申孟，〈庭燎〉

〔註26〕見〈文王、鹿鳴不爲始解〉。
〔註27〕《後漢書·律歷志》：「夫五音生於陰陽，分爲十二律，轉生六十，皆以紀斗氣，效物類也。天效以景，地效以響，即律也。」故律與歷有相通之處。
〔註28〕見孔廣森〈經學卮言〉，並見前「翼奉詩說之宇宙圖」。

爲申季。其舉中以統孟、季者，猶〈關雎〉之首篇統次三也。」〔註29〕

以《齊詩》之授受淵源考之，三家《詩》中以《齊詩》與禮樂之淵源最深，故孔、魏二氏之說極可信。如《儀禮》歌〈鹿鳴〉、〈四牡〉、〈皇皇者華〉，《春秋傳》謂〈文王〉、〈大明〉、〈緜〉爲兩君相見之樂，笙間之詩用〈南有嘉魚〉、〈魚麗〉、〈南山有臺〉三篇，皆在「四始」之中，今更據翼氏「觀情以律」之說，則《齊詩》即是據古用樂之詩，創爲「四始」之說也。

第三節　齊詩之五際

翼氏「始際」之說，本於《齊詩內傳》，〔註30〕後世《詩緯》稱引之，而多加變異，致殊難解。故須分別翼氏說與《詩緯》之差異，然後《齊詩》「始際」之眞象乃得明瞭焉。

一、論翼氏十二支陰陽圖與詩緯之差異

《漢書・翼奉傳》：「《詩》有五際。」孟康《注》引《齊詩內傳》云：「五際，卯、酉、午、戌、亥也。陰陽終始際會之歲，於此則有變改之政也。」《詩緯・汎歷樞》則云：「午、亥之際爲革命，卯、酉之際爲改政。辰在天門，出入候聽。卯，〈天保〉也；酉，〈祈父〉也；午，〈采芑〉也；亥，〈大明〉也。然則亥爲革命，一際也；亥又爲天門出入候聽，二際也；卯爲陰陽交際，三際也；午爲陽謝陰興，四際也；酉爲陰盛陽微五際也。」《詩緯》言「午、亥、卯、酉、辰」爲五際，其中只舉四詩，迮氏謂《詩緯》必有佚句，以爲鄭玄《六藝論》引《詩緯》時，即稱《詩・汎歷樞》佚「辰，某篇也。」一句〔註31〕是也。以此《詩緯》亥本是一際，而又分爲二際；且《六藝論》既引「辰在天門」，下文又云「亥在天門」，乃殊不可解。

今據《齊詩內傳》言「卯、酉、午、戌、亥」爲五際，《詩緯》則云：「午、亥之際爲革命，卯、酉之際爲改政，辰在天門出入候聽。」則《詩緯》改「戌際」爲「辰際」至明也。迮氏云：「其所以改之者，亥爲陽水，卯爲陰木，午爲陰火，酉爲陰金，眾論所同，不能改易。獨土行，翼氏以丑爲陽，辰爲

〔註29〕魏源《詩古微》。
〔註30〕荀悅《漢紀》稱轅固生作《詩》內、外《傳》，《內傳》即孟康所引者是也。
〔註31〕見〈詩緯有佚句辨〉。

陰；《詩緯》以丑爲陰，辰爲陽。丑爲陰土，不得爲際；辰爲陽土，處在戌前，於是改戌際爲辰際，以自異於《齊詩》焉。」〔註32〕故《詩緯》之五際說，其實與《齊詩》不同，兩說之訛差，以致五際說更難分解，而迮氏則考之精確也。

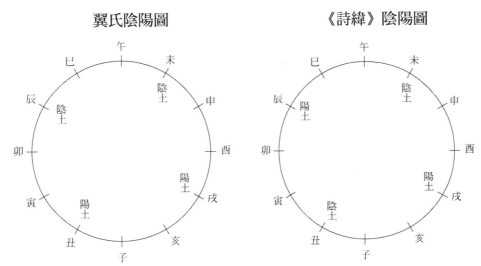

翼氏陰陽圖　　　　　　　　　　　《詩緯》陰陽圖

翼氏以辰、未爲陰，戌、丑爲陽，東南、西北，西南、東北相對。

《詩緯》以辰、戌爲陽，丑、未爲陰，東南、東北，西南、西北相對。

二、齊詩五際說之內容

　　《齊詩內傳》有「五際」之名。孟康《注》曰：「陰陽終始際會之歲，於此則有變改之政也。」《後漢書》郎顗上書言「五際之阸」，引《氾歷樞》，謂「司候帝王興衰得失，厥善則昌，厥惡則亡。」蓋天以垂象，地則有符應，若影響，所以譴告人君，責躬修德，使正機平衡，而流化興政也。〈十月之交〉篇，鄭《箋》曰：「日月交會而日食，陰侵陽，臣侵君之象。」言此非常之事，處於困阸之中。

　　據《齊詩內傳》，五際爲「卯、酉、午、戌、亥」；而《詩緯》所引者唯有四。迮鶴壽〈戌際爲十月之交解〉云：「緯書出於哀、平之世，卯、酉、午、亥四際襲用《齊詩》舊說；獨土行一際則改戌爲辰，故不云戌際爲某篇也。然則戌際究係何篇？嘗據『四始五際』之部份推之，酉爲〈祈父〉，自〈祈父〉至〈沔

水〉百有十篇，以大數除之，又加小數十篇，方滿酉際一部。然酉爲陰金，戌爲陽土，以陰乘陽則退一數，自〈鶴鳴〉至〈正月〉止九篇，而其下〈十月之交〉即爲戌際也。元帝初元二年地震，翼奉奏〈封事〉曰：『竊學《齊詩》，聞五際之要，〈十月之交〉篇。』今按：初元二年歲在申戌，而翼氏引〈十月之交〉，則是篇爲戌際明矣。」以迮氏之說，《漢書・元帝紀》，初元二年，大震於隴西郡，壓殺人衆，山崩地裂，水泉涌出，〈十月之交〉篇云：「百川沸騰，山冢崒崩。」而翼氏引之，則戌際爲〈十月之交〉篇明矣。〔註33〕

又以翼氏十二支陰陽圖觀之，辰、未、戌、丑四者皆居土位，而戌土獨何爲一際乎？一說五際以陽始，以陽終；亥爲陽水，故爲始；戌爲陽土，故爲終，以陰陽終始理論言之，似可如是言之。然翼氏以戌、丑屬陽土，丑亦陽土，何以不爲一際？或曰：「土生於午，壯於戌，死於寅。丑之爲土，其氣衰耗，不如戌之爲土，其氣壯盛也。」則五行相生、相勝之義言之，其理則又然矣。迮鶴壽云：「五際始於亥，亥爲陽水，其際爲革命。丑爲陽土，去革命之時甚近，子爲陰水，受制於陽土，不能起而間之，則丑土之於亥水一氣相承，安得別爲一際？唯戌爲陽土，居向晦之時，陰氣蒙之，極陰生陽，故獨爲一際也。至於辰爲陰土，居陰木之後，未爲陰土，居陰火之後，以陰承陰，無所變革，其不爲際明矣。」〔註34〕迮氏之說是也。今按：《春秋繁露・五行相生篇》云：「天地之氣，合而爲一，分爲陰陽，判爲四時，列爲五行。」《齊詩》之「四始」蓋仿天有四時之變，「五際」則爲十二辰陰陽晦明之變也。糜文開先生云：

> 此以一日十二時爲例，以言終始際會，而配以詩篇也。亥終子始，另成一日，而有新命，故亥爲革命。卯時日出，夜終畫始，故爲陰陽交際。午時日中而昃，陽初謝而陰始興也。酉時日落，陰大盛而陽已微也。〈天保〉之詩曰：「如日之升。」以配卯也；〈祈父〉之詩曰：「胡轉予于恤，靡所止居。」日暮無所止，以配酉也；〈采芑〉之詩曰：「如霆如雷。」雷霆興雨而陽謝，以配午也；〈大明〉之詩曰：「有命自天，命此文王。」以殷周革命配亥也。〔註35〕

至於〈十月之交〉之詩曰：「百川沸騰，山冢崒崩。」言天有非常之變，極陰

〔註33〕見《漢書》本《傳》上封事。
〔註34〕見〈戌土獨爲一際解〉。
〔註35〕見《詩經欣賞與研究・（二）齊詩的五際六情》一文。

生陽之事也。故以糜氏一日十二辰說五際，最得翼氏《詩》說之意。又據《漢書》翼奉引對曰：「師法用辰不用日。」〔註36〕則糜氏之說更近於理矣。《齊詩》五際說之取用詩篇皆爲「斷章取義」與全篇詩旨無關，由此可知。

齊詩五際圖

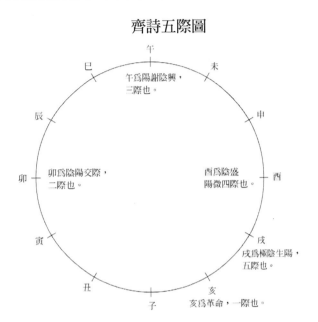

綜上所述，《齊詩》「四始五際」之理，迮氏說之最得當。其言云：「四始皆陽，木、火、金、水分布於四方，故爲四始。土無始者，土爲五行之君，周流於四者之間，循環無端也。五際終始皆陽，中間皆陰，自亥至寅，漸入陽剛；亥爲陽水，以一陽起群陰之中，君子所以經綸草昧，開國承家，故亥爲一際也。自寅至酉，正在光明，卯爲陰木，午爲陰火，酉爲陰金，其象暗昧，國家於此當有變改之政，故卯、午、酉各爲一際也。自酉至戌，漸入陰柔，戌爲陽，以一陽陷群陰之內，國家於此必有災異之應，故戌爲一際也。四始起於亥，天一生水也；五際止於戌，天五生土也。」〔註37〕故《齊詩》始際之說當以翼氏說爲正。《詩緯》出在哀、平之世，《齊詩》未亡，造《詩緯》者襲舊說而用之，而有稍變，除改戌際爲辰際之外，辰際則以〈南陔〉詩實之。〔註38〕迮鶴壽云：「哀帝時尙在戌際，夏賀良等謂漢歷中衰，當更受命，宜急改元易號，乃僞造諸緯以濟其反道惑眾之私。其所以必改者，戌際

〔註36〕見本《傳》引對。
〔註37〕見〈四始五際名義〉。
〔註38〕見〈辰際爲南陔解〉。

〈十月之交〉諸詩皆敘災變，不如辰際〈南陔〉諸詩詠歌太平，可以援引爲符瑞，乃取『辰爲天門』一語附會之，而以卯、酉、午、亥、辰爲五際，與《齊詩》名同而實異矣。」〔註39〕

《齊詩》以詩篇配歷，言災異之應，而存諷諫之微言大義於其間。故「亥爲〈大明〉，天下初定；卯爲〈天保〉，君臣交勉；午爲〈采芑〉，中興事業；酉爲〈祈父〉，政治廢弛，急宜改革；至戌爲〈十月之交〉，則天變見於上，地變見於下，王者所當恐懼修省也。」〔註40〕此即《漢書》所謂「假經立誼」之旨，所以垂戒示王，以助王行仁；而《詩緯》改戌際爲辰際，實以〈南陔〉，則以歌頌太平，已大失《齊詩》之本義。然則，五際以亥始。天一生水也，不以戌際終，舉其始而忘終，失陰陽終始之理。故言五際，當以《齊詩內傳》爲定，《詩緯》之說非也。

第四節　齊詩之五性六情

《春秋繁露・陰陽義篇》云：「天亦有喜怒之氣，哀樂之心，與人相副，以類合之，天人一也。」齊學多言天人之應，翼氏上〈疏〉謂《詩》之爲學，情性而已；《詩緯》謂《詩》者天地之心。凡此，皆言天人之應。王者所當務者，在觀天地之情而已。故曰：「觀性以歷，觀情以律，明主所宜獨用，難以二人共也，故曰：『顯諸仁，藏諸用。』露之則不行，獨行則自然矣。」

且《繁露・王道通三篇》以造字「三畫連其中」爲王，能貫通天地人者，則王者也。天之顯在仁，王者亦效天之施，取仁於天而行仁，故曰：「顯諸仁。」天既以愛利爲意，長養爲事，則王者亦當愛利天下爲意，安樂一世爲事，王之好惡喜怒，乃如天之春夏秋冬也。故言「人主之大守，在於謹藏而禁內，使好惡喜怒必當義乃出，而未嘗差，如春、秋、冬、夏之未嘗過，可謂參天矣。」故翼氏曰：「藏諸用。」《詩》本爲情性之學，《齊詩》更納之於歷律說之，執律以御情，以爲人主用以知下參實之具也。翼氏云：

> 臣聞之於師，治道要務，在知下之邪正；知下之邪正，在於六情
> 十二律而已。北方之情好也；好行貪狠，申、子主之。東方之情
> 怒也；怒行陰賊，亥、卯主之。貪狠必待陰賊而後動，陰賊必待

〔註39〕見〈改戌際爲辰際解〉。
〔註40〕見〈詩緯篇數不合解〉。

貪狠而後用；二陰並行，是以王者忌子、卯也，《禮經》避之，《春秋》諱焉。南方之情惡也，惡行廉貞，寅、午主之。西方之情喜也，喜行寬大，巳、酉主之。二陽並行，是以王者吉午、酉也。《詩》曰：「吉日庚午」。上方之情樂也，樂行姦邪，辰、未主之；下方之情哀也，哀行公正，戌、丑主之。辰、未屬陰，戌、丑屬陽，萬物各以其類應。今陛下明聖，虛靜以待物至，萬物雖眾，何聞而不諭？豈況乎執十二律而御六情，於以知下參實，亦甚優矣，萬不失一，自然之道也。

此少君執律御情之道也。所謂：「觀性以歷，觀情以律。」者，王者以參六合、五行，而省臣下進退也。茲疏於下：

謂北方之情好者：孟康曰：「北方水，水生於申，盛於子。水性觸地而行，觸物而潤，故多好；好則貪而無厭，故爲貪狠也。」

謂東方之情怒者：孟康曰：「東方木，木生於亥，盛於卯。木性受水而生，貫地而出，故爲怒；以陰氣賊害物，故爲陰賊。」

南方之情爲惡者：孟康曰：「南方火，火生於寅，盛於午。火性炎猛，無所加受，故爲惡，其氣精專嚴整，故爲廉貞。」

西方之情喜者：孟康曰：「西方金，金生於巳，盛於酉。金之爲物，喜以利刄加於萬物，故爲喜；利刄所加，無不寬大，故曰寬大也。」

上方之情樂者：孟康曰：「上方謂北與東也。陽氣所萌生，故爲上。辰，窮水也；未，窮木也。」〈翼氏風角〉云：「木落歸本，水流歸末。故木利在亥，水利在辰，盛衰各得其所，故樂也。水窮則無隙不入；木上出，窮則旁行，故爲姦邪。」

下方之情哀者：孟康曰：「下方，謂南與西也。陰氣所萌生，故爲下。戌，窮火也；丑，窮金也。」〈翼氏風角〉云：「金剛火強，各歸其鄉，故火刑於午，金刑於酉；酉、午，金、火之盛也。盛時而受刑，至窮無所歸，故曰哀也。火性無所私，金性方剛，故曰公正。」茲以圖示如下：

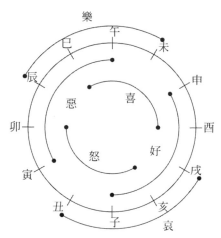

北方之情好，申、子主之。　　　東方之情怒，亥、卯主之。

南方之情惡，寅、午主之。　　　西方之情喜，巳、酉主之。

上方之情樂，辰、未主之。　　　下方之情哀，戌、丑主之。

　　此翼氏所言「性情」之學也，皆屬於齊學陰陽律歷之占。匡衡云：「《詩》者，原性情而明人倫也。《傳》曰：審好惡，理性情，而王道畢矣。」〔註41〕匡衡所引之《傳》，當是《齊詩傳》也。故可徵以《詩》爲性情之學，本是《齊詩》說也。喬樅述翼氏《詩》說云：「人爲陰陽之精；情性者，人所稟天地陰陽之氣也。觀性以歷，歷居陽而治陰；觀情以律，律居陰而治陽。律歷相迭爲治也，其間不容紊。此聖人所以統天地之心，著善惡之歸，明吉凶之分，通人道之正也。」〔註42〕今據五行之大義，五行在人爲性，仁、義、禮、智、信是也；六律在人爲情，喜、怒、哀、樂、好、惡是也。五性處內，御陽，喻收五藏；六情處外，御陰，喻收六體。性由內出，情自外來，情勝性則亂，性勝情則治。〔註43〕故翼氏謂人主宜虛靜以待物至，執十二律以御六情而爲治者也。

　　糜文開先生云：「《詩》含五際六情者，興、觀、群、怨之謂也。觀與群，所以察風俗而正人倫，故五際即五倫也。興與怨，所以抒哀怨而正性情，故六情乃喜、怒、哀、樂、好、惡，析情爲六，欲其發而皆中節也。《齊詩》則六情亦與十二支相配，更轉爲廉貞、寬大、公正、姦邪、陰賊、貪狼六德。」

〔註41〕見《漢書》本傳上疏。

〔註42〕《齊詩翼氏學疏證》卷一。

〔註43〕《白虎通義》引〈樂動聲儀〉文略同。

〔註44〕

　　然而，《齊詩》五際六情者，皮錫瑞云：「陰陽災異之類。」《白虎通》說「五性六情」即據齊詩之說。〔註45〕其術極爲幽渺，少君上〈封事〉稱「明主所宜獨用，難與二人共也。」，《漢書》本傳亦稱唯奉能用之，難說學者莫能行也。

第五節　以翼氏說考齊詩之次第

　　《齊詩》篇名、章數、句數等與今存《毛詩》之本略有不同。如〈齊風・還〉一篇，《齊詩》名〈營〉，見於〈地理志〉；所載〈小雅・都人士〉篇首章「狐裘黃黃」句，《禮記・鄭注》、《左傳・杜注》皆稱其爲佚詩；〈周頌・般〉篇「於繹思」句，乃《齊詩》所無，皆是也。至於《齊詩・國風》，王氏《困學紀聞》引曹粹中《詩說》，以爲《齊詩》先〈采蘋〉而後〈草蟲〉，二〈雅〉《齊詩》並無笙詩六篇；而鄭《箋》以更〈十月之交〉、〈雨無正〉、〈小旻〉、〈小宛〉四篇屬屬王詩，主張移其次第於〈六月〉之前。迮氏云：「嘗以四始五際之部分核之，若移〈十月之交〉四篇於〈六月〉之前，則〈采芑〉不得爲午際，〈十月之交〉不得爲戌際矣。若無笙詩六篇，則二〈雅〉百有五篇，亦不滿天地之倍數百有十矣。」〔註46〕迮氏因此主張《齊詩》篇第與毛氏相同。

　　今考魯、齊、韓三家以三百五篇爲定本，並無笙詩六篇，《史》、《漢》彰彰可考。今以翼氏四始五際分部核之，《齊詩》之有六笙詩，此蓋由齊詩以《禮》說《詩》，據《儀禮》而增之，《毛詩》亦采用之，而鄭箋《毛》更申之是也。

〔註47〕

　　《齊詩》五際六情說在翼奉時大行。武、宣之後，元、成之間，外戚專擅，國庫空虛，時人漸有厭漢之心（見顧頡剛〈五行終始說下之政治和歷史〉，第九節「漢帝應讓國及再受命說」）〔註48〕故學者多引災異說以示儆漢廷。至哀、平之世，《詩緯》已出，《推度災》云：「卯、酉之際爲改政，午、亥之際

〔註44〕見《詩經欣賞與研究・（二）齊詩的五際六情》。
〔註45〕見《白虎通義・情性篇》。
〔註46〕見〈四始五際分部例〉及〈八部詩循環圖〉。
〔註47〕見本論文「鄭康成之詩經學」章。
〔註48〕見《古史辨》第七冊。

－143－

為革命。」卯、酉之際，由陽而入陰，王者宜自審慎，所以保天命也；午、亥之際，至於極陰，國勢大隤，災異薦臻，則當有新受命之君。《汎歷樞》云：「午、亥之際為革命，《詩》稱『肆伐大商，會朝清明。』」顧氏以為此乃時人偽造緯說，所以呼籲漢讓國也。

齊詩二雅「詩篇配律」圖

第七章　韓詩遺說及其價值

　　魯學與齊學各自成鮮明壁壘，而《韓詩》亦自名家。蓋燕地自成一學，《韓詩》以出於燕地，故名也。蒙文通《經學抉原》云：「魯學謹篤，齊學恢宏，風尚各殊者，正以魯固儒學之正宗，而齊乃諸子所萃聚也。〈藝文志〉《論語》有〈燕傳說〉三篇，〈儒林傳〉以燕韓太傅《詩》不如韓《易》深。齊、魯之外復見有燕學。井研廖先生〔註1〕以燕學同於齊學，蓋燕之風尚素與齊同，燕之儒生多自齊往故也。〔註2〕《史記》云：「燕昭王收破燕之後，乃卑辭厚幣以招賢者。於是樂毅自魏往，劇辛自趙往，鄒辛自齊往；齊有稷下，燕有碣石之宮，其事一也。則燕學者，齊學之附庸也。」

　　《漢書・儒林傳》敘《韓詩》之起源，曰：「韓嬰，燕人也。孝文時為博士，景帝時至常山太傅。嬰推詩人之意，而作內、外《傳》數萬言，其語頗與齊魯閒殊，然歸一也。〔註3〕淮南賁生受之，燕、趙閒言《詩》者，由韓生。韓生亦以《易》授人，推《易》意而為之《傳》，燕、趙閒好《詩》，故其《易》微，唯韓氏自傳之。武帝時嬰嘗與董仲舒論於上前，其人精悍，處事分明，仲舒不能難也。」韓生之為《詩》，乃推詩人之意而為之《傳》；其於《易》也，則推《易》意而為《傳》，然則《韓詩》以博採善推而成其學也。

第一節　韓詩之推詩人之意

　　《韓詩》因經、傳分別，《傳》獨立於《經》之外。陳壽祺云：「考《漢

〔註1〕廖平，四川井研人。清文宗咸豐二年生，民國21年卒，其論經學凡經六變，故初號四益，晚號五譯，又更號六譯，由其學說之變也。

〔註2〕此廖平經學說二變時期之說，尚為平實可從，由學術環境與所揭事例言之，多有合者，故據之。

〔註3〕此段全襲《史記・儒林傳》而來。

書‧藝文志》載《詩經》二十八卷，魯、齊、韓三家。又《韓故》三十六卷，《韓內傳》四卷，《韓外傳》六卷，《韓說》四十一卷。是其《經》、《傳》異處也。」〈漢志〉謂三家《詩》取《春秋》，採雜說，咸非本義，此於《韓詩》尤然。蓋《韓詩》之特徵即在推《詩》意而爲《傳》，史、漢〈儒林傳〉皆言之詳矣。由〈漢志〉著錄之《韓詩》著作推之，三十六卷之「故」應爲訓詁字句之作；內、外《傳》則韓生所著，以之推演詩人作意者，大抵引《詩》以證事者多，非引事明《詩》者也。至於《韓說》四十一卷，則〈漢志〉所謂「採雜說」者，其無關於《詩》三百篇本文，則爲顯然也。徐復觀云：「齊、韓《詩》之重點在《傳》不在《故》，《魯詩》之重點在《故》而不在《說》。」〔註4〕此〈漢志〉獨謂魯最爲近之故也。

　　《韓詩》之出也早，唯除《外傳》十卷之外，其餘皆早已亡佚不傳。《隋書‧經籍志》載有《韓詩》二十二卷，《薛氏章句》；而《唐書‧藝文志》則載：「《韓詩》，卜商序，韓嬰《注》二十二卷；《外傳》十卷。」陳喬樅云：「然觀唐人經義及類書所引《韓詩》，要皆《薛氏章句》爲多，至於《內傳》僅散見一二焉。據《後漢書‧儒林傳》言薛漢世習《韓詩》，父子以章句著名；又言杜撫受業於薛漢，定《韓詩章句》，其所作《詩題約義通》，學者傳之，曰《杜君注》，疑《唐書‧藝文志》所載當即此種，故卷數與〈漢志〉不同，雖題爲韓嬰注，知非太傅之舊本。」是也。

　　由於《韓故》、《韓詩》內、外《傳》、《韓說》中，《故》、《說》已亡佚，《內傳》之文由唐經籍與類書所引，尚可僅見。於是比較內、外《傳》之文，大概可得《韓詩》推演《詩》意之法。茲以〈周南‧漢廣〉一詩爲例說之：

　　　〈韓詩序〉曰：「〈漢廣〉，悅人也。」〔註5〕

　　　《韓詩內傳》曰：「鄭交甫遵彼漢皋臺下，遇二女。與言曰：『願請子之佩。』二女與交甫；交甫受而懷之，超然而去。十步，循探之，即亡矣。迴顧二女，亦即亡矣。」〔註6〕

　　　今按：〈韓詩序〉：「〈漢廣〉，悅人也。」應是〈漢廣〉此詩之詩旨，內容爲愛慕游女，求而不得者也。《內傳》則就「漢有游女，不可求思。」句，

〔註4〕見徐復觀《中國經學史的基礎》。

〔註5〕《昭明文選》三十四，曹植〈七啓〉：「諷〈漢廣〉之所詠，覯游女於水濱。」李善《注》引。

〔註6〕《文選》十二，郭璞〈江賦注〉。

實之以鄭交甫與游女故事，此謂推《詩》之意也。至於《韓詩外傳》則推拓詩人之意，更遠離於全詩大義，僅就游女一事而論守禮節之義理。《外傳》一云：

> 孔子南遊適楚，至於阿谷之隧，有處子佩瑱而澣者。孔子曰：「彼婦人其可言矣。」抽觴以授子貢曰：「善爲之辭，以觀其語。」子貢曰：「吾北鄙之人也。將南之楚，逢天之暑，思心譚譚，願乞一飲，以表我心。」婦人對曰：「阿谷之隧，隱曲之氾，其水載清載濁，流而趨海。欲飲則飲，何問婦人？」受子貢觴，迎流而挹之，奐然而溢之，坐置沙上，曰：「禮固不親授。」子貢以告。孔子曰：「某知之矣！」抽琴去其軫，以授子貢，曰：「善爲之辭，以觀其語。」子貢曰：「嚮子之言，穆如清風，不悖我語，和暢我心。於此有琴而無軫，願借子以調其音。」婦人對曰：「吾野鄙之人也。僻陋而無心，五音不知，安能調琴？」子貢以告，孔子曰：「某知之矣！」抽絺綌五兩以授子貢，曰：「善爲之辭，以觀其語。」子貢曰：「吾北鄙之人也。將南之楚，於此有絺綌五兩，吾不敢當子身，敢置之水浦。」婦人對曰：「客之行差遲乖人，分人賫財，棄之野鄙。吾年甚少，何敢受子？子不早去，今竊有狂夫守之者矣。」《詩》曰：「南有喬木，不可休思。漢有游女，不可求思。」此之謂也。

觀《外傳》之文，所言阿谷之隧之處女知禮守節事，竟使夫子爲調戲之人。且三百篇之作在孔子之前，則知此非詩之本義甚明也。故觸類引伸，斷章取義，《韓詩》多引《詩》以證事，非引事以明《詩》，其風發議論，乃與《詩》本義渺不相涉也。皮錫瑞《經學通論》曰：「故《詩》有本義、有旁義、有斷章取義。以旁義爲正義則誤，以斷章取義爲本義尤誤。其義雖並出於古，亦宜審擇，難盡遵從。」是也。蓋韓生善推詩人之意，內、外《傳》之文，上推天人性理之原，下究萬物言動之情，有聖門商、賜言《詩》之意，故《史》、《漢》皆謂其言與齊、魯閒殊，而其歸則一也。

第二節　韓詩之特色及其價值

《詩》三百篇皆詩人有所鬱積，發爲咨嗟詠歎之音，蓋有爲之作也。〔註7〕

〔註7〕見《史記·孔子世家》。

其中有周代原始之樂章，〔註8〕有道當時政治人事之文辭。詩人就當前事、眼前景，咨謀於心，引譬連類，作爲歌辭，結構篇章，是《詩》有原始之本義也。乃時世縣渺，其本義遂夐絕而鮮爲人知。此原始之詩辭，經采集與潤飾雅化〔註9〕之後，纂著成爲典籍，作詩之本義更爲茫昧難詳。而三百篇之辭典雅精深，深爲世人喜愛，春秋列國士大夫於聘問盟享之間，往往以之賦《詩》道志，斷章取義，折衝樽俎之間。故誦《詩》三百，授之以政，爲使專對，皆引用《詩》辭，用之於言語也。遞及戰國爭雄，新聲亂雅，《詩》、《頌》失所，唯諸子以詩辭著論、游說，亦取斷章之法，譬事說理，自爲一家，而無關於全詩之宏旨也。

兩漢經秦燹之後，五經漫滅，師儒講學，遂亦蔚蔚彬彬。《詩》之有四家，猶《春秋》之分爲五，馳騁翰墨之場，爭趨於言辯之間。故自《魯詩》爲訓以教，齊、韓亦爲《傳》以說，咸取《春秋》，采雜說，以取時重，而自名家，立於學林，廣授其生徒也。

《韓詩》崛起於齊、魯之間，雖以雜取爲長，亦自有特色。約而論之，厥有數端：

一曰：韓詩保存兩漢詩學傳說之內容。

三家《詩》之異同，在「推詩人之意」之「傳」與「說」，文字訓詁之同異尚在其次也。齊、魯《詩》之「傳」、「說」、「記」皆早已佚亡，所存者多斷簡殘篇，無以窺其全豹。唯《韓詩外傳》獨存，可補其闕亡焉。

如前所舉，〈漢廣〉一詩之例，內、外《傳》皆就游女一事細加推闡。《內傳》既詳言游女之事，《外傳》則使子貢觀游女之志，驗先王德澤之短長也。王先謙云：「《列女傳》六、《韓詩外傳》一，載孔子、子貢見阿谷處女事，終引此詩。則說《詩》者推演之詞，不爲正訓。」是矣。〔註10〕而內、外《傳》之言，並非荒誕無稽之說。何者？徐璈云：「游女之爲漢神，猶《楚詞》之有湘君、湘夫人也。鄭交甫事未審係何時代，亦以證漢神之實有耳。《詩》以漢女之神不可犯興之子，非謂游女即之子也。」漢之游女爲漢水之神，證之於《焦氏易林》，劉向《列仙傳》皆言如是，故三家皆有此說，唯《韓詩》詳述其事也。即朱子作《集傳》亦採此爲說，〔註11〕日人白川靜以爲〈漢廣〉爲

〔註 8〕 《詩經》中有可作爲典禮之樂章者，如〈葛覃〉、〈桃夭〉之類；有不爲典禮作之散樂，如〈關雎〉、〈卷耳〉者。

〔註 9〕 見屈萬里先生〈論國風非民間歌謠的本來面目〉，《書傭論學集》。

〔註10〕 見王先謙《詩三家義集疏》。

〔註11〕 朱子《詩集傳》謂江漢之俗其女好游，漢、魏以後猶然。

古山川歌謠，採詩者如辭實之者是也。〔註12〕以上諸家或據民俗言之，或據詩歌創作之理論言之，要皆說明《韓詩》之言未必爲無據也。〈毛詩序〉謂文王道化南國，無思犯禮，求而不可。此語實迂濶，不能言其事實，又政教氣味太濃，非作詩本意甚明。今人若欲考古代歌詠情形，《韓詩》所保存古傳說之內容，較《毛詩》爲多，亦不可昧也。又《韓詩內傳》詳古器物之制，如說飲器，曰：「一升曰爵；爵，盡也，足也。二升曰觚；觚，寡也，飲當寡少也。三升曰觶；觶，適也，飲當自適也。四升曰角；角，觸也，不能自適觸罪過也。五升曰散；散，訕也，飲酒不自節，爲人訕謗也。總名曰爵，其實曰觴。觴，餉也。觥亦五升，所以罰不敬也。觥，廓也，所以著明之貌。君子有過，廓然者明，非所以餉，不得名觴。」爲此一爵之名，不彈費辭，取音同、音近之字句以訓釋之，乃古訓詁之淵藪。故《韓詩》雖於詩義較少著言辭，而引申推求旁義則多，不可廢也。

　　二曰：**韓詩多斷章取義，與戰國諸子引詩同風。**

　　《左傳》襄公二十八年載：「癸臣子之，有寵，妻之。慶舍之士謂盧蒲癸曰：『男女辨姓。子不辟宗，何也？』曰：『宗不余辟，余獨焉辟之？賦《詩》斷章，余取所求焉，惡識宗！』」春秋列國大夫往來宴享會盟，率賦《詩》斷章，以相酬答。杜預《注》曰：「譬如賦《詩》者，取其一章而已。」詩篇中有一章或一句之足以表情者，則取之，爲其所求也，則毋須顧慮全篇之義，此春秋賦《詩》之風氣也。〔註13〕迄於戰國，賦《詩》之風氣寢息。蓋新聲興起，〈雅〉、〈頌〉失所，詩樂分離，已成爲定局，代之以起者，則散歌俗樂也。故魏文侯端冕而聽古樂輒欲臥，〔註14〕孔子疾鄭聲之亂雅樂，皆〈雅〉、〈頌〉失所，賦《詩》風氣不存之證也。

　　賦《詩》風氣既寢，而儒者言《詩》，則引之以論學。《論語·學而篇》云：

　　　　子貢曰：「貧而無諂，富而無驕。何如？」子曰：「未若貧而樂，富而好禮者也！」子貢曰：「《詩》云：『如切如磋，如琢如磨。』其斯之謂乎？」子曰：「賜也！可與言詩也已矣！告諸往而知來者！」

〔註12〕見白川靜《詩經研究》。
〔註13〕詳見《師大國研所集刊》二十七集，奚敏芳〈左傳賦詩引詩之研究〉。
〔註14〕見《禮記·樂記》。

故巧笑、美目，夫子以之論繪事後素之理；〔註15〕而子夏深悟禮後之義，〈碩人〉之詩因此難窺其旨。儒者論學亦是斷章而取《詩》義也。自雅樂之寢絕，器樂代興，賦《詩》道志之事不行，而縱橫遊說之士騁辭辯言，亦罕及於《詩》。《詩》之留傳於眾口者，則僅儒者之講學也。《左傳》多記孔子與時人之引《詩》，或以之臧否人物，或以之論斷時事，或以之證理申義。其所引《詩》，多失本義，有引申之者，有譬喻之者，有斷章取義者，不名於一端。故《詩》之自言語之應用，乃降而爲論事譬理之資據矣。

其後《詩》再降而爲諸子著論之引用，其中則以儒者爲主流。《孟子》、《荀子》、《大學》、《中庸》者是也。孟子「序《詩》、《書》，述仲尼之意。」其於《詩》、《書》之所謂「序」者，梁玉繩曰：「七篇中言《書》凡二十九，援《詩》凡三十五，故曰敘《詩》、《書》。」〔註16〕然則，孟子之敘《詩》、《書》，非以次序排比三百篇之辭，乃講論其大義之謂也，其論說事理之間，引《詩》語以證說義理。而此一引《詩》方式，則爲《學》、《庸》、《荀子》之所繼承。又孟子曰：「說《詩》者不以文害辭，不以辭害志。」「以意逆志，是爲得之。」唯是說《詩》者之志，往往並非作者之志。如孟子引〈魯頌・閟宮篇〉：「《詩》云：『戎狄是膺，荊舒是懲，則莫我敢承。』無父無君，是周公之所膺。」〈閟宮〉所述魯僖公從齊桓伐楚事，故云：「荊舒是懲。」孟子則以此詩繫於周公。蓋引《詩》在斷章而用之，於〈閟宮〉一詩作之時代與本義，皆不必涉及，故於《孟子》欲求詩本義，則不可得也。

荀子乃先秦儒家之殿軍，兩漢經學之規模亦奠於荀子一人。荀子論述，引用經籍，往往求合於禮義之歸。以《詩經》而論，儒者系統歸納三百篇而著論者，厥爲荀子；而荀子引《詩》亦取斷章之應用，與孔、孟說《詩》之法同也。

《荀子》一書引用《詩》者有八十二次，〔註17〕其說《詩》之形式，則爲《韓詩外傳》所繼承。就現存《韓詩外傳》觀之，其引《荀子》以說《詩》者四十有四，《外傳》往往引「《傳》云」者，即《荀子》之文，顯然可見《荀子》影響《韓詩》之多也。如《韓詩外傳》卷一：「《傳》曰：『在天者莫明乎日月，在地者莫明乎水火。』云云」實據《荀子・天論篇》文也；《外傳》卷二：「《傳》曰：『雩而雨者何也？』曰：『無何也，猶不雩而雨也。』云云」，

〔註15〕見《論語・八佾篇》。
〔註16〕見糜文開〈孟子與詩經〉一文引。
〔註17〕見裴溥言〈荀子與詩經〉一文。

亦據《荀子・天論篇》也。如是之例，不勝枚舉。

夫自《詩》篇流行，春秋列國大夫會盟宴享，賦《詩》道志，皆斷章取義；戰國諸子游說著論，引《詩》並不涉及全篇，亦斷章爲之；二者皆無關全詩之義。《韓詩》承襲賦詩斷章之傳統，以雜采博徵而成其學，凡一切經子載籍之事蹟，莫不在徵引之列，倘欲由《韓詩》求詩本義，不亦太難乎。

三曰：**必韓、毛合觀，詩義始備。**

漢四家《詩》齊、魯先亡，斷簡殘篇，難窺全貌。《韓詩》傳者雖少，而至趙、宋之間，其外《傳》猶存，而可據以考《毛詩》。類書所引，有可與《毛詩》互詮者也。故必韓、毛合觀，而後《詩》義始完備。蓋四家《詩》，今本唯《毛詩》獨存，而《毛傳》簡略，其意有未盡，治《韓詩》足補其闕。試論其事，有數端焉：

（一）曰：得韓說而毛義益顯。〈鄘風・君子偕老〉：「委委佗佗」《毛傳》云：「委委者，行可委曲從迹也；佗佗，德平易也。」《釋文》引《韓詩》曰：「佗佗，德之美貌。」《眾經音義》引之則曰：「逶佗，德之美貌也。」與《毛傳》合觀之，則《毛傳》謂之「行可委曲從迹」者，行謂德行也，非謂其行步之美也。此與《爾雅・釋訓》：「禕禕佗佗，美也。」舍人《注》：「禕禕者，心之美。」知魯、韓、毛三家之說皆合。故治《韓詩》正可佐《毛傳》之說也。又如〈邶風・匏有苦葉〉：「招招舟子。」《毛傳》云：「招招，號召之貌。」《韓詩》云：「招招，聲也。」王逸《楚詞注》云：「以口曰召，以手曰招。」號召亦必以手招之，故《毛》以貌言；手招亦必以口，故《韓詩》以聲言，必合毛、韓二家而《詩》義始備也。

（二）曰：《韓詩》義有較《毛傳》、《鄭箋》爲優者，可據以訂毛、鄭之失。〈衛風・氓〉詩：「靡室勞矣。」靡字《毛傳》不釋，鄭《箋》云：「靡，無也。無居室之勞，言不以婦事見困苦。」陳喬樅云：「然詳詩下文『夙興夜寐，靡有朝矣。』言早夜操作，已非一朝，則上文『三歲爲婦，靡室勞矣。』當言三歲之中，同居共其苦，方與下語氣一貫，自宜以靡訓共，其義始合；又《列子・說符篇》：『強食靡角，勝者爲制。』《注》引《韓詩傳》曰：『靡，共也。』言相其角力以求勝也。」是《韓詩》有可以補《毛傳》不足，而訂鄭《箋》之失者也。又如〈小雅・白華〉：「視我邁邁。」《毛傳》云：「邁邁，不說也。」鄭《箋》據之；而《韓詩》曰：「怖怖，意不說也。」《說文》引《詩》同。則邁當即怖之假借，若非有《韓詩》，則《毛傳》義實難通，不能

知其爲何字之假借也。

（三）曰：治《韓詩》可以通古今語言之變，藉以明《詩》義也。〈齊風・猗嗟〉：「猗嗟名兮。」《毛傳》云：「目上爲名。」《玉篇・頁部》：「《詩》云：『猗嗟頔兮。』頔，眉目之間也。」《玉篇》所引是《韓詩》之文，以此知《毛詩》之「名」即「頔」字之古文假借也。〈魏風・葛屨〉：「摻摻女手。」《韓詩》作「纖纖女手」《毛傳》曰：「摻摻，猶纖纖也。」故知《毛傳》以今語喻古語，而《韓詩》即以今字作經文也。〈秦風・小戎〉：「蒙伐有苑。」《毛傳》云：「伐，中干也；苑，文貌。」《玉篇》作「蒙瞂有苑。」則知《毛詩》伐字即瞂字之假借也。故藉由《韓詩》，可知古今語言之變也。

（四）曰：據《韓詩》可考古今民俗之變。《韓詩內傳》曰：「〈溱與洧〉，說人也。鄭國之俗，三月上巳之日，於兩水上招魂續魄，拂除不祥，故詩人願與所說者俱往觀也。」〔註18〕此爲朱子《集傳》所採入，以說〈鄭風・溱洧〉一詩；而清儒姚際恒《詩經通論》批評之，謂其出於漢俗，非所可以釋《詩》。裴溥言先生云：「祓除之事，周代僅爲官家祭禮中之齋戒沐浴，無固定日期，或因事而臨時舉行。西漢初始臨水祓除，或在春，或在秋，仍無固定月日，至東漢始有三月上巳官民同樂之禊事。晉代之禊事漸改以三月三日，不復用巳。且雖稱禊，不一定要水上戒浴，其要在流杯曲水。三日修禊之俗，迄唐而不衰，此祓禊演變之大概也。」〔註19〕薛漢著《韓詩章句》據東漢之俗採之以《說詩》，雖未足以闡詩人之本意，而能存古今民俗之變，以資後世之考證，於民俗文獻有保留之功。由民俗之觀點言之，士之與女偕遊溱、洧之上，折花相贈，戲言相謔，乃敍鄭俗春日游覽之盛，未即據爲淫風流行之證，〈溱洧〉之詩只道當時情景也。《韓詩》實較《毛詩》平實也。

由以上諸端觀之，《韓詩》雖以博采成學，而學者好之，亦傳留不絕。雖以後世功令，課士不取，終致衰微，然其成立自有價值，未可遽廢也。

第三節　韓詩遺說解題

1. 〈關雎〉：《韓詩章句》曰：「詩人言雎鳩貞潔慎匹，以聲相求，必於

〔註18〕《太平御覽》、《後漢書・袁紹傳》注引、《文選》顏延年〈曲水詩序〉注引，又《史記・鄭世家》正義、《續漢志注》、《藝文類聚》、《初學記》所引有詳略之別，其義大同。

〔註19〕見裴普賢〈周漢祓禊演變考〉。

河之洲隱蔽無人之處。故人君退朝，入於私宮，后妃御見，去留有度。應門擊柝，鼓人上堂，退反晏處，體安志明。今時大人內傾於色，賢人見其萌，故詠〈關雎〉，說淑女，正容儀以刺時。」〔註20〕據《後漢書・明帝紀》：「應門失守，〈關雎〉刺世。」則三家中，除《齊詩》因《詩》、《禮》合一，不以〈關雎〉爲刺詩之外，魯、韓二家皆以《詩》諷諫，謂〈關雎〉爲刺世之作也。

5. 〈螽斯〉：《續漢書》順烈皇后曰：「陽以博施爲德，陰以不專爲義。蓋詩人〈螽斯〉之福，則百斯男之祚所由興也。」《續漢書》言順烈皇后治《韓詩》，能舉大義。此爲《韓詩・螽斯》之大義。

7. 〈兔罝〉：劉良《文選注》：「罝，兔網也。殷紂之賢人，退處山林，網禽獸而食之。」《墨子・尚賢篇》：「文王舉閎夭、泰顛於罝罔之中，授之政，西土服。」《韓詩》即採之以說〈兔罝〉，六臣據以注《文選》，與魯、齊、毛俱異，唐時《韓詩》尙存故也。

8. 〈芣苢〉：《韓詩》曰：「〈芣苢〉，傷夫有惡疾也。」〔註21〕薛君云：「芣苢，臭惡之草。詩人傷其君子有惡疾，人道不通，求已不得，發憤而作。以是興芣苢雖臭惡，我猶采采而不已者，以興君子雖有惡疾，我猶守而不離去也。」《韓詩》不以〈芣苢〉爲太平婦人樂有子也。

9. 〈漢廣〉：《韓詩・序》曰：「〈漢廣〉，悅人也。」〔註22〕《韓詩內傳》曰：「鄭交甫遵彼漢皋臺下，遇二女。與言曰：『願請子之珮。』二女與交甫，交甫受而懷之，超然而去。十步，循探之，即亡矣；迴顧二女，亦即亡矣。」〔註23〕與《易林》、劉向《列仙傳》說同，此三家之通說也。

10. 〈汝墳〉：《後漢書・周磐傳・注》引《韓詩》曰：「〈汝墳〉，辭家也。」《薛君章句》注〈汝墳〉卒章曰：「言魴魚勞則尾赤，君子勞苦則顏色變。以王室政教如烈火矣，猶觸冒而仕者，以父母甚迫近飢寒之憂，爲此祿世。」故周磐誦《詩》至此，慨然而歎，乃解韋帶，就

〔註20〕《後漢書・明帝紀・注》引薛君《韓詩章句》，又〈馮衍傳〉注引薛夫子《韓詩章句》同，唯無「應門」至「體安志明」句。
〔註21〕《文選・劉峻辨命論》注引。
〔註22〕《文選・曹植七啓》注引。
〔註23〕《文選・郭璞江賦》注引。

孝廉之職也。

16. 〈甘棠〉：《漢書‧王吉傳》：「昔召公述職，當民事時，舍於棠下而
聽斷焉。是時人皆得其所，後世思其人，恩至乎不伐甘棠，〈甘棠〉
之詩是也。」《韓詩》有王、食、長孫之學；王謂王吉也。則《韓詩》
說〈甘棠〉詩義，與齊、魯同。

18. 〈羔羊〉：《薛君章句》曰：「詩人賢仕爲大夫者，言其德能稱有絜白
之性，屈柔之行，進退有度數也。」〔註24〕此稱美賢大夫之詩也。

19. 〈殷其雷〉：《薛君章句》曰：「振，奮也。殷轔，言眾多也。軍裝，
如軍之裝也。」魏源曰：「此以雷擬軍中車聲之眾，與《傳》、《箋》
殊異。」《韓詩》殆以〈殷其雷〉爲行役不息，妻室思之，盼歸之辭。

25. 〈騶虞〉：《韓詩說》曰：「〈騶虞〉，天子掌鳥獸官。」〔註25〕此三家
之通義也。唯《毛詩》謂〈騶虞〉爲義獸耳。

28. 〈燕燕〉：王伯厚《詩考》云：「〈燕燕〉，《韓詩》以爲定姜歸，其娣
送之而作。」此據《鄭志》答炅模云：「〈坊記‧注〉以〈燕燕〉爲
夫人定姜之詩，先師亦然。」則齊、韓二家說同，以鄭玄初就張恭
祖習《韓詩》故也。

49. 〈鶉之奔奔〉：《韓詩》云：「奔奔疆疆，乘匹之貌。」鄭《箋》云：
「奔奔疆疆，言其居有常匹，飛則相隨之貌。刺宣姜與頑非匹耦。」
《箋》據《韓詩》爲解，與《毛傳》異。《列女傳》云：「詩人以刺
宣姜，謂曾鶉鵲之不若也。」魯、韓後師之說相同。

51. 〈蝃蝀〉：《韓詩‧序》曰：「〈蝃蝀〉，刺奔女也。」《後漢書‧楊賜
傳‧注》云：「詩人言蝃蝀在東者，邪色乘陽，人君淫佚之徵。臣子
爲君父隱藏，故言莫之敢指。」與《傳》、《箋》異，章懷太子蓋據
《韓詩》也。

65. 〈黍離〉：《韓詩》曰：「〈黍離〉，伯封作也。」陳思王〈令禽惡鳥論〉：
「昔尹吉甫信後妻之讒而殺孝子伯奇，弟伯封求而不得，作〈黍離〉
之詩。」陳思王據《韓詩》也。《薛君注》曰：「詩人求己兄不得，
憂懣不識於物，視彼黍離離然，憂甚之時，反以爲稷之苗，乃自知
憂之甚也。」

〔註24〕《後漢書‧王渙傳》注引。
〔註25〕《周禮‧鍾師》疏引。

89. 〈東門之墠〉：《韓詩》曰：「東門之栗，有靖家室。言東門之外，栗樹之下，有善人，可與成為家室也。」《韓詩》蓋不以此詩為刺奔也。

95. 〈溱洧〉：《韓詩內傳》曰：「〈溱與洧〉，說人也。鄭國之俗，三月上巳之日，於兩水之上招魂續魄，拂除不祥，故詩人願與所說者俱往觀也。」

96. 〈雞鳴〉：《韓詩》曰：「〈雞鳴〉，讒人也。」薛君云：「雞遠鳴，蠅聲相似也。」以〈雞鳴〉為刺讒之作，三家詩皆同。

99. 〈東方之日〉：薛君曰：「詩人言所說者，顏色盛美，如東方之日。」《傳》、《箋》以日為君象，《韓詩》以日取譬美人，較協。

112. 〈伐檀〉：《漢書》王吉〈疏〉曰：「今使俗吏得任子弟，率多驕驁，不通古今，至於積功治人，亡益於民，此〈伐檀〉之所為作也。」言無功食祿，〈伐檀〉所刺也。薛君《韓詩章句》曰：「何謂素餐？素者，質也。人但有質朴而無治民之材，名曰素餐。尸祿者，頗有所知善惡，默然不語，苟欲得祿而已，譬若尸祿焉。」《毛》以〈伐檀〉為刺貪之作，《韓》則刺不用賢也。

114. 〈蟋蟀〉：《韓詩》曰：「蟋蟀在堂，歲聿其莫。」《薛君章句》曰：「聿，辭也；莫，晚也。言君之年歲已晚也。」鄭《箋》據《毛傳》曰：「歲時之候，農功畢。」不謂君之年歲之晚，韓、毛義異。

131. 〈黃鳥〉：曹植〈三良詩〉：「秦穆先下世，三臣皆自殘。生時等榮樂，既沒同憂患。誰言捐軀易？殺身誠獨難。〈黃鳥〉為悲鳴，哀哉傷肝腸。」子建用《韓詩》，亦以〈黃鳥〉詩為穆公三臣作也。

134. 〈渭陽〉：《韓詩》曰：「秦康公送舅晉文公於渭之陽，念母之不見也，曰：『我見舅氏，如母存焉』。」〔註26〕

149. 〈匪風〉：《漢書》王吉〈疏〉曰：「臣聞古者師行三十里，疾行五十里。《詩》云：『匪風發兮，匪車揭兮。顧瞻周道，中心怛兮。』《說》曰，是非古之風也；發發者，是非古之車也；揭揭者，蓋傷之也。」王吉治《韓詩》，所引之《說》，蓋即《韓詩內傳》之文。〔註27〕

151. 〈候人〉：《後漢書・李賢注》：「赤紱，大夫之服。《詩・曹風》曰：

〔註26〕《後漢書・馬援傳》注引。
〔註27〕《毛傳》曰：「發發，飄風，非有道之風；偈偈，疾驅，非有道之車。」《韓詩》說與毛不同。

『彼己之子，三百赤紱。』刺其無德居位者多也。」所引「彼己」
《毛詩》作「彼其」；「赤紱」毛作「赤芾」。李賢所引當爲《韓詩》，
於唐時《韓詩》尚存；而「刺無德者居位者多」爲《韓詩》之旨。

152. 〈鳲鳩〉：曹植上〈疏〉曰：「七子均養者，〈鳲鳩〉之仁也。」

154. 〈七月〉：《韓詩》曰：「三之日于耜，四之日舉趾。三月之時可豫取
耒耜修繕之，至於四月始可以舉足而耕也。」以《詩》言農桑之務
也。

155. 〈鴟鴞〉：《韓詩》曰：「鴟鴞鴟鴞，既取我子，無毀我室。鴟鴞，寧
鳩，鳥名也。鴟鴞所以愛養其子者，適以病之。愛養其子者，謂堅固
其窠巢；病之者，謂不知托於大樹茂枝，反敷之葦蒲，風至蒲折巢覆，
有子則死，有卵則破，是其病也。」陳琳〈檄吳將校部曲文〉：「鷾鳩
之鳥，巢於葦苕，苕折子破，下愚之惑也。」則《韓詩》不以〈鴟鴞〉
爲周公救亂也。

164. 〈夫栘〉：《韓詩序》曰：「〈夫栘〉，燕兄弟也。閔管、蔡之失道也。」
〔註28〕據《藝文類聚》所引：「夫栘之華，萼不煒煒。凡今之人，莫
如兄弟。」〈夫栘〉即〈棠棣〉也，《韓詩》說與《毛》同。

165. 〈伐木〉：《韓詩序》曰：「〈伐木〉廢，朋友之道缺，勞者歌其事，
詩人自苦其事，故以爲文。」〔註29〕《初學記》引《韓詩說》：「饑
者歌食，勞者歌事。」《毛詩》以〈伐木〉燕朋友故舊，而《韓詩》
則謂刺朋友道廢也。《三國志》曹植〈疏〉：「遠慕〈鹿鳴〉君臣之宴，
中咏〈常棣〉匪他之誠，下思〈伐木〉友生之義，終懷〈蓼莪〉罔
極之哀。」則凡《毛詩》爲美者，《韓》多以爲刺也。陳喬樅曰：「今
據《韓詩》言詩人伐木自苦其事，故以爲文。則是《韓》以〈伐木〉
爲賦，與《毛傳》以伐木爲興者義異。」故《毛》興其美，《韓》以
賦爲刺，二家異義。

168. 〈出車〉：曹植〈陳選舉疏〉：「文德昭則可以匡國朝，敘百揆，稷、
契、夔龍是也；武功烈則可以征不庭，廣邦境，南仲、方叔是也。」
《韓詩》以〈出車〉爲宣王詩，所謂「征不庭，廣邦境」者，非指
文王也。

〔註28〕見〈呂氏讀詩記〉引。
〔註29〕《文選‧謝混遊西池詩》注引。

174. 〈蓼蕭〉:《韓詩內傳》云:「鸞在衡,和在軾前。升車則馬動,馬動則鸞鳴,鸞鳴則和應,皆所以爲行節也。」〔註30〕鄭《箋》云:「此說天子之車飾者,諸侯燕見天子,天子必乘車迎於門,是以云然。」蓋取《韓》義也。

180. 〈車攻〉:《薛君章句》:「奕奕,盛貌。」〔註31〕陳喬樅云:「奕奕,《毛詩》《傳》、《箋》皆無訓釋,《正義》以爲四牡之馬奕奕然閑習,《韓》以諸侯皆來會,故以盛言之。」《韓詩內傳》曰:「春日畋,夏日蒐,秋日獮,冬日狩。天子抗大綏,諸侯抗小綏,群小獻禽其下,天子親射之菸門。夫田獵因以講道習武簡兵也。」與《毛詩》因田獵而選車徒說合。

187. 〈白駒〉:曹植〈釋思賦〉:「彼朋友之離別,猶求思乎〈白駒〉。」蔡邕〈琴操〉謂〈白駒〉爲失朋友之所作,《韓詩》義與之同。

195. 〈雨無正〉:王氏《詩考》:「〈雨無極〉,正大夫刺幽王也。」引劉安世曰:「嘗讀《韓詩》篇首有『雨無其極,傷我稼穡。』二句。」朱子《集傳》云:「劉說似有理。然第一、二章本皆十句,今遽增之,則長短不齊,非《詩》之例。」今考詩題,例多約束首句爲題,〈關睢〉、〈葛覃〉是也。如〈小旻〉、〈小宛〉,以其詩列〈小雅〉,故於「昊天疾威」、「宛彼鳴鳩」截其首字,而以小字別之。〈雨無正〉無例可尋,若《齊詩》於此詩以「昊天」爲題,則直可破劉說附會穿鑿也。陳喬樅云:「孔氏作《正義》時,《韓詩》尚存,如《韓詩》作〈雨無極〉,且篇首多『雨無其極』二句,《正義》何得無一語及之?」劉說之妄可辨也。今按:〈雨無正〉之題疑《毛詩序》而有。〈序〉云:「雨自上下者也,眾多如雨,而非所以爲政也。」語極不辭,《詩》文明云:「降喪饑饉。」則遭旱仰訴之作也,何得而雨乎?蓋《毛詩》晚出,自標異辭,又驟增劉氏附鑿,滋訟滋多,闕疑之可也。

220. 〈青蠅〉:曹植〈贈白馬王彪詩〉:「蒼蠅間白黑,讒巧令親疏。」以〈青蠅〉爲讒巧間人也。

221. 〈賓之初筵〉:《韓詩序》曰:「衛武公飲酒悔過也。」朱子《集傳》

〔註30〕　《荀子·正論》注引。
〔註31〕　《文選·惠連秋懷詩》注。

云：「按此詩意，與〈大雅・抑戒〉相類，必武公自悔之作，當從《韓》義。」《韓詩翼要》云：「衞武公刺王室，亦以自戒。」三家詩中皆以爲衞武公作之詩，〈淇奧〉列於〈國風〉，〈賓之初筵〉列〈小雅〉，而〈抑〉詩則列在〈大雅〉。

241. 〈思齊〉：《後漢書》順烈梁皇后曰：「〈螽斯〉則百，福之所由興也。」后習《韓詩》，能說大義，《韓詩》以〈思齊〉一詩與〈螽斯〉類，文王藉此而興王也。

243. 〈靈臺〉：薛君《韓詩章句》曰：「文王聖德，上及飛鳥，下及魚鼈。」〔註32〕

247. 〈行葦〉：《吳越春秋》：「公劉慈仁，行不履生草，運車以避葭葦。」按：趙煜詣杜撫受《韓詩》，究竟其術，歸著《吳越春秋》及《詩細歷神淵》，則此當爲《韓說》也。

257. 〈抑〉：《韓詩翼要》：「衞武公刺王室亦以自戒，行年九十有五，猶使人日誦是詩，不離於其側。」〔註33〕據是，則《韓詩》殆謂武公自作，而晚年日誦不悖也。

259. 〈雲漢〉：《韓詩》曰：「對彼雲旱。」注曰：「宣王遭旱仰天也。」〔註34〕

253. 〈江漢〉：《後漢書》馮衍曰：「昔周宣中興之主，齊桓霸強之君耳，猶有申伯、召虎、吉甫、夷吾攘其蝥賊，安其疆宇。」

271. 周頌〈天作〉：《薛君詩傳》曰：「言百姓歸文王者，皆曰：『岐有易道，可歸往矣。』易道，謂仁義之道而易行，故岐道險阻而不難。」《後漢書》朱輔〈疏〉曰：「《詩》云：『彼徂者岐，有夷之行。』《傳》曰：『岐道雖僻，而人不遠。』詩人誦咏以爲符驗。」朱輔所引《詩傳》，與《薛君傳》同，即《韓詩傳》也。

274. 〈時邁〉：《薛君傳》曰：「美成王能奮舒文、武之道而行之。則天下無不動而應其政教。」〔註35〕不以此詩爲巡守告祭山川之樂歌，與魯、齊、毛三家異義。

〔註32〕《文選・曲水詩》注。
〔註33〕《詩正義》引。
〔註34〕《北堂書鈔》錄。
〔註35〕《後漢書・李固傳》注引。

279. 〈振鷺〉：《薛君章句》曰：「鷺，絜白之鳥；西雍，文王之雍也。言文王之時，辟雍學士皆絜白之人也。」〔註36〕

283. 〈雝〉：《韓詩內傳》曰：「禘取毀廟之主，皆升，合食於太祖。」據蔡邕〈獨斷〉：「〈雝〉，禘太祖之所歌也。」韓、魯義同。

301. 〈閟宮〉：薛君曰：「奚斯，魯公子也。言其新廟奕奕然盛，是《詩》公子奚斯所作也。」曹植〈承靈盤銘序〉曰：「奚斯魯〈頌〉。」據此，則《韓詩》謂奚斯作詩非作廟也。孔廣森云：「《韓詩》以是詩為奚斯作，此與『吉甫作誦，其詩孔碩。』文義正同。曼，長也；《詩》之章句，未有長如此篇，故以曼言之。」

商　頌

韓詩《薛君章句》曰：「正考父，孔子之先也，作〈商頌〉十二篇。」〔註37〕《史記・宋世家》云：「宋襄公之時修仁行義，欲為盟主，其大夫正考父美之，故追道契、湯、高宗，殷所以興，作〈商頌〉。」《韓》與《魯》同，皆謂〈商頌〉乃正考父所作也。

302. 〈那〉：《韓詩內傳》曰：「湯為天子十三年，年百歲而崩，葬於徵，今扶風徵陌是也。」〔註38〕《韓詩》亦以〈那〉為祀成湯也。

305. 〈長發〉：《韓詩》曰：「聖敬日躋，言湯聖敬之道上聞於天。」〔註39〕此亦祀成湯之詩也。

306. 〈殷武〉：曹植文曰：「感殷人路寢之義，嘉先民泮宮之事。蓋高宗、僖公嗣世之王，諸侯之國，猶著德于三〈頌〉，騰聲于千載。」以〈殷武〉為祀高宗之詩。魏源云：「《春秋》僖四年：『公會齊侯，宋公伐楚。』此《詩》與〈魯頌〉『荊舒是懲。』皆侈召陵攘楚之伐同時、同事、同詞，故宋襄作〈頌〉以美其父。」王先謙謂魏源之說為定論，〈毛序〉已不足辨，〔註40〕而曹植習《韓詩》，猶以為祀高宗者，時鄭學大行，植參《毛》義而言之也。

蓋尋繹《韓詩》之旨，寡證寥寥。三家《詩》中，《韓詩》為最後亡，而

〔註36〕《後漢書・邊讓傳》注引。
〔註37〕《後漢書・曹褒傳》注。
〔註38〕《御覽》八十三。
〔註39〕《文選・閒居賦》注。
〔註40〕見《詩三家義集疏》。

未能搜著全詩者，乃《韓詩》以博采成學，其說多有與《魯》、《毛》同者，與《齊詩》復渠徑相通。此由劉向著《說苑》、《列女傳》、《新序》取材多與《韓詩外傳》相同，而薛漢傳《韓詩》復通於圖讖，可窺其間消息也。

　　茲篇未取《韓詩外傳》以作解題者，《外傳》多斷章取義，記《春秋》雜說與夫子之言論，多引《詩》以證其事，鮮有引事以證《詩》義者，故不足采為論詩旨之據也。《韓詩外傳》五云：

> 子夏問曰：「〈關雎〉何以為國〈風始〉也？」孔子曰：「〈關雎〉至矣乎！夫〈關雎〉之人仰則天，俯則地，幽幽冥冥，德之所藏；紛紛沸沸，道之所行，如神龍變化，斐斐文章。大哉！〈關雎〉之道也，萬物之所繫，群生之所懸命也。河洛出〈圖〉、〈書〉，麟鳳翔乎郊，不由〈關雎〉之道，則〈關雎〉之事將奚由至矣哉！」

故觸類引伸，推《詩》、《易》之原，以上繫天人性命之理，下究生民萬物之情，欲由之索得《詩》旨，不亦太難乎？雖然，《外傳》之文猶可為言《詩》之助也，是以〈小星〉為勞於仕宦之作，〔註41〕以〈靜女〉、〈雄雉〉為急時之辭，〔註42〕以〈有狐〉、〈鴇羽〉為貧困之詩，〔註43〕亦自為一說，亦須存之，以俟學者考徵也。

〔註41〕見《詩外傳》卷一，陳喬樅云：「《容齋隨筆》以此詩是詠使者遠適，夙夜征行，不敢慢君之意，用《韓》說也。」
〔註42〕《外傳》卷一，迭引〈雄雉〉、〈靜女〉二詩，謂急時辭也。
〔註43〕《外傳》卷三，引「父母何嘗」、「心之憂矣，之子無裳」謂憂衣與食也。

第八章　魯齊韓毛四家詩異文之探究

　　兩漢《詩經》有四家之學，魯、齊、韓三家於前漢已於立學官，是爲今文經；毛氏爲古文，至平帝陳俠公車徵說《詩》時，始獲立於學。故今文三家盛於前漢，古文毛氏則興於後漢也。《漢書・儒林傳》曰：「毛公，趙人也。治《詩》爲河閒獻王博士授同國貫長卿，長卿授解延年；延年爲阿武令，授徐敖，敖授九江陳俠，爲王莽講學大夫。由是言《毛詩》者，本之徐敖。」於《毛詩》之授受源流，述之甚詳。〈藝文志〉則曰：「又有毛公之學，自謂子夏所傳，而河閒獻王好之，未得立。」陸璣《毛詩草木蟲魚疏》云：「孔子刪《詩》授卜商，商爲之〈序〉，以授魯人曾申。申授魏人李克，克授魯人孟仲子，孟仲子授根牟子，根牟子授趙人荀卿。」而陸德明《經典釋文》所錄《毛詩》授受系統，除此之外，又載徐整說云：「子夏授高行子，高行子授薛倉子，薛倉子授帛妙子，帛妙子授河閒人大毛公；大毛公爲《詩故訓傳》於家，以授趙人小毛公。」徐整爲三國時吳太常，與陸璣同時，在毛、鄭之學大行之際，而二人所言不同。陳喬樅謂陸《疏》以大毛公爲受自荀卿，於古傳記無徵，遂徑以陸璣所錄子夏傳曾申系統，爲《魯詩》傳授之源流，〔註1〕宜乎江瀚譏以爲未安，以根牟子直黎丘之鬼耳，何足取重焉？〔註2〕《毛詩》之晚出，〈漢志〉雖於〈儒林傳〉載其傳承，而又於〈藝文志〉不堅信之者，以《毛詩》乃西漢末古學運動之產物也。〔註3〕《後漢書・儒林傳》曰：「衛宏，字敬仲，東海人也。少與河南鄭興俱好古學。初，九江謝曼卿善《毛詩》，乃爲其訓。宏從曼卿受學，因作〈毛詩序〉，善得〈風〉、〈雅〉之旨，于今傳於世。後從大司空杜林更受《古文尚書》，

〔註1〕見〈魯詩敍錄〉。
〔註2〕見《續修四庫全書提要》，〈魯詩遺説考〉江瀚撰評。
〔註3〕見本編第三章，「師法問題今文衰微與古學興起」部分。

爲作《訓旨》。時濟南徐巡師事宏，後從林受學，亦以儒顯。由是古學大興。中興後，鄭眾、賈逵傳《毛詩》，後馬融作《毛詩傳》，鄭玄作《毛詩箋》。」是《毛詩》古文之盛行於東漢之後，於西漢則甚微也。學者不信史傳之文，而信毛氏自援顯師之說，此則滋訟紛起之故也。顧亭林以東漢古文驀出爲大可疑，〔註4〕謂古學興起，言古不言文，東京古文之傳，惟《尙書》而已。而古學自有其學術精神與解經目的，不可以其或非眞古文，即以抵拒廢棄之也。〔註5〕

《文心雕龍・章句篇》云：「夫人之立言，因字而生句，積句而成章，積章而成篇。」故章句在篇，如繭之有頭緒，必原始要終，離合章句，辨其字辭，以考其篇章之義也。今傳《毛詩》，多記古文，或假借，或引申，亦有古今雅俗之別。顧亭林曰：「五經文字不同多矣。有一經之中自不同者，如桑葚見於〈衛詩〉，而魯則爲黮。弢弓著於〈鄭風〉，而秦則爲韔。」〔註6〕然則，考辨四家《詩》異文，庶幾於《詩》義有闡明之助也。

一、國風、周南

1. 關 雎

雎或作鴡，見《經典釋文》。

在河之洲，《說文》：「水中可居者曰州。」爲正。

君子好逑，《齊詩》逑作仇，見《漢書》匡衡〈疏〉。喬樅曰：「仇合之仇當以逑字爲正，逑匹之逑當以仇字爲正。」《毛詩》逑字爲仇之假借。

參差荇菜，《說文》作「槮差莕菜。」《釋文》荇作苦。

輾轉反側，《釋文》輾作展。李富孫云：「古本皆當作展，《說文》：『展，轉也。』今從車旁，則《字林》所加也。」

左右芼之，《釋文》芼作覒，從《韓詩》，覒爲本字也。

鐘鼓樂之，《韓詩外傳》五作「鼓鐘樂之」唯《外傳》一作鐘鼓，同。

2. 葛 覃

葛之覃兮，《魯詩》覃作蕈。

是刈是濩，《釋文》刈又作艾，《爾雅》濩作鑊。

服之無斁，《禮記・緇衣》斁作射，《魯詩》與《齊》同。

3. 卷　耳

卷耳，《爾雅・釋草》作菤耳。

不盈頃筐，《淮南・俶眞訓》作傾筐。

我馬虺隤，《說文》作「痕頹」，《毛傳》云：「病也。」此當以《說文》為正。

我姑酌彼兕觥，姑《說文》作夃；兕觥，《爾雅》作兕觵。

陟彼砠矣，《毛詩釋文》砠作碮，《說文・山部》作岨。

我僕痡矣，〈雨無正〉：「無淪胥以鋪。」《毛傳》：「鋪，病也。」知《毛》本作鋪，後人所改耳。

云何吁矣，《爾雅》吁作盱，《釋文》又作忏，《毛傳》：「吁，憂也。」知字當從心作忏為正，吁、盱皆同音假借也。

4. 樛　木

樛木，《韓詩》作朻。

葛藟纍之，《毛詩釋文》：「藟本亦作蘽，纍，本亦作虆。」

葛藟縈之，《釋文》：「縈，本又作䋣，旋也。《說文》作榮。」

5. 螽　斯

螽斯，《爾雅》作蜇蜇，《眾經音義》作螽蜇，知斯為古文省借之字，蜇為三家今文。

詵詵兮，《說文》引《詩》詵作駪，為三家今文也。

繩繩兮，《爾雅・釋訓》：「憴憴，戒也。」與《毛傳》訓戒慎同。

6. 桃　夭

桃之夭夭，《說文・木部》：「桃之枖枖。」〈女部〉：「桃之㜾㜾。」

其葉蓁蓁，薛君曰：「蓁蓁，盛貌。」《韓》、《毛》同，杜佑《通典》引《詩》作「其葉溱溱。」當為後起之文。

7. 兔　罝

《毛詩釋文》：「菟又作兔。」《楚詞・天問》：「顧菟在腹。」知古又有假菟為兔字者。

赳赳武夫，公侯干城，謝承《後漢書》赳赳作糾糾，蓋據三家。《呂覽‧報更篇》：「公侯扞城。」《毛傳》：「干，扞也。」乃古今字也。

施于中逵，《韓詩》作馗，薛君曰：「中馗，馗中，九交之道也。」

8. 芣 苢

薄言擷之，《毛詩釋文》：「擷，一本作襭。」據《毛傳》，擷訓扱衽，則字從衣爲正，故《說文‧衣部》：「以衣衽扱物謂之襭。」

9. 漢 廣

不可休息，《韓詩外傳》一：「南有喬木，不可休思。」孔氏《正義》曰：「《毛傳》解喬木之下，先言思辭，疑《經》休息之字作休思。」據《外傳》及《正義》，思爲語助辭，而《箋》云：「故人不得就而止息也。」所見又作息字矣。

江之永矣，《韓詩》曰：「江之漾矣。」薛君曰：「漾，長也。」《說文‧永部》：「永，水長也。」又：「羕，水長也。《詩》曰：江之羕矣。」段《注》：「〈漢廣〉文，《毛詩》作永，《韓詩》作羕，古音同也。《文選‧登樓賦》：『川既漾而濟深。』李《注》引薛君曰：『漾，長也。』，漾乃羕之譌字。」

不可方思，《爾雅‧釋言》：「舫，泭也。」釋與《毛傳》同。《說文》：「方，併船也。象兩舟省總頭形。」知方、舫古今之別字耳。

10. 汝 墳

汝墳，《說文》作濆，〈水部〉：「濆，水涯浹。」三家作濆也。

惄如調饑，《說文》：「惄如朝飢。」《易林》作周饑，知周、調皆朝字之假借也。《毛詩釋文》：「惄，《韓詩》作愵。」《說文》：「愵，惄貌。」

魴魚赬尾，《說文》赬字作經，又作䞓。盧文弨曰：「䞓字即經之誤。」

王室如燬，《列女傳》：「王室如毀。」《韓詩》：「王室如烄。」《說文》亦作㷄，音義並同。

11. 麟之趾

于嗟麟兮，《韓詩章句》：「吁嗟，歎辭也。」字作吁嗟爲是。

麟之定，《爾雅‧釋言‧注》：「《詩》曰：麟之顁。」定爲顁之省也。

二、召 南

12. 維鵲有巢

《毛詩釋文》：「鵲，《字林》作誰。」同。

百兩御之，《釋文》：「御，本亦作訝，又作迓。」

13. 采 蘩

被之僮僮，《禮記·射義·注》：「〈采蘩〉曰：被之童童。」作童。

薄言還歸，山井鼎《詩經考文》足利本「還作旋。」

14. 草 蟲

趯趯阜螽，《爾雅·釋蟲·注》，阜螽作皇螽。

憂心忡忡，《楚詞·注》：「懺懺，憂心貌。」《鹽鐵論》則作冲冲。

亦既覯止，邢昺《爾雅·釋詁·疏》，覯作遘。

我心則夷，《爾雅·釋言·注》：「《詩》曰：我心則恞。」夷、恞古今字也。

15. 采 蘋

于以采藻，《說文》：「于以采薻。」

于以湘之，《韓詩》曰：「于以鬺之。」《毛傳》：「湘，亨也。」字當以《韓詩》今文爲本字，湘者音同假借也。

有齊季女，《釋文》齊又作齋，敬也。

16. 甘 棠

蔽芾甘棠，《漢書》師古《注》：「〈邵南〉之《詩》曰：蔽茀甘棠。」《韓詩外傳》一作「蔽茀甘棠。」皆三家異文也。

勿翦勿伐，《釋文》：「翦，《韓詩》作剗。」《漢書·韋玄成傳》作鬋。

召伯所茇，《說文·广部》：「废，舍也。《詩》曰：召伯所废。」

17. 行 露

厭浥行露，《毛詩釋文》：「浥，本又作挹。」依《毛傳》濕意爲解，字當作浥爲正，挹爲同音假借也。

18. 羔 羊

委蛇委蛇，《韓詩》作「逶池」或作「逶虵」、「逶迤」。

素絲五緎，《說文·黑部》：「䵓，羔裘之縫也。」三家有作䵓者。

19. 殷其雷

殷其雷，殷或作隱，《韓詩》：「遺其雷。」

莫敢或遑，《毛詩釋文》：「遑，本或作偟，暇也。」

20. 摽有梅

摽有梅，趙岐《孟子章句》：「《詩》曰：莩有梅。」《漢書・食貨志・注》，鄭氏曰：莩音票有梅之莩。」梅，《韓詩》作楳。

頃筐墍之，《玉篇・手部》：「傾筐摡之」蓋據《韓詩》也。

21. 小　星

抱衾與裯，《爾雅・釋訓》：「幬謂之帳。」《釋文》又作幬。

寔命不猶，寔《韓詩》作實，〈韓奕〉詩《箋》云：「趙、魏之間，寔實同聲。」《爾雅・釋言・注》：「寔命不猷。」猶、猷同。

22. 江有汜

江有汜，《說文・水部》：「沱，水也。《詩》曰：江有沱。」汜下云：「汜，水別復入也；一曰汜，窮瀆也。《詩》曰：江有汜。」《說文》兩引《詩》，一據三家，一據毛氏也。

其嘯也歌，《說文》：「其歗也歌。」

23. 野有死麕

野有死麕，《釋文》：「麕，本亦作麇，又作麋。」

白茅純束，《毛詩箋》：「純讀如屯。」《正義》曰：「以純非束之義，故讀爲屯。」屯，聚也。

無感我帨兮，《太平御覽》：「無撼我帨兮。」則感爲撼之省文也。

24. 何彼襛矣

何彼襛矣，《韓詩》襛作莪，《說文》：「襛，衣厚貌。」《毛傳》云：「襛，猶戎戎也。」陳喬樅云：「戎即莪之省借。」

曷不肅雝，《文選・注》五十七引《詩》雝作雍，古今字之別也。

25. 騶　虞

于嗟乎騶虞，張衡〈東京賦・注〉：「騶虞，或作騶吾。」

壹發五豵，《毛詩釋文》：「豵字又作猣，同。」

三、邶　風

26. 柏　舟

耿耿不寐，《楚詞章句》五：「《詩》云：炯炯不寐。」《毛》、《韓》作耿。

如有隱憂，《韓詩》曰：「耿耿不寐，如有殷憂。」殷，深也。

我心匪鑒，《釋文》：「監，本又作鑒，鏡也。」監、鑒古今字。

威儀棣棣，《禮記・孔子閒居》：「威儀逮逮。」鄭《注》：「逮逮，安和之貌也。」

不可選也，朱穆〈絕交論〉：「不可算也。」汪師雨盦曰：「選，讀爲纂，纂即篡。上以石席，喻心既不可動搖，則我之威儀秩秩然，豈又可篡取乎？」是也。

觀閔既多，《楚詞注》十四：「遘愍既多。」

寤辟有摽，《說文・日部》：「晤，明也。《詩》曰：晤辟有摽。」《玉篇・手部》：「擗，拊心也。《詩》曰：寤擗有摽。」《毛傳》：「辟，拊心也。」字當從手作擗。

胡迭而微，《韓詩》作「胡載而微。」陳喬樅云：「今詳《箋》言君道當常明如日。疑迭即秩之假借。」〈烈祖〉：「有秩斯祜。」《傳》云：「秩，常也。」是也。

27. 綠　衣

綠兮衣兮，鄭《箋》云：「綠當爲褖，轉作綠，字之誤也。」鄭依禮制解《詩》，故有此說，《魯》、《韓》不然也。

28. 燕　燕

佇立以泣，《楚詞注》二：「《詩》云：竚立以泣。」

仲氏任只，《毛詩箋》：「任者，以恩相親信也。《周禮》六行：孝、友、睦、婣、任、恤。」汪師雨盦曰：「仲氏疑爲戴嬀之排行，任其字也。下文塞淵、溫惠、淑愼等字皆屬贊詞，則任字自當爲號。」師說是也。作詩之人焉能及知《周禮》哉？

29. 日　月

日居月諸，《集韵・九魚》：「徥，月行也。《詩》曰：『日居月徥。』通作諸。」《毛傳》云：「日乎月乎！」是爲語詞。《集韻》所採，陳喬樅謂三家異文，非有所據。黃師永武謂人窮則呼天，疾痛則呼父母，從《毛傳》也。

報我不述，《爾雅・釋訓》：「不遹，不蹟也。」《詩・小雅・沔水篇》：「念彼不蹟。」《毛傳》：「不蹟，不循道也。」《魯詩》述作遹也。

30. 終　風

終風且暴，《說文·水部》：「瀑，疾雨也。《詩》曰：終風且瀑。」王引之《經義述聞》云：「終猶既也。言既風且暴也。」與《說文》合觀之，則「既風且瀑」語順辭平，謂險惡之境也。

願言則嚏，《毛傳》：「嚏，跲也。」是以嚏爲躓躓。《箋》云：「嚏讀爲不敢嚏咳之嚏。今俗人嚏，云：人道我。此古人之遺語也。」

曀曀其陰，《韓詩章句》：「壒壒其陰，天陰塵也。」，《說文》同。

31. 擊 鼓

擊鼓其鏜，《說文·鼓部》：「擊鼓其鼞。」用三家之文。

于嗟洵兮，《韓詩》作「于嗟敻兮」高誘《呂覽注》同，是三家作敻；敻，遠也。

32. 凱 風

凱風自南，《爾雅》：「南風謂之凱風。」凱、颽古今之異字。

睍睆黃鳥，《韓詩》作「簡簡黃鳥。」汪師雨盦曰：「睍睆猶彰明顯著之意。」驗以《詩箋》云：「睍睆以興顏色說也。」是矣。

33. 雄 雉

自詒伊阻，《詩箋》：「伊當作緊。緊猶是也。」

悠悠我思，劉向《說苑·辨物篇》：「《詩》曰：『瞻彼日月，遙遙我思。』」劉向所據《魯詩》文也。

34. 匏有苦葉

深則厲，《說文·水部》：「砅從水石。《詩》曰：『深則砅。』重文濿。」《毛詩》厲即濿之假借也。

雝雝鳴雁，《鹽鐵論·結和篇》：「雍雍鳴鴈。」據《齊詩》文也。

旭日始旦，薛君《韓詩章句》曰：「煦，暖也。」

卬須我友，《爾雅·釋詁·疏》：「卬頙我友。」頙爲正字，須爲假借也。

35. 谷 風

黽勉同心，《韓詩》曰：「密勿同心。密勿，僶俛也。」

中心有違，《韓詩》云：「違，很也。」馬瑞辰云：「《韓詩》蓋以違爲愇之假借，故訓爲很；很，亦恨也。」

宴爾新昏，《白虎通·嫁娶篇》：「燕爾新婚。」

我躬不閱，《禮記・表記》：「〈國風〉曰：『我今不閱，皇恤我後。』」雨盦師曰：「皇、況聲近義通，此處遑恤亦可作況恤。」

就其深矣，《說文・水部》：「潯，新也。」徐鍇謂「《詩》潯其深矣，皆如此字。」今姑存之。

匍匐救之，《禮記・檀弓》：「扶服救之。」《漢書》谷永〈疏〉：「扶服捄之。」捄、救字之通假。

既詒我肆，《釋文》：「肆，《爾雅》作勩。」三家或有作勩者。

36. 式 微

胡爲乎中露，《列女傳》四：「《詩》曰：微君之故，胡爲乎中路。」中露及泥中，《傳》皆以爲衛邑。

37. 旄 丘

狐裘蒙戎，《詩箋》：「刺衛諸臣形貌蒙茸然。」則戎爲茸之假借，《左傳》作「厖茸」。

流離之子，《爾雅・釋鳥・注》：「鵂鶹猶留離，《詩》所謂留離之子。」《毛傳》云：「流離，鳥名。」是也。

38. 簡 兮

碩人俣俣，《韓詩》作「碩人扈扈。」扈即娛之音近假借也。

左手執籥，《說文》：「龠，樂之竹管，三孔以和眾聲也。」

39. 泉 水

毖彼泉水，《韓詩》毖作祕，《說文・目部》：「眇，直視也。讀若《詩》：泌彼泉水。」則字當作泌，《韓詩》祕亦泌之假借也。

出宿于泲，《儀禮・士虞禮・注》：「《詩》云：出宿于濟。」作濟也。

飲餞於禰，《毛詩釋文》：「禰，地名，《韓詩》作坭。」

載脂載舝，《左傳》昭二十五年，昭子賦〈車轄〉。今〈小雅〉作舝。

40. 北 門

憂心殷殷，《釋文》：「殷，本又作慇。」《楚詞注》又作隱隱。

室人交徧謫我，《孟子章句》：「室人交徧適我。」適、謫古通。

室人交徧摧我，《釋文》：「摧，《韓詩》作譙。」《箋》云：「刺譏之言。」用《韓詩》也。

41. 北　風

雨雪其雱，郭璞〈穆天子傳・注〉：「雨雪其霶。」《太平御覽》引作滂。

其虛其邪，《詩箋》：「邪，讀如徐。」《爾雅・釋訓》：「其虛其徐，威儀容止也。」知三家有作「其虛其徐」者。

42. 靜　女

靜女其姝，《說文・女部》：「姝，好也。《詩》曰：靜女其姝。」〈衣部〉：「袾，好佳也。《詩》曰：靜女其袾。」皆三家異文也。

愛而不見，《說文・人部》：「僾，仿佛也。《詩》曰：僾而不見。」郭璞《方言注》：「薆而不見。」《爾雅・釋言》：「薆，隱也。」愛、薆古通，皆隱蔽義也。蓋《魯》作薆，《齊》作僾，《韓》、《毛》同作愛矣。

搔首踟躕，《韓詩》：「搔首躊躇。」《說文》云：「躇，跱躇不前也。」《說文》用三家之文也。

說懌女美，《釋文》說又作悅。《詩箋》：「說懌當作說釋。」與《說文・言部》：「說，說釋也。」同，許、鄭皆據三家也。

43. 新　臺

新臺有泚，《說文・玉部》：「新臺有玼。」又〈水部〉：「瀄，新也。」徐鍇謂即新臺有瀄，水鮮貌。當以瀄字爲正也。

燕婉之求，《韓詩》曰：「嬿婉之求。嬿婉，好貌。」《說文・目部》：「瞁，目相戲從。《詩》曰：瞁婉之求。」魯、齊《詩》之文也。

新臺有洒，《毛詩釋文》：「洒，高峻也。《韓詩》作漼，云鮮貌。」馬端辰云：「漼與瀄同，見《玉篇》。洒通作漼者，異部假借也。」

河水瀰瀰，《韓詩》作浘浘。

籧篨不殄，《毛詩箋》：「殄當作腆；腆，善也。」字與《毛傳》異。

得此戚施，《說文・黽部》：「䵷黿，詹諸也。《詩》曰：得此䵷黿。言其行䵷黿也。」知《毛詩》戚施爲䵷黿之假借。

44. 二子乘舟

不瑕有害，《毛傳》：「言二子不遠害。」讀瑕爲遐。《箋》云：「於行無過差，有何不可而不去也。」鄭蓋讀害爲曷，以瑕爲過。

45. 鄘風柏舟

髧彼兩髦，《說文・髟部》：「紞彼兩髳。」《釋文》髧又作优，髦又作髳。

實爲我特，《釋文》：「特，《韓詩》作直，云相當值也。」

46. 牆有茨

牆有茨，《說文・艸部》：「薺，蒺藜也。《詩》曰：牆有薺。」

中冓之言，《玉篇》作中雺之言，中夜之言也。

不可詳也，《釋文》詳《韓詩》作揚。揚，道也。

47. 君子偕老

委委佗佗，《爾雅・釋訓》：「褘褘佗佗，美也。」《韓詩》作逶佗，德之美貌也。

鬒髮如雲，《說文・彡部》：「㐱，稠髮也。《詩》曰：㐱髮如雲。重文鬒。」此三家異文也。

不屑髢也，《周禮・追師・注》：「不屑髢也。」《說文》鬄，重文髢。

玉之瑱也，《說文・玉部》：「瑱，以玉充耳也。《詩》曰：玉之瑱兮。」重文顛。

其之展也，《詩箋》：「展字誤，《禮記》作襢。」據《齊詩》也。

是紲袢也，《說文・衣部》：「褻，私服也。《詩》曰：是褻袢也。」

邦之媛也，《毛詩釋文》：「媛，《韓詩》作援。援，援取也。」

48. 桑　中

49. 鶉之奔奔

鶉之奔奔，《呂覽・壹行篇・注》：「《詩》曰：鶉之賁賁。」《左傳》襄二十七年伯有賦〈鶉之賁賁〉，同。

50. 定之方中

作于楚宮，作于楚室，于，《文選注》作爲，《儀禮・士冠禮》鄭《注》：「于，猶爲也」。

51. 蝃　蝀

蝃蝀在東，《魯詩》文皆作蝃蝀，《韓》與《毛》同。

朝隮于西，《李氏易傳》荀爽《注》：「朝躋于西。」臧庸云：「說文：『躋，升也。』無隮字，凡經典隮字俱當作躋。」

52. 相　鼠

不死何爲，《毛》、《韓》何字，《魯詩》文皆作胡。

53. 干旄

子子干旄，《左氏》定九年《傳》：「竿旄何以告之？取其忠也。」字作竿旄。

素絲祝之，《詩箋》：「祝當作屬。屬，著也。」乃改字申《毛》也。

54. 載馳

言至于漕，《列女傳》三：「言至于曹。」《左傳》同。

大夫跋涉，賈公彥《儀禮·聘禮·疏》：「大夫軷涉。」跋、軷通假也。

言采其蝱，高誘《淮南·氾論訓·注》：「言采其菌。」蝱爲假借字。

55. 衛風淇奧

綠竹猗猗，《說文》及《禮記·大學》並作「菉竹猗猗。」《爾雅·注》同，《韓詩》作「綠薄猗猗。」

有匪君子，《禮記·大學》引《詩》作「有斐君子」，《列女傳》同。《韓詩》作邲，云：「美貌也。」匪爲假借字，斐爲正字，訓義並同。

如切如磋，《爾雅·釋訓》：「如齲如磋，道學也。」切乃齲之假借。

如琢如磨，《韓詩》作「如磨如錯。」束皙〈補亡詩〉：「粲粲門子，如磨如錯。」即用《韓詩》文。

瑟兮僩兮，《爾雅·釋訓》：「瑟兮撊兮，恂慄也。」僩作撊。

赫兮咺兮，《韓詩》作宣，「宣，顯也。」；《齊》作喧，見《大學》，《爾雅·釋訓》：「赫兮烜兮，威儀也。」《魯》作烜。《說文·心部》：「愃，寬嫻心腹貌。《詩》曰：赫兮愃兮。」郝懿行云：「據《說文》，則《詩》本作愃，《毛詩》假借作咺，《韓詩》省文作宣耳。」

會弁如星，《說文·骨部》：「髀，骨擿之可會髮者。《詩》曰：髀弁如星。」知《毛詩》會字爲髀之省借也。

56. 考槃

考槃在澗，《韓詩》作「考盤在干。」云：「墝埆之處也。」干爲澗之假借，《毛》用本字，《韓詩》用假借也。

碩人之藚，藚《韓詩》作偶；偶，美貌。與《毛》異訓。

碩人之軸，《毛傳》：「軸，進也。」《爾雅·釋訓》：「逐，病也。」《箋》即用《魯》訓。

57. 碩人

碩人其頎，鄭《箋》云：「莊姜儀表長麗姣好，頎頎然。」《玉篇》：「碩人頎頎。」字當兩字連文，如以下「碩人敖敖」，鄭所據者是也。

衣錦褧衣，《列女傳》一：「衣錦絅衣。」《說文・林部》：「衣錦㯕衣。」《尚書大傳》作褧，字以《說文》作㯕為正。

譚公為私，《白虎通》作「覃公惟私。」

領如蝤蠐，蔡邕〈青衣賦〉：「領如蠐螬。」《釋文》蠐又作䗯。

螓首蛾眉，《說文・頁部》：「䫳，好貌，《詩》所謂䫳首。」

說于農郊，《詩箋》：「說當作襚。衣服曰襚，今俗語然。」

翟茀以朝，《周禮・巾車・注》：「翟蔽以朝。」謂乘翟蔽之車也。

施罛濊濊，《說文》：「濊，礙流也。《詩》曰：施罛濊濊。」〈大部〉：「𡘺，空大也。讀若施罛𡘺𡘺。」

鱣鮪發發，《韓詩》作鱍鱍，《說文・魚部》：「鱣鮪鮁鮁。」

庶士有朅，《韓詩》作桀，云健也。則朅為桀之假借。

58. 氓

至於頓丘，《爾雅・釋邱》：「邱一成為敦丘。」頓者古文假借字。

體無咎言，體《韓》作履；履，幸也。《禮記・坊記》同。鄭《注》：「履，禮也。」

漸車帷裳，《周禮・巾車・疏》：「《詩》曰：漸車幃裳。」三家或作幃也。

士貳其行，《爾雅・釋訓》：「晏晏，悐悐，悔爽忒也。」《魯詩》貳或即作忒，即忒字也。

信誓旦旦，《說文・心部》：「愻，潛也。《詩》曰：信誓愻愻。」

59. 竹 竿

佩玉之儺，《說文》：「儺，行有節也。」或作那，音義同。

淇水浟浟，《楚詞注》十六：「油油，流貌。《詩》曰：淇水油油。」

60. 芄 蘭

童子佩觿，《周禮・眡祲・注》：「童子佩鑴。」當從角旁為正。

垂帶悸兮，《釋文》：「悸《韓詩》作萃，垂貌。」

童子佩韘，《說文・韋部》：「韘，射決也。所以拘弦，以象骨韋系著右巨指。《詩》曰：『童子佩韘。』，或從弓作弽。」

能不我甲，《釋文》：「甲，《韓詩》作狎。」《毛傳》：「甲，狎也。」

61. 河 廣

一葦杭之，《楚詞注》四：「斻，度也。《詩》曰：一葦斻之。」今作航字者是也。

曾不容刀，《說文》：「觸，小船也。」刀爲古文假借字。

62. 伯 兮

伯兮朅兮，《韓詩》曰：「偈，桀挺也。」《毛傳》：「朅，武貌。」字作偈爲正，其義則桀也。

邦之桀兮，《玉篇·人部》：「《詩》曰：邦之傑兮。傑，特立也。」

焉得諼草，《說文》作蕿草，《韓詩》作萲，《爾雅》作蔜。

63. 有 狐

有狐綏綏，《玉篇·夊部》：「夊，行遲貌。《詩》云雄狐夊夊。」《玉篇》所采多據《韓詩》，則此《韓詩》今文也。

65. 王風黍離

彼黍離離，《毛詩釋文》：「離，《說文》作穲。」今本《說文》無穲字，《廣韻》：「穲穲，黍稷行列也。」。

中心搖搖，《爾雅·釋訓》：「愮愮，憂無告也。」搖爲愮之假借。

66. 君子于役

曷其有佸，《說文·人部》：「佸，會也。《詩》曰：曷有其佸。」

67. 君子陽陽

左執翿，《說文·羽部》：「翳，翳也，所以舞也。《詩》曰：左執翳。」

68. 揚之水

彼其之子，《詩箋》：「彼其或作記，或作己，讀聲相似。」陳喬樅云：「此鄭君舉《魯》、《齊》、《韓》、《毛》四家詩字之異同也。」

69. 中谷有蓷

暵其乾矣，《說文·水部》：「灘，水濡而乾也。《詩》曰：灘其乾矣。重文灘。」《毛傳》云：「暵，菸貌。」許所據三家今文也。

70. 兔 爰

雉離於罦，《說文·网部》：「罦，覆車网也。《詩》曰：『雉離于罦』，重

文罘。」

73. 大　車

毳衣如菼，《說文・系部》：「綟，帛雛色也。《詩》曰：毳衣如綟。」《毛傳》云：「菼，雛也。」《箋》云：「蘆也。」《傳》爲鳥名，《箋》爲植物，而《說文》所言，足補《傳》、《箋》之意也。

毳衣如璊，《說文・毛部》：「璊，以毳爲緟，色如虋，故謂之璊。虋，禾之赤苗也。《詩》曰：毳衣如璊。」《毛傳》云：「璊，赬也。」玉赤色也；虋爲禾赤苗，璊爲赤毛爲緟，當以璊爲正也。《韓詩》曰：「虋，異色之衣也。」則不詳其色。

74. 邱中有麻

將其來施施，《顏氏家訓・書證篇》：「河北《毛詩》皆云『施施』，江南舊本悉單爲施。」顏氏所見本如此。《說文繫傳》：「頾，伺候也。《詩》曰：『彼留之子，將其來施施。』施當作此頾字。」

75. 鄭風緇衣

敝予又改爲兮，《毛詩釋文》：「敝，本又作弊。」

77. 叔于田

洵美且仁，《隸釋・漢太尉楊震碑》：「恂美且仁。」《毛詩》作洵，《箋》云：「洵，信也。」按之《說文》：「洵，渦中水也。」「恂，信心也。」當以三家今文作恂爲正，洵爲同音假借也。

78. 大叔于田

《毛詩釋文》：「本或作大叔于田者誤。」此詩首句皆爲「叔于田」無大字，作「大叔于田」者，別於上篇「叔于田」也。

火烈俱舉，《毛傳》云：「烈，列也。」《箋》云：「列人持火俱舉。」《文選・張衡東京賦》：「火列俱舉。」《毛》爲古文假借，當以今文列字爲正，鄭《箋》所據今文是也。

襢褐暴虎，《說文・肉部》：「膻，肉膻也。《詩》曰：膻褐暴虎。」則作襢、袒皆假借字。

兩服上襄，《史記・司馬相如傳》索隱：「《詩》云：兩服上驤。」襄爲驤之省借也。

乘乘鴇，《爾雅・釋畜》：「驪白雜毛曰鴇。」鴇爲同音假借字。

79. 清 人

二矛重喬，《毛傳》云：「重喬，累荷也。」《箋》云：「雉名。」字當爲鷮，《韓詩》即作鷮，見《釋文》。

左旋右抽，《說文・手部》：「搯，捾也。《詩》曰：左旋右搯。」據《說文》：「搯者，拔兵刃以習擊刺。」則作搯字爲正。

80. 羔 裘

邦之彦兮，《爾雅・釋訓》：「美士爲彦。」舍人《注》：「國有美士爲人所言道。」《說文・彣部》：「彦，美士有文，人所言也。」皆據《魯》爲訓也。

81. 遵大路

無我魗兮，《說文・攴部》：「敲，棄也。《詩》云：無我敲兮。」與《毛傳》：「魗，棄也。」訓同，《箋》云：「魗，亦惡也。」知魗字今作醜。

83. 有女同車

顏如舜華，《說文・艸部》：「蕣，木槿，朝華暮落者。《詩》曰：顏如蕣華。」舜即蕣之古文省借。

84. 山有扶蘇

山有扶蘇，《說文・木部》：「枎疏，四布也。」枎疏與扶蘇同，《毛傳》：「扶蘇，扶胥，小木也。」胥即疏也。

隰有遊龍，《爾雅・釋草・疏》：「《詩》曰：隰有遊蘢。」《毛傳》：「龍，紅草也。」龍即蘢之省借。

85. 蘀 兮

風其漂女，《釋文》：「漂，本亦作飄。」《毛傳》：「漂，吹也。」漂即飄之同音假借。

86. 狡 童

使我不能餐兮，《說文・湌字》云：「餐字或從水。」則餐、湌同。

87. 褰 裳

褰裳涉溱，《說文・手部》：「攐，摳衣也。」則字作攐爲正。溱，《說文》作潧，據三家今文也。

88. 丰

　　子之丰兮，《毛詩釋文》：「丰，面貌豐滿也。《方言》作妦。」《毛詩》丰即妦之省借。

　　俟我乎堂兮，《箋》云：「堂當爲根。根，門梱上木近邊者。」堂、根以音近相通假也。

89. 東門之墠

　　東門之墠，《正義》曰：「徧檢諸本，字皆作墠，《左傳》亦作墠。」據《易林・賁之鼎》：「東門之墠。」則三家有作墠者，字本作墠，後人據以改字也。

　　有踐家室，《傳》云：「踐，淺也。」以踐爲淺，義不馴善。《韓詩》曰：「東門之栗，有靖家室。栗，木名；靖，善也。言東門栗樹之下，有善人可與成爲室家也。」此女思男之辭也，故下文云：「豈不爾思，子不我即。」是也。

90. 風　雨

　　風雨淒淒，《說文・水部》：「淒，水流淒淒也。一曰，淒淒，寒也。《詩》曰：風雨淒淒。」《玉篇・水部》淒下引《詩》同，據三家也。

91. 子　衿

　　子甯不嗣音，《韓詩》：「子甯不詒音。」詒，寄也，曾不寄問也。《箋》云：「嗣，續也。女曾不傳聲問我。」用《韓》義也。

　　挑兮達兮，《說文・又部》：「㚎，滑也。《詩》云：㚎兮達兮。」〈辵部〉：「達，行不相遇也。《詩》曰：挑兮達兮。」與《毛詩》同，則挑字蓋古文假借也。

93. 出其東門

　　縞衣綦巾，《說文・糸部》：「綥，帛蒼艾色也。《詩》曰：『縞衣綥巾。』未嫁女所服。」《毛傳》：「綦，蒼艾色，女服也。」綦蓋綥之或體。

　　聊樂我員，《釋文》：「員，本亦作云，《韓詩》作魂，神也。」〈商頌〉：「景員維河」《箋》云：「員，古文作云。」是云、員古今字，唯《韓詩》作魂爲異也。

94. 野有蔓草

　　清揚婉兮，《玉篇・面部》：「䩈，眉目之間美貌。《韓詩》云：『清揚䩈兮。』今作婉。」

95. 溱　洧

溱與洧，方渙渙兮，《說文・水部》：「潧與洧，方汭汭兮。」溱作潧，渙作汭。《漢書・地理志》：「溱與洧，方灌灌兮。」師古曰：「灌灌，水流盛也。」《韓詩》曰：「溱與洧，方洹洹兮。」則《魯》作汭，《齊》作灌，《韓》作洹，可知也。

士與女，方秉蕑兮，《韓詩》曰：「蕑，蓮也。」《漢書・地理志》：「〈鄭詩〉曰：士與女，方秉菅兮。」師古曰：「菅，蓮也。」菅爲香草，即蘭也。

洵訐且樂，《韓詩》作「恂盱」云：「恂盱，樂貌也。」《齊》、《韓》同。

瀏其清矣，《韓詩內傳》云：「潀，清貌也。」瀏作潀。

97. 還

子之還兮，《韓詩》還作嫙，云：「嫙，好貌。」雨盦師曰：「還，便捷之貌。《說文》：『趯，疾也。』還即趯之借字耳。儇，利也，便捷、儇利正相應也。」還，《齊詩》作營，《漢書・地理志》：「臨淄名營，故《齊詩》曰：子之營兮。」《水經・淄水注》同作營。

遭我乎猺之間兮，猺，《漢書・地理志》作巕，師古《注》：「巕字或作猺，亦作巑。」《說文・山部》：「猺山在齊地。《詩》曰：遭我乎猺之間兮。」是許以猺字爲正，三家作巕、巑、猭皆假借。

並驅從兩肩兮，《毛傳》：「獸三歲曰肩。」《說文・豕部》：「豣，三歲豕肩相及者。《詩》曰：並驅從兩豣兮。」字作豣，《玉篇・豕部》：「豣、豜字同。」知《毛詩》肩字即豜之省借也。

揖我謂我儇兮，《釋文》：「儇，《韓詩》作婘，好貌。」與《毛傳》：「儇，利也。」訓異。

101. 南　山

雄狐綏綏，《玉篇・夊部》：「夊，行遲貌，《詩》云：『雄狐夊夊。』今作綏。」與〈有狐〉詩同，夊綏爲同音通假字。

取妻如之何，《白虎通・嫁娶篇》、趙岐《孟子章句》九、《呂覽、當務篇》高誘《注》，取並作娶，是三家今文作娶。

102. 甫　田

無田甫田，維莠驕驕，揚子《法言・脩身篇》：「田圃田者莠喬喬。」甫作圃，驕作喬。

婉兮變兮，《說文・女部》：「嫡，順也。《詩》曰：婉兮嫡兮。變，籀文

嫡。」《毛詩》用籀文也。

103. 盧　令

盧令令，《說文・犬部》：「獜，健也。《詩》曰：盧獜獜。」《韓詩》作泠泠，《正義》曰：「言君之盧犬，其環鈴鈴然爲聲。」則作令、泠者皆鈴之假借，《說文》所引蓋《齊》、《魯》之異文。

其人美且鬈，《說文・彡部》：「鬈，髮好也。」引《詩》與《毛》同，《詩箋》云：「鬈當作𢶏。𢶏，勇壯也。」或據三家文也。

104. 敝　笱

其魚魴鰥，《毛傳》：「鰥，大魚。」《箋》：「鰥，魚子也。」《正義》曰：「鰥、鯤字異，鄭或本作鯤也。」

其魚唯唯，《毛詩釋文》：「唯唯，《韓詩》作遺遺，言不能制也。」陳喬樅云：「遺即遺之省。《玉篇》云：遺遺，魚行相隨。」

105. 載　驅

齊子豈弟，《爾雅・釋言》：「愷悌，發也。」《毛詩箋》：「豈弟，猶言發夕也。豈讀爲闓，弟，《古文尚書》以弟爲圛；圛，明也。」鄭謂豈弟爲闓圛，爲發夕，與《爾雅》訓同，異於《毛傳》「樂易」之訓也。

106. 猗　嗟

猗嗟名兮，《玉篇・頁部》：「《詩》云：『猗嗟顋兮。』顋，眉目之間也。顋，本亦作名。」《毛詩》名即顋之古文假借，《傳》云：「目上爲名。」是也。

清揚婉兮，《玉篇・面部》：「䩏，眉目之間美貌。《韓詩》云：『清揚䩏兮。』今作婉。」《毛傳》云：「婉，好眉目也。」是矣。

舞則選兮，《韓詩》曰：「舞則纂兮。」薛君曰：「言其舞則應雅樂也。」選、纂以音近通假也。

射則貫兮，《毛傳》：「貫，中也。」《箋》云：「貫，習也。」按《說文》：「摜，習也。」《箋》以貫爲摜之假借也。

四矢反兮，《釋文》：「反，《韓詩》作變。變，易也。」

107. 魏風・葛屨

摻摻女手，《韓詩》曰：「纖纖女手。」薛君曰：「纖纖，女手之貌。」《毛

傳》：「摻摻，猶纖纖也。」以今語釋古語也。《說文·手部》：「攕，好手貌。《詩》曰：攕攕女手。」字又作攕矣。

好人提提，《爾雅·釋訓》：「媞媞，安也。」郭《注》：「好人安詳之容。」《毛傳》：「提提，安諦也。」與《魯》訓合。《漢書敍傳》作好好，據《齊詩》之文。《說文》褆下，《繫傳》引《詩》曰：「好人褆褆。」或為《韓詩》之文也。

108. 汾沮洳

彼其之子，《韓詩外傳》二：「彼己之子。」彼其《韓》皆作彼己。

110. 陟岵

父曰嗟予子行役，夙夜無已，《石經·魯詩殘碑》：「□□父兮父□曰嗟予子行役夙夜毋已。」字句與《毛詩》異。

陟彼屺兮，《爾雅·釋山》：「無草木，岵。」《毛傳》：「山有草木曰屺。」岵與屺字當是異文，唯所訓各異耳。

111. 十畝之間

桑者泄泄兮，《唐石經》泄泄作洩洩。

112. 伐檀

河水清且漣漪，《爾雅·釋水》：「河水清且瀾猗，大波為瀾。」《說文·水部》：「大波為瀾。瀾或從連。」是漣即瀾之或體。

不稼不穡，《石經·魯詩殘碑》：「不稼不嗇。」穡作嗇。

坎坎伐輪兮，《石經·魯詩殘碑》：「欿欿伐輪」與《玉篇》坎字重文欿合。《爾雅·釋訓》：「欿欿，聲也。」是也。

不素飧兮，《詩箋》：「飧讀為魚飧之飧。」《列女傳》作飱。

113. 碩鼠

樊光曰：「《詩·碩鼠》即《爾雅》鼫鼠也。」

無食我黍，三歲貫女，《石經·魯詩殘碑》：「毋食我黍，三歲宦女。」《毛傳》：「貫，事也。」知貫即宦之音近假借也。

114. 唐風蟋蟀

《說文》蟀作䗜。

115. 山有樞

《漢書·地理志》：「〈唐詩〉〈蟋蟀〉、〈山蓲〉、〈葛生〉之篇。」

　　山有樞，陳喬樅云：「今據〈班志〉語，則《齊詩》止以〈山蘊〉名篇，與《毛》小異。」《石經・魯詩殘碑》：「山有蓲，隰有榆。」《爾雅・釋木》：「蓲，荎。」《魯詩》作蓲也。

　　弗曳弗婁，《說文・手部》：「摟，曳聚也。」《毛詩》婁為摟之省。

　　他人是愉，《詩箋》：「愉讀曰偷，偷取也。」〈地理志〉作媮，張衡〈西京賦〉：「他人是媮。」同。

116. 揚之水

　　《石經・魯詩殘碑》揚作楊。

　　素衣朱繡，《儀禮・士昏禮・注》：「宵讀為《詩》『素衣朱綃』之綃，《魯詩》以綃為綺屬也。」《齊詩》即作「素衣朱宵」，《魯詩》作綃也。

117. 椒　聊

　　蕃衍盈升，應劭《漢官儀》：「皇后稱椒房，取其蕃實之義也。《詩》曰：椒聊之實，蕃延盈升。」《周禮・春官》：「大祝衍祭。」鄭君云：「衍當為延，聲之誤也。」則當以延字為正。

118. 綢　繆

　　見此邂逅，《詩經考文》云：「古本作解覯。」《韓詩》云：「邂覯，不固之貌。」

119. 杕　杜

　　獨行睘睘，《毛詩釋文》：「睘，本亦作煢。」《說文・目部》：「睘，目驚視也。《詩》曰：獨行睘睘。」字當以睘為正。

120. 羔　裘

　　羔裘豹褎，《釋文》：「褎，本亦作褏，同。」

122. 無　衣

　　安且燠兮，《釋文》：「奧，本又作燠。」奧即燠之省。

123. 有杕之杜

　　噬肯適我，《釋文》：「噬，《韓詩》作逝。逝，及也。」《毛傳》：「噬，逮也。」噬即逝之同音假借。

124. 葛　生

錦衾爛兮，《宋書・謝靈運傳・山居賦・自注》：「《詩》云：錦衾有爛。」
文與今本《毛詩》異。

126. 秦風車鄰

有車鄰鄰，《漢書・地理志》：「〈秦詩・車轔〉、〈四載〉、〈小戎〉之篇，
皆言車馬田狩之事。」鄰作轔，《楚詞注》二：「轔轔，車聲也。《詩》云：有
車轔轔。」同。

寺人之令，《釋文》：「令，《韓詩》作伶，云：伶，使也。」

127. 駟驖

駟驖孔阜，《漢書・地理志》：「《詩》曰：四載孔阜。」四載即〈駟驖〉
之省。

輶車鸞鑣，《說文・車部》：「輶，輕車也。《詩》曰：輶車鑾鑣。」鸞字
即鑾之通假，鈴也。

載獫歇驕，《爾雅・釋畜・狗屬》：「長喙獫，短喙猲獢。」郭《注》：「《詩》
曰：載獫猲獢。」張衡〈西京賦〉同，知歇驕即猲獢也。

128. 小戎

五楘梁輈，《說文》：「楘，車歷錄束文也。」「輈，車軸束也。」《毛傳》：
「楘，歷錄也。」同；《漢書・地理志・注》：「五楘良輈。」梁作良。

鋈以觼軜，《說文・車部》：「軜，驂馬內轡繫軾前者。《詩》曰：茨以觼
軜。」三家今文鋈皆作茨可知。

厹矛鋈錞，《說文・金部》：「鐏，矛戟秘下銅鐏也。《詩》曰：厹矛沃錞。」

蒙伐有苑，《玉篇》：「瞂，盾也。《詩》曰：蒙瞂有苑。」伐即瞂之同音
假借也。

虎韔鏤膺，《釋文》：「韔，本亦作暢。」《毛傳》：「韔，弓室也。」作暢
者，以音近假借耳。

竹閉緄縢，《釋文》：「閉，本一作柲。」《周禮・考工記・弓人・注》：「弓
有柲者，為發弦時備頓傷。《詩》云：竹柲緄縢。」又作柲，同。

載寢載興，《文選》曹植〈應詔詩〉：「騑驂倦路，再寢再興。」載作再。

厭厭良人，《列女傳》二：「《詩》云：愔愔良人。」作愔為正也。

129. 蒹葭

遡洄從之，《爾雅・釋水》：「逆流而上，曰泝洄。」《說文・水部》：「瘁，

逆流而上曰瘯洄。瘯或從辵朔。」當以瘯爲正字，遡爲或體，泝爲俗字也。

宛在水中沚，《韓詩》曰：「宛在水中渚。」薛君曰：「大渚曰渚。」。

130. 終　南

顏如渥丹，《釋文》：「丹，《韓詩》作沰。沰，赭也。」

有紀有堂，王引之《經義述聞》云：「《毛傳》釋紀、堂爲山。《白帖》所引殆《韓詩》也。紀與杞通，堂與棠通。杞、棠皆木名，與上文條、梅爲一例。《春秋》杞侯，《公》、《穀》作紀；《左傳》堂谿，《楚詞》作棠。紀、堂假借字也。」《白帖》：「《詩》曰：有杞有棠。」是也。

131. 黃　鳥

惴惴其慄，《孟子注》三：「《詩》云：惴惴其栗。」栗爲慄之省。

132. 晨　風

鴥彼晨風，《韓詩外傳》八：「〈晨風〉曰：鷸彼晨風。」《說文·鳥部》：「鴥，鸇飛貌。《詩》曰：鴥彼鷐風。」鴥、鷸字《異義》同，晨爲鷐之省借。

隰有樹檖，《說文·木部》：「櫟，羅也。《詩》曰：隰有樹檖。」

133. 無　衣

與子同澤，《毛詩箋》：「褻，褻衣近污垢。」或三家有作褻者，鄭據以改《毛》也。

135. 權　輿

夏屋渠渠，崔駰〈七依〉曰：「夏屋蘧蘧。」或本三家。

136. 陳風宛邱

子之湯兮，《楚詞·離騷·注》：「蕩猶蕩蕩，無思慮貌。《詩》曰：子之蕩兮。」《毛傳》：「湯，蕩也。」以今字釋古字也。

137. 東門之枌

市也婆娑，《說文·女部》：「娑，舞也。《詩》曰：市也媻娑。」

越以鬷邁，《玉篇·彳部》：「復，數也。《詩》曰：越以復邁。」蓋據《韓詩》之文也。

138. 衡　門

可以棲遲，蔡邕〈焦君贊〉：「可以栖遲。」《隸釋・漢嚴發碑》：「西遲衡門。」〈漢婁壽碑〉：「偋佅衡門。」此皆三家異文也。

可以樂飢，《說文》：「瘵，治也。」瘵爲療之或體，《韓詩外傳》及《列女傳》皆作療飢，爲鄭《箋》所據，由是知《毛傳》：「可以樂道忘飢」之訓爲迂曲也。

139. 東門之池

可以漚紵，《說文》：「紵，檾屬。細者爲絟，粗者爲紵。苧通作紵。」三家或有作苧者矣。

可以晤言，《列女傳》二：「彼美淑姬，可與寤言。」作寤字。

140. 東門之楊

其葉牂牂，《易林・革之大有》：「其葉將將。」《爾雅・釋詁》：「將，大也。」牂即將之同音假借。

141. 墓　門

歌以訊之，《釋文》：「訊，本又作誶。」今本《毛詩》皆作訊字，當以誶、萃協韻是也。

142. 防有鵲巢

誰侜予美，《毛詩釋文》：「予美，《韓詩》作娓。娓，美也。」

邛有旨鷊，《說文・草部》：「虉，綬草也。《詩》曰：邛有旨虉。」《玉篇》作虉，鷊即虉之省文，而以虉字爲正也。

143. 月　出

佼人僚兮，《方言》：「自關而東，河濟之閒，凡好謂之姣。」《毛詩釋文》：「佼字又作姣。」僚三家亦有作嫽者。

佼人懰兮，《釋文》：「劉本又作懰，《埤蒼》作嫽。嫽，妖也。」陳喬樅云：「據此則作嫽者正字，劉、嫽之省文，懰又嫽之假借也。」

勞心慘兮，陳第《毛詩古音考》云：「慘當作懆。《說文》：『懆，愁不安也。』」戴震云：「懆與照相韵。」字當作懆是也。

144. 株　林

乘我乘駒，《釋文》：「驕音駒，沈云：或作駒字，是後人改之。」字本當作驕，《說文》：「馬高六尺爲驕。」是也。

145. 澤　陂

有蒲與荷，《爾雅‧釋草》：「荷，芙蕖，其莖茄。」樊光《注》：「《詩》曰：有蒲與茄。」三家有如此者也。

傷如之何，《爾雅‧釋詁》：「陽，予也。」郭璞《注》：「《魯詩》云：陽如之何。今巴濮之人自稱阿陽。」《魯詩》文與《毛》異。

有蒲與蕑，《詩箋》：「蕑當作蓮。蓮，芙蕖實也。」三家有作蓮者，故鄭據改之也。

碩大且卷，《釋文》：「卷，本又作婘。」故《傳》云：「卷，好貌。」卷即婘之省借。

有蒲菡萏，《說文》作「菡藺」《釋文》或作「莟萏」，皆三家異文。

碩大且儼，《韓詩》作「碩大且嬒。」薛君曰：「嬒，重頤也。」《釋文》儼又作曮，矜莊貌。胡承珙曰：「《玉篇》：『孍，女好貌。』正與儼聲近而義同。」

147. 素　冠

棘人欒欒兮，《說文‧肉部》：「臠，臞也。《詩》曰：棘人臠臠兮。」欒為臠之古文假借字。

148. 隰有萇楚

猗儺其華，《楚詞注》八：「旖旎，盛貌。《詩》曰：旖旎其華。」《毛傳》云：「猗儺，柔順也。」《魯》、《毛》異訓也。

149. 匪　風

匪車偈兮，《韓詩》作揭，見《外傳》及王吉〈疏〉。《毛傳》云：「偈偈，疾驅。」陳喬樅云：「偈、揭皆朅之假借字。」

中心怛兮，《韓詩》作「中心懘兮。」師古曰：「懘，古怛字。」馬瑞辰云：「《玉篇》：『怛，悲也。』『懘，驚也。』並丁割切，是懘乃怛之同音假借字。」

溉之釜鬵，《說文‧手部》：「摡，滌也。《詩》曰：摡之釜鬵。」《說文》據三家今文也。

150. 曹風蜉蝣

衣裳楚楚，《說文‧黹部》：「黼，會五采鮮貌。《詩》曰：衣裳黼黼。」陳喬樅云：「《毛詩》作楚楚，即黼黼之假借。黼從盧得聲，盧從且聲。〈賓之初筵〉籩豆有楚，意同〈韓奕〉之籩豆有且也。」陳說是也。

151. 候　人

何戈與祋，《周禮・候人・鄭注》：「荷戈與祋。」《說文・殳部》：「祋，殳也。或說城郭市里高懸羊皮，有不當入而欲入者暫下以驚牛馬曰祋。《詩》曰：荷戈與祋。」何、荷古今字之別，祋當爲祋轉寫之誤，《禮記・樂記・鄭注》：「綴表也，所以表行列，《詩》曰：荷戈與綴。」則《齊詩》作綴也。

彼其之子，三百赤芾，《後漢書・注》：「《詩・曹風》曰：彼己之子，三百赤紱。」據《韓詩》之文，《禮記・表記》：「彼記之子」《齊詩》文也。

不濡其味，《玉篇・口部》：「噣，《說文》曰：『喙也。《詩》曰：不濡其噣。』亦作味。」

薈兮蔚兮，《說文・女部》：「嬒，女黑色也。《詩》曰：嬒兮蔚兮。」〈草部〉：「薈，草多貌。《詩》曰：薈兮蔚兮。」許兼引今、古文也。

婉兮孌兮，《說文》：「嫡，順也。《詩》曰：婉兮嫡兮。孌，籀文作嫡。」《毛詩》用籀文也。

152. 鳲　鳩

鳲鳩在桑，《荀子・勸學篇》：「《詩》曰：尸鳩在桑。」鳲爲今字。

其弁伊騏，《詩箋》：「騏當作璂，以玉爲之。」《說文》：「璂，弁飾也，往往置玉也。」則鄭據三家易《毛》也。

其子在榛，《說文》云：「亲，果實如小栗。」榛爲叢木，亲爲果實，經傳多用榛。

153. 下　泉

浸彼苞稂，《詩箋》：「稂當作涼。涼草，蕭、蓍之屬。」陳喬樅謂涼疑蔄之誤，見〈鄭箋改字說〉。

愾我寤歎，《楚詞注》十六：「慨，慨歎貌也。《詩》曰：慨我寤歎。」慨、愾音近義通，《玉篇》作嘅。

154. 七　月

一之日觱發，《說文》：「泧，《詩》曰：一之日潷泧。」此三家今文也。

二之日栗烈，《毛詩釋文》：「栗烈並如字，《說文》作凓冽。」《說文》云：「凓，寒也。」「冽，寒貌。」《毛詩》栗烈乃凓冽之通假。

四之日舉趾，《漢書・食貨志》：「四之日舉止。」止、趾古今字。

田畯至喜，《詩箋》：「喜讀爲饎。饎，酒食也。」《說文》：「饎或從巸。

糂或從米。」是饎、饌、糂三字通用也。

蠶月條桑，《玉篇・手部》：「挑，撥也。《詩》曰：蠶月挑桑。」

七月鳴鵙，《孟子注》五：「鳩，博勞也。《詩》曰：『七月鳴鳩。』應陰氣而殺物者也。」鳩、鵙古通用。

四月秀葽，《夏小正》：「四月秀幽。」《說文・草部》：「葽，草也。《詩》曰：四月秀葽。」葽、幽一聲之轉也。

六月食鬱及薁，《說文》：「蒮，草也。《詩》曰：食鬱及蒮。」三家今文作蒮，與《毛異》字。

黍稷重穋，《說文・禾部》：「種，先種後熟也。」「穆，疾孰也。《詩》曰：黍稷種穋。穋或從蓼。」三家文作「黍稷種穋」是也。

三之日納于凌陰，《說文・冫部》：「勝，仌、出也。《詩》曰：納于勝陰。重文凌。」

四之日其蚤，《呂覽・仲春・注》：「四之日其早。」蚤、早古今字。

155. 鴟　鴞

迨天之未陰雨，《說文・隶部》：「隶，及也。」又：「隸，及也。《詩》曰：隸天之未陰雨。」據《說文》則隸為正字，迨、逮皆同音字也。

徹彼桑土，揚雄《方言》：「東齊謂根曰杜。」《毛詩釋文》：「土音杜，桑根也。《韓詩》作杜，《字林》作皾，桑皮也。」字以杜為正也。

予所蓄租，《韓詩》作祖，云：「祖，積也。」見《毛詩釋文》。

予唯音嘵嘵，《爾雅・釋訓》：「憢憢，懼也。」《說文》作嘵。

156. 東　山

零雨其濛，《說文・雨部》：「霝，雨落也。《詩》曰：霝雨其濛。」《爾雅・釋詁》：「蘦，落也。」則零、霝、蘦義同。

勿士行枚，《詩箋》：「勿猶無也。亦初無行陳銜枚之事，言前定也。」《箋》以行枚為「行陳銜枚」，言兵戎之事也。

蜎蜎者蠋，《說文・虫部》：「蜀，葵中蟲也。從虫，上四象蜀頭，中象其身蜎蜎，《詩》曰：蜎蜎者蜀。」當以蜀為正，蠋為複體之文也。

町畽鹿場，《說文・田部》：「疃，禽獸所踐處也。《詩》曰：町疃鹿場。」《釋文》町畽又作圢墥。

伊可懷也，鄭《箋》：「伊當作緊。緊猶是也。」伊、緊古通。

鸛鳴于垤，《說文》：「雚，小爵也。《詩》曰：雚鳴于垤。」《玉篇》云：「雚，水鳥。」《說文》小字疑水字之誤。

烝在栗薪，《詩箋》：「栗，析也。古聲栗、裂同。」鄭即以栗爲裂也。《韓詩》作漻薪，云：「眾薪也。」

皇駁其馬，《爾雅・釋畜》：「駵白駁，黃白騜。」孫炎《注》：「《詩》云：騜駁其馬。」《毛詩》皇爲騜之省借。

157. 破 斧

四國是皇，《法言・先知篇》：「昔在周公，征於東方，四國是王。」《齊詩》作：「四國是匡。」《爾雅・釋言》：「皇，匡正也。」當以匡爲正。

又缺我錡，《說文》：「茉，兩刃插也。」《韓詩》曰：「茉屬也。」

又缺我銶，《說文・木部》：「梂，一曰鑿首也。」無銶字。

四國是遒，《說文・手部》：「摎，束也。《詩》曰：百祿是摎。」《毛詩》作遒，則三家有作摎者也。

158. 伐 柯

匪斧不克，《詩經考文》：「古本克作剋。」

159. 九 罭

罭或作緎，見《釋文》。

160. 狼 跋

載疐其尾，《鹽鐵論・鍼石篇》作「載躓其尾。」《說文・足部》：「躓，跲也。《詩》曰：載躓其尾。」作躓爲正，躓爲疐之俗體也。

公孫碩膚，《詩箋》：「公，周公也。孫讀如公孫于齊之孫。孫之言，孫遁也。」是《箋》讀孫爲遜也。

赤舄几几，《毛傳》：「几几，絇貌。」《說文》：「掔，固也。讀若《詩》赤舄掔掔。」三家有作掔掔者也。

161. 小雅鹿鳴

《禮記・學記》：「宵雅肆三，官其始也。」鄭君《注》云：「宵之言小也。習〈小雅〉之三，謂〈鹿鳴〉、〈四牡〉、〈皇皇者華〉也。」則〈小雅〉或有作〈宵雅〉者矣。

示我周行，《毛詩箋》：「示，當作寘。寘，置也。」《正義》云「示、寘

聲相近，故誤爲示也。」

　　視民不恌，《詩箋》：「視，古示字也。」張衡〈東京賦〉即作「示民不偷。」《說文・人部》：「佻，偷也。《詩》曰：視民不佻。」恌即佻之假借也。

　　和樂且湛，《說文》：「媅，樂也。」當以媅字爲正，湛爲同音假借字。

162. 四　牡

　　周道倭遲，《韓詩》作倭夷，見《釋文》；又《文選注》《韓詩》曰：「周道威夷。」薛君曰：「威夷，險也。」《漢書・地理志》：「周道郁夷。」《說文・人部》：「倭，順也。《詩》曰：周道倭遲。」據《毛詩》古文也。

　　嘽嘽駱馬，《說文・疒部》：「瘓，馬病也。《詩》曰：瘓瘓駱馬。」《漢書》注：「驒驒駱馬。」又《說文・口部》：「嘽，喘息也。」引《詩》與《毛》同，則許氏並引今、古文，《漢書》所引爲《齊詩》之文也。

　　不遑啓處，《左傳》襄二十九年：「《詩》云：王事靡盬，不皇啓處。」《爾雅・釋言》：「偟，暇也。」郭《注》引《詩》作「不偟啓處。」。

　　翩翩者鵻，《說文》：「鵻，祝鳩也。」《毛傳》：「鵻，夫不也。」夫不，《爾雅》作鳺鴀。

　　載驟駸駸，《說文》：「駸，馬疾行也。《詩》曰：載驟駸駸。」

163. 皇皇者華

　　駪駪征夫，《韓詩外傳》七：「《詩》曰：莘莘征夫。」《列女傳》同；《楚詞注》九：「侁侁，行聲也。」皆三家之異文。

　　我馬維駒，《說文・馬部》：「馬高六尺爲驕。《詩》曰：我馬唯驕。」段玉裁云：「驕與駒迥別。此《詩》與〈株林〉、〈漢廣〉皆當作驕，俗人多改作駒者，以駒與蔞、株、濡、諏爲韻，驕則非韻。」

　　周爰咨謀，《淮南・脩務訓》：「《詩》云：周爰諮謨。」謀、謨聲近，《爾雅・釋詁》：「謨，謀也。」《魯詩》當作謨也。

164. 常　棣

　　常棣之華，鄂不韡韡，《韓詩》：「夫移之華，萼不煒煒。」鄂即萼也。蔡邕〈姜伯淮碑〉：「有棠棣之華。」則常爲棠之假借也。《爾雅・釋木》：「唐棣，移。」郭《注》：「江東呼夫移。」是《韓詩》所據也。《說文繫傳》：「柎，華盛。」徐鍇以許叔重「不」爲「柎」之省也。《詩箋》云：「不當作柎。柎，鄂足也，古聲不、柎同。」

原隰裒矣，《說文》：「抙，引取也。《詩》曰：原隰抙矣。」《爾雅·釋詁》：「抙，聚也。」正作抙，則作裒者，音同假借也。

脊令在原，《左氏》昭七年《傳》，《詩》曰：「鶺鴒在原。」或作鷏鴒。

外禦其務，《左傳》僖二十四年：「外禦其侮。」《詩箋》云：「務，侮也。」《爾雅·釋詁》：「務，侮也。」則《毛詩》古文作務，三家作侮。

儐爾籩豆，飲酒之飫，《韓詩》：「賓爾籩豆，飲酒之餾。」《說文·食部》：「餕，燕食也。《詩》曰：飲酒之餕。」《說文》為正字，《毛詩》飫為餕之省文，《韓詩》則作餾。

和樂且湛，湛為媅之假借，作耽、作沈皆是也，妉則媅之俗字。

165. 伐 木

伐木許許，《說文·斤部》：「所，伐木聲也。《詩》曰：伐木所所。」以所為正字也。《顏氏家訓·書證篇》：「伐木滸滸。」則作滸。

釃酒有藇，《玉篇》：「釃酒有藇，亦作釄。」是據三家也。

有酒湑我，《釋文》：「湑，本亦作醑。」《說文》：「湑，茜酒也。」《玉篇》：「醑，美酒也。」湑、醑古今之異字。

無酒酤我，《箋》云：「酤，買也。」皇侃《論語義疏》：「《詩》曰：無酒沽我。」鄭蓋讀酤為沽字，故與《毛》異義。

坎坎鼓我，《說文·夊部》：「竷，繇舞也。《詩》曰：竷竷鼓我。」竷字為正也。

蹲蹲舞我，《說文·士部》：「墫，士舞也。《詩》曰：墫墫舞我。」《爾雅·釋訓》：「坎坎、墫墫，喜也。」《毛詩》蹲為古文假借也。

166. 天 保

俾爾單厚，何福不除，《潛夫論·愼微篇》：「《詩》曰：俾爾亶厚，胡福不除。」《爾雅·釋詁》：「亶，厚也。」單為亶之古文假借。

吉蠲為饎，《周禮·蜡氏·注》：「蠲讀吉圭惟饎之圭；圭，潔也。」《毛傳》云：「蠲，絜也。」蠲為圭之假借。《儀禮·士虞禮·注》：「吉，絜也。《詩》曰：吉圭為饎。」同。

禴祠烝嘗，《禮記·王制》鄭《注》：「《詩·小雅》曰：『礿祠烝嘗，于公先王。』此周四時祭宗廟之名。」《齊詩》禴作礿也。

167. 采 薇

獫狁之故，《漢書・匈奴傳》：「《詩》曰：靡室靡家，獫允之故。」獫狁，《齊詩》作獫允也。

彼爾維何，《毛傳》：「爾，華盛貌。」《說文》：「薾，華盛貌。《詩》曰：彼薾維何。」許氏採三家今文，《毛詩》爲古文省借。

我行不來，《爾雅・釋訓》：「不桼，不來也。」陳壽祺云：「《說文・來部》桼稱《詩》曰：『不桼，不來』，即《爾雅》之文，重文桼云：『桼或從彳。』今譌作倈，《爾雅》此訓即釋《詩》『我行不桼』句，《毛詩》作來用本字，三家作桼用借字。」。

小人所腓，《詩箋》：「腓，當作芘，戎役之所芘倚。」芘即庇也。

象耳魚服，周《禮注》云：「菔，盛矢器也。」故《周禮・司弓矢・賈疏》曰：「《詩》曰：象弭魚箙。」服爲箙之省借。

168. 出　車
我出我車，《荀子・大略篇》：「我出我輿。」《史記・匈奴傳》同，三家作輿。

獫狁于襄，《毛詩釋文》：「襄，或作攘。」《漢書・敘傳》：「周宣攘之。」作攘，《潛夫論・救邊篇》：「獫允于攘，非貪土也。」是三家皆作攘字矣。

倉庚喈喈，《文選・宋玉賦》：「鶬鶊喈喈。」

169. 杕　杜
檀車幝幝，《毛詩釋文》：「幝，敝貌。《說文》云：『車敝也，從巾單。』，《韓詩》作繟。」《說文》：「繟，偏緩也。」「繹，帶緩也。」《樂記》：「其聲嘽以緩。」《後漢書・劉陶傳・注》：「《詩》曰：檀車禪禪。」則《魯》、《齊》詩或作嘽也。

170. 魚　麗
《儀禮・鄉飲酒・鄭注》：「〈魚離〉，言太平年豐物多也。」麗作離。

物其旨矣，維其偕矣，《荀子・大略篇》：「物其指矣，唯其偕矣。」《箋》云：「魚既美，又齊等。」《荀子》指即旨之假借。

171. 南有嘉魚
烝然罩罩，《說文・魚部》：「烝然鯙鯙。」據三家今文。

172. 南山有臺

南山有臺，《毛傳》：「臺，夫須也。」《穆天子傳》：「天子命歌〈南山有薹〉。」薹爲三家今文。

樂只君子，《左氏》襄二十四年：「《詩》云：樂旨君子。」昭十三年《傳》同。杜《注》：「言君子樂美其道。」則《左傳》，只作旨。

174. 蓼　蕭

爲龍爲光，《毛傳》：「龍，寵也。」以今語釋古語。《箋》云：「爲龍爲光，言天子恩澤光耀被及己也。」是也。

令德壽豈，《左氏》昭十二年：「令德壽凱。」豈即凱之省文。

和鸞雝雝，《白虎通・車旂篇》：「和鸞雍雍。」雝、雍古今之字。

175. 湛　露

厭厭夜飲，《毛詩釋文》：「厭厭，《韓詩》作愔愔，和悅之貌。」《說文・心部》：「懕，安也。詩：懕懕夜飲。」則《毛詩》厭爲懕之古文省借，《說文》引《詩》與《爾雅》同，據《魯詩》之文也。

177. 菁菁者莪

菁菁者莪，《韓詩》曰：「蓁蓁者莪。」薛君曰：「蓁蓁，盛貌也。」《說文》：「菁，韭華也。」「蓁，草盛貌。」則作蓁字爲正也。

178. 六　月

玁狁孔熾，我是用急，《鹽鐵論・繇役篇》：「獫允孔熾，我是用戒。」盧文弨曰：「戒當爲悈。」郝懿行云：「《爾雅・釋言》：『諴，急也。』悈通作戒。」《毛》用本字，三家用假借也。

玁狁匪茹，《易林・未濟之睽》：「獫狁匪度。」《詩箋》云：「茹，度也。」鄭用今文以申《毛》義也。

織文鳥章，《周禮・司常・疏》：「《詩》曰：識文鳥章。」按：《箋》云：「織，徽織。」是讀織爲識也。

如輊如軒，《毛傳》：「輊，摯。」《說文》云：「蟄，抵也。」即《傳》、《箋》之摯也。

179. 采　芑

路車有奭，《文選・蜀都賦》李善《注》：「《毛萇詩傳》曰：赩，赤貌也。」《毛詩》或一本作赩也。

朱芾斯皇，《白虎通・紼冕篇》：「《詩》云：朱紼斯皇。」《釋文》：「芾，本又作茀，或作紱。」。

有瑲葱珩，《韓詩》作「有瑲葱衡」，衡與珩通。

伐鼓淵淵，或作鼝鼝、鼘鼘，淵爲古文省借之字。

振旅闐闐，《說文》：「嗔，盛气也。《詩》曰：振旅嗔嗔。」左思〈魏都賦〉：「振旅輼輼。」皆三家異文。

嘽嘽焞焞，《漢書・韋玄成傳》：「《詩》曰：嘽嘽推推。」

180. 車　攻

東有甫草，《白虎通》引《詩》：「東有圃草」，《韓詩》曰：「東有圃草。」薛君曰：「圃，博也，有博大茂草也。」三家作圃也。

搏獸于敖，《水經注・濟水篇》：「《詩》所謂薄狩于敖也。」則三家或作「薄狩于敖」。

四牡奕奕，《說文》：「駺，馬行徐而疾。《詩》曰：駟牡駺駺。」

決拾既佽，《周禮・繕人・注》：「鄭司農云：『《詩》曰：抉拾既次。』詩家說或謂抉謂引弦彄也，拾謂韝扞也。」《箋》云：「佽，謂手指相次比也。」《箋》蓋從三家讀佽爲次也。

助我舉柴，《說文・手部》：「掌，積也，《詩》曰：助我舉掌。」張衡〈西京賦〉：「收禽舉胔。」陳喬樅云：「柴、掌皆胔之假借，胔者骴之或體。」是也。

181. 吉　日

既伯既禱，《說文・示部》：「禂，禱牲馬祭也。或從馬，壽省聲。」徐鍇《說文繫傳》：「《詩》曰：既禂既禂。」則以伯爲禂之假借也。

麀鹿麌麌。《說文・口部》：「噳，麋鹿群口相聚貌。《詩》曰：麀鹿噳噳。」盧文弨云：「今〈韓奕〉篇正作麀鹿噳噳。」麌、噳相通假也。

其祁孔有，《毛傳》：「祁，大也。」《箋》云：「祁當作麎；麎，麋牝也。」《爾雅・釋獸》某氏《注》：「《詩》云：瞻彼中原，其麎孔有。」蓋三家今文祁作麎，鄭據以改《毛》也。

儦儦俟俟，《韓詩》曰：「駓駓駪駪。」薛君曰：「趨曰駓，行曰駪。」《毛詩》爲古文假借也，《說文・人部》：「俟，大也。《詩》曰：伾伾俟俟。」所引亦三家異文。

182. 鴻　雁

　　蕭蕭其羽，《毛詩釋文》：「蕭，或作翽，同。」

183. 庭　燎

　　鸞聲噦噦，張衡〈東京賦〉：「鑾聲噦噦。」鸞皆當作鑾。《說文‧金部》：「鉞，車鑾聲也。《詩》曰：鑾聲鉞鉞。」

184. 沔　水

　　民之訛言，《宋書‧五行志》：「《詩》云：民之譌言。」訛、譌通用。

185. 鶴　鳴

　　可以爲錯，《說文‧厂部》：「厝，厲石也。《詩》曰：他山之石，可以爲厝。」《淮南‧修務訓‧注》引《詩》亦作厝字。

183. 祈　父

　　祈父，《潛夫論‧班祿篇》：「班祿頗而頎甫刺。」《詩箋》云：「祈、圻、畿同。」

187. 白　駒

　　勉爾遁思，《釋文》：「遯，字又作遁。」《潛夫論‧遏利篇》：「白駒介推，遯於空谷。」正作遯。

　　在彼空谷，《韓詩》曰：「皎皎白駒，在彼穹谷。」薛君曰：「穹谷，深谷也。」穹、空古通也。

188. 黃　鳥

　　不可與明，《詩箋》：「明當作盟，信也。」《釋名‧釋言語》：「盟，明也。告其事於神明也。」以聲母訓聲子也。

189. 我行其野

　　言采其蓫，《毛詩釋文》：「蓫，本作蓄。」

　　不思舊姻，《白虎通‧嫁娶篇》：「姻者，婦人因夫而成，故曰姻。《詩》曰：『不惟舊因。』謂夫也。」三家詩本作因也。

190. 斯　干

　　無相猶矣，《詩箋》：「猶當作瘉。瘉，病也。」《正義》曰：「〈角弓〉曰：『不令兄弟，交相爲瘉。』猶、瘉聲相近，故知字誤也。」

似續妣祖，《毛傳》：「似，嗣也。」《箋》云：「似讀爲巳午之巳。巳續妣祖者，謂巳成其宮廟。」《正義》謂古似、巳字同，故鄭云然。

約之閣閣，《爾雅‧釋訓》：「格格，舉也。」《周禮‧考工記‧匠人‧注》：「《詩》曰：約之格格。」三家作格格。

君子攸芋，《周禮‧大司徒‧注》：「風雨攸除，君子攸宇。」《詩箋》：「芋當作幠。幠，覆也。」鄭據三家讀作宇也。

如矢斯棘，《毛傳》：「棘，稜廉也。」《韓詩》云：「如矢斯朸。朸，木理也。」馬瑞辰云：「棘之通朸，猶馬勒通作鰳。」

如鳥斯革，《釋文》：「革，《韓詩》作䩫，云翅也。」《毛詩》爲古文同音假借。

載衣之褐，《釋文》：「褐，《韓詩》作褅，齊人名小兒被爲褅。」

191. 無　羊

其角濈濈，《毛詩釋文》：「濈濈，本又作觶，亦作戢。」

或寢或訛，《釋文》：「訛，《韓詩》作譌。譌，覺也。」

何蓑何笠，《後漢書‧蔡邕傳‧注》：「《詩》曰：荷蓑荷笠。」。

室家溱溱，《潛夫論‧夢列篇》：「施帷旟矣，室家蓁蓁。」溱溱爲蓁蓁之同音假借字。

192. 節南山

憂心如惔，《說文‧火部》：「炎，小爇也。《詩》曰：憂心如炎。」《韓詩》作炎，見《釋文》。

天方薦瘥，《說文‧田部》：「畷，殘蔵田也。《詩》曰：天方薦畷。」三家有作畷者，與《毛》異義。

憯莫懲嗟，《毛傳》：「憯，曾也。」《說文》：「朁，曾也。」《玉篇》：「朁，發語辭也。」則憯爲朁之假借也。

維周之氐，《箋》：「氐當作桎梏之桎。」《說文》：「庢，礙也。」鄭蓋讀氐爲庢也。《潛夫論‧姓氏篇》：「《詩》云：維周之底。」則作底。

秉國之均，《漢書‧歷律志》：「鈞者，均也。《詩》曰：秉國之鈞。」鈞、均古今字也。

天子是毗，《傳》：「毗，厚也。」《箋》：「毗，輔也。」《荀子》作庳，《漢書‧歷律志》作裨，或作俾，古皆音近假借，展轉相通。

勿罔君子，《詩箋》：「勿當作末。不問而察之，則民末罔其上矣。」陳啓源曰：「《小爾雅》勿、末同訓無，是勿與末義本相通。」

昊天不傭，《韓詩》作庸。庸，易也。《毛傳》：「傭，均也。」《爾雅》平均訓易，謂平易也。《韓》、《毛》義或相通。

家父作誦，三家「家父」作「嘉父」。

193. 正　月

民之訛言，《說文》：「譌，譌言也。《詩》曰：民之譌言。」《毛詩》訛爲譌之假借。

憂心愈愈，《爾雅·釋訓》：「瘐瘐，病也。」愈愈乃瘐瘐之假借。

憂心惸惸，《釋文》；「惸惸本又作煢，憂意也。」

不敢不局，《毛詩釋文》：「局，本亦作跼。」《說文》：「趜，側行也。《詩》曰：不敢不趜。」〈足部〉：「蹐，小步也。《詩》曰：不敢不蹐。」許氏兼採今古文也。

胡爲虺蜴，《說文》：「虺以注鳴者，《詩》曰：胡爲虺蜥。」《鹽鐵論》引《詩》同，蜥爲三家今文。

燎之方揚，寧或滅之，《漢書》谷永〈對〉曰：「燎之方陽，能或滅之。」《魯詩》之文如此。

洽比其鄰，《左氏》僖廿二年：「《詩》云：協比其鄰，昏姻孔云。」《毛傳》：「洽，合也。」與協義同。

194. 十月之交

日月告凶，《漢書》劉向上〈封事〉：「日月鞠凶。」鞠亦告他。

百川沸騰，《玉篇·水部》：「《詩》曰：『百川沸滕。』水上湧也。」《毛詩》騰爲滕之假借，《玉篇》據三家今文也。

山冢崒崩，劉向上〈封事〉：「山冢卒崩。」《釋文》：「崒亦作卒。」。

番維司徒，《釋文》：「番，本亦作潘，《韓詩》作繁。」《漢書·古今人表》作「司徒皮」，番、潘、繁、皮皆以音近相通。

豔妻煽方處，《說文》：「煽，熾盛也。《詩》曰：豔妻偏方處。」《漢書》谷永〈對〉：「閻妻驕扇，日以不臧。」豔作閻。《中候》曰：「剡者配姬以放賢。」《齊詩》蓋作剡字。

抑此皇父，《詩箋》：「抑之言噫。噫！是皇父，疾而呼之。」《韓詩》云：

「意也。」鄭蓋據《韓》讀也。

日予不戕，《箋》云：「戕，殘也。」王肅作臧，云善也。

不憖遺一老，《韓詩》云：「閒也。」《小爾雅》：「憖，願也，強也，且也。」《韓詩》憖、閒，乃一聲之轉。

讒口囂囂，《韓詩》作嗸嗸，《爾雅‧釋訓》：「嗸嗸，毀也。」三家《詩》作嗸嗸、嗸嗸也。

噂沓背憎，《說文‧人部》：「僔，聚也。《詩》曰：僔沓背憎。」〈口部〉：「噂，聚語也。《詩》曰：噂沓背憎。」許兼引今古文也。

悠悠我里，《毛傳》：「里，居也。」《箋》同，《爾雅‧釋詁》：「悝，憂也。」郭《注》：「《詩》曰：悠悠我悝。」《玉篇》作癉，蓋據《韓詩》也。

195. 雨無正

淪胥以鋪，《漢書‧敘傳》：「薰胥以刑。」晉灼曰：「《齊》、《魯》、《韓》詩作薰。薰，帥也。胥，相也。從人得罪，相坐之刑也。」則三家《詩》作「薰胥以鋪」也。《韓詩》云：「鋪，病也。」又讀鋪為痛矣。

周宗既滅，莫知我勸。《左氏》昭十六年《傳》：「《詩》曰：宗周既滅。」又云：「莫知我肆。」則《毛》「周宗」又作「宗周」勸作肆也。

莫肯用訊，戴震云：「訊乃誶之譌。訊、問；誶，告。義各不同。〈陳風‧墓門〉：『歌以訊之。』《釋文》本又作誶，與此並當作誶字為正。」

196. 小　旻

謀猶回遹，《釋文》：「回遹，僻也。《韓詩》作駇。」《漢書‧班固幽通賦‧注》，曹大家曰：「回，邪；穴，僻也。」《齊詩》當作「謀猷回穴」也。《文選‧潘岳西征賦‧李善注》：「《韓詩》曰：謀猷回沇。《薛君章句》曰：回沇，邪僻也。」則《釋文》所見《韓詩》又與李善不同。

潝潝訿訿，《爾雅‧釋訓》：「翕翕訿訿，莫供職也。」《荀子‧修身篇》：「喣喣呰呰。」《漢書‧劉向傳》：「歙歙譜譜。」《說文‧言部》：「訾，不思稱意也。《詩》曰：翕翕訾訾。」皆三家異文也。

是用不集，《毛傳》：「集，就也。」《韓詩外傳》六：「是用不就。」

民雖靡膴，《韓詩》作「靡腜」《詩箋》：「膴，法也。」是以膴為撫之假借也。

戰戰兢兢，《左氏》宣十六年《傳》：「《詩》曰：戰戰衿衿。」《魯詩》兢

作衿，故韋孟〈諷諫詩〉：「衿衿元王。」是也。

197. 小　宛

《國語・晉語》：「秦伯賦〈鳩飛〉。」韋昭《注》：「〈鳩飛〉，〈小雅・小宛〉之首章也。」陳喬樅云：「據《國語》，則〈小宛〉篇題亦或作〈鳩飛〉也。」

翰飛戾天，《文選・西都賦・注》：「《韓詩》曰：翰飛厲天。《薛君章句》曰：厲，附也。」

螟蛉有子，蜾蠃負之，《說文・虫部》：「蜾蠃、蒲盧，細要土蜂也，天地性細要，純雄無子，《詩》曰：螟蠕有子，蜾蠃負之。重文蜾。」螟蛉作螟蠕，蜾蠃作蜾蠃，三家異文如此。

哀我填寡，《釋文》：「填，盡也。《韓詩》亦作疹；疹，苦也。」

宜岸宜獄，《說文》：「犴，胡地野狗；犴或从犬，《詩》曰：宜犴宜獄。」《韓詩》即作犴，云：「鄉亭之繫曰犴，朝廷曰獄。」《齊詩》同。《毛詩》岸字為犴之假借也。

198. 小弁

《漢書・杜欽傳》：「〈小卞〉之作，可為寒心。」弁作卞。

惄焉如擣，《毛詩釋文》：「擣或作壽，《韓詩》作疛。」擣，《毛傳》訓為心疾，即壽之假借，疛為壽之異文。

疢如疾首，《釋文》：「疢，病也。又作疹，同。」

譬彼壞木，《說文》：「瘣，病也。《詩》曰：譬彼瘣木。」

尚或墐之，《說文》：「殣，道中死人，人所覆也。《詩》曰：行有死人，尚或殣之。」《毛傳》：「墐，路冢也。」墐、殣義同。

199. 巧　言

亂如此憮，《毛傳》：「憮，大也。」《箋》云：「憮，敖也。」字同而訓異也。

僭始既涵，《釋文》：「涵，容也。《韓詩》作減。減，少也。」《說文・水部》：「涵，水澤多也。《詩》曰：僭始既涵。」作涵為正也。

亂是用餤，《禮記・表記》：「亂是用鹽。」鹽以音近通假。

匪其止共，《韓詩外傳》四：「匪其止恭。」《禮記・緇衣》：「匪其止躬。」字各異也。

秩秩大猷，《說文・大部》：「猷，大也。讀若《詩》猷猷大猷。」徐鍇云：「今借秩為之。」《漢書・班固傳・注》：「《詩》曰：秩秩大繇。」猷作繇。

聖人莫之，《毛傳》：「莫，謀也。」《釋文》：「莫又作漠，同；一本作謨。」則莫、漠、謨皆訓謀也。

居河之麋，《毛傳》：「水草交謂之麋。」《釋文》：「麋，本又作湄。」《說文》：「湄，水草交爲湄。」《毛詩》麋爲湄之假借也。

既微且尰，《說文・疒部》：「瘇，脛气足腫。《詩》曰：既微且瘇。」尰、瘇字通。

200. 何人斯

我心易也，《釋文》：「易，《韓詩》作施。施，善也。」

201. 巷　伯

萋兮斐兮，《說文・系部》：「緀，白文貌。《詩》曰：緀兮斐兮。」《毛詩》萋當是緀之假借。

緝緝翩翩，《說文・口部》：「咠，聶語也。《詩》曰：咠咠幡幡。」《說文》所引與四章：「捷捷幡幡。」下二字同，疑許所據《詩》四章捷捷亦作緝緝。

勞人草草，《爾雅・釋訓》：「慅慅，勞也。」草即慅之假借。

202. 谷　風

維山崔嵬，《毛詩釋文》：「嵬，又作峗。」。

203. 蓼　莪

蓼蓼者莪，《隸釋・司隸校尉魯峻碑》：「悲〈蓼羲〉之不報，痛〈昊天〉之靡嘉。」作蓼羲，〈漢平都相蔣君碑〉：「蓼蓼者儀。」作蓼儀，皆蓼莪之異文。

瓶之罄矣，《說文・穴部》：「窒，空也。《詩》曰：瓶之窒矣。」〈缶部〉：「罄，器中空也。《詩》曰：瓶之罄矣。」許兼採今古文也。

204. 大　東

有饛簋飧，《說文・食部》：「饛，盛器滿貌。《詩》曰：有饛簋飧。」與《毛詩》同。

周道如砥，《孟子・萬章篇》：「周道如底。」

睠言顧之，潸焉出涕，《荀子・宥坐篇》：「眷焉顧之，潸然出涕。」《說文・水部》：「潸，涕流。《詩》曰：潸焉出涕。」與《毛詩》同。

佻佻公子，《毛詩釋文》：「佻，《韓詩》作嬥嬥，往來貌。」《楚詞注》十

六：「《詩》曰：苕苕公子，行彼周道。」《魯詩》作苕苕。

有洌氿泉，《釋文》：「氿泉，又作晷。」《說文》：「洌，寒貌。」洌當作冽。《說文》：「厬，仄出泉也。」氿、晷皆厬之假借也。

無浸穫薪，《釋文》：「寖，漬也，字又作浸。穫，《毛》：『刈也。』，鄭：『落木名也。』字則从木也。」陳喬樅云：「《爾雅‧釋木》、《釋文》引《詩》『無浸檴薪。』正作木旁。」鄭所據《魯詩》也。

舟人之子，熊羆是裘，《詩箋》：「舟當作周，裘當作求，聲相近故也。」鄭所據詩作「周人之子，熊羆是求。」求，古文裘。

鞙鞙佩璲，《毛詩釋文》：「鞙鞙，玉貌。字或作琄。」《爾雅‧釋訓》正作琄，爲正字也。

跂彼織女，《說文‧七部》：「𧿧，頃也。《詩》曰：𧿧彼織女。」

東有啓明，《釋文》引《詩》作启明。

205. 四 月

六月徂暑，《詩箋》：「徂，猶始也。」鄭讀徂爲祖也。

百卉俱腓，《韓詩》薛君曰：「腓，變也。言俱變而黃也。」《玉篇》：「痱，風病也。《詩》曰：百卉俱痱。」據《韓詩》義也。

亂離瘼矣，《韓詩》曰：「亂離斯莫。」薛君曰：「莫，散也。」

匪鶉匪鳶，《說文‧鳥部》：「鶳，雕也。《詩》曰：匪鶳匪鳶。」

206. 北 山

溥天之下，《韓詩外傳》一：「《詩》曰：普天之下。」三家作普也。

或燕燕居息，或盡瘁事國，《漢書‧五行志》劉歆說《詩》曰：「或宴宴居息，或盡頓事國。」燕作宴，瘁作頓。

208. 小 明

念彼共人，《鹽鐵論‧執務篇》：「念彼恭人。」

睠睠懷顧，《韓詩》曰：「眷眷懷顧。」睠、眷古今字也。

209. 鼓 鐘

憂心且妯，《說文‧心部》：「怞，朗也。《詩》曰：憂心且怞。」《毛詩》：「妯，動也。」妯蓋怞之假借。

其德不猶，《詩箋》：「猶當作瘉。瘉，病也。」

210. 楚茨：《禮記・玉藻・注》：「〈采薺〉當為〈楚薺〉之薺。」《齊詩》
作〈楚薺〉。

　　楚楚者茨，《楚詞注》一：「薺，蒺藜也。《詩》曰：楚楚者薺。」

　　我藝黍稷，《說文・丮部》：「埶，種也。《詩》曰：我埶黍稷。」則藝、
藝皆埶之假借也。

　　祝祭于祊，《說文・示部》：「䄟，門內祭，先祖所以徬徨。《詩》曰：祝
祭于䄟。重文祊。」孫炎《爾雅注》作「祝祭于閍。」

　　苾芬孝祀，《韓詩》曰：「馥芬孝祀。」薛君曰：「馥，香貌也。」苾、馥
同音相通。

211. 信南山

　　維禹甸之，《周禮・稍人・注》：「甸，讀與『維禹陾之』之陾同。」

　　畇畇原隰，《周禮・旬人・注》：「旬，均也。讀如畇畇原隰之畇。」賈《疏》
云：「畇畇是均田之意。」此蓋《齊詩》異文。

　　既優既渥，《說文》：「霢，澤多也。《詩》曰：既霢既渥。」

　　疆場有瓜，《韓詩外傳》四作「壇場有瓜。」又作畺。

　　取其血膋，《說文》：「膫，牛腸脂也。重文膋。」《毛》用重文也。

212. 甫　田

　　倬彼甫田，《韓詩》作「菿彼甫田」見《玉篇》，《釋文》亦作菿。

　　或耘或耔，黍稷薿薿，《漢書・食貨志》作「或芸或芋，黍稷儗儗。」

　　攘其左右，《箋》：「攘讀為饟。饟，饋也。」攘為饟之假借也。

213. 大　田

　　以我覃耜，《爾雅・釋詁・注》：「《詩》曰：以我剡耜。」剡又作掞。

　　俶載南畝，《詩箋》：「俶讀為熾，載讀為菑栗之菑。」《方言》云：「入地
為熾，反草為菑。」俶載即熾菑之假借也。

　　不稂不莠，《說文》稂作䅣，重文即稂，乃《毛詩》所據字也。

　　去其螟螣，《說文》螣作蟘，《釋文》：「螣字又作貳。」。

　　秉畀炎火，《韓詩》作「卜畀炎火。」馬瑞辰云：「秉與卜雙聲，故古通
用。」

　　有渰萋萋，興雨祁祁，《漢書・食貨志》作「有黮淒淒，興雲祁祁。」《呂
覽・務本篇》：「有晻淒淒，興雲祁祁。」皆作興雲，與《毛》不同。盧文弨

謂《家訓》始謂興雲當作興雨，而陸氏《釋文》從之。據三家異文，則作「興雲」是也。

214. 瞻彼洛矣。

靺韐有奭，《白虎通・爵篇》引作「靺韐有赩。」

鞞琫有珌，鞞是刀室之名，琫乃佩刀上飾，珌古文作璏。《毛詩釋文》鞞又作琕，琫又作鞛，皆三家異文也。

216. 桑扈

有鶯其羽，《文選・潘安仁射雉賦・注》作「有鸎其羽。」鶯、鸎爲四家之異文也。

受福不那，《說文・鬼部》：「魖讀《詩》受福不儺。」或三家那有作儺者。

兕觥其觩，《說文》：「觓，角貌，《詩》曰：兕觵其觓。」三家觥作觵，觩作觓也。

匪交匪敖，《漢書・五行志》作「匪傲匪傲。」《左傳》作「彼交匪敖。」與《毛》同。

217. 鴛鴦

畢之羅之，《呂覽・季春紀》作「罼之羅之」罼，掩網也。

摧之秣之，《韓詩》作「莝之秣之。」故《箋》云：「摧；今莝字也。」

218. 頍弁

先集維霰，《爾雅・釋天・注》作「先集維霓」又有作霶者。

樂酒今夕，《楚詞・大招・注》：「昔，夜也。《詩》云：樂酒今昔。」

219. 車舝 《左氏》昭二十五年《傳》，昭子賦〈車轄〉。

辰彼碩女，《列女傳》作「展彼碩女。」據《魯詩》之文也。

以慰我心，《韓詩》：「以愠我心」《說文》：「慰，安也。一曰恚怒也。」《毛傳》：「慰，安也。」許即據《毛》、《韓》二家也。

220. 青蠅

營營青蠅，《說文・言部》引《詩》「譻譻青蠅。」〈黽部〉作「營營青蠅」，許兼採今古文也。

止于樊，《說文・爻部》：「棥，藩也。」引《詩》「止于棥」《史記・滑稽列傳》作「止于蕃。」《漢書》作「止于藩。」則棥爲正字，樊、蕃、藩皆三

家異文也。

221. 賓之初筵

殽核維旅，《文選注》：「殽覈，食也。肉曰殽，骨曰覈。《詩》曰：殽覈惟旅。」

賓載手仇，《詩箋》：「仇讀曰斛，賓手挹酒。」《禮記釋文》何氏《隱義》云：「斛容四升。」則斛亦挹酒之器也。

威儀反反，《釋文》：「反反，重慎也。《韓詩》作皈皈，善貌。」

威儀怭怭，《說文》：「怭，威儀也。《詩》曰：威儀怭怭。」

側弁之俄，《說文》：「俄，行頃也。」引《詩》「仄弁之俄」，則仄、側通用。

屢舞僛僛，《說文・女部》作「屢舞娸娸」，〈人部〉作「屢舞僛僛。」許氏兼採今古文也。

式勿從謂，《詩箋》：「式讀曰慝。」疑式字本作忒，忒、慝古通也。

222. 魚　藻

有頒其旨，《爾雅・釋詁》：「賁，大也。」樊光《注》引《詩》「有賁其首。」《魯詩》之文如此也。

223. 采　菽

觱沸檻泉，《說文・水部》：「濫，氾也。《詩》曰：畢沸濫泉。」《說文》無觱字，三家蓋作畢或滭字也。

君子所屆，《晏子春秋・諫上》「屆」作「誡」，當作屆為正字。

彼交匪紓，《荀子・勸學篇》作「匪交匪紓」，《韓詩》作「彼交匪舒」。

平平左右，《韓詩》作「便便」云：「閑雅之貌」，《左氏》襄十一年《傳》作「便蕃左右」。

天子葵之，《毛傳》：「葵，揆也。」葵、揆古今字也。

福祿膍之，《韓詩》作「肶」，《說文》：「膍或从比作肶。」膍、肶同。

224. 角　弓

騂騂角弓，《說文・角部》：「觲，用角低仰便也。《詩》曰：觲觲角弓。」，與《毛傳》：「騂騂，調利也。」義同。

民胥傚矣，《左氏》昭六年《傳》作「民胥效矣」，《潛夫論》、《白虎通》俱作「民斯效矣。」，胥或作斯，傚、效古今字也。

如食宜饇，《韓詩》「宜」作「儀」，云：「儀，我也。」，儀、宜古書通用。饇，《說文》作餩，《韓詩》作飫，當以餩字為正，說見前。

雨雪瀌瀌，見晛曰消，《漢書・劉向傳》「瀌瀌」作「麃麃」，乃省文假借也。《韓詩》「瞗睍聿消」，《荀子》作「宴然聿消」，段玉裁云：「宴然即瞗暚也。」，《廣雅・釋詁》：「瞗暚，煗也。」是也。

莫肯下遺，《詩箋》：「遺，讀曰隨。」，《韓詩章句》薛君曰：「隤猶遺也。」，則遺、隨、隤皆三家異文，音近義通也。

225. 菀 柳

上帝甚蹈，《詩箋》：「蹈，讀曰悼。」段玉裁云：「〈檜風・傳〉：『悼，動也。』此〈傳〉云：『蹈，動也。』則是一字也，《箋》申《傳》非易《傳》也。」，《韓詩外傳》四作「上帝甚慆。」。

後予極焉，《毛傳》：「極，至也。」，《箋》：「極，誅也。」，陳喬樅云：「鄭讀極為殛也。」是矣。

226. 都人士

臺笠緇撮，《箋》云：「臺，夫須也。」與〈南山有臺〉同，《爾雅》作薹，云：「草名。」是也。

謂之尹吉，《毛傳》：「尹，正也。」《箋》：「吉讀為姞。尹氏、姞氏，周昏姻舊姓也。」，《傳》、《箋》異字異義也。

垂帶而厲，《詩箋》：「厲字當作裂。」，而、如古通，故《箋》云：「而亦如也。」

227. 采 綠

終朝采綠，《楚詞注》一：「菉，王芻也。」，綠為菉之假借。

言韔其弓，《釋文》：「韔，本亦作鬯。」，音同通假也。

228. 黍 苗

烈烈征師，《左氏》襄二十七年引《詩》作「列列征師」，列為烈之省借也。

229. 隰 桑

其葉有難，《毛傳》：「難然，盛貌。」，三家作儺，見《釋文》。

遐不謂矣，《禮記・表記》引作「瑕不謂矣」，《注》云：「瑕之言胡也。」

《詩箋》云：「遐，遠也。」，鄭注《禮》箋《詩》異義也。

230. 白　華

英英白雲，《韓詩》作「泱泱白雲。」見《釋文》。

滮池北流，《說文》：「滮，水流貌。」引《詩》「滮沱北流。」

念子懆懆，視我邁邁，《說文》：「懆，愁不安也。」「怖，恨怒也。《詩》曰：視我怖怖。」《毛詩》邁邁即怖怖之假借也。

231. 緜　蠻

緜蠻黃鳥，《禮記・大學》引《詩》：「緡蠻黃鳥。」

232. 瓠　葉

有兔斯首，《詩箋》：「斯，白也。今斯白之字作鮮，齊、魯之間聲近斯。」《後漢書・劉昆傳》，兔首作菟首。

233. 漸漸之石，《釋文》：「漸漸，亦作嶄嶄。」《說文繫傳》作「塹塹」。

維其卒矣，《箋》：「卒者，崔嵬也，謂山顚之末。」，《箋》是讀卒爲崒。

有豕白蹢，《毛傳》：「蹢，蹄也。」《說文》作蹏。

234. 苕之華

牂羊墳首，《焦氏易林・孚之訟》：「牂羊羵首。」《毛詩》爲古文假借也。《說文繫傳・頁部》：「頒，大首也。」蓋三家之異文也。

235. 何草不黃

何人不矜，《韓詩》作「何人不鰥。」

236. 大雅文王

亹亹文王，令聞不已，《墨子・明鬼篇》：「穆穆文王，令問不已。」亹亹，或作沒沒，亦作娓娓，皆一聲之轉也。

陳錫哉周，《左氏》宣十五年《傳》引《詩》作「陳錫載周」，《國語》同。

聿脩厥德，《後漢書・東平王傳》引《詩》作「述脩厥德。」，聿、述聲轉。

無遏爾躬，《毛傳》：「遏，止也。」《韓詩》：「遏，病也。」《廣雅》：「瘕，病也。」《韓詩》蓋以遏爲瘕之假借字也。

上天之載，《禮記・中庸・注》：「載讀曰哉，謂生物也。」《漢書・揚雄傳》作：「上天之緯。」，緯，謂事也。

237. 大　明

天難忱斯，《春秋繁露》作「天難諶斯」，《潛夫論》、《韓詩外傳》作「天難訧斯。」《說文》：「諶，誠諦也。」，作諶爲正字也。

大任有身，《漢書》孟康《注》：「娠音身。今多以娠作身。兩通也。」

在洽之陽，《說文・邑部》引《詩》：「在郃之陽。」

造舟爲梁，《廣雅》造作艁，《方言》云：「造舟謂之浮梁。」，則字又作艁也。

其會如林，《說文》：「艪，建大木置石其上，發以機，以退敵也。《詩》曰：其艪如林。」，許據三家，《毛詩》會爲艪之省借也。

牧野洋洋，《禮記》「牧野」作「坶野」。

涼彼武王，《毛傳》：「涼，佐也。」，《韓詩》作亮，云：「亮，相也。」字異而義同。

肆伐大商，《風俗通義》引《詩》：「亮彼武王，襲伐大商。」

會朝清明，《楚詞・天問》：「會鼂爭盟。」陳喬樅即以此爲「會朝清明」之異文。

238. 緜

自土沮漆，《漢書・地理志》作杜，謂地名也。

陶復陶穴，《說文》：「覆，地室也。」引《詩》「陶覆陶穴」，《毛詩》復即覆字之假借也。

周原膴膴，《韓詩》作「周原腜腜」，見《文選・魏都賦・張載注》。

捄之陾陾，《說文》：「捄，盛土於梩中也。《詩》曰：捄之仍仍。」，陾陾，作仍仍。

皋門有伉，《韓詩》作閌，云：「閌，盛貌也。」

混夷駾矣，《說文・馬部》：「駾，馬行疾來貌。《詩》云：昆夷駾矣。」混作昆，〈口部〉：「犬夷吶矣。」混夷即昆夷，亦即犬夷也。《文選・魯靈光殿賦》作「昆夷突矣」。

予曰有奔奏，《尙書大傳》作：「予曰有奔輳。」

239. 棫　樸

薪之槱之，《釋文》：「槱又作栖，積木燒也。」《說文》又作褿。

左右趣之，賈子《新書》、《春秋繁露》，趣皆作趨，三家今文如此也。

追琢其章，《毛傳》：「追，雕也。」三家今文皆作雕。

240. 旱麓，《釋文》：「麓，本亦作鹿。」鹿乃麓之古文假借。

瑟彼玉瓚，《說文・玉部》：「瑟，玉英華相帶如瑟弦。《詩》云：瑟彼玉瓚。」《毛詩》瑟爲瑟之古文省借。

民所燎矣，《釋文》：「燎，《說文》作尞，一云：『柴祭天也。』又云：『燎，放火也。』」

241. 思　齊

思齊大任，《釋文》：「齊，本亦作齋。齋，莊也。」《毛傳》：「齊，莊也。」字當作齋爲正。

神罔時恫，《說文・人部》：「侗，大貌。《詩》云：神罔時侗。」《毛傳》：「恫，痛也。」，三家與《毛》異字異義。

烈假不瑕，《箋》云：「厲、假皆病也。」《正義》云：「鄭讀烈假爲癘。」《隸釋・漢唐公房碑》：「癘蠱不遐。」陳喬樅云：「此與鄭讀合，足見鄭《箋》中改字多據三家今文也。」

古之人無斁，《毛詩箋》：「古之人口無擇言，身無擇行，以身化其臣下。」《毛詩》作斁，鄭讀爲擇也。

242. 皇　矣

監觀四方，求民之莫，《毛傳》：「莫，定也。」《漢書・敘傳》引《詩》作「鑒觀四方，求民之瘼。」《潛夫論・班祿篇》同，《毛》與三家異。

上帝耆之，《毛傳》：「耆，惡也。」《箋》：「耆，老也。」《傳》、《箋》異訓，《潛夫論・班祿篇》作「上帝指之。」《魯詩》耆作指。

其菑其翳，《毛傳》：「木立死曰菑，自斃曰翳。」《韓詩》作薱，云：「反草也。」，翳則作殪。

貊其德音，《韓詩》作莫，《禮記・樂記》、《史記・樂書》，《左傳》昭二十八年《傳》皆作莫。《釋詁》云：「貊，莫，定也。」貊爲古文，莫爲今文也。

克順克比，比于文王，《禮記・樂記》引作「克順克俾，俾予文王。」鄭《注》：「俾當爲比，聲之誤也。」

施于孫子，《漢書・敘傳》：「奕世載德，祂于孫子。」施、祂古今字也。

無然畔援，《玉篇》引《詩》作伴換，云：「伴換猶跋扈也。」

侵阮徂共，《毛傳》：「侵阮遂往侵共。」訓徂爲往，《箋》云：「阮也、徂也、共也，三國犯周而文王伐之。」此《魯》義也。

與爾臨衝，《韓詩》作隆衝。

是類是禡，《說文》作禷，《爾雅・釋天》：「是禷是禡，師祭也。」三家作禷，《毛詩》乃古文渻借也。

崇墉仡仡，《說文・土部》：「圪，牆高貌。《詩》曰：崇墉圪圪。」《文選》十一〈魯靈光殿賦・注〉張載曰：「屹，猶孽也，高大貌。《詩》云：崇墉屹屹。」皆三家異文也。

243. 靈　臺

白鳥翯翯，《孟子・梁惠王》上引《詩》：「白鳥鶴鶴。」《新書・禮篇》：「白鳥皜皜。」《文選・何晏景福殿賦》：「皠皠白鳥。」則鶴、皜、皠皆出三家也。

虡業維樅，《說文・丵部》：「業，大板也。《詩》曰：巨業維樅。」

賁鼓維鏞，《釋文》：「賁字亦作鼖。」

鼉鼓逄逄，《呂覽・季夏・注》：「鼉鼓韸韸。」

矇瞍奏公，《楚詞注》四：「矇瞍奏工。」《呂覽・注》：「矇叟奏功。」

244. 下　武

世有哲王，《釋文》：「哲，本又作悊，又作喆，皆同。」

應侯順德，《荀子・仲尼篇》引作「應侯慎德」，《淮南・繆稱訓》同。

245. 文王有聲

遹求厥寧，《說文》：「欥，詮詞也。《詩》曰：欥求厥寧。」

築城伊淢，《釋文》：「淢又作洫，《韓詩》云：洫，深池也。」

匪棘其欲，遹追來孝，《禮記・禮器》：「《詩》曰：匪革其猶，聿追來孝。」鄭《注》：「革，急也。猶，道也。聿，述也。」此《齊詩》之文，《釋文》本又作「匪亟其慾。」

宅是鎬京，《禮記・坊記》作「度是鎬京。」宅、度音近通假。

武王豈不仕，詒厥孫謀，以燕翼子，《晏子春秋》引《詩》作「武王豈不事，貽厥孫謀，以宴翼子。」

246. 生　民

時維姜嫄，《韓詩章句》：「姜姓，原字。」作姜原也。

以弗無子，《箋》云：「弗之言祓也。」弗、祓古今字也。

先生如達，《詩箋》：「達，羊子也。」《說文》云：「羍，小羊也。」三家作羍，《箋》據以爲釋也。

不坼不副，《說文・土部》：「墄，裂也。《詩》曰：不墄不疈。」

實覃實訏，《說文》：「覃，長味也。《詩》曰：實覃實吁。」作吁，同。

克岐克嶷，《說文》：「嶷，小兒有知也。」嶷作嶷。

禾役穟穟，《毛傳》：「役，列也。」《說文》役作穎，蓋本三家也。

瓜瓞唪唪，《說文》引《詩》：「瓜瓞菶菶。」《毛詩》唪爲菶之假借也。

茀厥豐草，《釋文》：「茀，《韓詩》作拂。拂，弗也。」弗即去也。

實方實苞，《詩・大田》：「既方既皁。」《箋》：「方，房也。謂孚甲始生未合時也。」此方作房，亦通。《毛傳》：「方，極畝也。」《箋》：「方，齊等也。」未若「實房實苞」爲得也。《讀詩記》引《崔集注》如此。

維穈維芑，《隋書・音樂志》作「惟虋惟芑。」穈與虋通，赤苗也。

或舂或揄，《周禮・女舂》「舀」注：「舀，抒臼也。《詩》曰：或舂或舀。」

或簸或蹂，《說文・臼部》引《詩》：「或簸或舀。」蹂作舀，重文抌，云：「舀或从手，从宂。」

釋之叟叟，烝之浮浮，《說文・火部》：「烰，烝也。《詩》曰：烝之烰烰。」浮即烰之假借。《爾雅・釋訓》：「溞溞，淅也。」樊光《注》：「《詩》云：淅之溞溞，烝之烰烰。」釋作淅，叟作溞，浮作烰，《毛詩》用古文，《爾雅》用今文也。

取羝以軷，《釋文》：「羝，牡羊也。字亦作羝。」作羝爲正也。

后稷肇祀，《禮記・表記》作「后稷兆祀。」肇爲兆之古文假借也。

247. 行　葦

維葉泥泥，《文選・注》引《詩》「維葉柅柅」，張揖作「苨苨」，草盛也。

嘉殽脾臄，《釋文》：「臄，字或作醵。」陳喬樅云：「臄訓口次肉，醵作會飲酒，作醵者同音假借字也。」

敦弓既句，《說文》句作彀，張衡〈東京賦〉：「彫弓既彀。」敦、彫爲古今之異，句爲彀之同音假借也。

黃耇台背，《藝文類聚》引《詩》作「黃耇鮐背」，台即鮐之渻借也。

248. 既　醉

室家之壺，《說文・口部》：「㘛，宮中道。《詩》曰：室家之㘛。」

249. 烝 醺

公尸來止熏熏，《說文・酉部》：「醺，醉也。《詩》曰：公尸來燕醺醺。」許據三家，故與《毛》異。

250. 假 樂

《左傳》文四年：「公賦〈嘉樂〉。」襄二十六年：「晉侯賦〈嘉樂〉。」《毛傳》：「假，嘉也。」，毛詩假即嘉字之古文假借也。

假樂君子，顯顯令德，《禮記・中庸》：「《詩》曰：嘉樂君子，憲憲令德。」此三家與《毛》異文也。

穆穆皇皇，班固〈明堂詩〉：「穆穆煌煌。」皇爲煌之假借。

不愆不忘，《說苑・建本篇》引《詩》：「不愆不亡。」《春秋繁露》引作「不騫不忘。」愆與愆同，騫與愆同音相通。

民之攸墍，《漢書・五行志》引作「民之攸暨。」《爾雅・釋詁》某氏《注》：「民之攸呬。」《正義》曰：「墍與呬古今字。」

251. 〈公劉〉

迺裹餱糧，《毛詩釋文》：「餱字或作猴，糧本亦作粮。」

思輯用光，《孟子・梁惠王》下：「《詩》曰：思戢用光。」輯作戢。

陟則在巘，《釋文》：「甗本又作巘。」《爾雅・釋山》：「重甗，陳。」《釋文》是也。

既登乃依，《箋》云：「既登堂負扆而立。」鄭改依爲扆也。

于豳斯館，《白虎通・京師篇》：「《詩》曰：篤公劉，于邠斯觀。」豳，三家今文作邠；館、觀古通也。

芮鞫之即，《周禮・職方志》：「〈公劉〉曰：汭坭之即。」芮本作汭，《漢書・地理志》師古《注》：「阮讀與鞫同，《韓詩》作芮阮。」

252. 泂 酌

可以餴饎，《說文・食部》：「饎，酒食也。《詩》曰：可以饋饎。」餴又作饋也。饎，《說文》重文作䭜，又作糦。

253. 卷 阿

飄風自南，《釋文》：「票風，迴風也。本亦作飄。」字又作票。

伴奐爾游矣，《毛傳》：「伴奐，廣大有文章也。」《箋》云：「伴奐，自縱弛之意也。」《正義》曰：「鄭讀伴奐為畔換，與毛文義並異。」

似先公酋矣，《毛傳》：「似，嗣也。」《爾雅・釋詁・注》：「嗣先公爾酋矣。」，或《魯詩》文如此。

茀祿爾康矣，《毛傳》：「茀，小也。」《箋》云：「茀，福。」《爾雅・釋詁・注》：「詩曰：被祿康矣。」或《魯詩》文如此，鄭據之也。

顒顒卬卬，蔡邕〈上壽表〉：「《詩》曰：禺禺昂昂。」《隸釋・漢平都相蔣君碑》、〈漢衛尉衡方碑〉並同，《毛詩》卬為昂之省借也。

翽翽其羽，《說苑・奉使篇》作「噦噦其羽。」噦即翽之假借也。

藹藹王多吉士，《說文》：「藹，臣盡力之美也。《詩》曰：藹藹王多吉士。」與《毛詩》同。

254. 民　勞

憯不畏明，《毛傳》：「憯，曾也。」為語辭，《左氏》昭二十年《傳》引《詩》：「慘不畏明。」《左傳》慘字當即憯之假借。《說文・日部》：「替，曾也。《詩》曰：替不畏明。」憯亦替之假借也。

柔遠能邇，《箋》云：「能，猶伽也。」伽於字書未見，陳喬樅云：「據孔《疏》以伽為順適，則義當訓若；若，順也。」是也。

以謹惛怓，《說文・心部》：「惽，怓也。」「怓，亂也。《詩》曰：以謹惽怓。」惛怓作惽怓也。《周禮・大司徒》引《毛詩》作「以謹讙譊」《詩箋》云：「惛怓，猶讙譁也。」則《疏》據《詩箋》改字也。

玉欲玉女，阮元〈王欲玉女解〉謂玉即畜字也。

255. 板，板或作版

下民卒癉，《毛詩釋文》：「僤，本又作癉，沈本作瘴。」《爾雅・釋詁》：「癉，病也。」《禮記・緇衣》引《詩》作「卒癉」，《韓詩外傳》五作「下民瘁癉。」《詩箋》云：「天下之民盡病其出善言而不行之也。」則依《毛》作卒，不作瘁也。

靡聖管管，《毛傳》：「管管，無所依也。」《廣韻》引《詩》作「悹悹」疑三家今文作悹。

是用大諫，《左氏》成八年《傳》引《詩》：「是用大簡。」杜《注》：「簡，諫也。」簡即諫之假借也。

無然泄泄,《說文・口部》:「呭,多言也。《詩》曰:無然呭呭。」〈言部〉:「詍,多言也。」引《詩》作詍,則《毛詩》泄爲呭、詍之古文假借也。

辭之輯矣,《新序・雜事》三引《詩》:「辭之集矣。」輯作集字。

民之洽矣,《左氏》襄三十一年《傳》引《詩》「民之協矣。」,《列女傳》同。洽、協音近義通。

聽我囂囂,《毛傳》:「囂囂,猶謷謷也。」《爾雅・釋訓》:「敖敖,傲也。」《潛夫論・明忠篇》:「《詩》云:我即爾謀,聽我敖敖。」同。

老夫灌灌,小子蹻蹻,《尚書大傳・注》:「老夫嚾嚾,小子蟜蟜。」灌灌,《爾雅・釋訓》作懽懽;蹻蹻,《列女傳》引《詩》作矯矯。

多將熇熇,《毛傳》:「熇熇然,熾盛也。」《爾雅・釋訓》:「謔謔,謞謞,崇讒慝也。」熇熇作謞謞也。

民之方殿屎,《說文・口部》:「民之方唸㕧。」又云:「唸㕧,呻也。」蔡邕〈和熹鄧后諡議〉:「人懷殿屎之聲。」《毛傳》:「殿屎,呻吟也。」字當以《說文》爲正,《毛詩》殿屎爲唸㕧之古文假借也。

喪亂蔑資,《說苑・正理篇》:「相亂蔑資。」

天之牖民,如壎如篪,《風俗通義》六:「《詩》云:天之誘民,如塤如篪。」牖作誘,壎作塤,據《魯詩》文也。

牖民孔易,《禮記・樂記》、《史記・樂書》、《韓詩外傳》五引《詩》皆作「誘民孔易」,知《毛詩》牖爲誘之古文假借字也。

民之多辟,《文選・張衡思玄賦》:「覽烝民之多僻兮,畏立辟以危身。」諸家引《詩》辟多作僻。

256. 蕩

蕩蕩上帝,《爾雅・釋訓》:「盪盪,僻也。」孫炎《注》:「盪盪,法度廢壞之僻。」《毛詩箋》云:「蕩蕩,法度廢壞之貌。」則三家或作盪也。

其命匪諶,《說文・心部》:「忱,誠也。《詩》曰:天命匪忱。」《毛詩》作諶,《說文》乃引據三家也。

曾是強禦,《漢書・敍傳》:「曾是強圉,掊克爲雄。」禦作圉。

侯作侯祝,《毛傳》:「作,祝,詛也。」《釋文》:「作本或作詛,祝本或作呪。」《正義》云:「作即古詛字,《尚書・無逸篇》引《詩》作侯詛。」是也。《說文》:「祝,祭主贊詞者,从示,从儿口。」祝从示作祝,从口則作呪也。

　　烋烋于中國，《文選・注》六：「咆烋於中國。」烋烋即咆哮之古文也。

　　時無背無側，《韓詩外傳》五：「《詩》曰：不明爾德，以無倍無側。」背作倍，《漢書・五行志》引《詩》：「以亡背亡仄。」側作仄。

　　內奰于中國，《文選》六劉淵林《注》：「《詩》曰：內贔于中國。」《毛傳》：「奰，怒也。」《玉篇》云：「贔負，作力貌。贔負猶奰屭也。」奰、贔以音近相通假。

　　本實先撥，《詩箋》：「撥，絕也。」《列女傳》云：「《詩》曰：枝葉未有害，本實先敗。」敗、絕也。《箋》據三家爲釋也。

257. 抑

　　有覺德行，《禮記・緇衣》：「《詩》云：有梏德行，四國順之。」《毛傳》：「覺，直也。」《爾雅・釋詁》：「梏，直也。」《毛》作覺，三家作梏，字異而音同。

　　洒掃廷內，《韓詩外傳》六：「《詩》曰：夙興夜寐，灑掃庭內。」洒、灑，廷、庭，皆古今文之異也。

　　用遏蠻方，《潛夫論・勸將篇》：「用逷蠻方。」《說文・辵部》：「逷，古逖字。」《詩箋》：「遏，當作剔。剔，治也。」《說文・髟部》：「鬄，髲髮也。」字當以剔爲正，逖、遏皆其假借也。

　　質爾人民，《韓詩外傳》六、《說苑・修文篇》皆作「告爾人民」，《鹽鐵論、世務篇》引作「誥爾人民」，三家作告、作誥，與《毛詩》異文。

　　謹爾侯度，左襄二十二年《傳》：「《詩》曰：愼爾侯度，用戒不虞。」謹作愼。

　　白圭之玷，《說文・刀部》：「刮，缺也。《詩》曰：白圭之刮。」《毛傳》：「玷，缺也。」許用三家，與《毛》字異義同。

　　無言不讎，《墨子・兼愛篇》：「〈大雅〉之所道曰：無言而不讎。」《列女傳》五引《詩》：「無言不醻。」《韓詩外傳》十引《詩》作酬。《詩箋》云：「教令之出如賣物，物善則其售賈貴，物惡則其售賈賤。」，則讀讎爲售也。

　　子孫繩繩，《韓詩外傳》六引《詩》「子孫承承。」《爾雅・釋訓》：「愃愃，戒也。」作承、作愃，皆三家異文，《毛詩》繩爲愃之假借。

　　告之話言，《毛傳》：「話言，古之善言也。」《說文》：「詁，故言也。」則《毛傳》或本作「告之詁言」也。

　　借曰未知，《漢書・霍光傳》：「《詩》曰：藉曰未知。」借作藉。

誨爾諄諄，《爾雅・釋訓》：「訰訰，亂也。」《禮記・中庸・注》：「肫，讀如誨爾忳忳之忳。」《魯》作訰，《齊》作忳也。

聽我藐藐，《淮南・脩務訓・注》引《詩》：「聽我邈邈。」《尚書大傳・五行傳・注》作「聽我肒肒。」

258. 桑　柔

其下侯旬，《爾雅・釋言・注》：「其下侯洵。」李巡曰：「洵，徧之均也。」旬當爲洵之古文假借。

倉兄填兮，《毛傳》：「兄，滋也。」《釋文》：「兄，本亦作況。」況爲本字，兄爲假借也。

具禍以燼，《釋文》：「燼，災餘曰燼，本亦作爐，同。」。

國步斯頻，《毛傳》：「頻，急也。」《說文》：「矉，恨張目也。《詩》曰：國步斯矉。」蓋三家有作矉者。

孔棘我圉，《詩箋》：「圉當作禦。其急矣，我之禦寇之事。」《毛傳》：「圉，垂也。」謂四邊境垂也。鄭據三家作禦。

告爾憂卹，誨爾序爵，誰能執熱，逝不以濯，《墨子・尚賢篇》引作「告女憂卹，誨女序爵，孰能執熱，鮮不以濯。」

亦孔之僾，《說文繫傳》：「悲，悒也，气咽也。」引《詩》作悲，《爾雅・釋言》：「僾，唈也。」與《毛傳》同。

征以中垢，《毛傳》：「中垢，言闇冥也。」《韓詩外傳》五引《詩》作「往以中逅。闇行也。」征，《韓》作往；垢，《韓》作逅。

職涼善背，《毛傳》：「涼，薄也。」《箋》云：「涼，信也。」鄭是讀涼爲諒也，《傳》、《箋》異義。

259. 雲　漢

倬彼雲漢，《韓詩》曰：「菿彼雲漢。」〈小雅・甫田篇〉：「倬彼甫田。」《韓詩》作菿，云：「菿，卓也。」此詩同，《注》曰：「宣王遭旱仰天也。」

蘊隆蟲蟲，《釋文》：「蘊，《韓詩》作鬱。蟲蟲，《韓》作烔烔。」《韓詩傳》：「烔，爲草傳火盛也。」《爾雅・釋訓》：「爞爞，熏也。」郭《注》：「旱熱熏炙人。」《毛詩》「蟲蟲」即「爞爞」之省借，《韓詩》同音作烔。

后稷不克，《詩箋》云：「克，當作刻。刻，識也。」讀克爲刻。

耗斁下土，《玉篇・禾部》：「耗，敗也。《詩》曰：耗斁下土。」耗作耗，

《釋文》:「斁,《說文》、《字林》作殬。」則三家有作秅殬者矣。

先祖于摧,《詩箋》:「摧,當作嗺。嗺,嗟也。」陳啓源云:「《箋》云:『先祖之神,吁嗟乎!告困之辭。』如《箋》說,則經文字于當爲吁也。」

滌滌山川,《說文·草部》:「蔽,草旱盡也。《詩》曰:蔽蔽山川。」《毛詩》當作蔽蔽。陳喬樅云:「《玉篇》滫下云:本亦作滌。疑滫爲蔽之譌字。」是也。

如惔如焚,《後漢書·章帝紀》:「今時復旱,如炎如焚。」惔作炎,《說文》:「燓,燒田也。」則焚本當作燓也。

我心憚暑,《毛傳》:「憚,勞也。」讀憚爲癉,《箋》:「憚,畏也。」是讀如字,《傳》、《箋》異義。

甯俾我遯,《釋文》:「遯本亦作逡。」《說文》:「逡,古文遯字。」今字則作遁也。

胡甯瘨我以旱,瘨,《韓詩》作疹,云:「重也。」《爾雅·釋言》:「眕,重也。」陳喬樅云:「疹與眕音同義通。」疹,籀文眕字。

疚哉冢宰,《說文》:「夂,貧病也。」疚亦作夂也。

靡人不周,《詩箋》:「周當作賙。」三家蓋有作賙,鄭據以改字也。

云如何里,《箋》:「里,憂也。」《爾雅》:「悝,憂也。」《箋》讀里爲悝,里爲悝之假借也。

260. 崧　高

崧高維嶽,駿極于天,《禮記·孔子閒居》引《詩》:「嵩高惟嶽,峻極于天。」崧作嵩,駿作峻,維作惟。

王纘之事,《韓詩》作「王踐之事。」踐,任也。見《釋文》。《潛夫論·志氏姓篇》引《詩》作「王薦之事。」《禮記·中庸·注》:「踐或爲纘。」是踐、纘古通之證也。

往近王舅,《詩箋》:「近,辭也。聲如彼記之子之記。」據此,則字本作近,今作近,後人傳寫譌誤也。

261. 烝　民

天生烝民,《孟子·告子上》作「天之蒸民。」三家多作蒸也。

民之秉彝,同篇作「民之秉夷。」《潛夫論·德化篇》同。

古訓是式,《列女傳》二:「故訓是式。」《毛傳》:「古,故也。」是也。

夙夜匪解，《說苑‧立節篇》引作「夙夜非懈。」《毛》爲古文省借也。

四牡彭彭，《說文‧馬部》：「騯，馬盛也。《詩》曰：四牡騯騯。」彭爲騯之古文假借也。

262. 韓　奕

維禹甸之，《周禮‧稍人‧注》：「甸讀如『維禹敶之』之敶。」《齊詩》甸作敶，知鄭《箋》亦讀甸爲敶也。

有倬其道，《釋文》：「倬，明貌。《韓詩》作晫，音義同。」

虔共爾位，《箋》云：「古之恭字或作共。」共、恭古今字也。

鉤膺鏤鍚，《說文‧金部》：「鍚，馬頭飾也。《詩》曰：鉤膺鏤鍚。」

諸娣從之，《白虎通‧嫁娶篇》：「《詩》曰：姪娣從之。」三家如此也。

263. 江　漢

淮夷來鋪，《毛傳》：「鋪，病也。」《爾雅‧釋詁》：「痛，病也。」三家作痛，《毛詩》鋪爲古文假借也。

武夫洸洸，《毛傳》：「洸洸，武貌。」《爾雅‧釋訓》：「僙僙，武也。」《鹽鐵論‧繇役篇》引《詩》則作「武夫潢潢。」

來旬來宣，《詩箋》：「來，勤也。旬當作營。宣，徧也。」《毛傳》：「旬，徧也。」《傳》、《箋》不同義也。旬、營古書多相通假。

264. 常　武

既敬既戒，《周禮‧夏官‧序官‧注》：「《詩》曰：既儆既戒。」《箋》云：「敬之言警也。」警、儆字同，三家作儆、作警也。

徐方繹騷，《詩箋》：「繹當作驛。」謂傳驛也。繹、驛古通。

闞如虓虎，《風俗通》二：「《詩》美南仲，闞如哮虎。」虓即哮也。《文選注》八引《詩》：「噉如虓虎。」《玉篇》：「叫譀，怒也。」闞即譀之假借也。

鋪敦淮濆，《釋文》：「鋪，《韓詩》作敷，云大也。」《詩箋》：「敦當作屯。」《說文‧水部》：「濆，水涯也。《詩》曰：敦彼淮濆。」鋪，今文作敷；敦，或本作屯，據《說文》又有作「敦彼淮濆」者也。

王旅嘽嘽，《漢書‧敘傳》作「王師驒驒。」則《齊詩》之異文也。

緜緜翼翼，《韓詩》作「民民翼翼」，見《釋文》。

265. 瞻　卬

瞻卬昊天，《詩箋》云：「仰視幽王爲政。」讀卬爲仰也。

彼宜有罪，女覆說之，《潛夫論・述赦篇》：「《詩》刺彼宜有罪，女反脫之。」《毛傳》：「說，赦也。」說脫古今字也。

鞫人忮忒，《說文》：「伎，與也。《詩》曰：鞫人伎忒。」忮作伎。

伊胡為慝，《韓詩》曰：「嫕，悅也。」《詩箋》云：「慝，惡也。」文義並異也。

舍爾介狄，《毛傳》：「狄，遠。」知《毛詩》狄為逖之古文假借。

無忝皇祖，式救爾後，《列女傳》三引《詩》：「無忝爾祖，式救爾訧。」《魯詩》之文如此也。

266. 召　旻

我居圉卒荒，《毛傳》：「圉，垂也。」《箋》訓國中至邊竟，《韓詩外傳》八：「我居御卒荒。」御當為禦字之省文，今文圉作禦也。

皋皋訿訿，《爾雅・釋訓》：「浩浩，刺素食也。」浩即皋之今文。

草不潰茂，《詩箋》：「潰茂之潰當作彙。彙，茂貌。」班固〈幽通賦〉：「枝葉彙而靈茂。」鄭即據三家今文改《毛》也。

267. 周頌清廟

於穆清廟，《毛詩釋文》：「廟，本又作庿，古今字也。」

駿奔走在廟，《毛傳》：「駿，長也。」《箋》同，《禮記・大傳・注》：「逡，疾也。〈周頌〉曰：逡奔走在廟。」字當作逡為順，三家文也。

無射於人斯，《禮記・大傳・注》引作「無斁於人斯。」射、斁今古字也。

268. 維天之命

於穆不已，《文心雕龍》：「子思弟子，於穆不祀。」陳喬樅云：「以古作目，已似從目聲，祀從巳聲，古音相同，故得通假。」

假以溢我，《傳》云：「假，嘉；溢，慎。」假乃嘉之假借。《說文・言部》：「誐，嘉言也。《詩》曰：誐以溢我。」假作誐也。《詩箋》：「溢，盈溢之言。」《廣韻》七歌引《詩》作「娥以謐我。」《毛傳》：「溢，慎也。」溢即謐之假借也。《左氏》襄廿七年則作「何以恤我。」。

269. 維　清

維周之禎，《爾雅・釋言・注》：「《詩》云：維周之祺。」三家或作祺。段玉裁云：「古本作祺，作禎恐是改易取韻。」是也。

270. 烈　文

四方其訓之，《左氏》哀廿六年《傳》：「四方其順之。」

於乎前王不忘，《禮記・大學》：「《詩》云：於戲，前王不忘。」

272. 昊天有成命

夙夜基命宥密，《禮記・孔子閒居》：「夙夜其命宥密。」鄭《注》：「其讀為基。基，謀；密，靜也。」《新書・禮容篇》：「《詩》曰：『夙夜基命宥謐。』謐者，寧也，億也。」

於緝熙，單厥心，《國語・周語》：「《詩》曰：緝熙，亶厥心，肆其靖之。」《毛詩》單即亶之古文假借。

273. 我　將

儀式刑文王之典，《左氏》昭六年《傳》引《詩》：「儀式刑文王之德。」《漢書・刑法志》：「儀式刑文王之德。」三家《詩》典蓋皆作德也。

274. 時　邁

薄言震之，《後漢書・李固傳》：「〈周頌〉曰：『薄言振之，莫不震疊。』此言動之於內，而應於外者也。」薛君曰：「振，奮也。」三家震當皆作振也。

懷柔百神，《釋文》：「柔，本亦作濡，兩通，俱訓安也。」

及河喬嶽，《淮南・泰族訓》引《詩》：「及河嶠岳。」喬即嶠之省借，嶽、岳古今字也。

275. 執　競

《周禮・鍾師・注》，〈執競〉作〈執僵〉。

鍾鼓喤喤，《爾雅・釋訓》：「韹韹，樂也。」舍人《注》：「鍾鼓之樂也。」《漢書・禮樂志》作鍠，荀悅《漢紀》作煌。當以韹、鍠為正也。

磬筦將將，《釋文》：「筦，本又作管。」《說文・足部》作「管磬蹡蹡。」《荀子・富國篇》作「管磬瑲瑲。」，將、蹡，皆鏘之假借，字亦作瑲。

降福穰穰，《潛夫論・正列篇》作「禳禳」，《鹽鐵論・論菑篇》作「瀼瀼」，皆眾盛之意也。

276. 思　文

立我烝民，《詩箋》：「立當作粒。昔堯遭洪水，黎民阻飢，后稷播殖百穀，烝民乃粒。」鄭用《尚書》「烝民乃粒」之義，故破字也。

　　貽我來牟，《韓詩》作「貽我嘉麰。」《漢書》劉向上〈封事〉引作「貽我釐麰。」《說文》作「詒我來麰。」《毛詩》牟爲麰之古文省借也。

277. 臣　工

　　庤乃錢鎛，《毛傳》：「庤，具也。」《說文・人部》：「偫者，儲偫也。」儲偫與具義同。《爾雅・釋言》云：「峙，具也。」《魯詩》之文如此。錢、鎛皆田器也。

277. 噫　嘻

　　駿發爾私，《傳》云：「駿，大也。」見〈清廟〉；《箋》云：「疾也。」乃讀駿爲逡也。《鹽鐵論・取下篇》：「浚發爾私。」則浚爲駿之假借。

278. 振　鷺

　　在此無斁，《禮記・中庸》引《詩》：「在此無射。」三家皆作射也。

　　以永終譽，《後漢書・崔駰傳》：「以永眾譽。」終、眾雙聲通用。

279. 豐　年

　　以洽百禮，《毛詩釋文》：「祫，本或作洽。」則洽爲祫之假借。

280. 有　瞽

　　應田縣鼓，《毛傳》：「田，大鼓也。」《詩箋》：「田當作朄。朄，小鼓，在大鼓旁；應，鞞之屬。聲轉字誤，變而作田。」《說文》：「䋏，擊小鼓引樂聲也。」則《箋》用三家以易《毛》也。

　　鞉磬柷圉，《釋文》：「鞉，字亦作鼗。」《說文・革部》：「鞀，重文鞉。」鼗云：「鞉或从鼓兆。」磬云：「鞀从殸召。」則鞉字作鼗、作鞀、作磬、疑皆三家之異文也。

281. 潛

　　潛有多魚，《韓詩章句》：「涔，魚池也。」潛、涔義同也。《毛傳》云：「潛、糝也。」《小爾雅》云：「魚之所息謂之槮。槮，糝也，謂積柴水中，令魚依之止息，因而取之也。」《毛詩》潛字當爲槮之假借也。

282. 載　見

　　載見辟王，曰求厥章，《墨子・尚同篇》：「〈周頌〉道之曰：載來見彼王，聿求厥章。」字句略有不同。

　　和鈴央央，《文選・東京賦》：「和鈴鈌鈌。」央即鈌古文省借也。

鞗革有鶬，《箋》云：「鶬，金飾貌。」《說文・玉部》：「瑲，玉聲。《詩》曰：鞗革有瑲。」鄭《箋》謂飾貌，《說文》爲狀聲，二者異義也。

284. 武

耆定爾功，《毛傳》：「耆，致也。」蓋以耆爲厎之假借。《箋》云：「耆，老也。」則依本字訓也。

287. 閔予小子

嬛嬛在疚，《韓詩》曰：「惸惸在疚。」《漢書・匡衡傳》引《詩》「煢煢在疚。」《說文・宀部》：「㝉，貧病也。《詩》曰：煢煢在㝉。」疚作㝉，〈女部〉：「嬛嬛在疚。」則許兼采今古文也。

289. 敬 之

佛時仔肩，《毛傳》：「佛，大也。」《箋》云：「佛，輔也。」陳喬樅云：「《傳》是讀佛爲㤄字，《箋》是讀爲弼字。」

290. 小 毖

莫予荓蜂，《潛夫論・愼微篇》：「莫與拼蠭。」此三家異文也。《爾雅・釋訓》：「甹夆，掣曳也。」則字又作甹夆矣。

拼飛維鳥，《薛君章句》：「翻，飛貌。」《詩箋》：「猶鷦之翻飛爲大鳥。」讀拼爲翻，從《韓詩》也。

291. 載 芟

其耕澤澤，《爾雅・釋訓》：「郝郝，耕也。」《毛詩正義》引舍人《爾雅注》作「釋釋」，臧庸云：「釋釋與澤澤同。」郝郝爲《魯詩》異文也。

有略其耜，《毛傳》：「略，利也。」《爾雅・釋詁》：「挈，利也。」略爲挈之假借，謂田器之利也。

俶載南畝，《詩箋》：「俶載，當作熾菑。農夫既耘除草木根株，更以利耜熾菑而後種。」俶載爲熾菑之古文假借，見〈小雅・大田篇〉。

緜緜其麃，《韓詩》緜緜作「民民」云：「眾貌」。麃，《傳》云：「耘也。」《說文》云：「穮，穮耨鉏田也。」，麃爲穮之古文省借也。

有椒其馨，《毛傳》：「椒，猶飶也。」飶與馥字音義同，阮元《揅經室集》曰：「漢、晉引用《詩》文皆作馥字，今《毛詩》椒字乃馥字之誤。」是也。

292. 良 耜

　　畟畟良耜，《爾雅‧釋訓》：「畟畟，耜也。」三家作稷。

　　其饟伊黍，《禮記‧郊特牲‧注》：「《詩》曰：其餉伊黍。」饟作餉。故《詩箋》云：「謂婦子來饁者也。」是也。

　　其鎛斯趙，《傳》云：「趙，刺也。」鎛爲田器，《周禮‧考工記‧注》：「《詩》曰：其鎛斯梱。」《詩箋》：「以田器刺地。」則趙乃捆字之古文假借也，字或作摺，見《集韻》。

　　以薅荼蓼，《說文‧草部》：「薅，拔田草也。」籀文薅，重文茠，云：「薅或从休，《詩》曰：既茠荼蓼。」

　　積之栗栗，《說文‧禾部》：「稹，積禾也。《詩》曰：稹之秩秩。」又：「秩，積也。《詩》：稹之秩秩。」兩引《詩》皆與《毛》異，據三家《詩》之文也。

293. 絲　衣

　　載弁俅俅，《說文‧人部》：「俅，冠飾貌。《詩》曰：載弁俅俅。」《玉篇‧頁部》：「俅，或作頯。」作頯者，三家之異文也。

　　鼐鼎及鼒，《毛詩釋文》：「鼒，《說文》作鎡。」

　　兕觥其觩，《說文‧角部》：「觓，角貌。《詩》曰：兕觥其觓。」觥，三家又作觵，觩又作觓。

　　不吳不敖，《史記‧武帝紀‧頌》曰：「不虞不驚，胡考之休。」〈封禪書‧頌〉曰：「不吳不驚，胡考之休。」虞、吳音同通假，敖三家或作驚。

294. 酌

　　《漢書‧禮樂志》：「勺，言能勺先王之道也。」《左氏》宣十二年《傳》、《荀子‧禮論》並作汋字。《春秋繁露‧質文篇》：「周公成文武之制，作汋樂以奉天。」則作汋字。

295. 桓

　　婁豐年，《詩箋》：「婁，亟也。」《左傳》宣十二年引《詩》作屢。婁即屢之省借。

296. 賚

　　敷時繹思，我徂維求定，《左氏》宣十二年《傳》：「武王作〈武〉，其三曰：鋪時繹思，我徂惟求定。」敷、鋪音同假借也。

297. 般

於皇時周，《白虎通・封禪篇》：「於皇明周，陟其高山。」時作明也。

隋山喬嶽，《毛詩釋文》：「隋字又作墮。」《白虎通・封山篇》即引作：「墮山喬嶽。」

298. 駉

駉駉牡馬，《說文・馬部》：「駫，馬肥盛也。《詩》曰：駫駫牡馬。」駉作駫。

在坰之野《說文・馬部》：「駉，牧馬苑也。《詩》曰：在駉之野。」駉為牧馬苑，《毛詩》假借以為馬肥盛，駉之本義則假坰為之也。

有驈有皇，《說文・馬部》：「驈，驪馬白跨也。《詩》曰：有驈有騜。」《毛詩》皇為騜之古文省借字也。

有騂有雒，《毛詩釋文》：「雒本或作駱。」當以駱字從馬為正也。

有驔有魚，《釋文》：「魚，《字書》作騦，《字林》瞷，音同。」《爾雅》云：「一目白，瞷；二目白，瞷。」三家當作瞷，魚即瞷之假借也。

299. 有 駜

鼓咽咽，《毛詩釋文》：「咽咽，本又作鼘。」《毛詩》假咽為鼘。

300. 泮 水

薄采其茆，《說文・草部》：「茆，鳧葵也。《詩》曰：言采其茆。」薄、言皆語詞。

在泮獻馘，《禮記・王制・注》：「《詩》曰：在頖獻馘。」

狄彼東南，《詩箋》：「狄當作剔。剔，治也。」《韓詩》作鬄，《說文》作髢。剔者鬄之省借字，三家當作剔也。

烝烝皇皇，《詩箋》：「皇皇當作旺旺。旺旺猶往往也。」

束矢其搜，《說文・手部》：「按，眾意也；一曰；求也。《詩》曰：束矢其按。」《毛傳》：「搜，眾意也。」《說文》所引之一即《傳》意也，搜作按。

戎車孔博，《詩箋》：「博，當作傅。甚傅致者。言安利也。」

憬彼淮夷，《韓詩》曰：「獷彼淮夷。」薛君曰：「獷，覺悟之貌。」《毛傳》：「憬，遠行貌。」《毛》、《韓》異義。《說文》云：「憬，覺悟也。《詩》曰：憬彼淮夷。」《說文》字用《毛》，義則用《韓》也。又《說文・心部》：「懬，廣闊也，一曰廣大也。」則《毛詩》之「憬」，《說文》當作「懬」也。《說文・瞿部》：「矍，讀若《詩》穬彼淮夷之穬。」三家又有作穬字者矣。

301. 閟　宮

閟宮有侐，《玉篇·人部》：「《詩》曰：『閟宮有侐。』侐，清淨也。或作
閟。」《文選·魯靈光殿賦·張載注》：「《詩》曰：祕宮有洫。」閟作祕，侐
作洫，皆三家異文也。

稙穉菽麥，《說文·禾部》：「稙，早種也。《詩》曰：稙稚尗麥。」穉作
稚，菽作尗。

實始翦商，《毛傳》：「翦，齊也。」《說文·戈部》：「戩，滅也。《詩》曰：
實始戩商。」段玉裁云：「按此引《詩》說假借也。翦即制，戩者制之假借。
制齊也者，謂周至於太王，規模氣象始大，可與商國並立，故曰齊，非翦伐
之謂也。」段說是也。

戎狄是膺，荊舒是懲，《史記·建元以來侯者年表》：「《詩》稱戎狄是應，
荊荼是徵。」所引蓋《魯詩》之文也。

魯邦所詹，《毛傳》：「詹，至也。」《韓詩外傳》三、《說苑·雜言篇》引
《詩》，皆作「魯邦所瞻」，詹作瞻也。唯據下文「奄有龜蒙，遂荒大東，至
於海邦。」《毛》於義為馴也。

遂荒大東，《毛傳》：「荒，有也。」《箋》：「荒，奄也。」《爾雅·釋詁·
注》引則作「遂幠大東。」《魯詩》或則作幠也。

奄有龜蒙，《爾雅·釋言·注》：「《詩》曰：弇有龜蒙。」

保有鳧繹，《毛傳》：「鳧，山也。繹，止也。」《水經注》廿五：「嶧山在
鄒縣北，《詩》所謂保有鳧嶧也。」《毛傳》止字當為山之訛。

居常與許，《毛傳》：「常、許，魯南鄙、西鄙。」《箋》云：「許，許田也，
魯朝宿之邑也。常或作嘗，在薛之旁，《春秋》魯莊公三十一年築臺於薛是與。
六國時齊有孟嘗君食邑於薛。」

徂來之松，新甫之柏，《毛傳》：「徂來，山也。新甫，山也。」《水經注》
廿四：「徂徠山多松柏，《詩》所謂徂徠之松也。」《毛詩》徂來，即徂徠之假
借。

新廟奕奕，蔡邕〈獨斷〉：「〈頌〉曰：『寢廟奕奕。』言相連也。」《淮南·
時則訓·注》同；《周禮·隸僕·注》：「《詩》曰：寢廟奕奕。」三家詩「新
廟」皆作「寢廟」，「奕奕」或作「繹繹」，故謂相連也。

302. 商頌那

置我鞉鼓，《詩箋》：「置，讀曰植。植鞉鼓者，為楹貫而樹之。」植，《說

文》作櫃，置即櫃之省文也。

湯孫奏假，《爾雅・釋詁・注》：「《詩》曰：湯孫奏嘏。」假即嘏也。

鞉鼓淵淵，《說文・鼓部》：「鼕，鼓聲也。」淵爲鼕之假借也。

303. 烈　祖

賚我思成，《毛傳》：「賚，賜也。」《箋》云：「賚讀如往來之來。」「謂神靈來至致齋之所。」《傳》、《箋》異訓也。

亦有和羹，《說文・䰜部》：「鬻，五味盉羹也。《詩》曰：亦有和鬻。」小篆作羹。

鬷假無言，《毛傳》：「鬷，總；假，大也。總大無言，無爭也。」即上文「既戒且平」、下文「時靡有爭」，和平之義也。《左傳》昭二十年《傳》作「鬷嘏無言」。假、嘏雙聲通用，《禮記・中庸》：「《詩》曰：奏假無言。」奏、鬷一聲之轉。

304. 玄　鳥

殷土芒芒，《史記・三代世表》：「〈頌〉曰：殷社芒芒。」此《魯詩》文也。

奄有九有，《韓詩》曰：「方命厥后，奄有九域。」薛君曰：「九域，九州也。」與《毛傳》訓同，《毛詩》有即囿之省借也。

武王靡不勝，《毛傳》：「勝，任也。」《箋》云：「有武功有王德于天下者，無所不勝服。」《傳》、《箋》異讀，《箋》讀勝如字也。

肇域彼四海，《詩箋》：「肇當作兆。」肇爲兆之古文假借字。

四海來假，《箋》云：「假，至也。」則鄭讀假字爲格也。

景員維河，《詩箋》：「員，古文作云。河之言，何也。」鄭讀此句爲：「景云維何？」與《毛傳》：「景，大；員，均；何，任也。」之訓異矣。

百祿是何，《左氏》隱三年《傳》：「商頌曰：殷受命咸宜，百祿是荷。」何、荷古今文也。

305. 長　發

幅隕既長，《詩箋》：「隕當作圓。圓，謂周也。」謂廣大其竟界也。

玄王桓撥，《毛傳》：「撥，治也。」《韓詩》作發，云：「發，明也。」《毛》、《韓》文義並異。

率履不越，《傳》云：「履，禮也。」《韓詩外傳》三、《漢書・宣帝紀》、〈蕭望之傳〉、《蔡邕集・胡公碑》並作「率禮不越。」履、禮古文今也。

至於湯齊，《禮記‧孔子閒居‧注》：「《詩》讀湯齊爲湯躋。躋，升也。」據《齊詩》說也。

聖敬日躋，〈孔子閒居‧注〉：「齊，莊也。聖敬日莊嚴。」鄭以湯齊爲躋，又以躋爲齋，必《齊詩》如此，故有此說也。

爲下國綴旒，《禮記‧郊特牲‧注》引《詩》：「爲下國畷郵。」《玉篇‧田部》引《詩》「爲下國畷流。」三家綴皆作畷也。

敷政優優，《左》成二年《傳》引《詩》：「布政優優。」三家敷皆作布。

百祿是遒，《傳》云：「遒，聚也。」《說文‧手部》：「摰，束也。《詩》曰：百祿是摰。」遒即摰之假借也。

爲下國駿厖，《荀子‧榮辱篇》：「《詩》曰：爲下國駿蒙。」厖爲蒙之假借也。《大戴禮‧衛將軍文子篇》：「《詩》曰：爲下國恂蒙。」盧辯《注》：「恂，信也。言下國信蒙其福。」蓋《齊詩》舊說如此也。

何天之龍，《詩箋》：「龍當作寵。寵，榮名之謂。」《大戴禮‧衛將軍文子篇》：「《詩》云：何天之寵，傅奏其勇。」鄭即從《齊詩》改讀也。

武王載斾，《毛傳》：「斾，旗也。」《韓詩外傳》三引《詩》：「武王載發，有虔秉鉞。」《荀子‧議兵篇》同。鄭於「遂視既發」句，《箋》云：「發，行也。」故此云：「及建斾興師出發。」亦兼從三家爲訓也。

則莫我敢曷，《毛傳》：「曷，害也。」《箋》云：「誰敢禦害我？」則《傳》讀曷爲害也。《荀子‧議兵篇》：「《詩》曰：『如火烈烈，則莫我敢遏。』」《漢書‧刑法志》引同。《毛詩》曷字當即遏字之假借，鄭《箋》則兼三家爲訓也。

306. 殷　武

罙入其阻，《說文‧网部》：「罙，周行也。《詩》曰：罙入其阻。」《毛傳》：「罙，深也。」《箋》云：「罙，冒也。」《傳》殆以罙即深字，鄭謂「冒入其險阻」即讀罙爲冒字，《說文》蓋據三家爲訓也。

不敢迨遑，《左氏》哀五年《傳》引《詩》作「不敢怠皇。」唯襄廿六年引亦作「迨遑」，與《毛》同。

商邑翼翼，四方之極，荀悅《漢紀》匡衡〈疏〉曰：「《詩》云：『京邑翼翼，四方是則。』」此《齊詩》之文。《後漢書》樊準〈疏〉曰：「《詩》云：『京邑翼翼，四方是則。』」章懷《注》云：「《韓詩》之文也。」則三家之文並與《毛》異也。

方斲是虔，《毛傳》：「虔，敬也。」《箋》云：「椹謂之虔。」則以虔爲木

名，《爾雅・釋文》云：「椴，本亦作虔。」字當以椴爲正，《毛傳》之訓，義不安也。

　　蓋自夫子以《詩經》爲教，傳授漸廣，先秦儒者治《詩》多斷章爲義；遞至兩漢，師儒講誦，《詩》義漸明。然篆、隸改字，故訓詁章句之學大昌。兩漢《詩》有四家，《毛詩》最爲晚出，其集三家訓詁之長以爲《詁訓傳》，一洗三家繁碎之章句，爲好學者所喜。而《毛詩》以簡略示古，好爲假借，遂使《詩》義晦而不顯，鄭康成之所以爲《詩箋》者，即爲表明毛氏之隱略也。《六藝論》云：「注《詩》宗毛爲主。毛義若隱略，則更表明；如有不同，更下己意，使可識別。」〔註7〕鄭氏之作《詩箋》也，多本之三家，〔註8〕故治三家者，所以輔成毛學也。有清樸學大盛，乾、嘉學者治經多從文字訓詁入手，亡佚已久之三家《詩》義亦得重現於世。茲編所以據而考四家異文者，蓋亦鄭氏表明隱略之意也。

〔註 7〕此據《毛詩正義》引。
〔註 8〕見下章「鄭康成之詩經學」。

第九章　鄭康成之詩經學

　　鄭康成殿居漢季，終生但念述玄聖之玄意，思整百家之不齊，〔註 1〕
故曰：「仲尼之門考以四科，回、賜之徒不稱官閥。」蓋自樂於論贊之功，
而有去爵讓祿之貞；因能囊括大典，網羅眾家，集兩漢經學之大成。《後漢
書》本《傳》云：

> 鄭玄字康成，北海高密人也。玄少爲鄉嗇夫，得休歸，常詣學官，
> 不樂爲吏。遂造太學受業，師事京兆第五元先，始通《京氏易》、《公
> 羊春秋》、《三統歷》、《九章算術》。又從東郡張恭祖受《周官》、《禮
> 記》、《左氏春秋》、《韓詩》、《古文尚書》。以山東無足問者，乃西入
> 關，因涿郡盧植，事扶風馬融。

以師承考之，鄭先師京兆第五元先，所治皆今文經說；至事張恭祖漸及古文，
而扶風馬融則今古文同爐而冶。融嘗集諸生考論圖緯，聞玄善算，乃召見樓
上，玄因面質諸疑義，問畢辭歸，馬融有吾道東去之歎。何休墨守《公羊》，
著《左氏膏肓》、《穀梁癈疾》，玄爲《發墨守》、《起癈疾》、《鍼膏肓》，致休
有入室操戈之喟。由是可見，鄭康成治學本不固滯門戶，意在兼綜，轉益多
師，以名其家也。《後漢書》曰：「初，中興之後，范升、陳元、李育、賈逵
之徒爭論古今學；後馬融答北地太守劉懷，及玄答何休，義據通深，由是古
學遂明。」良以古文之學，近於切實，而壓抑於流俗；唯通儒達士，不爲囿
拘，故能敦悅之。〔註 2〕鄭氏注《禮》之後得《毛詩》，見詩義精好，爲之《箋》、
《譜》，即此故也。

〔註 1〕 見本《傳》〈戒子書〉。
〔註 2〕 見《後漢書・盧植傳》〈正定五經文字疏〉。

第一節　鄭氏箋詩兼用四家

陳奐《詩毛氏傳疏·敘》云：「近代說《詩》兼習毛、鄭，不分時代，不尚專脩。」自〈注〉：「毛在齊、魯、韓之前，鄭後四百餘載；毛自謂子夏所傳，鄭則兼用韓、魯。」《毛詩》是否先於三家，姑且不論，至謂鄭塵兼用韓、魯，則緣於乾、嘉時期，學者識見所不及，而三家輯佚未全，無以比觀會通故也。陳著〈鄭箋考徵〉雖涯略粗窺，猶未能考辨師法家法之細微，至於謂毛、鄭本不同術，此則可爲定論。陳壽祺則能言鄭之箋《詩》實據三家以申毛、改毛。其言曰：

> 鄭君箋《詩》，其所易《傳》之義，大抵多本之齊、魯、韓三家。如讀「素衣朱繡」爲「綃」，讀「他人是愉」爲「偷」，解艷妻爲屬王后，解阮、徂、共爲三國名，此《魯》說也。讀「邦之媛也」爲援助之「援」，讀「可以樂饑」爲「瘵饑」，此《韓》說也。《詩緯》多用齊學，《漢書·翼奉傳》曰：「臣奉竊學《齊詩》，聞五際之要，〈十月之交〉篇，知日蝕地震之效。」又引《詩緯·汎歷樞》云云，皆《齊詩》也。《詩緯·汎歷樞》曰：「〈十月之交〉，氣之相交；周之十月，夏之八月。」〈十月之交箋〉云：「周之十月，夏之八月也。日爲君，辰爲臣；辛，金也，卯，木也。」是《箋》亦用《齊詩》說。〔註3〕

鄭用三家箋《毛》，證據明白。毛、鄭不同，乃陳碩甫所能言；至於鄭兼四家，唯陳壽祺能發明。蓋學術後出轉精，始能抉發幽微也。

鄭氏之箋《毛詩》，其時三家並立於學官，人所共知，《箋》所採撦，不煩具徵，間有不言其讀，但於訓釋中改字以顯之；亦有仍用其字，但於訓釋改義以顯之。自《傳》、《箋》並行，三家寖微，魏、晉之後，學者不見三家，偶得三家碎辭，遂謂鄭氏勯說。乃不知鄭以囊括宏通，折衷眾言之意也。約而舉之，鄭用三家申毛、改毛、補毛，有以下諸端焉。〔註4〕

一、箋用三家改毛例

（一）鄭用《魯》說改《毛》例。如〈周南·關雎〉：「窈窕淑女，君子

〔註3〕見〈答臧拜經論鄭學書〉。
〔註4〕詳見賴炎元先生《毛詩鄭氏箋釋例》，《師大國研所集刊》第三號。

好逑。」《毛傳》：「逑，匹也。」《箋》云：「怨偶曰仇。」與劉向《列女傳·母儀篇》：「《詩》曰：『窈窕淑女，君子好仇。』言賢女能爲君子和好眾妾也。」合，此《箋》用《魯》說改《毛》也。

（二）鄭用《齊》說改《毛》例。〈小雅·采薇〉：「曰歸曰歸，歲亦陽止。」《毛傳》：「陽，歷陽月也。」《箋》云：「十月用陽，時坤用事，嫌於無陽，故以名此月爲陽。」與董仲舒〈雨雹對〉：「十月陰雖用事，而陰不孤立，此月純陰，疑於無陽，故謂之陽月，詩人所謂日月陽止是也。」仲舒學《齊詩》，則鄭用齊說改毛也。

（三）鄭用《韓》說改《毛》例。〈鄘風·相鼠〉：「人而無止。」《毛傳》：「止，所止息也。」《箋》云：「止，容止。《孝經》曰：『容止可觀。』無止，則雖居尊，無禮節也。」與《釋文》所引《韓詩》云：「止，節；無止，無禮節也。」合，是其證也。

二、箋用三家申毛例

（一）鄭用《魯》說申《毛》例。〈唐風·蟋蟀〉：「無已大康，職思其憂。」《傳》云：「憂可憂也。」《箋》云：「憂者，謂鄰國侵伐之憂。」《傳》無此義而《箋》有之者，據《列女傳·仁智篇》：「周共王滅密，君子謂密母能識微。」《箋》即用《魯》義以申毛也。

（二）鄭用《齊》說申《毛》例。〈小雅·祈父〉：「予王之爪牙，胡轉予于恤。」《毛傳》：「恤，憂也。宣王之末，司馬職廢，羌戎爲敗。」《箋》云：「予，我。轉，移也。此勇力之士責司馬之辭也。我乃王之爪牙，爪牙之士當爲王閑守之衛，女何移我於憂。」與《易林·謙之歸妹》、〈小過之離〉並云：「爪牙之士，怨毒〈祈父〉。轉憂與己，傷不及母。」《箋》蓋用《齊》說以申《毛傳》也。

（三）鄭用《韓》說以申《毛》例。〈鄘風·鶉之奔奔〉：「鶉之奔奔，鵲之彊彊。」《傳》云：「鶉則奔奔，鵲則彊彊然。」《箋》云：「奔奔彊彊，言其居有常匹，飛則有相隨之貌，刺宣姜與頑非匹耦。」與《釋文》引《韓詩》云：「奔奔彊彊，乘匹之貌。」同，知《箋》據《韓詩》以顯《毛傳》隱略也。

三、箋用三家以補毛例

（一）《箋》用《魯》說以補《毛》例。〈小雅·采芑〉：「顯允方叔，征伐

玁狁。」此處《毛傳》無訓。《箋》云：「方叔先與吉甫征伐玁狁。」案諸《漢書‧陳湯傳》：「劉向上〈疏〉曰：『昔周大夫方叔、吉甫爲宣王誅玁狁而百蠻從。』」是《箋》所本，以補《毛傳》之闕遺。

（二）《箋》用《齊》詩以補《毛》例。〈大雅‧假樂〉：「率由群匹。」《傳》亦無釋。《箋》云：「循用群臣之賢，其行能匹耦己之心。」而董子《春秋繁露‧楚莊王篇》云：「百物皆有合偶，偶之合之，仇之匹之，善也。」即引此詩爲證，是《箋》說所本。

（三）《箋》用《韓》說以補《毛》例。〈邶風‧柏舟〉：「日居月諸，胡迭而微。」《箋》云：「君道常明如日月。」《釋文》云：「迭，《韓詩》作載，常也。」《箋》中常字，是用《韓詩》之說。

《箋》之所以用三家易《毛》、申《毛》、補《毛》之例甚多，此所舉僅及一二，尚未大備，然皆犖犖能明其出處者也；間亦有《箋》用三家以申《毛》、改《毛》、補《毛》者，漢百家著述之引《詩》說，類歸三家，而爲《箋》所採用之者，例之如下：

（一）《箋》兼用三家以改《毛》例。〈邶風‧式微〉：「式微式微。」《傳》云：「式，用也。」《箋》云：「式微式微者，微乎微者也。式，發聲也。」《傳》、《箋》訓釋不同，《爾雅‧釋訓》云：「式微式微者，微乎微者也。」郭璞曰：「言至微也。以君被逐既微，又見卑微，是至微也。」此乃三家義，《箋》所據以改《毛傳》者也。

（二）《箋》兼用三家《詩》說申《毛傳》例。〈小雅‧小弁〉：「菀彼柳斯，鳴蜩嘒嘒。有漼者淵，萑葦淠淠。」《毛傳》：「柳木茂盛則多蟬，淵深而旁生萑葦。言大者之旁，無所不容。」《說苑‧雜言篇》引此詩而釋之云：「言大者之旁，無所不容。」《韓詩外傳》七載楚莊王絕纓事，云：「《詩》曰：『有漼者淵，萑葦淠淠。』言大者無不容也。」《魯》、《韓》詩說皆言大者之旁，無所不容，此《魯》、《韓》二家詩義，《箋》即本之以申《毛傳》也。

（三）《箋》兼用三家詩說補《毛傳》例。〈巧言〉：「匪其止共，維王之邛。」《傳》於此處無義，《箋》云：「邛，病也。小人好爲讒佞，既不共其職事，又爲王作病。」《韓詩外傳》卷四引此詩而釋之云：「言不共其職事而病其主也。」《說苑‧正理篇》：「此傷姦臣蔽主以爲亂者也。」《箋》則用《魯》、《韓》二家詩義，以補《毛傳》之闕也。

以上就現存載籍，聊舉一二，以明《傳》、《箋》實不同術，盡其所有，則

並載於上章四家詩異文之中；而賴炎元先生〈毛詩鄭氏箋釋例〉一文，蒐羅前人所得，以闡發《鄭箋》之精微，其說至爲詳備，可藉供研精也。故《鄭箋》之兼綜四家，以明詩旨，可爲定論矣。要之，鄭箋《毛詩》，或《毛傳》用假借字釋之，《箋》則用本字破之；或《傳》用引伸義，《箋》則用本義闡之；或《傳》用假借義，而《箋》則引申釋訓之。其方法不名以一端，擇說亦不拘於一家。然則，欲索三家《詩》之微茫墜緒，舍鄭則莫由；而鄭實集兩漢《詩經》學之大成也。

第二節　鄭氏箋詩之方法

　　鄭氏箋《詩》，除用三家《詩》說以易《毛》、申《毛》、補《毛》之外，於《毛傳》之研究甚精微，《傳》義之有詳於前而略於後，或《毛詩》本字之先後出現者，鄭皆爲之表明，不使隱略。學者恒言《鄭箋》有破字不破字之辯，《毛傳》例不破字，但通其訓詁而已，《箋》則常破字以釋義。〈關雎〉詩「君子好逑」《箋》本《魯詩》之義，破「逑」爲「仇」以易之，此即破字之理也。而《毛傳》本身，或有義同字異，前後互表者，《箋》亦破字以釋之。如〈菀柳〉詩：「上帝甚蹈。」《傳》云：「蹈，動也。」；〈檜〉風《傳》：「悼，動也。」鄭則以爲「蹈」、「悼」原本一字，故於〈菀柳〉下云：「蹈讀爲悼。」《箋》乃申《傳》而非易《傳》也。〈長發〉：「幅隕既長。」《傳》云：「隕，均也。」〈玄鳥〉《傳》：「員，均也。」是《毛傳》〈長發〉之「隕」字，即〈玄鳥〉《傳》之「員」字之假借，故《箋》於〈長發〉之下云：「隕當爲圓，圓周也。」圓、員爲一字，故《箋》破「隕」爲「圓」，亦爲申《毛》非易《毛》也。學者於此等處探析鄭氏箋《詩》之方法，乃知鄭氏箋《詩》原本訓辭，不出矩範，《鄭箋》實爲有方法也。鄭氏箋《詩》之法，統而言之，約有下列諸端：

　　（一）引群經訓義以釋《詩》。鄭《箋》引據群書，或引述原文，或據經意而成文。其所引據之經傳，有《周禮》、《儀禮》、《禮記》、《尚書》、《周易》、《論語》、《孟子》、《孝經》、《春秋經》並及《三傳》、《國語》，與雜家著作、圖讖之文，可謂網羅蒐竟，而能刪裁繁誣，刊削漏失。〔註5〕此即所謂「以經解經」之法也。

〔註 5〕同前。

　　（二）《箋》用三家《詩》以易《毛》、申《毛》、補《毛》。（見本章第一節之論述）

　　（三）古今字異，《箋》皆從今字爲釋。鄭氏於古今字異，皆從今字爲訓。如〈野有死麕〉：「白茅純束。」《傳》云：「純束，猶包之也。」純爲絲名而無包束之義，《箋》云：「純讀如屯。」純爲古文假借，屯始有「屯束」之義，故《箋》讀純爲屯，即明其爲屯束之義也。

　　（四）經文一字，《箋》往往重言以釋之。〈谷風〉：「有洸有潰。」《毛傳》：「洸洸，武也；潰潰，怒也。」陳奐曰：「凡經文一字，傳用疊字者，一言不足，則重言之，以盡其形容也。」蓋經文約簡，《傳》、《箋》之申明，則借重言之語以盡形容也。〈殷其雷〉，《箋》云：「猶雷殷殷然。」；〈菁莪〉：「我心則休。」《箋》云：「休者，休休然。」者，皆是也。

　　（五）引漢制以證古制。今制常爲古制之遺留，以今證古，雖不能無誤，要在愼其所擇也。如〈君子偕老〉：「副笄六珈。」《箋》云：「珈之言加也。副既笄而加飾，如今步搖上飾，古之制所有未聞。」鄭即以漢制之「步搖」比《詩》中之「副」，而又謹爲擇取，故謂「古制所有未聞」也。〈采菽〉：「邪幅在下。」《箋》云：「邪幅，如今行縢也。」；〈有瞽〉：「簫管備舉。」《箋》云：「簫，編竹小管，今賣餳者所吹也。」此皆以今制喻古制，而得其彷彿之似。

　　（六）以今語釋古語。〈庭燎〉：「夜未央。」《箋》云：「未央者，猶云夜未渠央也。」「未渠央」爲漢時語，鄭引之以解《詩》；〈終風〉：「願言則嚏。」《箋》云：「女思我心如是，我則嚏也。今俗人嚏，云：『人道我。』此古人之遺語也。」語言本是前後相承，以今語釋古語，則聞者易知也。

　　（七）經中大義往往與群經注相互發明。鄭學閎通，故治經能深明群經之大義，其箋《詩》在注《禮》之後，《詩》、《禮》固能相互發闡，而群經逸注，亦往往相通。如〈長發〉：「帝立子生商。」《箋》云：「帝，黑帝也。」商以水德色黑，《周禮・小宗伯・注》曰：「五帝，蒼曰靈威仰，赤曰赤熛怒，黃曰含樞紐，白曰白招拒，黑曰汁光紀。」鄭箋《詩》之際，與群經注相互照應，此鄭學所以宏雅通貫也。

　　（八）箋《詩》詳略互表。或文具於前而略於後，如〈青蠅〉：「豈弟君子。」《箋》云：「豈弟，樂易也。」而〈旱麓〉、〈泂酌〉、〈卷阿〉之「豈弟」即不加注；或文具於後而略於前，〈頍弁〉：「實維伊何。」《箋》云：「實，猶是也。」〈韓奕〉：「實墉實壑，實畝實藉。」《箋》云：「實當是寔。趙、魏之

間實、寔同聲是也。」因其文已具於〈韓奕〉，於〈頍弁〉則不詳加注也。又或前後俱詳者，如〈雄雉〉：「自詒伊阻。」《箋》云：「伊當為繄，繄猶是也。」〈蒹葭〉：「所謂伊人。」〈東山〉：「伊可懷也。」〈白駒〉：「所謂伊人。」《箋》皆詳注而不厭是也。

（九）《經》文相同而《箋》義往往異訓。如〈召南‧草蟲〉，《箋》云：「草蟲鳴，阜螽躍而從之。異種同類，猶男女嘉時以禮相求呼。」〈出車〉：「喓喓草蟲，趯趯阜螽。」《箋》云：「草蟲鳴，阜螽躍而從之，天性也。喻近西戎之諸侯，聞南仲既征玁狁，將伐西戎之命，則跳躍而鄉望之，如阜螽之聞草蟲鳴焉。草蟲鳴，晚秋之時也。此亦以其時所見而興之。」夫治經貴通大義，適時體會，不可拘泥一說，此〈召南‧草蟲〉以男女嘉時而會，《周禮》謂「仲春之月，令會男女。」非晚秋之時甚明，故鄭箋《詩》亦以〈召南‧阜螽〉與〈出車〉之經文雖則相同，《箋》義亦因文而異訓也。〔註6〕

（十）箋《詩》常訂正經文之誤。段玉裁云：「鄭君之學不主於墨守，而主於兼綜；不主於兼綜，而主於獨斷。其於經字之當定者，必相其文義之離合，審其音韻之遠近，以定眾說之是非，而己為之補正。凡擬其音者，例曰讀如、讀若，音同而義略可知也；凡易其字者，例曰讀為、讀曰，謂易之以音相近之字，而義乃瞭然也；凡審知為聲相近，形相似二者，則曰當為，謂非六書假借，而轉寫紕繆者也。漢人作注，皆不離此三者，惟鄭君獨探其本源。」〔註7〕蓋古籍之留傳，展轉抄寫，謬舛不少，後人復以意改，書遂不可讀。鄭於箋《詩》之際，於字或以形近而誤，或聲近而訛者，並據群經用字，審上下文義而改訂之，使文義豁然通貫，而古籍遂得義完也。如〈曹風‧鳲鳩〉：「其弁伊騏。」《箋》云：「騏當作璂，以玉為之。」此以聲近而字誤，鄭以正字改之也；〈魯頌‧泮水〉：「戎車孔博。」《箋》云：「博當作傅，甚傅緻者，言安利也。」此以形近而誤，鄭據文義而改之也。此類甚多，並見陳喬樅〈毛詩鄭箋改字說〉。

劉歆〈移書讓太常博士〉云：「孝文皇帝時，《詩》始萌芽；至孝武皇帝，然後鄒、魯、梁、趙各有《詩》、《禮》、《春秋》先師。當此之時，一人不能獨盡其經，或為〈雅〉，或為〈頌〉，相合而成。」據劉歆之言，則《詩》、《書》始出，本由漢儒聯綴而成，遂不能無誤。《毛傳》託古先師，蓋劉歆所謂梁、

〔註6〕以上所舉，參見蔣善國《三百篇演論》。
〔註7〕見段玉裁〈周禮漢讀考序〉。

趙先師是也。書缺有間，傳義不齊，然其訓詁近實，爲通儒所好，其《詩》義有不安之義，必由閎通之士爲之貫串，而後顯明。鄭康成通習三家，而後箋《毛》，取三家之長以合《毛詩》之義，此《毛詩·鄭箋》出，學者踵武相從，而三家遂微矣。

第三節　十月之交四篇屬厲王説

〈毛詩序〉曰：「〈十月之交〉，大夫刺幽王也。」《箋》云：「當爲刺厲王，作《詁訓傳》時移其篇第，因改之耳。〈節〉刺師尹不平，亂靡有定；此篇譏皇父擅恣，日月告凶。〈正月〉惡褒姒滅周；此篇疾艷妻煽方處。又幽王時司徒乃鄭桓公友，非此篇之內所云番也。是以知然。」自〈十月之交〉以下三篇，〈雨無正〉、〈小旻〉、〈小宛〉，《箋》並謂爲刺厲王之詩，不從《毛》説。

鄭康成箋《詩》之際，兼用三家，則此以〈十月之交〉四篇屬厲王者，亦必出於三家《詩》説。三家《詩》中，以此四篇屬厲王，乃齊、魯《詩》説是也。〔註8〕《齊詩》多用緯説，《中候·摘雒戒》曰：「昌受符，厲倡孽。期十之世，權在相。」據此説，則自文王受符命，爲天下共主，至十世，而厲王寵孽，權移在相。《中候·摘雒戒》又曰：「剡者配姬以放賢，山崩水潰納小人，家伯罔主異載震。」〈十月之交〉曰：「皇父卿士，番維司徒。家伯冢宰，仲允膳夫。棸子內史，蹶維趣馬。楀維師氏，艷妻煽方處。」《箋》云：「皇父、家伯、仲允皆字；番、棸、蹶、楀皆氏。厲王淫於色，七子皆用后嬖寵，方熾之時並處位。」《毛詩正義》曰：「剡、豔古今字耳。」則《箋》用《齊詩》説，不以豔妻爲褒姒也。孫毓以爲褒姒以龍齘之妖所生，無有皇父以下七子后族之盛，此説甚是。而《後漢書》左雄上〈疏〉曰：「幽、厲昏亂，不自爲政。褒、豔用權，七子黨進。賢愚錯綜，深谷爲陵。」以幽、厲與褒、豔對詞，則豔當亦爲氏，與《中候》之剡字同。然則，《齊詩》是以〈十月之交〉屬厲王也。

按：《漢書》谷永〈日食地震對〉曰：「古之王者廢五事之中，失夫婦之紀，妻妾得意，謁行於內，勢行於外，至覆傾國家，或亂陰陽。昔褒姒用國，宗周以喪，閻妻驕扇，日以不臧，此其效也。」顏師古曰：「閻妻煽方處，言厲王無道，內寵權盛，政化失理，故致災異，日爲之食，爲不善也。」谷永用《魯詩》，

〔註8〕見本篇「魯齊詩遺説解題」部份。

所對以褒、閻並列，一王而無兩妻，則《魯詩》是以〈十月之交〉亦屬厲王，師古所注是也。豔妻，《齊詩》作劇妻，《魯詩》作閻妻，字雖小異，而同屬厲王后，此爲鄭氏所據以改《毛》者。三家之說即有二家屬此，《韓詩》說如何，雖不得而知，容《韓詩》亦同《齊》、《魯》也。故《箋》謂毛公作《詁訓傳》時改其篇第，然則三家《詩》篇第，〈十月之交〉四篇在〈六月〉之前也。〔註9〕

　　而阮元《揅經室集》卷四〈詩十月之交屬幽王〉說，則以《箋》說爲不然，辨之曰：

　　　　兩漢《毛詩》晚出，其說甚孤，公卿大儒多從《魯》說。今考《毛詩》之合者有四，《魯說》之不合者有四。試說之：《詩》言「十月之交，朔月辛卯，日有食之。」交食至梁、隋而漸密，至元而愈精。梁虞鄺、隋張胄元、唐傅仁均、一行，元郭守敬，並推定此日食在周幽王六年十月建酉辛卯朔日入食限，載在史志；今以雍正癸卯上推之，幽王六年十月辛卯朔正入食限，〔註10〕此合者一也。若屬王在位，有十月辛卯朔日食，緣何自古術家無一人言及？此不合者一也。《詩》：「百川沸騰，山冢崒崩。高岸爲谷，深谷爲陵。」此災異之大者，《國語》幽王二年，西周三川皆震，岐山崩，十一年幽王乃滅；《史記・周本紀》載幽王二年事正相同，此合者二也。若屬王在位，殊無此變，《詩》不應誣言百川沸騰諸事，此不合者二也。豔妻實褒姒也。《毛傳》曰：「豔妻，褒姒。美色曰豔。」此受子夏之說，故毅然斷之如此。曰妻者，此《詩》作於幽王六年未廢申后以前，褒姒尚在御妻之列；且〈正月〉篇曰：「褒姒滅之。」揆之煽處，正復同時，〔註11〕證之《國語》、《史記》、〈大雅〉時事，更眼然可案，其合者三也。若屬王時，惟聞弭謗專利而已，使有豔姓之妻熾盛如此，《詩・大雅・板》、〈蕩〉以及《國語》、周秦諸子史中，不容無一語及之者，此不合者三也。皇父卿士乃南仲之裔孫，周宣王時卿士，命征淮徐者。故〈大雅・常武〉曰：「王命卿士，南仲大祖，大師皇父。」皇父爲老臣，幽王不用之，任尹士爲大師卿士，任虢石父爲卿，廢申后去太子宜臼。故詩人雖頌

〔註 9〕見孔穎達《毛詩正義》。

〔註10〕阮元於此文之後有推數之法，可參考之。

〔註11〕阮元注云：「子夏以二詩相連爲篇第，非毛公作《詁訓傳》時所得移改，鄭《箋》說非也。」

皇父之聖，實怨其安於退居，是尹氏、虢石父不在卿士，皇父、司徒番〔註12〕諸休退老臣之列，此合者是也。若屬王時，用爲卿士專利者榮夷公也；其爲正臣諫王者，召公、芮良夫也，皇父等七人，考之彼時無一驗者，其不合者四也。

阮元謂〈十月之父〉四篇屬幽王之合者有四，以之屬厲王不合者有四：一則以日食之事在幽王之時，載在史志；二則地震之災異，《國語》、《史記》並有明文皆在幽王二年；三則詩作在申后未廢之前，褒姒尚在御妻之列；四則辨幽王六年之間皇父司徒爲番，四者皆塙塙有證。迮鶴壽曰：「嘗以四始五際之部分核之，若移〈十月之交〉四篇於〈六月〉之前，則〈采芑〉不得爲午際，而〈十月之交〉不得爲戌際矣。」〔註13〕則鄭《箋》之謂毛公作《詁訓傳》移其篇第，與《齊詩》篇第實不合。阮元謂東漢《中候》襲用《魯詩》，石渠說經往往稱制臨決，鄭君尊時制，故用《魯》說。蓋鄭康成論《詩》往往兼及世次，所以作《詩譜》，《詩譜》問曰：「〈小雅〉之臣何以獨無刺厲王？」曰：「有焉。〈十月之交〉、〈雨無正〉、〈小旻〉、〈小宛〉之詩是也。」〈小雅〉舊說並無刺厲王者，鄭據《魯詩》以〈十月之交〉四篇屬之，所以與其世次之說相合故也。

第四節　毛詩六笙詩得儀禮說

一、笙詩之名由來

六笙詩，謂《儀禮》所載〈南陔〉、〈白華〉、〈華黍〉、〈由庚〉、〈崇丘〉、〈由儀〉也。《儀禮·鄉飲酒禮》：「笙入于縣中，奏〈南陔〉、〈白華〉、〈華黍〉。」又云：「乃閒歌〈魚麗〉，笙〈由庚〉；歌〈南有嘉魚〉，笙〈崇丘〉；歌〈南山有臺〉，笙〈由儀〉。」除〈鄉飲酒〉之外，〈鄉射禮〉、〈燕禮〉用樂之次第皆然。故先奏〈南陔〉等三詩，後閒奏〈由庚〉等，此六笙詩之所由得名也。

二、六笙詩本不在三百篇中

《論語·子路篇》：「子曰：『誦《詩》三百。』」〈爲政篇〉：「子曰：『《詩》

〔註12〕注辨鄭桓公友爲卿士在幽王八年，六年日食時爲司徒者實番也，以鄭說爲非也。
〔註13〕參見《齊詩翼氏學》，〈齊詩篇第說〉。

－236－

三百，一言以蔽之，曰：思無邪。』」是《詩》三百篇，乃孔門傳授之本。《史記·孔子世家》：「三百五篇，孔子皆絃歌之。」太史公用《魯詩》，《魯詩》以三百五篇爲定本也。《漢書·藝文志》：「孔子純取《周詩》，上采殷，下取魯，凡三百五篇。」〈漢志〉《詩》尊三家，是前漢《詩經》皆僅三百五篇也。鄭玄注《禮》在箋《詩》之前，未得《毛傳》，故鄭注〈鄉飲酒禮〉於「奏〈南陔〉」一段下，曰：「奏〈南陔〉、〈白華〉、〈華黍〉，皆〈小雅〉篇也。今亡，其義未聞。」又曰：「〈由庚〉、〈崇丘〉、〈由儀〉，其義未聞。」《鄭志》答炅模云：「爲《記注》時就盧君，〔註14〕先師亦然。後得《毛公傳》既古，書義又宜；然《記注》已行，不復改之。」是鄭注《儀禮》、《小戴禮記》皆用禮家《詩》說，以三百五篇爲定本，故於笙間之詩，未聞其義也。姚際恒《詩經通論》云：〔註15〕「六笙詩本不在三百篇中，係作〈序〉者所妄入；既無其詩，第存其篇名于《詩》中。古之作樂者取三百篇以爲歌；用其施于匏竹諸器者，則準諸律呂，別製爲《詩》，猶漢以下一代皆有樂章也。此六詩者，樂中用以吹笙者也。《儀禮》本文，以〈鹿鳴〉諸詩曰『歌』，以〈南陔〉諸詩曰『樂』；以〈魚麗〉諸詩曰『歌』，以〈由庚〉諸詩曰『笙』，皆可驗。〈郊特牲〉云：『歌者在上，匏竹在下，貴人聲也。』樂以人聲爲貴，匏竹爲賤；以堂上爲貴，堂下爲賤。故歌于堂上，用三百篇之《詩》；笙于堂下，用此六詩。既取其協于律呂以爲樂章，且亦不敢褻用三百篇之意也。〈南陔〉三篇則獨奏之，〈由庚〉三篇則間歌奏之，此《儀禮》用《詩》之大略也。」論六笙詩皆當有樂而無辭，故自孔子以下，迄於漢儒，以及漢之讖緯諸書言《詩》皆三百五篇；言《詩》有三百十一篇者僅《毛傳》一家耳。笙詩因有聲無辭，則亦無義，故鄭於注《禮》皆言其義未聞，職此故也。

三、儀禮用笙詩，作序者予以屬入三百篇中

《儀禮》之作當在周末，則作〈序〉者又在其後也。姚際恒云：「自序《詩》者又出《儀禮》之後，見《儀禮》此文，認以爲三百篇中所遺者，于是妄以六篇之名入于《詩》中。見《儀禮》以〈南陔〉、〈白華〉、〈華黍〉笙於〈鹿鳴〉三篇之後，故以之共爲〈鹿鳴之什〉；見《儀禮》間歌，以〈由庚〉、〈崇丘〉、〈由儀〉笙于〈魚麗〉、〈南有嘉魚〉、〈南山有臺〉之中，故以之附於其後。既不見

〔註14〕盧植字子幹，鄭與之爲師友，其後二人同事扶風馬融。
〔註15〕見《詩經通論》卷十二，〈附論儀禮六笙詩〉。

笙詩之辭，第據其名妄解其義，以示〈序〉存而《詩》亡。于〈南陔〉、〈白華〉皆言『孝子』，因前後諸《詩》爲忠，故以孝廁其間；用意甚稚。夫諸詩既爲朝廟所用，言臣之忠可也，何由及于家庭之孝子乎？于〈華黍〉爲宜黍稷，此不必言矣；于〈由庚〉、〈崇丘〉、〈由儀〉，則難揣摹其義，第泛言萬物得所之意，以合乎國家治平景象而已。其彷彿杜撰，昭然可見。由是傳之于世，《詩》有三百十一篇矣。」姚氏論作〈序〉者屬《儀禮》六笙詩入《詩》三百篇中之事甚備，大抵爲可信，兩漢傳經之際，《詩》皆僅三百五篇也。

四、儀禮之樂章及補亡詩

《儀禮》之樂章甚多，〈燕禮‧記〉、〈大射〉云：「奏〈肆夏〉。」〈鄉飲酒〉、〈燕禮〉、〈大射〉云：「奏〈陔〉。」〔註16〕〈大射〉又云：「公入，〈驚〉。」〈燕禮‧記〉云：「下管〈新宮〉。」朱子曰：「《儀禮》曰笙、曰樂、曰奏，而不言歌，則有聲無詞明矣。意古經篇題以下必有譜焉，如〈投壺〉魯薛鼓之節而亡之耳。」按：朱子之言是也。今《禮記‧投壺》錄魯鼓、薛鼓之節，今更錄之於下：

鼓，取半以下爲〈投壺禮〉，盡用之爲〈射禮〉。

《禮記‧投壺篇》同時錄二家鼓節，以供採擇。鄭注其鼓節云：「圓者擊鼙，方者擊鼓。古者舉事，鼓各有節，聞其節即知其事矣。」然則，笙樂管奏之有聲無辭，無辭即無義，則《儀禮》六笙詩亦當無辭無義也。鄭《箋》六笙詩云：「孔子論《詩》，〈雅〉、〈頌〉各得其所，時俱在耳。篇第當在於此。遭戰國及秦之世而亡之，其義則與眾篇之義合編，故存；至毛爲《訓詁傳》，乃分其眾篇之義各置於其篇端云。」自《毛傳》、《鄭箋》出，啓後學者之議論，又紛紛而作〈補亡詩〉。如夏侯湛之〈補亡詩〉，見於劉義慶《世說新語‧文學篇》劉峻《注》；潘安仁〈補亡詩〉，見於葛洪《抱朴子》；束皙〈補亡詩〉六篇見收於《昭明文選》；鄭剛中〈補南陔詩五章〉載於《北山集》；明朱載堉亦作〈補亡詩〉二十五首；清黃燮清亦擬〈補亡詩〉七章。學者苟能知《毛詩》所載六笙詩本是有聲無辭，則將不苟爲續貂之作也。

〔註16〕陔即〈南陔〉之簡稱也。

第五節　豳風七月用周禮說

《周禮・籥章》云：「籥章掌土鼓、豳籥。中春晝擊土鼓，龡〈豳詩〉以逆暑，中秋夜迎寒亦如之。凡國祈年于田祖，龡〈豳雅〉擊土鼓以樂田畯；國祭蜡則龡〈豳頌〉，擊土鼓以息老物。」鄭《注》：「〈豳詩〉，〈豳風・七月〉也。吹之者，以籥為聲。〈七月〉言寒暑之事，迎氣歌其類也。」此特以〈豳詩〉指〈七月〉一詩者，乃〈七月〉一詩言寒暑農事，而《周禮・籥章》用之以逆寒暑，故謂迎氣歌其類也，順陰陽之氣，以為寒暑之節，故《詩》有「七月流火，九月授衣。」之句，歌《詩》亦順其類也。又國有祈年田祖之事，祈豐年、御田祖則龡〈豳雅〉。鄭《注》云：「〈豳雅〉亦〈七月〉也。〈七月〉又有于耜舉趾，饁彼南畝之事，是亦歌其類。謂之〈雅〉者，以其言男女之正。」言于耜舉趾，男之於農事之正也；饁彼南畝，女之助農之正也。而冬日穫藏，國祭蜡，則龡〈豳頌〉以息老物。鄭《注》云：「〈豳頌〉亦〈七月〉也。〈七月〉又有穫稻作酒、躋彼公堂，稱彼兕觥，萬壽無疆之事，是亦歌其類也。謂之〈頌〉者，以其言歲終人功之成。」故以〈七月〉一詩而兼「風」、「雅」、「頌」三體。

〈豳風・七月〉一詩兼「風」、「雅」、「頌」三體，為《毛傳》所無，僅《周禮》言之。鄭為《詩箋》在注《禮》之後，《詩箋》以〈豳風・七月〉一詩之一、二章，繫於「龡〈豳詩〉以逆暑」故云：「是謂〈豳風〉。」三、四、五、六章，繫於「龡〈豳雅〉擊土鼓，以樂田畯」之事，故云：「是謂〈豳雅〉。」七章以下則屬〈豳頌〉也。《禮記・月令》鄭《注》：「十月農功畢，天子諸侯與其群臣飲酒於大學以正齒位，謂之大飲。《詩》云：『十月滌場，朋酒斯饗。曰殺羔羊，躋彼公堂，稱彼兕觥，受福無疆。』是頌大飲之詩。」故禮家《詩》說，皆本此以說〈七月〉一詩。陳喬樅云：「《周官・籥章》有〈豳詩〉、〈豳雅〉、〈豳頌〉之文，禮家以〈七月〉一篇為備『風』、『雅』、『頌』，故言《齊詩》者據以為說，鄭君即用其義。」是也。

然則，鄭據《周禮・籥章》，以〈七月〉一篇為備「風」、「雅」、「頌」三體，後人反應不一。朱子作《集傳》，已不全從之矣。曰：「〈籥章〉〈豳詩〉以逆暑迎寒，已見於〈七月〉之篇矣。又曰：『祈年于田祖，則龡〈豳雅〉以樂田畯；祭蜡，則龡〈豳頌〉以息老物。』則考之於《詩》，未見其篇章所在，故鄭氏三分〈七月〉之詩以當之。其道精思者為〈風〉，正禮節者為〈雅〉，樂成功者為〈頌〉。然一篇之《詩》，首尾相應，乃割取其一節而偏用之，恐無此理。」朱子折衷群言，以為或本有是《詩》而亡之；或疑以〈七月〉全篇隨事而變其音

節，而以爲〈風〉、〈雅〉、〈頌〉；如又不然，則又以〈雅〉、〈頌〉之中凡爲農事而作者，皆冠之以〈豳〉號亦可矣。今據而論之：以爲本有此《詩》而亡之者，《詩》自孔子以來皆以三百名篇，所見逸篇亦絕無〈豳雅〉、〈豳頌〉之痕跡，則知此不通之論；且鄭注〈籥章〉，既於三體皆指〈七月〉一詩，則知非詩篇之亡佚也。若言〈七月〉一詩蓋隨事而變其音節歟？則以樂而論《詩》，而樂節之亡佚已久，先儒亦未嘗言及此事，則其躓礙難通可知矣。如以〈雅〉、〈頌〉之中凡爲農事而作者，皆冠以〈豳〉號，而〈豳詩〉其實是以地名其篇，與〈雅〉、〈頌〉之體裁不類，若〈甫田〉、〈大田〉之詩皆爲〈豳詩〉，則何《詩》而不可爲〈豳〉乎？是則〈七月〉一詩兼三體是《周禮》晚出之說，而鄭據以爲解者也。

　　自鄭據《周禮》言〈豳詩〉，而後儒於此則紛紛而有論矣。顧亭林云：「〈周南〉、〈召南〉，〈南〉也，非〈風〉也。〈豳〉謂之〈豳詩〉，亦謂之〈雅〉，亦謂之〈頌〉，而非〈風〉也。〈南〉、〈豳〉、〈雅〉、〈頌〉爲四詩，而列國之〈風〉附焉。此《詩》之本序也。」〔註17〕自宋程大昌謂《詩》本無〈國風〉之目，顧氏則改變《詩》分〈風〉、〈雅〉、〈頌〉三體之舊章，謂《詩》有四體矣。姚際恒氏亦曾闢朱集傳之說〈豳詩〉，以爲邪說。故此詩所以聚訟紛如，其源皆在鄭《箋》之據《周禮・籥章》以解之也。故姚氏云：「人言鄭康成長于《禮》；康成苟長於《禮》，必不以《禮》議《詩》矣。」又云：「說《詩》必不可據《禮》，《集傳》常蹈此病。」蓋以一詩而分三體，是「割裂穿鑿」之過，〔註18〕此說不可從也明矣。然而，據《禮》說詩，本係《齊詩》風氣，鄭《箋》從《齊詩》說，是亦有所據，此實無煩王先謙曲爲迴護也。〔註19〕

第六節　詩之世次與正變

　　《詩》之有「正變」之論，起於〈毛詩・大序〉。《魯詩・關雎》、〈鹿鳴〉皆爲刺詩，是先出之《魯詩》本無正變之說。《齊詩》以敦尙風俗爲務，謂〈關雎〉爲生民之本，王道之原，然亦不言《詩》之有正變。《韓詩》以博採爲長，並無固定之《詩》論。故言《詩》之正變，唯有《毛詩》一家。〈毛詩・大序〉

〔註17〕見《日知錄》卷三，「四詩」條。
〔註18〕見胡承珙《毛詩後箋》。
〔註19〕王先謙謂三分〈七月〉者，實疏家之誤，鄭未嘗言是，見《詩三家義集疏》。

曰：「〈風〉，風也，教也。風以動之，教以化之。……治世之音安以樂，其政和；亂世之音怨以怒，其政乖；亡國之音哀以思，其民困。故正得失、動天地、感鬼神，莫近於《詩》；先王以是經夫婦、成孝敬、厚人倫、美教化、移風俗。至于王道衰、禮義廢、政教失、國異政、家殊俗，而〈變風〉、〈變雅〉作矣。國史明乎得失之迹，傷人倫之廢，哀刑政之苛，吟詠情性，以風其上，達於事變而懷其舊俗者也。」以〈詩大序〉分析之，則《毛詩》內成夫婦孝敬之道，外美人倫教化，與《齊詩》大義相近。〈大序〉與《周官》共錄「六義」之文，〈詩大序〉從《齊詩》之跡甚明也。至於審聲知音，審音知樂，審樂而知政，則〈詩大序〉與〈樂記〉同文記載。《禮記‧樂記》曰：「凡音者，生人心者也。情動於中，故形於聲；聲成文，謂之音。是故治世之音安以樂，其政和；亂世之音怨以怒，其政乖；亡國之音哀以思，其民困。聲音之道，與政相通矣。」此或即〈毛詩大序〉所據，以爲《詩》有正變也。蓋治世之《詩》，爲平和雅正之音；亂世亡國之《詩》，爲怨愁刺譏之音，則《詩》之變，即聲音之道與政相通之理也。

　　〈詩大序〉僅泛言《詩》有正變，鄭康成作《詩譜》，乃爲之闡發，與《詩》之世次結合，使正變之論更爲具體。《詩》之正變本是由政道治亂而來，治則美，亂則怨刺。其致治之極莫盛於文、武，亂之至莫過於幽、厲之暴。故《毛詩譜‧序》云：「周自后稷播種百穀，黎民阻飢，茲時乃粒，自傅於此名也。陶唐之末中葉，公劉亦世脩其業，以明民共財。至於王季，克堪顧天，文、武之德，光熙前緒，以集大命於厥身，遂爲天下父母，使民有政有居。其時《詩‧風》有〈周南〉、〈召南〉，〈雅〉有〈鹿鳴〉、〈文王〉之屬；及成王、周公致太平，制禮作樂，而有〈頌〉聲興焉，盛之至也。本之由此〈風〉、〈雅〉而來，故皆錄之，謂之《詩》之『正經』。後王稍更陵遲，懿王始受譖，亨齊哀公，夷身失禮；之後，〈邶〉不尊賢；自是而下，厲也，幽也，政教尤衰，周室大壞，〈十月之交〉、〈民勞〉、〈板〉、〈蕩〉，勃爾俱作，眾國紛然，刺怨相尋。五霸之末，上無天子，下無方伯，善者誰賞？惡者誰罰？綱紀絕矣。故孔子錄懿王、夷王時，訖於陳靈公淫亂之事，謂之〈變風〉、〈變雅〉。」《詩》之正變與美刺相次，政美則頌聲起，政之窳陋而亂刺興。《詩》之在文、武周公之世者爲正，康、昭以下則爲變矣。歐陽修曰：「〈風〉生于文王，而〈雅〉〈頌〉雜于武王之間。〈風〉之變，自夷、懿始；〈雅〉之變，自幽、厲始。霸者興，變風焉。」〔註20〕〈國

────────────

〔註20〕見歐陽修《詩本義》，〈定風、雅、頌解〉。

風〉自〈周南〉、〈召南〉爲文、武之正,〈邶〉以下則爲變;〈小雅〉自〈鹿鳴〉至〈菁菁者莪〉,共三十二篇,皆爲〈小雅〉正經,以下〈變小雅〉五十八篇;〈大雅・文王〉至〈卷阿〉十八篇爲〈正大雅〉,〈民勞〉至〈召旻〉十三篇爲〈變大雅〉。〔註21〕此鄭氏《毛詩譜》所爲正變之次,而後儒所據。朱子爲《集傳》,則以商、魯二〈頌〉體類〈國風〉,爲變體之〈頌〉,於是〈頌〉亦有正、變之論矣。

自北宋疑經之風氣興起,於是《詩》正變之論紛如,學者或抑或揚於其間。歐陽修既「以《譜》考詩義皆不能合者也。」〔註22〕又謂諸侯無正風,而〈周〉、〈召〉爲正,謂「學《詩》者多推於周,而不辨於商。」〔註23〕於正變之論已不贊同。鄭樵於正變之論則概予否決。《詩辨妄》云:「風有正變,仲尼未嘗言,而他經不載焉。獨書于〈詩序〉,皆以美者爲正,刺者爲變,則〈邶〉、〈鄘〉、〈衛〉之詩謂之〈變風〉可也。〈緇衣〉之美武公,〈駟驖〉、〈小戎〉之美襄公,亦可謂之變風乎?」〔註24〕又云:「〈小雅・節南山〉之刺,〈大雅・民勞〉之刺,謂之〈變雅〉可也。〈鴻雁〉、〈庭燎〉之美宣王,〈崧高〉、〈蒸民〉之美宣王,亦可謂之變乎?蓋謂《詩》之次第皆以後先爲序,文、武、成、康其《詩》最在前,故二〈雅〉首之。厲王繼成王之後,宣王繼厲王之後,幽王繼宣王之後;二〈雅〉皆順其序。〈國風〉亦然。則無有正、變之說,斷斷乎不可易也。」〔註25〕葉適以「季札觀樂」論及孔子教弟子學《詩》本無及正變之說;汪琬則謂正變不可拘於國次、世次,當以善惡美刺爲準;〔註26〕崔述謂「衰世亦有頌美之詩,何所見於〈周〉、〈召〉皆爲正,而當十三國皆爲變乎?」〔註27〕此皆先儒謂鄭康成倡「風雅正變」並非未的當者也。

且《詩》之世次未可以盡信。顧亭林《日知錄》曰:「《山堂考索》載林氏曰:二〈南〉之詩雖大概美詩,亦有刺詩;不徒西周之詩而東周亦與焉。據〈何彼襛矣〉之詩可知矣。其曰平王之孫、齊侯之子,考《春秋》莊公元

〔註21〕見《毛詩譜》〈周、召〉及〈小、大雅譜〉。
〔註22〕《詩本義》〈時世論〉。
〔註23〕《詩本義》〈二南爲正風解〉。
〔註24〕《詩辨妄》,〈風有正變辯〉。
〔註25〕《詩辨妄》,〈雅非有正變辯〉。
〔註26〕見汪琬《堯峰文鈔》。
〔註27〕見崔述《讀風偶識》。

年書，王姬歸於齊，此乃桓王女平王孫下嫁于齊襄公，非平王孫齊侯子而何？說者必欲以爲西周之詩，于時未有平王，乃以平爲平正之王：齊爲齊一之侯，與《書》言寧王同義，此妄也。」〔註28〕故言《毛詩》之世次未可盡信也。〈何彼穠矣〉乃刺王姬徒有容色之盛，而無肅雍之德。乃此詩列在二〈南〉，毛則必曲爲之解，以合「正風」之說。故顧氏曰：「《詩》之世次必不可信，今《詩》亦未必皆孔子所正。且如『襃姒滅之』，幽王之詩也，而次於前；『召伯營之』，宣王之詩也，而次於後。序者不得其說，遂並〈楚茨〉、〈信南山〉、〈甫田〉、〈大田〉、〈瞻彼洛矣〉、〈裳裳者華〉、〈桑扈〉、〈鴛鴦〉、〈魚藻〉、〈采菽〉十詩，皆爲刺幽王之作，恐不然也。」〔註29〕今《詩》之次，實非古人之舊。《毛詩》以《詩》有世次，而有「正變」之說；鄭爲《詩譜》，於「正變」之論，則更實之以篇什，此則刻舟求劍之舉也。《毛詩》據〈樂記〉謂《詩》有治世之音、亂世之音、亡國之音，以詩乃社會治亂之反應，理容或有之；然若與《詩》之世次結合，具體而言其正變，則鮮有當者也。《詩》之有正變，須就各篇單獨言之，蓋《詩》三百篇既無世次之確定，則未能據以論其正變也。

第七節　兩漢詩經學之集成

　　鄭康成集兩漢《詩經》學之大成，而鄭《詩》學之集結，則在《毛詩譜》之制作也。魯、齊、韓今文三家師法不同，其解《詩》往往異說；《毛詩》爲晚出，遂能挽合前人之成績。鄭徧習通曉四家，而成一家之言，可藉由《毛詩譜》之分析，探知鄭氏《詩經》學，乃兼綜四家之精義也。

一、鄭氏作詩譜之意

　　鄭氏生當漢世末造，閹尹擅政、黃巾爲害，邦國疹瘁之際，以爲《詩》教實攸關政道，可救沈淪。故尙論古人行事，仿《春秋》之體裁，於箋《詩》之後而作《毛詩譜》。《毛詩譜・序》云：「（孔子）以爲勤民恤功，昭事上帝，則受頌聲，弘福如彼；若違而弗用，則被劫殺。大禍之所由，憂娛之萌漸，昭昭在斯，足作後王之鑑，於是止矣。」蓋襃善貶惡，乃《春秋》之大義。鄭氏於箋《詩》既畢，則仿《春秋》之義法，爲此《詩譜》，所以作爲後世之

〔註28〕見《日知錄》卷三，「何彼穠矣」條。
〔註29〕見《日知錄》卷三，「詩序」條。

法則，政治之昭鑑也。

二、詩譜之承受於魯詩之諷喻精神

〈詩譜序〉曰：「〈虞書〉曰：『《詩》言志，歌永言，聲依永，律和聲。』然則，《詩》之道放於此乎？」《詩》所以言志也，且《詩》即爲志也。〔註30〕昔在春秋列國士大夫，登高則能誦，賦《詩》以道志。故《荀子・勸學篇》云：「《詩》者，中聲之所止也。」〈儒效篇〉云：「《詩》言是其志也。」《詩》言志，乃詩之通義也。〈詩大序〉曰：「《詩》者，志之所之也。在心爲志。發言爲《詩》。情動於中而形於言，言之不足，故嗟嘆之；嗟嘆之不足，故永歌之；永歌之不足，不知手之舞之，足之蹈之也。」蓋《詩》所以言志，本非關於一己之得失、歡忤、憂虞而已也，其要在於「爲川者決之使導，爲民者宣之使言。」〔註31〕故天子聽政而用《詩》，斟酌其道焉，庶使事行而不悖。故誦志所以訓導，此《魯詩》所以三百五篇爲諫書之故也。〈詩大序〉曰：「上以風化下，下以風刺上，主文而譎諫，言之者無罪，聞之者足以戒，故曰〈風〉。」風有風刺之義者，《詩》言志之謂也。鄭氏之《詩》觀，乃承先儒而來，其言《詩》往往就政教一端立説。〈詩譜序〉曰：「論功〈頌〉德，所以將順其美；刺過譏失，所以匡救其惡。各於其黨，則爲法者彰顯，爲戒者著明。」故鄭論《詩》，皆以頌美刺過釋之，此由鄭釋「六義」可知之也。鄭氏云：「風，言賢聖治道之遺化。」「賦之言鋪，鋪陳今之政教善惡。」「比，見今之失，不敢斥言，取比類以言之。」「興，見今之美，嫌於諂媚，取善事以喻勸之。」「賦」是直言政教善惡，興爲美政之善喻，比則爲失政之指斥，皆以政教立場而設。至於：「雅，正也。言今之正，以爲後世法。」則以「正」、「政」爲同義矣；「頌之言誦也，容也；誦今之德，廣以美之。」故是《詩》實政教之代詞，此可名之爲「政教之決定理論」也。〔註32〕

三、齊詩之風俗關懷與地理學

《漢書・地理志》云：「凡民含五常之性，而其剛柔緩急，音聲不同，繫

〔註30〕《説文解字》：「詩，志也。从言，寺聲。」
〔註31〕《國語・周語》，邵公之言。
〔註32〕劉若愚《中國文學理論》，以文學之美惡繫決於政教之美惡，謂之「歷史之政教決定論」，此處用之。

水土之風氣，故謂之風；好惡取舍，動靜無常，隨君上之情欲，故謂之俗。孔子曰：『移風易俗，莫善於樂。』言聖王在上，統理人倫，必移其本而易其末。此混同天下，一之乎中和，然後王教成也。」《齊詩》言禮樂教化，風俗之淳漓，繫乎禮樂，后蒼說《詩》，匡衡議疏，具表現此風。故「魏有儉嗇之俗，唐有殺禮之風，齊有太公之化，衛有康叔之烈。」者，出自《齊詩》之說也。鄭康成作《詩譜》，則據作為綱理。〈詩譜序〉曰：「欲知源流清濁之所處，則循其上下而省之；欲知芳臭氣澤之所及，則傍行而觀之。此《詩》之大綱也。」論《詩譜》之綱理有二：一則「循上下而省之」者，循歷史之脈絡也。故《詩譜》每每顯其始封之君，此即《漢書‧地理志》所謂「民之好惡取舍，隨君上之情欲。」之意也。以建國與繼位之君，施教化於其民，而成此一地之俗，政道良窳即可由此觀之也。一則「傍行而觀之」者，即〈漢志〉所謂「繫水土之風氣」也。《齊詩》最早與陰陽家合流，鄒衍創大九州之論，故陰陽家每好言地理。風俗之淳漓，與地理水土攸關，則此乃純粹《齊詩》之學也。王應麟《詩地理考‧序》曰：「《詩》可以觀。廣谷大川異制，民生其間異俗，剛柔、輕重、遲速異齊，聲音之道與政通矣。延陵季子以是觀之；太史公講業齊、魯之都，其作〈世家〉，於齊曰：『洋洋乎！固大國之風也。』，於魯曰：『洙、泗之間，齗齗如也。』蓋深識夫子一變之意。」是則，鄭氏《詩譜》述各國土地之宜，風俗之美惡，即本之乎《齊詩》地理學之觀念也。

四、韓詩之以意逆志與知人論世

《韓詩》以博稽古人行事，記述其嘉言懿行，觸類引伸，有合於孔門商、賜言《詩》之意。《孟子‧萬章篇》曰：「以友天下之善士為未足，又尚論古之人。頌其《詩》，讀其《書》，不知其人可乎？是以論其世也，是尚友也。」孟子以為知人論世為知言之法，讀《詩》必取法古人，以作今人之鑑。《詩》所以反應古今社會之治亂良窳也。《文心雕龍‧時序篇》云：「故知文變染乎世情，興廢繫乎時序。原始以要終，雖百世可知也。」鄭氏作《詩譜》之綱理，除探究地理風俗之外，即是以歷史分期言《詩》，故而有「風雅正變」之理論。質言，《詩》所以有正變，即由「知人論世」而來。大抵而言，《詩譜》論三百篇之發展，皆以篇章之有無作決斷，故《詩》有〈生民〉，周詩即斷其起於后稷；有〈公劉〉，即可以公劉為一期；有〈緜〉、〈皇矣〉，則大王、王

季可爲一期；有〈文王〉、〈下武〉，即以文、武及周公爲一期。然而，詩自是詩，歷史自是歷史；有歷史之詩，自亦有詩之歷史。詩之發展自朴質而趨繁富，若前無所承，則焉得驟有〈生民〉之創始於后稷乎？而歷史之詩，則追述前人之行事，乃須知其詩之作在何時，故不得以詩而作歷史也。鄭氏之謬誤在以爲詩即是歷史，歷史即是詩，故鄭氏所爲《詩》三百篇正變之論，後儒則有議論紛紛故也。

五、詩譜之完成

綜以上所論，知鄭康成《毛詩譜》之制作，皆前有所本。此《譜》雖繫名於《毛詩》，其實則綜括四家之學也。今以〈周、召譜〉爲例，論其形式焉：

（一）《譜》先揭一國地理之宜：「周、召者，〈禹貢〉雍州岐山之陽地名，今屬扶風美陽縣。地形險阻，而原田肥美。」按：此即〈漢志〉之繫水土，而《詩譜》綱理之「芳臭氣澤」也。

（二）次顯一國始封之君：「周之先公曰大王者，避狄難，自豳始遷焉，而脩德建王業。商王帝乙之初，命其子王季爲西伯；至紂又命文王典治南國江、漢、汝旁之諸侯。」此即〈漢志〉以民隨上欲，蔚以成俗，〈譜序〉所謂「省其上下源流清濁」也。

（三）論國勢偃仰，與《詩》風之上下：「於時三分天下有其二，以服事殷，故雍、梁、荊、豫、徐、揚之人，咸被其德而從之。文王受命，作邑于豐，乃分岐邦周、召之地，爲周公旦、召公奭之采地，施先公之教於己所職之國。武王伐紂，定天下，巡守述職，陳誦諸國之《詩》，以觀民風俗。六州者得二公之德教尤純，故獨錄之，屬之大師，分而國之。乃棄其餘，謂此爲〈風〉之『正經』。」此謂一國政道之盛衰，與詩風上下也。

（四）標舉詩篇，作爲典型：「初，古公亶父聿來胥宇，爰及姜女。其後大任，思媚周姜，大似嗣徽音，歷世有賢妃之助，以致其治；文王刑於寡妻，至於兄弟，以御于家邦。是故二國之《詩》，以后妃夫人之德爲首，終以〈麟趾〉、〈騶虞〉，言后妃夫人有斯德，興助其君子，皆可以成功，至於獲嘉瑞。」按：此乃擷取詩篇，以爲教化成功之典型說明也。

（五）論《詩》之功用：「〈風〉之始也，所以風化天下，而正夫婦焉。故周公作樂，用之鄉人焉，用之邦國焉。或謂房中之樂者，后妃夫人侍御於其君子，女史歌之，以節義序故耳。〈射禮〉，天子以〈騶虞〉，諸侯以〈貍首〉，

大夫以〈采蘋〉，士以〈采蘩〉爲節。」此論詩之功用與用樂之節，〈周、召譜〉及〈小、大雅譜〉有之，他譜則闕焉。

（六）分《譜》作結：「周公封魯，死，諡曰：文公。召公封燕，死，諡曰康公。元子世之，其次子亦世守采地，在王官，春秋時周公、召公是也。」此原各譜之始而要其終也。

兩漢《詩經》學論至鄭康成作《詩譜》而止也。蓋鄭學集四家《詩》學之大成，《毛詩譜》則爲其《詩》學之集結也。〔註33〕

――――――――――

〔註33〕詳見拙著〈鄭康成毛詩譜探析〉一文。

第十章　結　論

　　經學自孔子開闢，流傳至兩漢而極昌明；歷代沿波，至有清而大盛。兩漢與清代經學，呈順向與逆溯之勢。良以〈剝〉〈復〉相倚，更化之幾，而清諸儒述漢學最明。故欲知兩漢經學，莫便捷於問道清儒也。

　　乾、嘉之時，考證學大爲盛行。學者擯括帖清談而不錄，秉科學之精神以稽考古籍，父子師徒慧脈相續，故愈推而愈密，古學之眞象乃愈出也。皮錫瑞云：「雍、乾以後，古書漸出，經義漸明，惠、戴諸儒，爲漢學大宗，已盡棄宋詮，獨標漢幟矣。」蓋漢儒之長在於正音讀、通訓詁、考制度、辨名物，與清學之精神相合，故乾、嘉諸老皆宗許、鄭，以求孔、孟儒學之眞。嘉慶、道光之間，學者因治許、鄭，知許、鄭之不足以盡漢學之全，故導源而上，《易》宗虞氏以求孟義，《書》宗伏生、歐陽、夏侯，《詩》宗齊、魯、韓三家，《春秋》則宗《公》、《穀》二傳。於是自西漢以來淪亡千餘年之今文學，重新獲覩於世矣。

　　陳壽祺父子生當乾、嘉年間，好學而深思，紹漢學之薪傳，故能贊揚迪哲，洪襄故業，雖在時風之中，而能推登新境，邁越時人，開闢今文學之新境地。論其成就，約有數端：

　　一曰：陳氏父子能傳家法。漢儒治經，最重師法與家法；家法不明，則無以分別漢學。良以經典之業，經戰國、嬴秦，至漢世而書缺。故兩漢師儒之講誦，經生相承，傳經大業，漪哉！一時之大事也。魏、晉以來，家法專門之學浸絕，漢學遂鮮爲世人所知。陳壽祺父子，治經則能考鏡源流，極索宗祧，千古沉埋之業，因而重獲天日，吾人今日所以略知兩漢學術之眞象者，厥爲陳氏父子之功者一也。

　　二曰：陳氏父子蒐殘輯佚，功在學林。西漢今文之學之能重獲世人可覩

者，皆輯佚之成果所致。陳壽祺父子《五經異義疏證》首先分別今、古學，《尚書大傳》考定眾本，而《歐陽、夏侯經說考》網羅《今文尚書》經說，《三家詩遺說考》則述齊、魯、韓三家《詩》說，至於《禮記鄭讀考》乃抉剔禮家源流。尤其陳喬樅《齊詩翼氏學疏證》，與迮鶴壽《齊詩翼氏學》，並爲孤家絕學。故述伏、董遺文，尋武、宣之絕軌，陳氏父子輯佚之所得，厥爲功者二也。

三曰：陳氏父子能闡清學之方法。有清樸學之業，所以炳煥一世者，在於治學之有方法也。清學方法，散在諸家之作，陳壽祺著〈經郛義例〉，乃集清學方法之大成。經學大業之堂廡由此而開闢，啓沃於後學，厥爲功者三也。

茲編所據以探討兩漢三家《詩》之流傳，以考三家詩之經學內容者，端賴陳氏父子輯佚之成果也。因三家《詩》之輯佚，陳氏父子之著作最爲宏富而詳備，既躐前人之作於洗，而凡載籍之述三家之說者，靡不在蒐羅之中，此實貽後學假道之便也。

兩漢傳《詩》者有四家，魯、齊、韓皆各自成家。然則，〈漢志〉謂三家咸非本義，與不得已，魯最爲近者，魯詩篤實之風所致也。《魯詩》以三百篇爲諫書，說《詩》必歸於諷諫勸諭，此〈漢志〉亦不以《魯詩》爲得《詩》之本義也。《齊詩》能合陰陽歷律與禮樂之統，然以此《齊詩》更不能爲《詩》之本義也。至於韓《詩》則以博採爲學，〈漢志〉謂採《春秋》雜說者，尤以《韓詩》爲甚，是更不得以《韓詩》爲《詩》之本義也。

是則，欲論兩漢四家《詩》學，終不得不歸至《毛詩》也。《毛詩》以後出之學，自托於顯赫師承，以求獲世之所重；而其於《詩》之本義，亦不離大旨，終爲好學深思者之所喜。故自後漢始，《毛詩》之學日顯，講授之者皆通顯大儒，可證其較三家爲長也。故鄭康成治《詩》雖頗采三家之說，而要必以毛爲宗者，《毛詩》之學可爲兩漢詩經學之終極成果也。故胡樸安論兩漢《詩經》學亦歸結於《毛詩》，其言曰：

> 要而論之：西漢爲今學時代，《毛詩》雖出，終不能與三家《詩》並行，所謂利祿之途然也。東漢爲古學時代，三家雖未亡，《毛詩》卒至大顯，所謂近於《詩》之本義故也。賈逵、馬融悉爲東漢大儒；當三家未亡之日，而獨表章《毛詩》，必以三家之說，乖違爲多，《毛詩》之說，本義獨得也。鄭玄徧注五經，兼習三家，原無門戶見，必無阿好之私。其箋《毛詩》，亦采及三家之說；則其未采者，必在

可廢之列。今之左《毛》者，或本三家佚說以攻《毛》，是未能善讀
《漢書》，而深明兩漢之《詩經》學也。

故學術之發展，由晦而顯，其間過程往往擇精而汰滓，吾人必於此致三思焉。

參考書目

一、陳氏父子著作類

1. 《左海文集》十卷，陳壽祺撰中研院藏。
2. 《左海全集十種》清嘉慶道光間刊本，中研院藏。
3. 《左海詩鈔》六卷，陳壽祺撰，同上。
4. 《左海經辨》二卷，陳壽祺撰，同上。
5. 《左海乙集駢體文》三卷，陳壽祺撰，同上。
6. 《五經異義疏證》三卷，陳壽祺撰，《古經解彙函》第八冊。
7. 《左海文錄》二卷，陳壽祺撰，《清朝文錄》第五十三冊。
8. 《說文經字考》一卷，陳壽祺撰，《小學類編》第七冊。
9. 《福建通志》陳壽祺等纂集，同治七年刊本。
10. 《洪範·五行傳》三卷，陳壽祺撰，《左海全集》。
11. 《尚書大傳》五卷，陳壽祺輯撰，《四部叢刊》初編。
12. 《東越文苑後傳》一卷，陳壽祺撰，《左海全集》。
13. 《東越儒林後傳》一卷，陳壽祺撰，《左海全集》。
14. 《東觀存稿》，陳壽祺撰，《左海全集》。
15. 《三家詩遺說考》，陳喬樅撰，《小鄉嬛館叢書》十一種。
16. 《詩緯集證》，陳喬樅撰，道光同治間刊本。
17. 《齊詩翼氏學疏證》，陳喬樅撰，《小鄉嬛館叢書》。
18. 《毛詩鄭箋改字說》，陳喬樅撰，同上。
19. 《詩經四家異文考》，陳喬樅撰，同上。
20. 《禮記鄭讀考》，陳喬樅撰，《皇清經解續編》。

21. 《今文尚書經説考》，陳喬樅撰，同上。

22. 《尚書歐陽夏侯遺説考》，陳喬樅撰，《小嫏嬛館叢書》。

23. 《禮堂經説》二卷，陳喬樅撰，《皇清經解續編》。

二、經史子類

1. 《十三經注疏》，藝文印書館。

2. 《史記》，司馬遷撰，藝文印書館。

3. 《漢書》，班固撰，藝文印書館。

4. 《後漢書》，范曄撰，鼎文書局。

5. 《漢紀》，荀悦撰，藝文印書館。

6. 《後漢紀》，袁宏撰，藝文印書館。

7. 《清史稿》，趙爾巽撰，國立編譯館。

8. 《清代通史》，蕭一山撰。

三、詩經著述類

1. 《詩本義附鄭氏詩譜》，歐陽修撰，藝文印書館。

2. 《詩經通論》，姚際恒著，育民出版社。

3. 《詩説》，惠周惕撰，《皇清經解》本。

4. 《毛詩稽古編》，陳啓源撰，《皇清經解》本。

5. 《詩經稗疏》，王夫之撰，《續皇清經解》本。

6. 《毛詩後箋》，胡承珙撰，同上。

7. 《詩古微》，魏源撰，同上。

8. 《毛詩紬義》，李黼平撰，《皇清經解》本。

9. 《詩疑》，王柏撰，開明《辨僞叢刊》本。

10. 《詩經通釋》，王靜芝著，學生書局。

11. 《詩緝》，嚴粲撰，廣文書局。

12. 《詩本音》，顧炎武著，《皇清經解》本。

13. 《毛鄭詩考正》，戴震著，同上。

14. 《詩經補注》，戴震著，同上。

15. 《毛詩故訓傳》，段玉裁著，同上。

16. 《詩經小學》，段玉裁著，同上。

17. 《毛詩補疏》，焦循著，同上。

18. 《三家詩異文疏證》，馮登府著，同上。

19. 《詩名物證古》，俞樾著，《續皇清經解》本。

20. 《詩書古訓》，阮元著，同上。

21. 《毛詩周頌口義》，莊葆琛著，同上。

22. 《毛詩考正》，莊葆琛著，同上。

23. 《詩經異文釋》，李富孫著，同上。

24. 《韓詩外傳》，韓嬰撰，明嘉靖間吳郡蘇氏通津草堂刊本。

25. 《詩考》，王應麟撰，明毛氏汲古閣刊本。

26. 《詩經世本古義》，何楷撰，明崇禎間原刊本。

27. 《齊詩翼氏學》，迮鶴壽撰，《續皇清經解》本。

28. 《毛詩指說》，成伯瑜撰，《通志堂經解》本。

29. 《詩經新評價》，高葆光著，中央書局。

30. 《韓詩外傳今註今譯》，賴炎元註釋，商務印書館。

31. 《詩經地理考》，任遵時著，三民書局。

32. 《詩地理考》，王應麟著，中研院藏本。

33. 《詩歌文學纂要》，蔣祖怡著，正中書局。

34. 《詩毛氏學》，馬其昶撰，廣文書局。

35. 《詩經今釋》，黃錦堂著，大夏出版社。

36. 《詩經研讀指導》，裴普賢著，東大圖書公司。

37. 《詩經今註今譯》，馬持盈註釋，商務印書館。

38. 《詩經述聞》，張元夫著，中華叢書編委會。

39. 《左傳賦詩引詩考》，楊向時著，師大圖書館。

40. 《讀詩四論》，朱東潤撰，東昇出版事業公司。

41. 《詩經異文釋》，李富孫撰，《續皇清經解》本。

42. 《六十年來之詩學》，張學波著。

43. 《王柏之詩經學》，程元敏著，嘉新水泥文化基金會。

44. 《詩經比興研究》，蘇伊文撰，師大國研所碩士論文。

45. 《毛詩鄭氏箋釋例》，賴炎元撰，同上。

46. 《左傳賦詩引詩之研究》，奚敏芳撰，同上。

47. 《四家詩恉會歸》，王禮卿撰，中興大學教務處出版組。

48. 《毛傳釋例》，施炳華撰，政大中研所碩士論文。

49. 《詩毛氏傳疏》，陳奐撰，學生書局。

50. 《詩經新證》，于省吾撰，藝文印書館。

51. 《文選李善注引詩考》，丁履譔著，師大國研所碩士論文。

52. 《詩經注釋》，瑞典·高本漢著，董同龢譯，國立編譯館。

53. 《詩經學》，胡樸安著，商務印書館。

54. 《毛詩·鄭箋》，鄭玄著，中華書局。

55. 《詩經釋義》，屈萬里著，文化大學出版部。

56. 《詩經研究論集》，熊公哲等著，黎明文化事業公司。

57. 《詩三家義集疏》，王先謙撰，鼎文書局。

58. 《毛詩會箋》，日·竹添光鴻著，大通書局。

59. 《詩經研究》，日·白川靜著，幼獅文化事業公司。

60. 《讀風偶識》，崔述著，學海出版社。

61. 《毛詩傳箋通釋》，馬瑞辰撰，中華書局。

62. 《詩集傳》，朱熹著，中華書局。

64. 《詩經集傳附斠補》，汪雨盦著，蘭臺書局。

65. 《詩經傳說彙纂》，康熙敕撰，維新書局。

66. 《毛詩禮徵》，包世榮撰，大通書局。

67. 《詩經研究》，黃振民編著，正中書局。

68. 《詩地理徵》，朱右曾著，藝文《續經解》本。

69. 《詩經中的音樂文學》，白惇仁著，弘道文化事業公司。

70. 《毛詩譜》，胡元儀著，藝文《續經解》本。

71. 《詩經研究》，胡子成著，綜合出版社。

72. 《詩經原始》，方玉潤著，藝文印書館。

73. 《毛詩類釋》，顧棟高著，同上。

74. 《詩草木今釋》，陸文郁著，長安出版社。

75. 《詩經中的經濟植物》，耿煊著，商務印書館。

76. 《詩經研究》，謝无量，同上。

77. 《詩經欣賞與研究》（一）（二）（三），糜文開、裴普賢合著，三民書局。

78. 《詩樂論》，羅倬漢著，正中書局。

79. 《三百篇演論》，蔣善國著，商務印書館。

80. 《詩經今論》，何定生著，同上。

81. 《詩經相同句及其影響》，裴普賢著，三民書局。

四、文學理論類

1. 《文學理論》，RENE & Wellek 著，梁伯傑譯，大林出版社。

2. 《文心雕龍》，劉勰著，維明書局。

3. 《朱自清古典文學論文集》，朱自清著，源流出版社。

4. 《文學欣賞與批評》，徐進夫譯，幼獅文化事業公司。

5. 《中國文學通論》，兒島獻吉郎著，孫俍工譯，商務印書館。

6. 《中國詩史》，陸侃如著，坊本。

7. 《中國文學概說》，青木正兒著，隋樹森譯，開明書局。

8. 《中國詩學》，劉若愚著，幼獅文化事業公司。

9. 《中國詩學》，黃永武著，巨流圖書公司。

10. 《中國文學理論》，劉若愚著，聯經出版事業公司。

11. 《中國藝術精神》，徐復觀著，學生書局。

12. 《中國文學論集》，徐復觀著，學生書局。

13. 《文藝心理學》，朱光潛著，開明書店。

14. 《詩論》，朱光潛著，正中書局。

15. 《語文小論》，蕭遙天著，鍾靈中學出版。

五、經學思想史類

1. 《經學歷史》，皮錫瑞著，商務印書館。

2. 《中國古史研究》，顧頡剛等著，坊本。

3. 《中國學術思想大綱》，林景伊著，學生書局。

4. 《中國中古思想史》，郭湛波著，龍門書店。

5. 《中國哲學史》，馮友蘭著，坊本。

6. 《中國近三百年學術史》，梁啓超著，中華書局。

7. 《秦漢思想研究》，黃錦鋐著，學海出版社。

8. 《清史列傳》，中華書局編輯部編。

9. 《洙泗考信錄》，崔述著，《崔東壁遺書》。

10. 《經學源流考》，甘雲鵬著，維新書局。

11. 《先秦經籍考》，日·本田成之著，商務印書館。

12. 《兩漢經學今古文平議》，錢穆著，香港新亞書院。

13. 《經今古文學問題新論》，黃彰健著，《中研院史語所專刊》。

14. 《經學通志》錢基博著，文星集刊。

15. 《經學纂要》，蔣伯潛著，正中書局。

16. 《清學案小識》，唐鑑撰輯，商務印書館。

17. 《中國近三百年哲學史》，蔣維喬編述，中華書局。

18. 《中國學術思想變遷之大勢》，梁啓超撰，中華書局。

19. 《經學抉原》，蒙文通著，商務印書館。
20. 《同光風雲錄》，邵鏡人著，鼎文書局。
21. 《中國經學史的基礎》，徐復觀著，學生書局。
22. 《中國思想史論集》，徐復觀著，學生書局。
23. 《兩漢思想史》，徐復觀著，學生書局。
24. 《中國經學史》，馬宗霍著，商務印書館。
25. 《清代學術概論》，梁啓超著，商務印書館。
26. 《先秦及兩漢歷史論文集》，李則芬著，商務印書館。

六、語言文字類

1. 《古書校讀法》，胡樸安著，西南書局。
2. 《揅經室集》，阮元著，商務印書館。
3. 《十駕齋養新錄》，錢大昕著，商務印書館。
4. 《古書今讀法》，胡懷琛著，文鏡文庫。
5. 《爾雅音圖》，郭璞著，商務印書館。
6. 《中國聲韻學大綱》，謝雲飛著，蘭臺書局。
7. 《漢語音韻》，王力著，龍泉書屋。
8. 《文字學論文集》，陳新雄、于大成主編，木鐸出版社。
9. 《文字學研究》，胡樸安等著，信誼書局。
10. 《文字學研究法》，胡樸安著，西南書局。
11. 《古音學發微》，陳新雄著，文史哲出版社。
12. 《形聲多兼會意考》，黃永武著，同上。
13. 《經義述聞》，王引之著，商務印書館。
14. 《音略證補》，陳新雄著，文史哲出版社。
15. 《中國聲韻學通論》，林景伊著，世界書局。
16. 《說文段注指例》，呂景先著，正中書局。
17. 《訓詁學概要》，林景伊著，正中書局。
18. 《文字學概要》，林景伊著，正中書局。
19. 《說文釋例》，王筠撰，世界書局。
20. 《中國文字學通論》，謝雲飛著，學生書局。
21. 《廣韻》，澤存堂藏，聯貫出版社。
22. 《漢語史稿》，王力著，波文書局。
23. 《段注說文解字》，段玉裁著，廣文書局。

24. 《漢語音韻學》，董同龢著，文史哲出版社。
25. 《經傳釋詞》，王引之著，《皇清經解》本。

七、經學入門書籍類

1. 《經學概述》，裴普賢著，開明書店。
2. 《四庫全書提要》，漢京出版事業公司。
3. 《續修四庫全書提要》，商務印書館。
4. 《漢書藝文志注釋彙編》，陳慶國編，木鐸出版社。
5. 《高明論學雜著》，高仲華著，黎明文化事業公司。
6. 《六藝論》，鄭玄著，《漢魏遺書鈔》。
7. 《經義雜記》，臧琳著，《皇清經解》本。
8. 《六經道論》，褚柏思著，開明書局。
9. 《群經補義》，江永著，《皇清經解》本。
10. 《經解入門》，江藩著，廣文書局。
11. 《拜經日記》，臧庸著，《皇清經解》本。
12. 《國學論文索引》，廣文書局。
13. 《群經大義相通論》，劉師培著，《劉申叔遺書》。
14. 《群經平議》，俞樾著，世界書局《讀書札記叢刊》。
15. 《古經解鉤沈》，余蕭客著，師大圖書館藏。
16. 《經學通論》，皮錫瑞著，商務印書館。
17. 《群經概論》，周大同著，同上。
18. 《經子解題》，呂思勉著，同上。
19. 《偽經考》，康有為著，盤庚出版社。
20. 《授經圖》，朱睦㮮著，商務印書館。
21. 《文學研究法》，姚永樸著，同上。
22. 《諡法及得諡人表》，張卜麻著，同上。
23. 《國學導讀》，屈萬里著，開明書店。
24. 《國學研讀法三種》，梁啓超著，中華書局。
25. 《偽書通考》，張心澂著，宏業書局。
26. 《國學治學方法》，杜松柏著，弘道書局。
27. 《漢學商兌》，方東樹撰，商務印書館。
28. 《漢學師承記》，江藩著，同上。
29. 《國學概論》，錢穆著，同上。

30. 《國學導讀》，錢穆等著，牧童出版社文史叢書。
31. 《日知錄》，顧炎武著，明倫出版社。

八、文集專著類

1. 《昭明文選》，蕭統撰，藝文印書館。
2. 《荀子集解》，王先謙撰，藝文印書館。
3. 《楚辭集註》，朱熹著，弘道文化事業公司。
4. 《書傭論學集》，屈萬里著，開明書店。
5. 《司馬遷之人格與風格》，李長之著，開明書店。
6. 《中國文化之精神價值》，唐君毅著，正中書局。
7. 《鄒衍遺說考》，王夢鷗著，商務印書館。
8. 《顏氏家訓》，顏之推撰，廣文書局。
9. 《白虎通》，班固著，廣文書局。
10. 《鄭玄之讖緯學》，呂凱撰，商務印書館。
11. 《春秋繁露》，董仲舒撰，同上。
12. 《漢武帝之用儒及漢儒之說詩》，劉光義著，商務印書館。
13. 《新序》，劉向撰，同上。
14. 《列女傳補注》，劉向撰，王照圓注，同上。
15. 《鹽鐵論》，桓寬撰，張敦仁考證，同上。
16. 《漢魏博士題名考》，王國維著，同上。
17. 《孔叢子》，孔鮒撰，宋咸注，同上。
18. 《兩漢選士制度》，曾維垣著，同上。
19. 《曾文正公詩文集》，曾國藩撰，同上。
20. 《董仲舒之學術思想》，賴炎元撰，師大國研所出版。
21. 《鄒衍生卒年世考》，蒙傳銘著，同上。
22. 《尚書釋義》，屈萬里著，華岡出版社。

九、期刊論文類

1. 〈朱熹的詩經學〉，賴炎元撰，《中國學術年刊》第二期。
2. 〈詩經語法研究〉，戴璉璋著，《中國學術年刊》第一期。
3. 〈兩漢經術獨尊與經學諸問題的探討〉，李威熊撰，《孔孟學報》第四十二期。
4. 〈詩三家之輯佚與鑒別〉，葉國良撰，《國立編譯館刊》九卷一期。
5. 〈從詩小序多從毛氏少從三家看它的存廢問題〉，李家樹撰，《書目季刊》。

6. 〈清初學風與乾嘉考證之學〉，張火慶撰，《中華文化復興月刊》十五卷六期。

7. 〈鄭康成毛詩譜探析〉，自撰，《中華文化復興月刊》十七卷六期。

8. 〈詩經的創作方法和形式〉，王靜芝撰，《中華學術與現代化叢書》。

9. 〈先秦說詩的風尚和漢儒以詩教說詩的迂曲〉，屈萬里撰，《中華學術與現代化叢書》。

10. 〈諸子與經學〉，于大成撰，《孔孟月刊》十四卷十二期。

11. 〈經學之發展與今古文之分合〉，盧元駿撰，《孔孟月刊》十五卷四期。

12. 〈歐陽修的詩經學〉，賴炎元撰，《潘重規教授七秩誕辰論文集》。

13. 〈鄭玄詩譜圖表的綜合整理〉，裴普賢撰，《國立編譯館館刊》。

14. 〈毛詩假借說〉，陳應棠撰，《興大文史學報》。

15. 〈齊詩學的五際六情〉，糜文開撰，《文壇》八十九期。

16. 〈孟子與詩經〉，糜文開撰，《大陸雜誌》三十六卷一期。

17. 〈荀子與詩經〉，裴溥言撰，《文史哲學報》十七期。

18. 〈論國風非民間歌謠的本來面目〉，屈萬里撰，《史語所集刊》。

19. 〈周漢祓禊演變考〉，裴普賢撰，《作品》四卷八期。

20. 〈國風出於民間論質疑〉，朱東潤撰，《武大文哲季刊》五卷一號。

21. 〈肅霜滌場說〉，王國維撰，《學衡》第四十一期。

22. 〈讀詩札記〉，俞平伯撰，《小說月報》十七卷。